JN150566

新潮文庫

火山のふもとで

松家仁之著

新潮社版

11951

火山のふもとで

I

「夏の家」では、先生がいちばんの早起きだった。

夜が明けてまもなく目が覚めたぼくは、狭いベッドに身を横たえたまま、階下の先生の気配にじっと耳を澄ませていた。枕元《まくらもと》においた腕時計を手に取り、薄暗がりのなかで文字盤を見る。五時五分過ぎだった。

玄関の真上にあるベッドつきの書庫で、ぼくは寝起きしていた。明け方、ベッドの下の床から、古い木造の柱と壁をはいあがるようにして、ごとごとと控えめなくぐもった音が伝わってくる。

それは、玄関の内側にかけてある心張り棒を外して、壁に立てかけている音だ。大きな引き戸を左側の戸袋へと収めたあとは、その向こうにあるドアを家の壁にあたるまで一八〇度押し開き、真鍮《しんちゅう》のドアノブに麻縄のフックをかけておく。こうすれば風でドアが閉まることはない。それから内側の網戸を引く。先生は散歩に出ていったようだ。夜の森で冷やされた空気が、網戸ごしにゆっくり入りこんでくる。「夏の家」はまた静まりかえる。

標高千メートルを超える深閑とした森の、明け方の静寂を最初にやぶるのは、先生よりもさらに早起きの鳥たちの鳴き声だ。アカゲラ、イカル、オオルリ、クロツグミ、キビタキ……頭のなかを鳥の名前がよぎっていく。鳴き声に覚えはあっても、どうしても名前の思い出せない鳥もいる。

日の出のしばらく前から空は不思議な青みをおび、すべてをのみこんでいた深い闇《やみ》から森の輪郭がみるみるうちに浮かびあがってくる。日の出の時刻を待たずに、朝はあっけなく明けてゆく。

ベッドを抜けだして、中庭に面した小さな窓のブラインドをあげる。霧だ。いつの間に、どこから湧《わ》きだしたのか、白いかたまりが桂《かつら》の枝や葉をゆっくり撫《な》でながら動いている。静かだった。鳥もあきらめて囀《さえず》るのをやめたのだろう。窓をあけて鼻をつきだすように顔を出し、霧の匂《にお》いをかぐ。霧の匂いに色があるとすれば、それは白ではなく緑だ。となりにある設計室のブラインドを、音を立てないようにあげてゆく。左右に広くのびた南向きの窓いっぱいに、霧が流れていた。中庭の桂の大木が霧に沈み、霧に浮かんでいる。先生はこんな森のなかを散歩しているのか。道に迷ったりしないだろうか。

霧がどれだけ深くても、日がのぼればやがてあとかたもなく消えてしまう。鳥たちは何ごともなかったように、ふたたび囀りだす。まもなく先生は帰ってくるだろう。あと一時間もすれば、ほかのスタッフも起きだしてくるはずだ。

北青山の住宅街の見落としそうな路地に、村井設計事務所はひっそりとあった。コンクリート造《ぞう》の一軒家で、軒下に三台分の駐車スペースがある。毎年、七月の終わりから九月半ばまで、この北青山の事務所はなかば開店休業状態になった。北浅間《きたあさま》の古い別荘地、青栗村《あおぐりむら》にある通称「夏の家」へ、事務所機能が移転するからだ。

移動の準備に入ると、事務所はにわかにあわただしくなる。クライアントと懸案事項の相談をすませるため、打ち合わせが頻繁にくり返される。「夏の家」に持ちこむ備品も補充しなければならない。スタディ模型用のスチレンボード。製図用鉛筆のステッドラー・ルモグラフ。ユニの消しゴム。トレーシングペーパー。レターセット。

青栗村の理髪店を敬遠して、やみくもに髪を短くしてしまう所員もいれば、近所の歯科へ慌《あわ》てて駆けこむ者もいた。入所してまだ四か月たらずのぼくは、とりたてて準備をしておくべきことも思いつかず、ただ、料理当番に備えて初心者向けの手引きを一冊手に入れておいた。

経理担当の吉永さんと、夫や子どものいる女性所員がふたり、そして施工《せこう》がはじまったばかりで現場の監理をしなければならない男性所員ふたりは、留守番役として北青山の事務所に残ることになっていた。先生の夫人は代々木上原の自宅で小児科医院を開業しているから、東京を離れることはまずない。

村井設計事務所は先生と経理担当を含め十三人のメンバーで営まれていた。個人の建築家が主宰する設計事務所としてはそこそこの規模だが、戦後日本の建築史に名を残してきた実績から考えれば、むしろ小さいといってよかった。大きくしようと思えば、いつでもそうすることができただろう。しかし先生は事務所の規模にあわせて仕事を選び、気のりしないものについては丁重に断って、拡大の機会を淡々とやりすごしてきた。

公共建築や都心のビルの仕事が少なからず舞いこんだ六〇年代を過ぎ、七〇年代に入ると、住宅設計の割合がしだいに増えていった。クライアントは知りあいの紹介がなかば条件になっていたし、紹介者がいたとしても、「家が建つまでに最低でも二年、あるいはそれ以上お待ちいただくことになりますがよろしいでしょうか」と事務長の井口さんが沈鬱《ちんうつ》な表情で説明するのが慣わしだった。それで諦《あきら》める人はほとんどいない。村井俊輔《しゅんすけ》に自宅の設計を依頼したいと考えるような人は、それくらいのことはあらかじめ承知していたからだ。ところが有名な建築家なら誰でもいいと、資金だけは潤沢な依頼主がやってくることもある。井口さんは「最低でも二年」を「最低でも三年」に差し替えて防波堤を高くする。それでも結構ですからぜひお願いします、となることはまずなかった。人は家を建てようと思いたったら一刻も早く建ててもらいたいもので、普請《ふしん》道楽をべつにすれば、金持ちほど待つことを知らないからだ。

　ぼくが村井設計事務所に入った一九八二年には、先生はすでに七十代の半ばにさしかかっていた。会社員ならとうに引退しているところだが、三十代はまだ駆け出し、四十代で若手といわれる建築の世界では、七十代の現役はめずらしくない。先生は設計するだけでなく、現場までこまめに足を運び、依頼主とも密に打ち合わせをすることを厭《いと》わなかった。先生の健康状態も、おそらく事務所の財政状況も、さしあたって問題はなかったはずだ。ただ、事務所が五年後、十年後にはどうなっていくのか、表だっては誰も口にしないものの、所員たちにとってそれが何よりの気がかりだったことはまちがいない。

八〇年代に入ってからの村井設計事務所は、じわじわとブレーキを踏みこんで、ゆるやかにスピードを落としながら、いずれ音もなく止まろうとする過程にあったのかもしれなかった。新卒の学生を最後に採用したのは一九七九年で、あらたな採用はもうないだろうといわれていた。それでも諦めない学生が、次の年も、また次の年も、ひとり、ふたりと訪ねてきたが、やはり採用はなかった。

四年生になったぼくは、大学院に残って建築の研究をつづける気はなく、かといって、いかにもしっかりした会社組織であるゼネコンの設計部になじめるとも思えず、自分の働く姿を思いうかべることすらできないままだった。ポストモダン系のアトリエが人気だったが、あのようなデザインを生みだす動機は、自分のどこをさがしても見当たらなかった。

見習いからはじめ、大工の棟梁《とうりょう》のもとで働こうかと考えたこともあった。大学三年の夏休みには小さな工務店に頼みこんで現場をふたつ手伝わせてもらった。しかしその頃からすでに工務店は発注と監理を行なう組織にすぎなくなっており、腕の立つ大工は工務店の依頼を受けて働く一匹オオカミの個人ばかりだったから、弟子を受け入れる余地はない。加工済みの材料を組み立てるだけで、鑿《のみ》も鉋《かんな》も鋸《のこぎり》もほとんど必要としない家、つまり熟練の腕を前提としない工業製品としての家がつぎつぎと建てられる時代に入っていた。

ほんとうは、はじめからどこにも所属せずにやっていきたかった。しかし、それはどだい無理な話だった。一級建築士の資格もこれから取らなければならないし、大学院に残らないのであれば、実務経験が二年以上必要になってくる。建築家として独立するには、少なくとも最初の数年はどこかの設計事務所に入り、安い給料に甘んじて修業をしながら一級建築士の資格をとるのがあたりまえの道筋だった。

ひとりだけ、尊敬する建築家がいた。村井俊輔だった。六四年の東京オリンピックや七〇年の大阪万博など高度経済成長期の日本を象徴する舞台で、脚光をあびながら目新しい建築物を設計した人ではない。口数が少なく、本業以外の余計なことには手を出さなかったから、建築に強い興味を持つ人でなければ、その名を知る機会はほとんどなかっただろう。

村井俊輔は日本よりもむしろアメリカで知られていたかもしれない。五〇年代半ばにはニューヨーク近代美術館の館内に茶室をつくって話題となり、六七年には同館の二〇世紀建築展で日本からただひとり紹介された建築家であったからだ。東洋の伝統的な様式を背景にしながら、同時にモダニズムの色合いをおびた清新な作品をつくりあげる希有《けう》な日本人建築家、と村井俊輔は評されていた。六〇年代前半の代表作のひとつである京都の老舗《しにせ》旅館「籠屋《こもりや》」の一部が「日本的モダニズム」の作例として美術館の中庭に再現され、入館者の関心を集めることにもなった。

ニューヨークの人びとが記憶したのは、村井俊輔という名前よりも、玄関で靴を脱ぐ習慣の物珍しさや、室内に漂う畳の匂いであったかもしれない。しかし、日本のみならず中国や韓国、さらにヨーロッパへも足をのばして古い建築を訪ね、そのいっぽうで、鉄とガラスとコンクリートが切り拓《ひら》くことになったシンプルで合理的なモダニズムの方法論に早くから通暁《つうぎょう》し、独自の作風を確立していた先生の仕事に、はやばやと注目する目利《めき》きもいた。

展覧会のオープニングパーティでいきなり自邸の設計を依頼してきたのは、アメリカ東部屈指の資産家だった。東海岸を中心とする鉄道事業で財を成した一族の三代目であるジェフリー・ヒューバート・トンプソンは、母校のハーヴァード大学で文化人類学の講座を持っていたが、現代絵画のコレクターとしてもつとに知られた存在だった。学生時代、東アフリカのホワイトナイル川沿いのフィールドワーク中に行方不明になり、約三か月後、失踪《しっそう》した場所から数百キロ離れた村で無事発見されるというエピソードの持ち主でもあった。現地の女性との恋愛沙汰《ざた》を書きたてたメディアもあったが、本人は黙して語らず、ゴシップはそのまま伝説化した。

それから二十年、トンプソン氏は未婚のまま四十代を迎えていた。内覧会の特別ゲストだった彼は、パーティ客がうわさ話に夢中になっているあいだ、籠屋の作品解説を熟読し、床の間や欄間、縁側、障子や襖《ふすま》のディテールを熱心に見ていた。コンクリートと木造の混構造にはどのような利点と問題点が考えられるか、日本のように湿潤な土地と、乾いた気候の土地とではどう違うか、というのが先生への最初の質問だった。

その日のやりとりだけでこのクライアントを信頼した先生は、設計を引き受け、数か月のあいだアメリカ東部に滞在し、現場の監理にあたることになる。大戦前から二年にわたって、フランク・ロイド・ライトの設計事務所に「徒弟《アプレンティス》」として勤めて以来の長期にわたるアメリカ滞在だった。敷地のなかに川が流れ、野生の鹿《しか》も姿をあらわすニューヨーク郊外の大邸宅は、アメリカの建築雑誌で大きく取りあげられた。先生のもとには新たな邸宅の設計依頼がいくつも舞いこんだが、日本での仕事がたてこんでいることを理由に断ってしまう。「あんな大きな家ばかりやっていたらスケールの感覚がおかしくなってしまうからね」と井口さんにつぶやくように言ったのが、本当の理由だった。

　六〇年代に入ってからの数年間、先生は国のかかわる大規模な仕事を委嘱され、寝食を忘れて取り組んだものの、設計方針をめぐって担当部署と対立し、屈する思いを味わわされていた。それだけに、このアメリカでの経験と評価は、目に見えない支えになったはずだ。同時代に活躍した建築家のおおくは、未来志向の都市論や文化論を雄弁に語りながら、つぎつぎに公共建築を落札していった。いっぽう先生は、設計競技《コンペ》が前提となる公共建築には手を出さなくなり、もとよりめざましい建築論を語るような人ではなかったので、メディアに取りあげられる機会もおのずと少なくなっていった。

　しかし、当時建てられた先生の建築を、十年、二十年後に自分の目で見て歩くうち、村井俊輔という建築家が黙ってつづけてきた仕事の非凡さを、ぼくは肌身で感じるようになった。高度経済成長の波にも流されず、わかりやすい自己顕示欲とも無縁のまま、質実で、時代に左右されない美しさを持つ使い勝手のよい建物を、先生はひとつひとつ生みだしていったのだ。

　大学四年の秋になって、いよいよ追いつめられたぼくは、ほとんど可能性のない、しかし自分のいちばんの望みに向けて足を踏みだすことにした。

彼岸をすぎてしばらくした頃だった。東京にはめずらしい赤とんぼの大群が北西の方角からやってきて、上空をホバリングしたり、電線やブロック塀にとまって羽根を休めたりしていた。二階のベランダに出て、物干しや手すりにとまっている赤とんぼを間近に見た。薄い金属のような精巧な羽根と深い赤の胴体、複眼の滲《にじ》むような輝き。人間の手では決してつくることのできない創造物は、三十分もしないうちに、すべて飛び去っていった。空気の乾いた風のない日だった。

赤とんぼを見送ったあと、自分の部屋の机にもどって、村井設計事務所で働かせてもらえないだろうかとたずねる手紙を、ていねいに、なるべく手短かに書いた。卒業制作で進行中の、車椅子《くるまいす》の家族と同居するための小住宅のプランも同封した。投函《とうかん》した封筒がポストの底に落ちる音がはっきりと耳に残った。

一週間ほどして、事務長だという井口さんから電話があった。採用の予定はないが、短い時間なら先生が会ってくれるという。

約束の日、地図でたしかめておいた北青山の事務所を訪ねた。ツタの緑におおわれたコンクリート造三階建ての二階、北に面したほの暗い所長室で先生と話をした。

「坂西徹《とおる》くんだね」という先生の第一声は思いのほか低かった。左手に外光の入る窓があり、障子ごしの弱い日差しが先生の右の頬を照らしていた。がっしりとした体軀《たいく》に、生真面目《きまじめ》な表情。厳しさはあっても神経質な感じはない。何かの職人だといわれれば納得できそうなしっかりした顎《あご》。やわらかな声で話す先生の表情は意外に豊かで、ぼくの言葉に応じて笑顔になったり、ちょっと考えこむような顔つきになったりした。自分の話をこんなにしっかり聞いてくれる人に、ぼくはそれまで会ったことがなかった。

「車椅子のご家族がいらっしゃるのかな」先生が訊《き》いた。

「いえ」

「どうして車椅子の家を？」

「車椅子が家に入ってくると、全体のプロポーションがどう変わってくるのか見たかったものですから」

軽く頷《うなず》いた先生は、平面図に目を落としながら質問をつづけた。

「住宅の設計では、何がいちばんたいへんなんだろうね」

先生の手が添えられた自分の図面を見ながら、考え考え、答えた。

「限られた空間のなかに、掛け算や足し算をすることなく、あたらしい空間をつくりださなければならないところでしょうか。住宅の設計は、割り算や引き算が多いと思います」

先生は黙って頷き、ぼくをまっすぐに見た。「きみは割り算、引き算は得意かね？」

「得意とは言えませんけれど、自分には向いている気がします」

「掛け算や足し算でつくる建築には、どんなものがあると思うかい？」

「高層の集合住宅には、そういう側面もある、と思います」

先生とのやりとりを終えて、同じフロアの設計室の脇《わき》をのぼせた頭のまま通りすぎた。誰も顔をあげず、黙って仕事をしている。古びた木の机と、白い壁、板張りの床は、先生の顔つきや声の印象とどこか似かよっていた。

ほどなく井口さんからまた電話があり、仮採用が決まったことを知らされた。気のせいかもしれないが、井口さんの口調にも、意外だと驚いている気配が消えずに残っていた。すでに五年、十年と経験のある一級建築士の入所志願者リストが別にあったらしいから、それも当然だった。ぼく自身、採用が決まったことになかば茫然《ぼうぜん》としていた。翌日事務所を訪ねると、先生は面談のときと同じ表情でまっすぐにぼくの目を見て、「ここにいる限りは、よく勉強して、いい仕事をしてください」と言った。

年が明けて、大学の授業がある日をのぞいた月、水、土の三日間、朝から事務所に通うようになった。設計室のいちばん隅に机をひとつあてがわれた。しかしじっと座っている暇もなく、隣の席にいる教育係、ひとまわり年上の内田さんから雑用をつぎつぎと申しつけられ、なんとかこなしながら仕事を覚えてゆく日々がつづいた。雑用といっても、そのディテールにはすべて理由があって、あらゆることが可能なかぎり合理的に動かされていた。二週間、三週間とたつうちに、村井設計事務所の仕事の組み立ては建物の透視図のように見渡しがいいことがわかってきた。そこには理不尽な命令も、徒労に終わる下働きもなく、だからかえって気が抜けなかった。

八〇年代早々の、どこか騒がしい、風を切るような勢いの建築の世界で、先生の作品は日本的な伝統の流れをくむ懐《なつ》かしいものとして評価されがちだったが、ぼくはそうは思わなかった。事務所の運営にも先生の建築にも、日本的とはいいがたい合理性が貫かれていたからだ。

先生のつくる空間がしみじみと落ちついたものに感じられるとしたら、そのしみじみには理由があった。それはたとえば天井高が、床置きの照明が、南向きの窓にはめこまれた障子が視覚的にもたらすものであり、なにか秘術のようなものがあるわけではなかった。先生はそれを外に向けてはほとんど語ろうとしなかったが、ぼくたち所員に向かっては、図面を指さすばかりでなく、設計室の壁や天井を見上げ、壁に竹尺をあてがい、ときには障子やドアを開け閉めしてみせながら、情緒的にではなく理屈の通ったかたちとして具体的に伝えようとした。

「寝室は広すぎないほうが気持ちが落ちつくし、安眠できるんだよ。天井も高くないほうがいい。天井までの空間がたっぷりありすぎると、そこに幽霊の漂う余地が生まれるんだ」と可笑《おか》しそうに言った。「ベッドと壁とのあいだはね、夜中に目を覚まして手洗いに行くとき、片手を軽く伸ばせばすぐにつくぐらいの距離がいい。真っ暗でも壁づたいにドアまで行けるからね」「ダイニングキッチンの場合、調理の匂いがうれしいのは食事の前だけで、食後はとたんにうとましくなる。キッチンの天井高、ガスコンロと換気扇の位置が、匂いのコントロールの決め手なんだ」——それは、職人が伝える技の話にどこか似ていた。

そして春になった。

ウールのコートが必要のないほどあたたかな四月一日の夜、事務所近くにあるイタリアンレストランで、ぼくの入所を祝う会が開かれた。

住宅街の暗がりから甘いかおりが立ちのぼるなかを（カロライナジャスミンという花だと、三年先輩の中尾雪子が教えてくれた）、先生と所員たちがおだやかな声で話しながら歩いてゆく。その夜の光景をいまでもよく覚えている。厨房《ちゅうぼう》にも給仕にもイタリア人がいるようなレストランで食事をするのは、ぼくには初めてのことだった。

最後に出てきた「コ」の字型の白いケーキには、角形の赤いろうそくが一本立てられていた。ぼくの教育係の内田さんがわざわざ図面を描いてつくってもらったという。北浅間の「夏の家」をかたどったもので、短く赤いろうそくは屋根の中央に立つ煙突だった。五十分の一のサイズだと内田さんは説明した。「つぎのはそういうわけにはいかなくて、何分の一になるのかな」とその言葉を待っていたかのように、厨房からもうひとつのケーキが運ばれてきた。ひとかかえもあるモンブランだ。山肌はパレットナイフで整えられ、頂上から白い粉砂糖がたっぷりとふりかけられていた。雪の残る春の浅間山だった。誰からともなく声があがる。内田さんが照れくさそうなしかめっ面《つら》で言った。

「山には設計図がないんで、それらしく再現するのは案外むずかしいんですよ。等高線入りの地図や写真を何枚も揃《そろ》えることになってしまって」

「資料は大事だ。ご苦労さまだったね」と少し酔った顔の井口さんが機嫌よく言った。

「シェフにお許しをいただいて、モンブランの整形は手伝わせてもらったんです。『夏の家』の方角から見える浅間のかたちは、もう十年以上見てますから、まあまあそれなりにできたと思うんですけど」

ケーキの向こう側に座っていた先生が言った。

「こっちはちょうど裏側の、軽井沢サイドから見た浅間だね。追分《おいわけ》や小諸《こもろ》あたりからの眺めはこんな感じだ。よくできてる。労作だね」

モンブランの浅間山のふもとに「夏の家」が寄り添うように置かれた。内田さんが向きを調整する。赤い煙突から、ろうそくの炎とわずかな煙が立ちのぼっている。図面では何度も見ていた「夏の家」のなかにいる自分を思いうかべた。

取り分けるまえに、ケーキを中央にして記念写真を撮ることになった。内田さんがいつも持ち歩いているライカのファインダーをのぞいてから、お店の人に渡した。

「よろしいですか、撮りますよ」

うしろの壁際《かべぎわ》には中腰で肩を寄せあう所員が並んでいる。中央に座った先生とぼくの眼鏡には、ろうそくの光が写りこんでいる。先生と並んで写っている写真は、あとになってみればこの一枚だけだった。フラッシュを焚《た》かずに撮った粒子のあらい写真はやがて、所員の誰にとっても、言葉にならない懐かしさをかきたてるものとなった。

その一か月後、事務所のラジオで浅間山噴火のニュースを聞いた。一九七三年以来、およそ十年ぶりの噴火だった。群馬県側の農作物は火山灰をかぶり、西風にのった噴煙は房総半島まで届いた。「夏の家」の周辺には米粒からグリーンピースほどの大きさの噴石がバラバラと落ちた。屋根も窓も灰をかぶったという連絡が青栗村の管理組合事務所から入ったが、窓ガラス一枚割れたわけではなく、建物への被害は受けずにすんだ。噴火の直後には「夏の家」行きを危ぶむ声もあがったが、五月が過ぎ、六月になると、火山活動はすっかりおさまったかのようにみえた。

そして七月最終週の木曜日。ランチを終えると、事務所総出で、設計図から模型、資料のファイル、見積もり、クライアントとのやりとりを記録したノートまで、必要なものすべてを段ボール箱に詰め、三台のツーリングワゴンに積みこんだ。何度も使われてきたらしく、ガムテープで補強された段ボール箱には番号がふられており、ワゴンのラゲッジルームに右奥から順番に積んでゆくと、隙間《すきま》なくぴったり収まった。ラジオのニュースが、台風10号の接近を報じていた。太平洋で大きな渦を描いている台風の進路予想には関東甲信越も含まれている。所員が分乗した三台のワゴンは、はぐれた渡り鳥の群れのように小さな隊列をなし、迫りつつある台風を背中に感じながら、北青山から関東平野の北西を目ざした。

碓氷峠《うすいとうげ》をこえると、クルマは国道18号線を西へと進み、中軽井沢で北に向かって右折する。林の切れ目からときおり大きな顔を出す浅間山を見上げながら、つづら折りの坂をうねうねとのぼってゆく。視界がひらけると、浅間山は長い夏の一日を終えようとする夕日を浴びながら、驚くほどの大きさでぼくたちを見下ろしていた。ほんの三か月ほど前には噴石を飛ばし、小規模の火砕流を発生させた活火山だ。この道から噴火を見上げたなら、肌身で危険を感じただろう。けれどもいまは雲と見まがうような水蒸気が、頂上からわずかに立ちのぼっているだけだった。

峠をこえて浅間高原に入ったあとは、ひたすらまっすぐに北上する。鬱蒼《うっそう》とした青栗村のエリアに入るとあたりは急に薄暗くなる。幹線道路の十字路から東に折れて、旧北浅間駅を右に見ながらさらに数分走れば、青栗村でいちばん古いエリアの一条通りにたどりつく。「夏の家」は一条通りの北寄りに位置していた。

大きな桂の木を両手で抱えているような「コ」の字型の山荘は、コンクリート造の上に二階建ての木造がのる混構造だった。濃い柿渋色《かきしぶいろ》の杉板の下見張りに隠されていて見えないが、コンクリートの部分だけで半階分の高さがあり、木造の一階レベルは地面から離れている。森の湿気が這《は》いあがりにくい構造になっていた。

三台のクルマは左側から中庭に入り、桂の大木をぐるりと取り囲むアプローチに沿って、時計まわりに半円を描いて駐車した。エンジンが切られ、ドアが開くと、とたんに空気がかわった。木の葉がこすれる音に、蟬《せみ》、虫、鳥の声がまじりあい、頭の上から降ってくる。土や葉の匂いをふくんだわずかな風。見上げると、あたりよりはるかに明るい青空が木々のあいだからのぞいている。台風の気配は微塵《みじん》もなかった。気温は東京より十度近く低い。

北浅間の青栗村は千メートルを超える標高にある。山道をのぼるあいだに、気圧の変化で耳がつまることもある。ケトルのお湯は百度に届かないうちに沸騰《ふっとう》する。人はまばらで、夜空には星がぎっしりとひしめく。八十種類近くの野鳥が生息し、ニホンカモシカ、ニホンザル、ムササビ、野ウサギ、キツネ、ツキノワグマもいる。

白いケーキから思い描いていたよりも、「夏の家」はひとまわり小さく見えた。整然と張られた杉板の下見張りは、一九五七年に建てられた村井山荘の、当時の仕様をそのまま受け継いでいた。正面の外壁に丸い時計でもついていれば、村の小さな分教場か何かに見えたかもしれない。南に面した中庭の中央に桂があり、「コ」の字の東棟に隣接する木造の車庫を見下ろす位置に、まわりのどの木よりも高いヒマラヤスギがそびえている。

正面より西寄りにある玄関のドアを井口さんが開ける。湿気をおびた澱《よど》んだ空気が漂ってくる。全員が手分けしてクルマのラゲッジルームから荷物を引きだし、黙々と室内へ運びこむ。玄関から階段を数段あがり、右手に入ると広いダイニングルーム。階段をそのまま二階にあがれば設計室だ。暗い室内は沈んだ木の匂いがした。雨戸がつぎつぎに開けられると、夕暮れどきの残光が入ってくる。つややかに磨きあげられた楢《なら》の木の床が、その光を鈍く反射する。ダイニングルームの中央にある横長の大テーブルを覆《おお》っていた白い布を、雪子が慣れた手つきで外しながらたたんでゆく。きめの細かいメープルの天板の上に、赤みを帯びた光がひろがる。

ダイニングルームの東どなりにはキッチンと家事室がある。そこから先は右手に折れて、「コ」の字の袖《そで》の部分にあたるサーヴィスヤード的なエリアに入ってゆく。女性用の洗濯乾燥室、食糧庫、庭仕事用の倉庫が並び、倉庫から屋外に出られるようになっている。ダイニングルームの西どなりには、青焼き室、リネン室が続き、「コ」の字の袖の部分へと曲がると、男性用の洗濯乾燥室、ボイラー室、こちら側にもある倉庫には卓球台が一台と、スタッキングされたたくさんのガーデンチェア、自転車が二台、そしてひと足先に着いていた内田さんのバイクが保管されていた。

二階の設計室の東には女性用の風呂《ふろ》が、西には所長室と書庫（ここはぼくの寝室兼用だ）が並び、男性用の風呂がある。両袖の二階には宿泊用の個室が並んでいる。東側の袖に女性所員の五つの個室が、西側の袖に男性所員の五つの個室が、それぞれの広い廊下と桂のそびえる中庭をはさんで向かいあっている。両サイドの廊下には、事務所で試作したテーブルや椅子、ソファ、キャビネットなどが置かれてあり、本を読んだり、昼寝をしたり、雑談をしたりするのに使われていた。家具全般を担当する内田さんにとっては、ディテールやサイズの確認をするためのサンプルの保管場所でもあった。ときおりオイルを与えて、こまめに手入れしている内田さんのおかげで、家具はどれも最善の状態に保たれていた。

自分にあてがわれた二階の書庫に荷物をおさめると、ぼくは靴下を脱ぎ、はだしになってみた。木の床がひんやりとして気持ちがいい。夏じゅう素足ですごした子どものころを思い出す。中庭に面した小さな窓を押し開けると、目の前に桂の大木が見えた。遅れてやってきたチーフ格の河原崎《かわらさき》さんのクルマが、桂の下をぐるりとまわって駐車するところだった。

すべての窓があけられ、空気が流れはじめる。「夏の家」がゆっくりと息を吹き返してゆく。

2

村井山荘が建てられた一九五〇年代、東京から青栗村にやってくるには今より何倍もの時間がかかった。高速道路などなかったから、碓氷峠まで六時間かかってしまうこともざらだった。大雪が降りでもすれば、つづら折りの山道には何台ものクルマが立ち往生し、前にも後ろにも動けなくなる。ふだんはクルマを運転する先生も、青栗村に向かうときは上野駅から信越線の列車に乗り、軽井沢で棚坂《たなさか》軽便鉄道に乗り換えるルートを好んだ。

玩具《おもちゃ》のように小さい軽便鉄道は、大正のはじめ、一九一四年に開通し、五十年後の一九六四年、オリンピックの年に廃線になるまで、最盛期には一日二十本近くが、新軽井沢から北浅間を経由して草津温泉まで、人と物資を運んで往復していた。

軽井沢駅構内の北側に、棚坂軽便鉄道の新軽井沢駅があった。信越線のディーゼルの重量感とは比ぶべくもない、もともとはアメリカの鉱山用に開発された電気機関車は、軌道の保守点検車に見間違われるほど小さかった。運転席の屋根からはパンタグラフが立ちあがっていて、黒い頭に角がはえたようなその形状から「カブトムシ」と呼ばれていた。客車は一両かせいぜい二両。新軽井沢駅から二十六キロ先にある北浅間駅まで、およそ一時間半をかけて走った。終点の草津温泉までは三時間あまり。「カブトムシ」は平地を走る自転車ぐらいの速度しかだせなかった。

動力は限られたものだったし、費用も工期も何倍もかかるトンネル工事を避けたため、線路は浅間山麓《さんろく》にひろがる山がちな林のあいだを等高線に沿うように蛇行をつづけた。同じ理由によって鉄橋の建設も極力避けるように計画されたが、谷の奥でどうしても曲がりきれない場合にだけ、手前にごく短い鉄橋が架けられた。山を迂回《うかい》し、地形をトレースするように敷設《ふせつ》された線路の総延長は、直線距離にすればほぼ十キロのところ、その二倍半におよんだ。

五〇年代の青栗村は交通量も少なく、別荘の数も八〇年代の半分に満たなかった。北浅間木々は若く樹高も低かったので、村のなかはどこも明るく風通しがよかった。

駅の広場から東の方角を見れば、青栗村の起伏に富んだ地形が一望できた。広葉樹の葉がすべて落ちてしまう晩秋には、裸になった木々の向こう、なだらかな丘の上に、村井山荘が見え隠れするようになる。晴れた冬の夜には、山荘のあかりが降り積もった雪を照らしだし、ひと気のない青栗村の灯台のように見えたという。

事務長の井口さんは、夏の家での出来事をひとつひとつ鮮明に記憶していた。新入所員のぼくに聞かせたい気持ちもあったのだろう、毎夜のように、当時の話がつぎつぎと語られてゆくことになる。

井口さんは先生の大学の後輩だったが、全体のスケジュールや財政の管理、クライアントや工務店との金銭的な交渉まで、実務全般を取り仕切る役割を担っていた。先生より六つ年下で、家具デザイナーのハンス・ウェグナーと同い年、辰野《たつの》金吾《きんご》設計の東京駅が落成した一九一四年の三月に生まれ、その四か月後に第一次世界大戦が勃発《ぼっぱつ》した。ぼくの誕生日は棚坂軽便鉄道の開業のちょうど一週間前なんだ――というのが本人のお気に入りの説明だった。先生が無口だから井口さんが能弁になるのか、井口さんが能弁だからますます先生が寡黙《かもく》になるのかわからないが、おたがいを補う組みあわせであることはまちがいなかった。

棚坂軽便鉄道をめぐる井口さんの話のほとんどは、どれだけスピードが遅く、頼りなく、愛すべき乗り物であったかというものだった。車内で読んでいた資料が風に飛ばされても、走行中の客車からひょいと飛び降りて紙を拾い、小走りに追いかけてふたたび飛び乗ることができたとか、夏には雷が近づくたびに臨時停車し、雷鳴が遠くまでしばらく待機していると、浅間を越えて降りてきた寒冷前線が頭の真上を通りすぎ、さーっと気温が下がるのがわかったとか、大雪の吹きだまりで脱線しかけたときは、運転士、車掌と乗客全員で除雪して、客車を線路にもどしたとか。

「吹雪だったから、あのままじゃ全員遭難してたよ。やわで軽い客車だったし、火事場のバカ力さ。やっとこさ北浅間に着いたと思ったら、そのまま運休でね」――いったいどこまでほんとうの話かはわからない。

当時の青栗村では馬車も牛車も現役だった。駅前のあたりには風にのった馬糞《ばふん》の匂いが漂っていた。新軽井沢駅の公衆電話であらかじめ連絡しておけば、北浅間駅から徒歩で三十分はかかる村井山荘まで荷馬車が連れていってくれた。戦前のアメリカ滞在中にも馬車を使う機会が少なくなかった先生は、六〇年代はじめに青栗村から最後の馬車が姿を消したとき、とても残念がったという。

村のなかは碁盤の目のように縦横に道が走っている。その北部の中央にホタル池がある。池といってもかなり大きな人造湖で、青栗村の創設メンバーが発案して造らせたものだった。夏はボート遊び、冬にはスケートリンクになり、地元の子どもたちの遊び場でもあった。開村当時からの別荘は、このホタル池の周辺に集中していた。先生が手に入れた土地も、ホタル池まで歩いていくことができる青栗村の一等地にあった。最初の小さな山荘は七百坪ほどの敷地のほぼ中央に建てられたが、まわりに余地を残したのには理由がある。先生は当初からこの青栗村の山荘を、住宅建築のスタディを行なう実験住宅として想定していたらしい。

一九五七年に建てられたときは、夏の避暑に使うための小屋でしかなかったものが、八二年までの四半世紀で六度の増改築がくり返され、五倍以上の大きさになっていた。第一期の山荘と変わらないのは玄関と暖炉の位置ぐらいで、キッチンや風呂などの水回りは、増改築によって移動し、あらたに設けられていた。両袖の男女別の宿泊棟は、先生が設計担当者数名と泊まりこんで、集中的に作業を進めるために増築されたものだった。

棚坂軽便鉄道の廃線を間近にひかえた一九六一年から六三年にかけては、村井設計事務所にとってもっとも忙しい特別な期間だった。大きな仕事にかかわる資料はほとんどが山荘に置かれたままになっていたし、外部との打ち合わせや連絡に煩《わずら》わされずに仕事に集中できるこの場所が、先生にとって最後の砦《とりで》のようになっていた。午前中に仕事の区切りがつくと、「今日から山に行くよ」と声をかけ、その日の夜にはもう山荘に移動していることも稀《まれ》ではなかった。

先生と所員たちは棚坂軽便鉄道の一両編成の客車に乗って、見通しのいい山林のなかをのろのろと北上し、青栗村をめざした。春から夏のあいだはもちろん、秋から冬になり、青栗村が長い眠りの季節に入ってからも、山荘にはつねに灯りがともり、人の気配が絶えることはなかった。

蛇行しながらすすむ棚坂軽便鉄道は、浅間山が右に見えたかと思うと今度は左へと移り、何度もそれをくり返すうち、方向感覚がおかしくなってくる。

「冬景色のなかをカッタンカッタン走って下界からだんだん離れてゆくのは、なんだかあの世行きみたいなさびしさでね。ところが先生は、こうやってぐるぐるのんびりまわってゆくのはいいもんだって、しみじみいうんだよ」

棚坂軽便鉄道はやがて、自動車や路線バスの普及による利用者の減少に加え、たびかさなる台風による鉄橋の流失と、その再建費用がだめ押しとなり、一九六四年に廃線となる。東海道新幹線開業の年だった。馬車が姿を消したときにもまして、軽便鉄道の廃線を先生は惜しんだ。

この頃はしかし、青栗村がもっとも活気にあふれたいい時代でもあった。山荘の持ち主が年老いて、やがて亡《な》くなっていくのは、七〇年代に入ってからのことだ。山荘はしばしば、相続されたとたんに使われなくなる。人の出入りがなくなった家は、棚に置き忘れられた桃のようなものだ。みるみるうちに傷《いた》み、崩れてしまう。周囲の林も手入れを怠ればたった一年で鬱蒼とし、敷地には雑草がはびこり、風が通らない建物はあっという間にカビ臭くなる。天井裏には蟻《あり》や蜂《はち》の巣が黒っぽい塊となり、雨戸の戸袋には鳥が巣をつくる。外壁にはキツツキの穴があき、屋根の雨漏りを放置すれば、部屋の床を割るようにキノコやシダのたぐいが遠慮なく生えてくる。そうした憐《あわ》れな山荘は、六〇年代にはまだほとんど見られなかった。住人の誰もが足繁《あししげ》く青栗村に通い、家に風を通し、庭の手入れに励んでいた。

夏の家のキッチンに置かれた大きな冷蔵庫の側面には、二十年ほど前の黄ばんだ住居表示地図が貼《は》られてある。ぼくはその地図を眺めるのが好きだった。所有者の名前が別荘の区画の枠内に印字されていて、作家や画家、音楽家など、覚えのある名前がところどころに散らばっていた。この古い地図を見ていると、開村して間もない青栗村の、つやつやした轍《わだち》が目に浮かぶようだった。塀がわりの土坡《どは》もしっかりと形を保ち、雑草もはびこらず、湿った枯れ葉の吹きだまりもない。手入れされた林のあいだからは、浅間山がはっきりと姿をのぞかせていただろう。いまでは視界のひらけたホタル池の湖畔や池の北側の丘に登らないと、浅間山の全容は見渡せなくなっていた。

けれども秋が深まり森林がすっかり葉を落とせば、パウダーをふりかけたような浅間の山肌がふたたびくっきりと見えるようになる。時間がさかのぼってゆくような冬景色を先生は好んだ。秋風が吹けば暖炉に使う薪《まき》を早々に追加して、壁際にひと冬まかなえる量をしっかりと積みあげておく。夏の家の薪積みは、あたりのどの山荘のものよりも美しく、整然としていた。

「あれほどの雪は経験したことがない」とあからんだ顔で井口さんが言う。

一九六二年の年の暮れに、ぎりぎりまで山荘にとどまっていた先生と所員は、大晦日《おおみそか》から正月三が日だけ東京にもどり、明けて一月四日からふたたび山にこもることになった。

翌日、昼頃から音もなく降りだした雪はしだいに本降りになり、夕刻には吹雪に変わっていった。大雪のなか、井口さんと先生を先頭に一時間おきに雪かきをしながら、床に埋めこまれたオイルファーネスを最大の設定で焚き、暖炉の火も絶やさないようにして、詰めの作業を続けていた。夜が更《ふ》けても設計図に向かっていたので誰も酒を飲まず、十一時をまわるころ、「今日はここまでにしよう」と先生が吐息とともにつぶやくまで、手を休めず作業に没頭した。鉛筆が図面の紙の上をはしる音と、薪が燃え、はぜる音ばかりが小屋にひびく。楢の薪は香ばしい匂いがしたし、ときおり混じる桜の薪にはわずかな甘さが感じられ、はりつめた神経をなごませた。山荘の北側の小さな窓は、すっかり雪にぬりこめられ、白い帳《とばり》がおろされたようになっていた。

山荘にこもって五日目に、食糧の買い出しと日増しに驚くほどかさが減る薪の調達のため馬車をよび、井口さんと河原崎さんが村の商店まででかけることになった。馬の吐く息は見事に真っ白で、鼻と口のまわりにみるみる霜となってくっついていく。馬車の上から眺める村は、目に痛いほど白く輝いていた。湿った雪の重みに耐えられず、枝を落としている木もあった。

馬車は一条通りを北へ進み、駅前の商店街につづく十字路の手前で急にスピードを落とし、停車した。雪に物音が吸いとられ、耳がしんとする。右手を見ると、村でもっとも古い山荘のひとつが、雪の重みで倒れたヒマラヤスギの一撃で半壊していた。屋根が落ち、むきだしになった書斎の机の上には、雪が降りかかってキラキラ光るのが見えたという。山荘の持ち主の野宮春枝は――一九八四年に九十八歳で亡くなった小説家だ――、たまたま留守にしていて無事だった。

知らせを聞いてわざわざ東京からもどってきた野宮春枝は表情も変えず、「木の下敷きになって死ぬのも病気で死ぬのも同じこと」と言い、感慨にふけるまもなく出入りの工務店に連絡をとった。駆けつけた棟梁に、「わたしも年をとってきたし、この家も半分の大きさで充分だから」と言って、書斎とリビングを含む潰《つぶ》された部分をそのまま取り壊すように命じ、山荘をほぼ半分の大きさにしてしまった。リビングは暖炉の前にこぶりのソファセットと四人がけのテーブルが入ればいっぱいになる広さでよしとした。半分になった書斎を寝室兼用とし、その一角のわずかなスペースに愛用の古いシングルベッドを押しこんだ。

見事といえば見事だが、愛想のないといえばかたくななほど愛想のない改築は、たしかに老人とお手伝いひとりの空間としては充分なものだった。棟梁は厳冬期には仕事の少ない大工をその日のうちに呼び集め、図面も引かずたった一週間で工事を完了させてしまった。「解体工事は終わってるんだから手間はないでしょ」というのが野宮春枝の言い分だった。それから二十年あまり、一年の半分以上を青栗村に住みつづけた野宮春枝は、小さくなったこの山荘で四つの長篇小説を書きあげた。

青栗村には自治組織がある。野宮春枝は青栗村の創設メンバーのひとりであり、八十歳から亡くなるまで、自治会の名誉会長を務めていた。土地を買い、山荘を建てるにあたっては、自治会の役員による審査があった。軽井沢から棚坂軽便鉄道で一時間半もかかる不便を苦にしない人の職種は限られている。大学の教師や小説家、画家、役者、音楽家、哲学者、翻訳家などが集まったのも、個人のつながりでひろがっていった村の成り立ちをよくあらわしていた。

長期休暇が当然であるばかりか、一年じゅう休みにひとしい人たちも少なくなかったので、自治組織の運営はおのずと活発に行なわれ、とくに夏は子どもたちの面倒をまとめてみてしまおうという魂胆もあり、遠足、探鳥会、キャンプファイヤー、地元の青年団との球技大会などがつぎつぎと催された。夏の終わりには、演奏会や講演会が村の中心部にある倶楽部《クラブ》会館で開かれた。

先生は演奏会にはときおり顔をだしたものの、そのあとの懇親会には出席せず、さっさと夏の家に帰ってくる。「避暑に来てまで社交をしなければならないのは閉口だ」と言うのだが、東京にいても建築家の会合に出ることはほとんどなかったから、「避暑に来てまで」というのは単なる口実だったろう。社交はお手のものだった井口さんがこまめに顔をだし、先生の無愛想をおぎなっていた。

初々《ういうい》しく活気にみちた六〇年代が終わり、七〇年代が慌ただしく過ぎた。そして八〇年代、青栗村は日が陰るように古びた匂いをまといはじめ、世代交代が進んでいった。土地の売却も行なわれるようになったが、個人に売るかぎりは自治会も口を出すことができず、村はしだいに見知らぬ同士であることが当たり前の場所に変わりつつあった。

古くからの「村民」はかつての青栗村を記憶のなかに保管して、ときどき取りだしては懐かしんだ。彼らの記憶を牽引《けんいん》するように、棚坂軽便鉄道はふいによみがえり、失われた線路の上を動きはじめる。明るい山肌の上を、簡素な鉄橋の上を、おそろしく遅いスピードで、線路をきしませながら、走ってゆく。

3

　夏の家に着いて四日目の八月一日。日曜日の青栗村は台風10号のまっただなかにのみこまれていた。

　最大風速が三十メートルを超える巨大な台風だった。ぼくらは前日の夕方からすべての雨戸を閉め、万全の態勢をとっていた。朝早くから風がうなり、上空をコマ落としのような速さで雲が走っていた。お茶の時間が終わるころから雨風はいっそう強くなった。自室にいても落ちつかず、一階のダイニングルームにおりてみると、ほかの所員も集まってきていた。先生も所長室から出てくると、「こう風がうるさくっちゃ本も読めない。ラジオもミリバール、ミリバールのくり返しばかりで」と言いながら、暖炉脇のオーディオにかがみこんでスイッチを入れ、ベートーヴェンの交響曲第八番をプレーヤーにのせた。内田さんはコーヒーを淹《い》れ、残っていたアップルパイを雪子が切り分けた。ダイニングテーブルでパイをつまんだり、暖炉前のソファに座ってコーヒーを飲んだり、届いたばかりの建築雑誌をめくったりしながら、うなりをあげる風雨にかき消されそうな、しかしどこか軽快で気安いところのある交響曲を、みな聴くともなく聴いていた。

家がきしむほどの風圧がかかり、柱が耳ざわりな音を立てる。雨音はさらに激しさを増し、放水車で水をかけられているようだった。柱の葉が雨戸をたたく音がして、まばたきのように電気が消えかかり、また点《つ》いた。強風にしなう木の音が不気味に響く。電気がちらちらと明滅して、家の外でバチン、バチンと何度か破裂音がしたとおもうと、停電になった。ステレオは沈黙し、雨戸を閉めきっていたダイニングルームは真っ暗になった。

「倒木で断線したんでしょう」と内田さんがふだんと変わらない声で言いながら、すかさずどこかからろうそくと燭台《しょくだい》をもってきた。ダイニングテーブルに五本、暖炉の上に二本のろうそくが灯《とも》された。停電には慣れているらしい。

内田さんは懐中電灯を手にしてボイラー室へ入ると、自家発電機を起動させた。スターターの音が聞こえ、まもなくダイニングルームの明かりが点いた。心なしかゆらいでいるような感じのする光だった。誰かが、途中で終わってしまった第三楽章のはじめからレコードをかけなおした。

もどってきた内田さんに声をかけられ、夕食をいっしょにつくることになった。週末は気の向いた人間がキッチンに立つのだが、たいていは内田さんが引き受け、ぼくや雪子が手伝うことになる。内田さんはぼくの教育係であるばかりでなく、料理の先生でもあった。

マリネした骨付きの羊肉のまわりに、皮をむかずに大きく切ったじゃがいもや人参《にんじん》、玉ねぎを並べ、オーブンに入れる。豆腐とクレソン（先生は馬セリといった）の味噌《みそ》汁《しる》をつくる。これならぼくにもむずかしくない。内田さんの料理の秘訣《ひけつ》は、どうやら手順にあるらしい。米を研ぐところからはじまって、肉と野菜の下準備をし、天板に並べて火にまかせ、わずかな野菜くずをコンポスト用のバケツにまとめ、だしを取り、味噌をとき、皿をあたためる。一連の流れに澱みや迷いがなく、手持ちぶさたになる瞬間がない。使い終わった鍋《なべ》やボウル、まな板もわずかな隙を見て洗ってしまうから、シンクはつねに広々としていた。「料理に手間をかける余裕がないときは、焼くか蒸すかがいちばんなんだよ」という言葉どおり、ごはんが炊《た》きあがる直前には、料理もできあがっていた。

食事がはじまるころには雨風はだいぶ弱くなり、あたりに静けさがもどってきた。電気を断たれた青栗村のただなかにある夏の家は、暗い海に漂う船のようだった。誰かがろうそくだけで食事しようといいだして、ダイニングルームのライトがふたたび落とされた。台風が峠を過ぎたせいか、あるいは夜になったせいか、気温が下がってくるのがわかった。

「火を焚くと、部屋の湿気が外に吸いだされてゆくからね。今日のような日は、夏でも火があるといいものだよ」暖炉に火を入れながら先生は言う。

小さく丸めた新聞の上に火付け用の杉の木《こ》っ端《ぱ》を置き、その上をまたがせるようにして楢の薪を井桁《いげた》に組んでゆく。いちばん下の新聞にマッチで火をつけると、ボウと音を立てて勢いよく燃えはじめ、ほどなく杉に火が移る。杉の火は楢の薪を焦《こ》がし炎を立てる。薪の燃える香ばしい匂《にお》い。全体に火がまわり安定してくると、先生は薪の位置をずらしながら、そのつど炎の勢いが変わる様子をぼくに見せた。

「薪同士をくっつけすぎると燃えないだろう。離しすぎても、燃えない。ほんの少し離れているぐらいが……ほら、いちばんさかんに燃えるんだ」

ぼくは黙って火を見ていた。薪と薪にわずかな隙をつくって並べると、そのあいだをおもしろいように火が吹きあがってゆく。あいだを離せば、とたんに火は弱まり、赤々としていた薪が白い煙をあげて黒ずんでくる。薪を近づけるとまた火がおこる。火は薪と薪とのあいだに生まれるはかない生きもののようだった。気がつけば、あたりは燃えさかる薪がときおりはぜる音ばかりで、雨の音も風の音も聞こえない。

暖炉の前には、火を囲むようにして、ゆったり座れるソファや椅子が置いてある。火の粉が飛んでも燃え広がらない枯葉色のウールのカーペットも敷かれている。夕食のあともっと飲みたい人、音楽を聴きたい人はここにやってきて、猫や犬が気に入った場所でからだをまるめて休むように、しばらくそこから動かなくなる。

ウィスキーグラスを片手にした井口さんが暖炉の前の横長のソファに座っていた。ここに先生がいなければ、いつもの週末と同じように井口さんの独壇場になるところだったが、今日はなんだかおとなしい。事務所のいちばんのベテラン所員である河原崎さんと小林さんも、火を見ている先生に引き寄せられたのか、ソファにぼんやりと座っている。

丸みをおびた柔和な顔つきの河原崎さんは、額がかなり後退してはいるものの、柔らかくウェイブがかかった髪にはヴォリュームがあり、黒縁の眼鏡がよく似合った。いかにも酒を好みそうな風貌《ふうぼう》だったが、ワインをのんでもせいぜいグラスに一杯で、夜も早い。ぼくはアルコールがまったくだめだったから、河原崎さんのような先輩所員がいるのはありがたかった。井口さんをのぞけば最年長だったが、話しぶりはおだやかで声を荒げたりすることもないかわり、年下の所員を率先して引っぱってゆくタイプでもなかった。

もうひとりのベテラン小林さんは、彫刻刀で彫りだしたような風貌だった。細面で色が白い。母方から八分の一だけロシア人の血を引いているという。無口で、酔っているのかどうか判然としないほど酒が強かった。顔つきにしても背の高さにしても、それを持てあましている気配があり、机に向かう横顔はいつもどこか沈鬱《ちんうつ》そうにみえる。仕事は緻密《ちみつ》で、村井設計事務所の設計図が現場で不都合を生じさせないのは、わずかなミスも見逃さない小林さんの注意力に負うところが大きかった。過去の事例やデータを知りたいときにも、ちょっとたずねればたちどころに過不足ない答えがかえってくる。頭のなかには塵《ちり》ひとつ落ちていないかのようだった。

風貌や性格はそれぞれだったけれど、いかなる場合もアンテナを先生に向け、黙って態勢を整えているところにおいては、ふたりは二卵性双生児のようでもあった。

内田さんの先生との距離のとりかたは、もう少し親密で冷静だった。どちらかといえば、夏の家にアルバイトにきている先生の姪《めい》、村井麻里子の態度に近かったかもしれない。

食糧の買い出し担当のぼくは、内田さんが熱心かつ周到に用意したワインの銘柄リストを手渡されていた。先生が内田さんの食をめぐる知識をなかば面白がってワイン選びを任せていたのだ。ところが内田さんは呆《あき》れるほどの読書家でもあったから、夕食を終えると飲み残したワインボトルを抱えて、さっさと自室にひっこんでしまう。気が向けばダイニングルームにとどまって話していることもあるが、河原崎さんや小林さんと酒を飲むことはほとんどないし、井口さんとはお互いにそりがあわないらしい。この日も夕食のあとは早々に、風呂場へと姿を消していた。

こうして夏の家の食後の時間は、ただひとり井口さんだけが饒舌《じょうぜつ》になって、若手である雪子やぼくがその聞き役になる、という光景がくり返されていた。おかげでぼくは、夏の家と青栗村の歴史をひと夏でたっぷりと知ることになる。

「野宮さんには恋人がいたでしょう?」

十一時半をまわっていた。暖炉の火はさかりを過ぎて赤々とした熾火《おきび》になっていた。薪の番をしていた河原崎さんと小林さんも、さっきまでダイニングテーブルでお茶を飲んでいた雪子と笹井《ささい》さんも、風呂に入りにいってしまった。先生はとうに引きあげて、自室で休んでいるはずだった。台風に記憶を刺戟《しげき》されたのか、井口さんが二十年前の大雪の話をはじめた。雪の重みで倒れたヒマラヤスギで、野宮春枝の山荘が半壊した話。暖炉の前にはぼくと井口さん、そして先生の姪の村井麻里子だけが残っていた。野宮さんの恋人、と言いだしたのは麻里子だった。井口さんは不意をつかれたような顔をしている。

「もう七十歳をとうに過ぎていたからねえ。まあ恋に年齢は関係ないというけれど」

「野宮さんの山荘が潰れたのは、たしか恋人が亡くなったすぐあとですよ。だからもう、家は残った半分だけでいいって思ったんじゃないかな」

井口さんは曖昧《あいまい》な顔のまま「そうかい？」とだけ言って、グラスに氷を足し、ウィスキーをゆっくり注いだ。口を差しはさむ余地はないので、ぼくは黙って熾火を見ていた。

村井麻里子は、音大を卒業してから職につかず、ふだんは代々木のマンションで暮らしていた。父親は先生のすぐ上の兄で、本所《ほんじょ》の古い和菓子屋を営んでいた。母親は和菓子屋の奥で茶道を教えているという。歯並びのいい白い歯をみせてよく笑う麻里子は、明るく屈託がなかった。長い髪とお揃いで手足もひょろひょろと長く、虫にさされるのも木や葉っぱでひっかけたりするのもたいして気にせず、平気で肌を出す格好をしていた。日が暮れて気温が下がってくると、「さむいさむい」と言いながらそそくさとセーターを着込み、派手な色合いの毛糸の長靴下をはく。

麻里子は夏の家の期間だけのアルバイトで、東京に残っている経理担当の吉永さんのかわりに会計事務や雑事全般を引き受けていた。旧軽井沢には村井家の古い別荘があったから、週末は自分のクルマを運転してそこに帰っていく。吉永さんとはなんの共通点もなさそうなのに、仕事が早く正確で丁寧なのはよく似ていた。何より驚いたのはそろばんを使うことで、「だって計算機より早いし、間違えないから」と言って細く長い指でパチパチと玉を弾《はじ》く。小さいころに習わされたそうで、買い出しのときも合計金額を暗算で弾きだしてしまう。麻里子ちゃんはひとり娘だからいずれ婿《むこ》養子をとって、和菓子屋のおかみさんになるんだろう、と井口さんは言っていた。

毎日夕方になると、麻里子は北青山の吉永さんに電話をかけ、事務所からの連絡を井口さんに伝えた。まだファクス機が百万円を超える時代だったので、夏の家にファクスはなかった。吉永さんから聞き取った事務連絡を、麻里子は「東京」と書かれたノートに記録していた。先生は夕食の前に「東京ノート」を開いて読み、吉永さんへの指示を麻里子に伝える。麻里子は「青栗」と上書きされたノートに先生の指示を書きとめて、次の日の朝、電話で吉永さんに伝える。仕事中は長い髪をひとつにまとめあげているのと、真面目《まじめ》な顔でうつむきながら手を動かしているので、別人のような雰囲気だった。横顔に、どこかしら先生と共通するひたむきさが浮かんでいた。

夏の家を手伝うようになったのは去年の夏からのことで、音大卒業後はイギリスに留学し、ピアノの勉強を続けていたというから、年齢はぼくより三つぐらい上のはずだった。先生のことは「先生」と呼び、親族としてのふるまいを見せなかった。叔父の事務所で働くための智恵《ちえ》を働かせていたにちがいなく、それを証明するように、仕事ぶりには隙がなかった。

五人いる女性の所員のうち、村井麻里子と同世代なのは中尾雪子だけだった。麻里子と同い年で対照的に温和《おとな》しい性格だったのがかえって幸いしたようで、夕食時にはいつも並んだ席で親しげに話しこんでいる。ときおり雪子の無邪気な笑い声が響くこともあった。

麻里子の仕事場は、キッチンの隣にある家事室だった。家事室にはキッチンと同じく大きな窓が東側に開けられており、明るく、風通しがよく、のびのびとアイロンをかけられるように机も大きかった。電話は所長室と家事室、そして井口さんの机にあったが、先生は仕事中は回線を切ってしまうので、すべて麻里子がとることになる。所員が電話するときも、家事室の麻里子に声をかけてから使うことになっていた。

デスクワークがすむと、麻里子は大きな机の端に置いてある真新しいウォークマンのヘッドフォンを耳にかけ、ブラック・コンテンポラリーやAORを聴く。耳はアル・ジャロウやマイケル・フランクスの歌に、目と指先は冷蔵庫や食糧庫の在庫チェックに向けられる。朝昼晩の食事、三時のお茶の時間に同席するほかは、麻里子は所員と離れて働いていた。家のなかの用事を片づけると、最後に郵便を出しにいく。麻里子のルノー5《サンク》のエンジン音が聞こえるたび、ぼくは図面から顔を上げ、桂《かつら》の葉の緑の向こうを、小さな黒い車体が横切っていくのを見送った。

4

夏の家で過ごすうち、建てつけの悪い雨戸のようだった自分のふるまいも、少しずつがたつきがおさまって、桟のうえをすべりだしたように感じていた。

先生が朝の散歩に出る音を目覚ましがわりに、朝食の準備にとりかかる。夏の家の中心部にあるダイニングルームの、そのまた中央にある大テーブルをよく拭《ふ》いて、お湯をわかし、テーブルクロスを広げ、カップとソーサー、取り皿を並べ、その横にフォークとナイフを置き、サラダを準備し、ミルクをピッチャーに移し、冷蔵庫から卵とベーコンとソーセージをとりだし、カウンターテーブルに並べるころ、起きだしてきた麻里子も手伝いに加わる。ぼくと麻里子は四つあるコンロと、二台ある大型のトースターを使って、ハッシュドポテトを焼き、ベーコンとソーセージを焼き、サニーサイドアップを焼き、トーストを焼く。そのころには先生も散歩からもどってきて、ほどなく全員が顔を揃《そろ》える。焼きあがったものを皿にのせるところまでが当番であるぼくたちの役目で、それを持っていくのも、ピッチャーのオレンジジュースやアップルジュース、ポットに淹れておいたコーヒーと紅茶を注ぐのも、すべてセルフサービスだ。こうしてダイニングキッチンにすべてが揃ったときの混然となった匂いが、ぼくは好きだった。総勢九名がひとつの大きなテーブルに着き、その見えない匂いの柱をかこむ。

先生が「いただきます」と言うと、あちこちから「いただきます」とばらばらに声がして朝食がはじまる。先生の静かな挨拶《あいさつ》で、眠たげな朝の空気がさっと引き締まる。朝食は夕食にくらべていつもみな温和しい。黙ったままのテーブルの上を、大きなサラダボウルが行き交い、ジャムやバター、塩、胡椒《こしょう》、ミルクピッチャーが手渡される。

「おとといの晩、山口さんのところに泥棒がはいったそうだ」

先生がふいに切りだすと、所員たちがいっせいに顔をあげる。

「山口さんて、山口玄一郎《げんいちろう》さんのところですか？」

内田さんがたずねる。

「そう」

「なにを盗《と》られました？」

「もうほとんど描き終わっていたタブローが一枚あったらしいんだけどね、それは大丈夫だった。キッチンの引き出しにしまってあった十万円の入った封筒だけ盗られたそうだ」

「絵より現金か。山口さんのことを知らなかったんですかね？」

「このあたりの泥棒が絵を持ってったって、いったいどこで売るんだい」

内田さんは「それもそうですね」と言って、トマトを頬ばった。

「とにかく物騒なのは困る。風呂場や洗濯室は夜中から朝まではひと気がないところだから狙《ねら》われやすいんだ。洗濯乾燥室の窓から入ったらしい」

「修理と対策が必要ですね」と井口さんが言った。

「そうだね。様子を見に行くからと言っておいた」

山口玄一郎は先生の美校時代の同級生で、それほど多くはない友人のひとりだった。アトリエも自邸も別荘もすべて先生の設計で、青栗村で唯一《ゆいいつ》、行き来のある人といってよかった。

井口さんは国立現代図書館のコンペについて、ベテランふたりと話しはじめた。ここのところ毎朝、口をひらけばこの話になった。国立現代図書館の設計競技は、村井設計事務所にとって十年ぶりの指名コンペへの参加だった。コンペ案の基本プランを確定し、十一月末の提出に向けて設計案を詰めてゆくことが、今年の夏の家での最大の課題なのだ。

黒縁の眼鏡にウェイブがかかった髪の河原崎さんは、井口さんの言葉に軽く頷《うなず》きながらサラダを口に運んでいるが、食事中の顔がいっそう無防備にみえ、ツキノワグマを連想させた。白皙《はくせき》の小林さんは、くずれた黄身をトーストにつけて食べていても、製図をしているときとまったく同じ表情で隙《すき》がない。

ふたりはそれぞれ二十年以上も先生のもとで働いている。設計事務所から独立するタイミングは一様ではないが、遅くとも三十代半ばぐらいまでにはと考えるのが普通だろう。村井設計事務所にも同じように独立していった建築家が少なからずいる。しかしふたりはすでに五十歳を過ぎていた。独立のタイミングは逸していたし、そもそも考えたことすらなかったかもしれない。事務所にいるかぎり黙っていても仕事はある。しかも村井俊輔のこれまでの仕事から外れるような依頼は井口さんが引き受けないから、クオリティの高い設計に集中できる。今回のようなコンペを勝ちとれば、大きな公共建築にもかかわることができる。所員の待遇がほかの建築事務所に較《くら》べて破格によいことでも知られていたから（よそが安すぎるんだ、というのが内田さんの言い分だった）、個人的な欲がなければ、わざわざ独立しなくてもと考えるのも自然なことだった。

内田さんの評によれば、河原崎さんは「平面図よりも断面図の人」らしい。つまり、建築においてはまず立体的な構造を考えるということだ。たとえば一階から二階へ向かう階段の位置は河原崎さんにとってつねに必然から導かれるべきものであり、必然をともなわない階段は美しさを欠く、ということになる。

「リビング、寝室、ダイニングルームの三か所に暖炉を設《しつら》えようとしている大きな別荘のプランがあったとするよ」と内田さんは言う。「煙突を三か所につくるのはコストもかさみ、雨漏りの可能性も三倍になり、外観も損われる。三つの暖炉を一本の煙突で兼ねることが検討すべき案件になる。それぞれ用途も広さもちがう暖炉つきの部屋を、ひと組は上下階に重ね、もうひと組は壁をはさんで背中合わせにすることにより条件はクリアできるだろう。しかし一本の煙突で三つの暖炉をつなぐことだけを優先すると、まちがいなくフロアプラン全体のバランスが崩れてしまう。

「河原崎さんの頭の中心にはね、つねに一本の煙突がまっすぐに立っているのさ。まずは煙突ありきなんだ。部屋は煙突によって決定され、分配される」と内田さんは苦笑いしながら言う。「しかしそんなのはね、力んでやるようなことじゃないんだよ。煙突が一本だったなんて、暮らしはじめてから気がついたっていいぐらいのことでしかない」

河原崎さんのものの考えかた、プランの導きだしかたは、断面図、立面図が基軸になっているから、どうしても同じパターンに陥りがちで、先生が修正してくるポイントはフロアプランのバランスであることが多いという。

いっぽう小林さんがもっとも優先し、うるさくこだわるのが動線の出来不出来だった。フロアプランの上で人がどのように動き、流れ、回遊できるのか。無駄な動き、無理な動きがないか。先生の考える住宅の動線は、どこかでぐるりと一周できるようになっていることが多かった。玄関からリビングに入り、リビングからダイニングに、ダイニングからキッチンに入り、キッチンの裏から玄関に抜ける——小林さんは先生の設計の大きななかなめのひとつを動線だと考えていて、つまり平面図へのこだわりが人一倍強いのだった。

ほかの建築家の仕事でも、平面図をひとめ見るなり、動線から見た批判をはじめる。雑誌に掲載された、海辺のレストランの平面図を見たときもそうだった。「——人がすれちがうとき、ここで不要な圧力がかかるよね。定員三十人のレストランだから広さは充分だけど、ここで人の動きが詰まってしまうとサーヴィスがもたつくし、空間としても息苦しい。客の知らないあいだに胃にも負担がかかって、料理だってまずくなるよ」

この対照的なふたりから、三十代半ばの内田さんが一目置かれているとすれば、それはディテールのセンスだろう。間接照明の目隠しや引き戸のおさまり、テーブル、椅子《いす》、キャビネット、ベッドなどの家具デザイン、暖炉のレンガの積みかた、浴室のタイルと檜《ひのき》張りのコンビネーションなど、手に触れたり、目にとまったりする仕上がりに、独得の繊細な工夫があった。先生も家具については内田さんに格別の信頼をおいていた。

デンマーク、スウェーデンを取引先とする輸入商の父親に連れられ、幼いころから何度もヨーロッパへ旅をして、高校時代には一年間パリに留学していたそうだから、鍛えられかたには年季が入っていた。ほんとうは建築家ではなく絵描きになりたかったというだけあって、家具のプランのデッサンなどそのまま額に入れて飾りたいほど達者だった。

「断面図派」と「平面図派」と内田さんが評するベテランふたりを、先生がもっとも頼りにしているのは誰の目にも明らかだった。井口さんはといえば、ふたりが先生を支えるばかりでなく、事務所の支柱にもなってくれることを願っていて、それがやや前のめりになるほどのおおきさにふくらんでいた。村井設計事務所を、先生の個人事務所ではなく、村井俊輔の理念を受け継ぎ、掲げながら、世代交代が可能な組織に切り替えてゆくのが井口さんの年来の希望であり、河原崎、小林のふたりをその牽引役にしようとしていたのだ。だが当人たちはそんな井口さんの勢いに気圧《けお》されているのか、荷が重いと考えているのか、問題が具体化することをなるだけ避けようとしている気配がうかがえた。

井口さんの頭には、フランク・ロイド・ライトが設立した設計事務所であり、建築を学ぶフェローシップの機能も兼ね備えた「タリアセン」があった。

一九五九年にフランク・ロイド・ライトが亡くなってから二十年あまりが過ぎても、タリアセンはライトの精神と設計スタイルを継承し、活動をつづけていた。その姿勢や方法論を参考にすれば、村井設計事務所も永続的に活動ができ、十年、二十年、三十年後のメンテナンスにも責任を持つことができる、というのが井口さんの持論だった。一九四〇年に渡米し、ライトのもとで働いていた先生は、戦争がはじまらなければ、そのままタリアセンに残っていたかもしれない。そもそもこの夏の家をスタートさせたのもタリアセンの影響にちがいないのだから、と井口さんは言うのだった。

四十歳を迎えようとするころ、フランク・ロイド・ライトは依頼主の妻と恋に落ちた。仕事にも実生活にも行きづまりをおぼえていた時期だった。一九〇九年、四十二歳のライトは、妻と子どもをシカゴに残し、恋人とヨーロッパへ渡った。二年後にふたりは帰国するが、噂《うわさ》で持ちきりのシカゴに落ちつけるはずもなく、生まれ故郷ウィスコンシン州の丘陵に、新たな住居兼仕事場を建てることになった。イギリスのウェールズ地方にルーツをもつライトは、この小さな丘とその建物に、ウェールズ語で「輝ける額」を意味する「タリアセン」と名づけた。

タリアセンが完成し、第一次世界大戦の開戦まもない一九一四年八月十五日、出張中だったライトに不意の知らせが届く。使用人がタリアセンに放火し、ライトの恋人と、その息子と娘、スタッフ、大工、現場監督をつぎつぎに斧《おの》で襲い、殺害したというのだ。使用人は暖炉の焚《た》き口《ぐち》で塩酸をのみ自殺を図っていた。酸でのどが焼け、食事も会話もできず、七週間後に死んだ。凶行の動機はわからなかった。

タリアセンにもどったその夜、ライトはベッドのなかでヨタカが鳴くのを聞いた。一定の間隔で何かを叩《たた》きつづけるような不穏な鳴き声だった。それから四十年余りもつづいた人生で、ヨタカの鳴き声を聞くたびに、ライトは強い抑鬱状態に陥ったという。

結果的に救いとなったのは、帝国ホテルの設計だった。事件の一年前、一九一三年に日本での打ち合わせがはじまり、一九一八年からの四年間は、東京で現場の指揮にあたった。やがて建築費が当初の予算の六倍に膨れあがり、たび重なる設計変更にホテル側との軋轢《あつれき》が頂点に達したとき、担当支配人は引責辞任、慢性的な胃腸障害に陥ったライトもまた、完成を見る前に日本を離れることになる。

タリアセンの悲劇から九年後の一九二三年九月一日、ライトの日本人弟子であった建築家の指揮によって帝国ホテル本館がついに完成した。落成記念の披露宴がいままさに開かれようとしていた午前十一時五十八分、関東大震災が起こった。死者行方不明者十数万人、倒壊と火災で東京は広範囲にわたって瓦礫《がれき》の山となった。数日後、ようやく通信が復旧した東京から、ライトのもとに一通の電報が届く。「ホテルハ被害ナク立ッテイル　アナタノ天才ヲ示ス記念碑トシテ」

地に墜《お》ちたはずのライトは、追い打ちをかけるような最大の不運を瀬戸際《せとぎわ》で味方につけたのだ。大地震と火災にびくともしなかった帝国ホテルでの実績は、ライトの評価を一変させた。タリアセンのあるウィスコンシンが大雪の日にも、サボテンの花が咲く遠いアリゾナの沙漠《さばく》から、高級リゾートホテルの仕事が舞いこんだ。ライトは、ウィスコンシンからアリゾナまでの遥《はる》かな道のりを、新しく手に入れたオープンカーで通いはじめる。あふれる光のなかに広がる沙漠、山脈のフォルムに、ライトはあらたな造形を生みだす力を与えられたようだった。しかし、一九二九年の世界大恐慌《だいきょうこう》がすべてを暗転させる。一夜にしてクライアントの建築資金が吹き飛び、アリゾナの大プロジェクトは幻となった。

ライトはふたたび坂をくだりはじめる。一九三二年、ニューヨーク近代美術館で開かれた歴史的な展覧会「近代建築・国際展」で華々しくとりあげられた建築家は、ル・コルビュジエであり、ウォルター・グロピウス、ミース・ファン・デル・ローエであった。六十五歳になっていたライトは、アメリカを長く離れていたことも災いし、もはや過去の人として扱われていた。

やがてライトの関心は、建築そのものではなく、新しい世代の育成へと向かう。建築家を志す徒弟《アプレンティス》をタリアセンに集め、学費を徴収し、共同生活のなかで建築を学ばせるフェローシップをスタートさせたのだ。敷地内に農場を持ち、乳牛やにわとりを飼い、作物を育てて自給自足の生活をする。自分たちが使う建物も、原木を買って切り倒すところから、製材、設計、施工《せこう》まで、すべてを彼ら自身に実践させる。併設された小劇場では、クラシックの音楽会や映画の上映会、ゲストを招いての講演会がつぎつぎと開かれる。ライトはこの仕組みによって巧みに資金調達をしながら、教育者としての晩年を送るものと思われた。

ところが一九三七年、七十歳を迎えたライトは、驚くべき再登場を果たす。ペンシルヴァニア州ベア・ランの森の、渓流をまたぐ土地に、カウフマン邸が完成したのだ。「ウェイターが盆を持つような」とライトが好んで喩《たと》えた白い長方形のバルコニーの真下には、自然の滝が流れ落ちていた。「落水荘」と名づけられたカウフマン邸は、まぎれもなくライトの最高傑作のひとつとなった。自然を建築の師と仰ぐライトは、自然を味方につけ、役者にも仕立て、彼を過去の人と決めつけ、葬《ほうむ》ろうとしていた人びとをたった一軒の家でなぎ倒したのだ。

完成の翌年、ニューヨーク近代美術館は、手のひらを返したように「落水荘」の展覧会を開く。建築雑誌が特集を組み、「タイム」誌は表紙にライトを迎え、講演依頼は引きも切らなかった。一九四〇年には、「イントレランス」や「嵐《あらし》の孤児」で世界の注目を集めた同時代の映画監督、D・W・グリフィスとともに、「ふたりの偉大なアメリカ人」のタイトルのもと、ニューヨーク近代美術館でふたたび作品展が開かれることになる。

脚光を浴びる代償として、ライトは、おそらくは過労がひきがねとなった重い肺炎を患《わずら》う。厳冬のウィスコンシンを離れるよう医師に促され、アリゾナでの転地療養に向かったが、この再訪が契機となり、ライトはここにもうひとつのタリアセンを建てることを思い立つ。春が訪れればウィスコンシンのタリアセンに、クリスマス・シーズンになればアリゾナのタリアセン・ウェストに移る、毎年恒例の「転地」ツアーがスタートしたのだ。

大きな赤いトラックに食糧をたっぷり詰めこんで、ツーリングワゴンやオープンカーを何台も連ねての約三千キロのキャラバンがはじまった。先生がタリアセンの門をたたいたのはちょうどその頃だった。

中学三年のとき、先生は関東大震災を経験した。実家の和菓子屋は奇蹟《きせき》的に最小の被害ですんだものの、東京の壊滅的なありさまは生涯忘れられない光景となった。震災の翌年、両親に連れられて帝国ホテルで食事をした。建築家になりたいと意識するようになったのはこの日がきっかけだったという、先生の短い文章を読んだことがある。美校に卒論を提出したあと、ライトの始めた寄宿学校に入ろうと手紙を出したが、入所費用を捻出《ねんしゅつ》することができず、いったん諦《あきら》めた。

その後、東京市土木局の嘱託となり、小学校の図書館の設計を担当しながら入所費用と渡米の資金を貯《たくわ》えて、横浜港からアメリカに向けて出航したのは一九四〇年のことだった。アリゾナで、そしてウィスコンシンで、先生は晩年のライトと生活をともにしながら、建築家としての修業を積んだ。

しかし、四一年十二月、パールハーバー奇襲作戦が決行される。ライトに慰留された先生は、その年の暮れ、アリゾナへの三千キロのキャラバンに加わった。タリアセンの居心地は開戦後もなにひとつ変わらなかった。やがて良心的兵役拒否を選択し、服役する徒弟《アプレンティス》も現われたが、タリアセンにもライトにも、旗幟《きし》鮮明な政治的姿勢があったわけではなかった。しかし世情から遠く、隔絶された自然環境のなか、芸術至上主義的ともいえるライトのもとでひたすら建築に向きあっていると、戦地に向かい、見知らぬ敵と闘うことはあまりに非現実的な選択に思われた。

このように共同体的な運営がなされているタリアセンが、兵役拒否の温床になっているのではないかと疑われたのも無理のない話だった。良き市民にはふりかからないであろう過去の痛ましい事件も災いし、ライトの動向はＦＢＩから注視されるようになっていく。

春が近づくころ、カリフォルニア州やアリゾナ州に日系人の強制収容所が設営されはじめたという噂がタリアセンにも届く。先生はライトと話しあい、春のキャラバンでウィスコンシンにもどると、四月の終わりには仲間に別れを告げて、単独でニューヨークに移動した。そして、アメリカに残っていた外交官や留学生、ビジネスマンなどを帰国させる日米交換船の乗客となった。この航海中、のちの友人となる哲学者、梶木《かじき》道生《みちお》と出会うことになる。

帰国してほどなく、銀座の古いビルの一室で、村井設計事務所はスタートした。やがて美校の後輩であった井口さんも手伝うようになったが、戦時中の設計依頼は千葉県館山《たてやま》のサナトリウム一軒だけという心もとない出発だった。

そしていま先生は、タリアセンに倣《なら》った井口さんの事務所の今後をめぐる構想に賛同するでも抵抗するでもなく、流れてゆくものをじっと見ているふうだった。まもなくやってくる国立現代図書館の設計競技が、事務所の行く末をおのずと左右するものになることはもちろん覚悟していたはずだ。しかし夏の家にはまだ、ふだんどおりのおだやかな時間が流れているばかりにみえた。

設計の仕事は、思っていた以上に静かなものだった。プランが確定すれば、計算をし、ひたすら線を引き、線を引きなおし、チェックを受け、再検討し、また線を引く、そのくり返しだった。ただひとり話し好きな井口さんがでかけていたりすれば、お茶の時間になっても、どこか遠慮がちな会話がぽつぽつと交わされるばかりとなる。まだ緊張していたぼくにとっては、内田さんのとりとめもなく広がる無駄話と、雪子のたてる小さな笑い声が救いだった。夏の家には麻里子が加わったから、お茶の時間も食事どきも、がぜんにぎやかになっていた。

北青山の事務所では、クライアントとの話しあいは別室でおこなわれていたので、なおのこと設計室はしんとしたままだった。しかし基本設計が完成したあたりから、クライアントとのあいだでは言葉によるやりとりが何よりも重要な仕事になってくる。先生は幾度となくそう言っていた。「基本設計で少しでも腑《ふ》に落ちない部分が残ると、実施設計の段階でかならず問題が再燃するからね。ほんとうに納得してくれるまで言葉は尽くしたほうがいい」饒舌ではない先生が口にする言葉は、流暢《りゅうちょう》で巧みな言葉より、クライアントの胸の奥までしっかり届いた。

「うまくいった家はね、こちらが説明するときに使った言葉をクライアントが覚えてくれていて、訪ねてきたお客さんに、その言葉で自分の家を説明するようになる。われわれ建築家の言葉がいつしかそこに暮らす人たちの言葉になっている。そうすれば成功なんだよ」

基本設計の図面ができると、つぎに模型を準備する。設計図に引かれた線だけでは、仕上がりを立体的に想像してもらうのは容易ではないからだ。模型をかたわらに置きながら図面を広げ、言葉で説明することも、予想していたよりはるかに難しい。クライアントは言葉を頼りにするからこそ、設計担当者の説明を動かぬ証拠のように引きあいに出してくる場合がある。その場の思いつきで軽々にものを言うと、あとで痛い目にあうことになる。

図面も、模型づくりも、クライアントへの説明も、舌を巻くほどうまいのが内田さんだった。模型を両手に持ってさまざまな角度から見せながら、ときに屋根をとりはずし、目の高さまで持ち上げて、模型のなかを覗《のぞ》きこんでもらったりもする。模型から図面にもどり、また模型を指さして、のみこみやすい言葉で補足する。そのようにして、完成時にクライアントが見るであろう窓からの景色や、冬の光がどのように部屋の奥まで射《さ》しこんでくるかまで、ありありと想像させるのだ。先生から学んだ方法ではもちろんないだろう。ところが注意深く見ていると、先生と内田さんにははっきりとした共通点があった。それは観念的な言葉、抽象的な言葉を使わないことだった。ふたりともどこまでも具体的であろうとし、クライアントを専門用語で煙に巻くようなことはけっしてなかった。

ようやくここまでたどりつき、実施設計にも模型にも担当者の説明にも遺漏がなかったとする。それでもなお物事はやすやすと進まない。クライアントの口から、いくたびも相談を重ねてきた事柄とはまったく違う、突拍子もない注文が飛びだしてくることがあるからだ。

あらたな注文が全体の計画と矛盾していたり、はるかに予算をオーバーしてしまうような場合には、要素をひとつひとつ腑分けして、プランを修正してゆく。そういうときはまず、なるべく細かく、具体的な希望を話してもらうほうがいい。途中で口を挟んで、こちらの意図を説明したりするのは禁物だ。理詰めで説明すると、「あなたは無知だ」と指摘するのと同じことになり、クライアントは傷つき、怒りだす。やはり第一にすべきは聞くことなのだ。自分から矛盾に気づいてもらえるよう、上手に外堀を埋めていくには辛抱がいる。スケジュールを横目でにらみながら、ときにクライアントとの我慢くらべになる。

雪子にかなわないと思うのは、その我慢くらべに負けないところだった。受け身に見えても、最後には自分のプランをふわりと通してしまう。まだ二十代なかばの女性担当者となれば、先入観からクライアントが不安を抱きがちなものだが、雪子は、一度じっくり話をするだけで、やすやすと信頼を得てしまう。気難しいクライアントと電話で話しているときの雪子の声を聞いたことがある。説得しようとする声ではない。けれども相手は雪子と話すうち、自分から答えを見いだしたような気持ちになるらしい。小さいのによく通る声で話す雪子は、相手の言葉に頷きながら軽やかな笑い声さえ立てていた。

声はふしぎなものだ。目的も気持ちもあらわになる。雪子のあらゆるものが声にやどっているようで、そのあらゆるものが何でできているのかがわからない。しかしその声が、人を上手に説得している。耳にすんなりと入ってきて理解しにくいところは少しもないのに、それでもなお、説明しつくせないものがわずかに残る。その残るものが、人をひきつける。言葉の意味そのものよりも、音としての声が人を動かすのではないかと、ぼくはそう思うようになった。そしていつからか、雪子の声が聞こえると、その声に耳を澄まし、雪子の声を集めてしまっておきたいような気持ちになっていた。

先生にも、それぞれの世代の所員たちにも、雪子は信頼されていた。おだやかで確かな仕事ぶりが、その声にあらわれていた。だからぼくは雪子を目で追うようなことはしなかった。ただ耳だけが、雪子の声のするほうへ向かっていた。

5

　九時になると、ほぼ全員が自分の席について、ナイフを手に鉛筆を削りはじめる。鉛筆はステッドラー・ルモグラフの2H。Hや3Hの人もいた。設計の現場に、コンピュータで製図作業をするCADが導入されるのはまだ数年先のことだったが、製図用黒鉛芯《こくえんしん》と芯ホルダーを使うのが一般的で、鉛筆で製図をしている設計事務所はすでにめずらしかった。

　入所すると、先生が手ずから名入れしたオピネルのフォールディングナイフが鉛筆削り用に手渡される。短くなった鉛筆にはリラのホルダーがストックされており、長さが二センチを切ると、梅酒用の大きなガラス瓶に入れられて余生を送る。瓶がいっぱいになると夏の家に運ばれる。何に使われるわけでもないが、暖炉脇《わき》の棚には鉛筆がぎっしりつまった七つものガラス瓶が並んでいた。

鉛筆を削る音で一日がはじまるのは、北青山でも夏の家でも同じだった。はじめてみると、たしかにこれは朝いちばんの作業にふさわしい気がしてくる。コーヒーを淹《い》れる香りのように、鉛筆を削る匂いで、まだどこかぼんやりとしている頭の芯が目覚めてゆく。カリカリカリ、サリサリサリという音で、耳の神経にもスイッチが入る。ハンドル式の鉛筆削りはたったひとつ、夏の家の家事室にあって、麻里子が使っていた。

事務所に入った最初の日、ぼくは先生の指示で、階段の手すりの原寸図を引いていた。描きあがった図面のチェックを受け、オーケーが出たので青焼きをつくると、夕方には手があいてしまった。所在ないまま、オピネルで先の丸くなった鉛筆を削りはじめる。すると隣の机の内田さんが顔をあげ、ぼくの手元を見て言った。

「あのね、鉛筆削ってるけど」

「はい」

手をとめて内田さんを見た。苦笑いしている。

「まだ言ってなかったかな。鉛筆は朝と午後に削ることになってるんだ。夕暮れどきには削らない。それからきみの鉛筆、まだ名前が入ってないね。こうやってちゃんとアイデンティファイしてください」内田さんは自分の青いステッドラーをぼくの目の前にかざした。鉛筆の上部の黒い部分をナイフで削って木肌を出し、そこにきれいなローマン体でUCHIDAと書いてあった。

「夜、爪《つめ》を切ると親の死に目にあえないっていうけど、ここでは鉛筆削りもしない。迷信をばかにしちゃいけないよ」

そう言ってニコリとすると、質問は受けつけないとでもいうように内田さんはさっさと自分の作業にもどっていった。あとで雪子に聞くと、午前と午後で最大十本の鉛筆を使うぐらいが仕事の正確さを守ることになるし、鉛筆の扱いもていねいになる、それ以上削らなければならないのは、筆圧が強すぎるか、乱暴か、急ぎすぎか、のいずれかで、つまり考えなしにやっている証拠だという。線を引きつづけているとどこかで意識がとぶことがある。その隙《すき》を狙って間違いがすべりこんでくるから、鉛筆の減り具合には注意が必要なのだ。

設計図は、一か所でもミスをしたまま次のステップに進んでしまうと、やりなおすのに二倍以上の労力がかかる。平面図派の小林さんは、二年前に竣工《しゅんこう》した飛鳥山《あすかやま》教会の礼拝堂のスロープの傾斜角度を初期の段階で引き間違え、一週間かけて図面を引きなおすうち、十二指腸潰瘍《かいよう》になってしまった。河原崎さんは「平面図ばっかり見てたんじゃないの？」と口をすべらせたばっかりに、長いこと小林さんから口をきいてもらえなかったらしい。図面は休み休み引けという不文律があるのは、こういう間違いがおこるからだった。

国立現代図書館の設計競技への参加は、ぼくが入所してまもなく正式に決まり、井口さんから全員に伝えられた。この春で独立するはずだった所員を「もう半年待ってくれないか」と慰留したこと、その上さらにぼくの採用を決めたこと——けげんに思われたいくつかのことが、コンペ参加が前提だったとわかり、事務所はその日、めずらしくざわついた雰囲気になった。

先生はそれまで、設計競技、つまりコンペティションで設計者が選ばれる方式のものには原則として参加していなかった。公正なように見えて、そのじつコンペはカモフラージュにすぎず、設計者はすでに決まっていることが少なくなかったからだ。候補が絞られている指名コンペも同様で、誰に決まるか事前にお膳立《ぜんだ》てされている場合もめずらしくない。公共の建築物であっても、選定委員会の顔ぶれを恣意《しい》的に決めれば、コンペは儀式にすぎなくなる。先生が引き受けるのは、最初から設計者が決められている特命設計に限られていた。

今回の国立現代図書館については、設計競技にはなるけれど、ぜひ参加してくれないだろうかと文部大臣から非公式の打診があったらしい。民間から入閣した文部大臣は、先生がフランク・ロイド・ライトのタリアセンから日本に帰国するとき、同じ日米交換船に乗りあわせた哲学者の梶木道生だった。住まいが南青山にあったので、スーパーマーケットですれちがったり、コンサートホールで顔をあわせたりもして、細く長いつきあいがつづいていた。

内田さんの解説にさらに耳を傾ければ、先生の決心の道筋が見えてくる。世の中が大阪万博一色だった七〇年、先生は北海道立大学の新キャンパスの実施設計に取り組んでいた。なかでも広大な敷地内にある付属図書館には心を砕いた。厳寒期に学生たちをいかにして図書館へ向かわせるかという課題には、従来の閲覧室とはべつにリビングタイプの大部屋を用意し、部屋の中心に四方開放型の円形の暖炉を据え、床のレベルを一段低くした炉床をぐるりと取りかこむスペースで火にあたりながら本を読むことができるようにした。児童用コーナーをべつにすれば、靴をぬいであがるタイプの閲覧室は類のない試みだった。

大学付属図書館が完成すると、管財課と農学部が連繫《れんけい》して、農学部が管理する演習林の間伐材が薪《まき》として集められ、ピロティに積みあげられた。山岳部出身だった図書館長が毎朝いちばんで暖炉に火を入れると、あとは常連となった学生が薪をたやさないようにした。冬季の学生の図書館利用率は飛躍的に上昇した。文学部志望の学生が漸減《ぜんげん》する時代に道立大の文学部志望者が増えたのは、暖炉のある図書館のおかげだという説まで唱えられるほどだった。そう聞いた先生は、「大学の付属図書館で暖炉があるのは道立大だけだからね」といつになく満足げだったという。

先生は本が好きだった。クライアントには学者にかぎらず読書家が多かったので、大きな書庫のある住宅を何軒も設計していたし、いつかあらためて図書館をと期するところがあったらしい。しかも国会図書館とは違って、国立現代図書館は開架式を採用し、閲覧室の床面積も広くとる方針であること、レストランや託児室、フィルムセンターの機能を果たす講堂も併設し、生涯学習の場として想定されていること、いずれも資料としての図書の収蔵よりも、一般利用者に広く気軽に入館してもらうことが大前提だった。しかも収蔵する本は原則として戦後に出版された書籍とすること——この原則が出版界のみならず政界まで巻きこむ大きな議論をよぶことにもなったのだが——、これらの方針がすでに文部大臣の諮問《しもん》を受けた審議会で答申されており、つまりすでにある国会図書館とは明確に異なる役割を果たすための公共図書館として構想されていた。

ひらたく言えば、国立現代図書館には徹底した収蔵も権威の意匠も不要なのだった。解決すべき課題がでてきたら、利用者たる国民のあいだで自由に議論すればよい、つまり時代とともに役割の変更もありうる、とあらかじめ宣言されているようなこれらの答申には、梶木文部大臣が招集した審議会の顔ぶれが色濃く反映されていた。先生はこの経緯と構想に強く動かされたのだ。

非公式な打診が寄せられたあと、先生は井口さんにも知らせないまま、事務所近くのイタリアンレストランで文部大臣と会食をしたらしい。ぼくの入所を祝ってもらったリストランテ・ハナだ。

なぜ井口さんが知らないことまで内田さんが知っているのか不思議だったが、内田さんの推測では、表向きは競技設計のかたちになっているものの、文部大臣の心づもりとしては先生への特命設計に等しかったのではないか、という。しかし夏の家に移動する一か月ほど前の六月下旬、船山圭一建築研究所もコンペの指名候補者に入っていることが明らかになる。大きな公共建築をつぎつぎに落札してきた船山が加わっているからには、すんなり先生に決まるとは考えられない状況になった。そう判断するしかない。井口さんの顔色がはっきりと変わった。

6

旧軽井沢での食糧の買い出しから夏の家にもどると、いつもなら自分の部屋で本を読んでいるはずの内田さんがめずらしく声をかけてきて、中庭でいっしょにコーヒーを飲むことになった。三時のお茶の時間だった。先生の方針で、北青山でも青栗村でも四時までの一時間はきっかり休むことになっている。

「ところで坂西くんは、どうして村井事務所を選んだの」内田さんが気安い口ぶりでたずねた。考えてみると、これまでそういう話はしたことがなかった。

先生が設計した建築がつぎつぎと頭に浮かぶ。北海道の民族博物館、沖縄の芭蕉布《ばしょうふ》保存協会会館、熊本の旧有吉《ありよし》邸、神奈川の山口玄一郎邸……住宅をひとつひとつ挙げはじめたらきりがない。最後に浮かんできたのが、八〇年に竣工したばかりの、北区の飛鳥山教会だった。

意外なことに、飛鳥山教会は先生がはじめて取り組んだ教会建築だった。建築雑誌に発表されたこの教会の設計図を、ぼくは一枚ずつ記憶するほどくり返し見ていた。平面図、断面図、立面図を頭のなかで組み立てて、教会を立体的に再現できるほどだった。都内にあるのだからいつでも行けると思ううち、土地勘のない北区まで足を運んだときには、竣工して半年が過ぎていた。そのとき午後いっぱいかけて実測した飛鳥山教会が、漠然としたものでしかなかった自分の気持ちを、先生のもとで働きたいというはっきりした希望に変えたのだ。あの経験がなければ、ぼくはいまでも迷いつづけていたかもしれない。


飛鳥山教会にでかけたのは、通り抜けてゆく風に乾いた秋らしさを感じるよく晴れた日だった。

商店街につづく静かな住宅街の、ゆるやかな斜面に飛鳥山教会はある。コンクリートと木の混構造で、先生の近年の作風に並ぶものだった。意表を突くような姿ではないが、どこか人目をひくところがあった。ファサードは回遊式の車寄せを用意するために、半円を描いてセットバックしている。半円の中心点にはヤマザクラが植えられていた。

教会は丘のなかほどに建てられていて、道に面した二階に玄関があった。二階からなかに入り、なだらかな丘に沿って谷へと降りていった先が礼拝堂だ。ファサードからは一階分のヴォリュームしか見えない。そそり立つ墓のようなゴシック様式の教会建築とは正反対に、からだを丸くして昼寝している灰色の猫のようなかたちをしていた。

教会の前を通りかかる人は、車道からつながる車寄せの曲線に沿って、水が流れこむように敷地内へと誘われるだろう。ぼくの前をゆっくりと歩いていた柴犬《しばいぬ》を連れた老人は、半円を描くアプローチに呼びこまれるように、ヤマザクラの影を踏みながら教会の玄関前を横切り、ふたたび車道へと出てゆくところだった。

外から見ればコンクリートの打ち放しだが、ガラスのエントランス越しに、内部にはたっぷりと木が使われているのが透けて見える。よく磨かれたガラスの扉を押してなかに入れば、天井にはカラマツが、床には楢《なら》が整然と貼《は》られ、木目の流れが礼拝堂の中心に向かっている。無垢《むく》の楢の木肌は漆喰《しっくい》の白い壁とのあいだにひっそりした緊張感を生みだし、その表に触れる空気を清浄にしてゆくかのようだ。入ってすぐの口ビーをまっすぐ通り抜け、つきあたりの礼拝堂の扉を開けると、講壇のある正面に向かう下りのスロープがある。アプローチからロビー、礼拝堂へとつづく流れには心理的な壁がなく、猫のおなかのような柔らかさ、滑らかさがあった。先生の建築がいつもそうであるように、無言で人を受け入れる親密な空気が漂っていた。

ロビー正面の白い漆喰の壁は、ゆったりと弧を描いて左右の奥へと延びている。アプローチの半円と鏡面対称になっているのがわかる。左右の奥には人の溜《た》まるスペースが広がっていて、低い円卓を囲むように布貼りのソファが置かれてある。礼拝の前後にはおのずとここへ人が集まってくるだろう。

よく磨きあげられた楢の床板で、スニーカーの底が乾いた軽い音を立てる。ソファに座ってみたくなる気持ちをおさえて、スペースのつきあたりに向かう。建築学科の学生であることはあらかじめ伝えてあった。桜材のドアを軽くノックすると、まもなくドアは内側に開き、白髪まじりの痩《や》せぎすな牧師が、セルフレームごしに少し驚いたような目でぼくを見た。自己紹介をすると、牧師は、「手紙は拝見しました。よくいらっしゃいましたね。どこでも自由にごらんになってください」とだけ言い、さどうぞ、という笑顔になった。さっそく実測をはじめさせてもらう了解を得て、ぼくはリュックからメジャーとノートを取りだした。

半年前まで、この教会は存在していなかった。鬱蒼《うっそう》とした竹藪《たけやぶ》に囲まれた、長らく空き家のままの屋敷がここには建っていた。教会が土地を譲り受け、人を介して村井設計事務所に依頼があった。古い屋敷の解体と深く広く根をはった竹藪の処理が行なわれたあと、ほぼ一年近くかけて竣工するまでのいきさつが建築雑誌に載っていた。

遠くから作業を見守る牧師の視線を感じながら、ぼくは患者の腹部を触診する医師のような思案顔で、礼拝堂の扉まわりのディテールをスケッチしはじめた。扉は桜材で、楢よりもわずかに赤味をおびている。取っ手は手のひらをしっくりと受けとめるカーブを描いており、チーク材の手触りは吸いつくようだった。握手をするように何度か握りなおし、角ばったところのまったくない表面を撫《な》でてみながら、そのカーブをノートに描き写してゆく。実測ノートは二年たらずで十七冊目になっていた。集めたデータは五十件を超えている。ときおり、こんなことをひとりでやっていてどうなるのかと不安にならないではなかったが、誰にたのまれたのでもなかったからつづけられたのかもしれない。

実測とスケッチにいちばん時間がかかったのは礼拝堂のなかだった。ぼんやり眺め渡しているだけでは気がつかなかった村井俊輔らしいディテールが、いったんひとつでも見つけられると、あちこちから目にとびこんでくるようになる。なかでもその美しさに目を奪われたのは礼拝堂のスロープのディテールだった。小林さんが一から図面を引きなおしたものだとは、このとき知るよしもない。

礼拝堂は入口から講壇に向かってゆるやかなスロープになっている。いっぽうで椅子の並ぶ床面は水平を保ち、浅い階段状になっていたから、スロープと階段状の床面が接するところには、わずかな段差がおのずと生まれる。椅子を立ってスロープに出るとき、足の弱い老人や目の不自由な人には、転倒の原因となりかねない。ところがよく見ると、水が低い窪《くぼ》みに流れ落ちるような曲面を描いて、段差が消えている。同じ楢材のパーツが段差をなだらかに埋めているのだ。

かがみこんでその曲面を指先で撫でてみる。ヴァイオリンの共鳴板のような繊細なふくらみ。椅子が置かれた階段状の水平面とスロープの傾斜角度がつくる段差に狂いがなければ、つまり正確な仕事がなされていれば、パーツは同じ寸法でいい。ただし、あとからはめこんだとはわからない念入りな仕上げが施されているところを見ても、村井工務店がただの仕事と割りきってやったようなものではなかった。職人たちは、村井俊輔のこのようなディテールについて何を思いながら手を動かしたのか。その思いがついに知られることはないとしても、仕事はこうして残ってゆく。先生の設計は職人の誇りに訴えかけるようなものでもあった。

礼拝堂の内部の仕上げはどこを見ても隙がなかった。机も椅子も撫でさすることを求めてくるようななめらかさで、壁の漆喰にもコテのあとひとつ残っていない。目の見えない人が村井俊輔の設計による建物をいくつか手ざわりで記憶していれば、手のひらであちこち触れるだけで、この教会も同じ建築家の仕事であるとわかるのではないか。

天井近くに横一列に並ぶガラス窓は自動で開閉できるようになっていたが、ギアボックスが牧師室の裏に設置されているので、礼拝堂には開閉のモーター音が響かない。窓が開いているときは、街のざわめきが心地よく響く。外の木々が風に揺れる音、鳥の声、自動車が通りすぎる音。しかしいったん閉ざされると、こんどは自分の脈拍まで聞こえてきそうな静けさが満ちる。

人の動きをめぐっても細心の注意が払われていた。たとえば椅子は、礼拝で起立するたびに座面をはねあげる必要のない、前後のゆとりが確保されていた。それは背もたれが人の背中のヴォリュームを受けとめるゆるやかな弧を描いているからで、さらにその裏面は、セーラー服の襟のように折り返されて、うしろの席の人の書見台になっていた。目を凝らさないと、背もたれの弧と書見台につなぎ目があるとは気づかない。平面の机がつきだしていないから、ピッチがよけいに広く感じられる。つまり広いと感じるのは実際に奥行きがあるためではなく、椅子のデザインによってもたらされる感覚なのだ。

こうした仕上げや工夫に人はまず気づかないだろう。しかし意識の下で受けとるものがある。写真や図面ではわからない手ざわりや使い勝手のなかに、先生のしるしが刻印されている。そのしるしを見つけだし、手で触れ、スケッチをし、記録する。実測をくり返すほどに、ぼくは一歩ずつ、先生の考えかたに、手を動かしたその跡に、近づいてゆく気がしていた。

礼拝堂のスロープをあがってロビーにもどった。礼拝堂入口の天井高と、ソファのあるロビー奥の天井高を測る。見かねて近づいてきた牧師が、壁から浮いてしまうメジャーを押さえてくれた。

「すみません、助かります」ぼくは慌《あわ》てて礼を言った。牧師は両手をあげたまま言う。

「あなたの様子を見ていると、村井さんの建築によほど惹《ひ》かれているのがわかります。お会いになったことはありますか」

「いちど壇上の姿をお見かけしただけです」

「村井さんにはちょっと、こわいところがありますね」手を降ろした牧師は、うれしそうに目を細めた。「まもなく引き渡しというときです。礼拝堂の椅子がようやくぜんぶ設置されたあと、村井さんはあちこちの椅子に座って、なにかを試されていた。しばらくするとスタッフを呼んで話しはじめました。遠くて何をおっしゃっているのか聞こえませんでしたけれど、スタッフの方が緊張した面持ちでノートにメモをとっているのがわかりました。そして、日が沈むころだったと思います、朝と同じ四台のトラックがやってきて、椅子をひとつひとつ丁寧に外すと、全部梱包《こんぽう》しなおして、運びだしてしまったんです」

「やりなおしですか」

「はい、やりなおし。私も村井さんの真似《まね》をしてあちこち座ってみたんですが、どこかに不具合があるなんて思いもしませんでした。一週間ぐらいして、椅子はもどってきました」

脈絡もなく頭に浮かんだことをぼくはたずねた。

「教会の椅子の場合、ちょっと窮屈で座り心地が悪いぐらいのほうがいい、というようなことはありますか」

牧師は声をたてて笑った。

「それはありませんね。教会というのは窮屈でおしりが痛くなるところだと思われても、何もいいことはありません。でも椅子をソファなんかにしたら、みんなぐっすり眠ってしまって、私だけが一人で話をしている危険性が高まります。それは困る」牧師は胸の前で両手を軽くあわせて笑みを浮かべた。電話が鳴っているかすかな音が、遠くから聞こえてきた。「ちょっと失礼。どうぞおつづけください」と言って、牧師は急ぎ足でもどっていった。

帰り際に、礼拝堂の入口に立ち、真正面に浮きあがって見える大きな十字架を眺めた。講壇のうしろの壁は、教会のエントランスの半円とほぼ同じ曲面を描いている。礼拝堂の平面図を見れば、競技場のトラックのように、半円と半円が長方形の座席部分全体をはさむかたちになっているのがわかる。天井のカラマツ材と床の楢材、白い漆喰の壁。入口から講壇に向かってはしる天井板の、中央の三枚だけが突き当たりの白い漆喰の壁に降りていた。それが同じ幅の無垢の桜材に受け継がれ、十字架の縦の部分に置き換えられてゆく。左右の漆喰の壁も講壇のうしろにまわりこんでくる途中から、横の軸の幅だけ迫《せ》りだして桜材に引き継がれる。十字架は背景の曲面から掘りだされたようにも見えた。

伝統的な曲げ木の技法と、漆喰の技法が用いられていた。村井俊輔のディテールとしてはめずらしくはっきり目にとまるものだった。これまでなら、十字架のようなシンボルにはよけいな手を加えず、あっさりと無垢の木を組みあわせるだけのものになりそうだったが、ここでは最後にグログランリボンで教会を内側から結んだような、繊細で手のかかるディテールが試みられている。どこか明るく澄んだ印象のある飛鳥山教会のなかで、十字架のたたずまいはごく自然で、空間を支えて動じない消失点のような役割を果たしていた。

　実測とスケッチを終えて、挨拶《あいさつ》をするためにもういちど牧師の部屋を訪ねた。「いつでもまたいらしてください」と言ってくれた牧師に、十字架の感想をきこうかと迷ったが、口にはしなかった。

　教会を出て、ガラス越しに内部を見渡した。信仰のない建築家が、その経験と技術を惜しみなく注いでつくりあげた教会には、祈りにも等しいものがかたちとなってあらわれていた。そのかたちは、ここに集う人たちを内側から鎮《しず》め、あるいは励まし、動かしてゆくだろう。教会を背にゆるやかな坂道をくだりながら、ぼくは、村井俊輔という建築家への畏怖《いふ》の念に背中を押されるように足早になっていた。

「飛鳥山教会はいい。先生の近年の傑作だと思う。やりなおしの椅子はね、あれはぼくの失敗」内田さんは自嘲《じちょう》気味に言った。

「椅子をはねあげるときのヒンジが、かたいのと甘いのと、バラつきがあったんだ。

数が多かったから、田川さんも納期に気をとられていた。あとで聞いたら、使っているうちに馴染《なじ》んでくるだろうと見越していたらしい。あの程度のバラつきは許容範囲だと思ったぼくの見込みが甘かった。先生から厳しい注文がついて、軸受けの部分を全部やりなおしですよ。ほかはすべていい、しかし肝心のヒンジの出来をなぜ途中で見なかったのかってえらい怒られた」

田川さんは村井設計事務所の注文を引き受けている家具作家のひとりだった。工房は八ヶ岳にある。はるばる北区から帰ってきた大量の椅子を、田川さんはどんな顔で迎えたのだろう。内田さんは頭のうしろで腕を組み、話題を変えた。

「しかし先生は、よっぽど船山圭一と縁があるんだな。飛鳥山教会のちょうど一年前に、西原カテドラルが竣工したでしょう。飛鳥山教会とは何から何まで正反対の」

西原カテドラル聖ペテロ大聖堂は世間の耳目を集めた船山の作品だった。ノアの箱船をイメージさせる巨大な建築で、ステンレス・スチールが銀色に輝く外観は圧倒的な印象を与えた。建築専門誌の表紙ばかりでなく、週刊誌のグラビアも飾る話題作だった。西新宿を見晴るかす高台の、旧東京教育大学の跡地に建つ西原カテドラルの、船でいえば操舵室《そうだしつ》にあたる鐘楼からは、同じく船山の設計した西新宿の高層ビルが正面に見渡せるようになっていた。反対側の高層ビルから西原カテドラルを見れば、銀色の巨大な船が高台に打ち上げられ座礁《ざしょう》しているかのような、SF映画さながらの眺めだった。

飛鳥山教会の優に二、三十倍のヴォリュームはあるだろう。箱船に見立てられた外観には、外へ外へと迫りだしてゆこうとする意志が漲《みなぎ》っていた。ひとたび洪水が及べば、船体を浮かべ航行をはじめそうに見えた。いっぽう昼寝する猫のように横たわる飛鳥山教会は、そのまま音もなく水底に沈んでゆくだろう。

船山は先生と同じ美校の三年後輩だった。東京オリンピックに向けて、道路工事やビル工事が急ピッチで行なわれるようになり、東京じゅうに粉塵《ふんじん》が舞いあがりはじめるころから、船山にはつねに光があたるようになった。つぎつぎにコンペを勝ち取り、誰もが見上げるようなモニュメント的な建築を、もっとも人目を引く場所に建ててゆく。思えば先生は、船山のように迫りあがり屹立《きつりつ》するような建築を手がけたことがない。モニュメントになるような外観はあえて避け、街のなかにまぎれてしまうかたちをこそ心がけてきたのだろう。

「西原カテドラルは竣工まもなく雨漏りがあったそうだし、真冬と真夏の空調にかかるランニングコストは桁外《けたはず》れだそうだ。だいたい教会にノアの箱船だなんて、豚カツ屋の看板に豚のコックさんを描くようなもんだよ。あの外観は教会にとってもたぶんぎりぎりのところだったはずで、ヨーロッパだったら実現しなかったかもしれない。しかし建築家にとってはもちろん、クライアントにとっても結果的には大成功だった。見物がてらやってくる人が増えたし、船山の人脈もあって、政財界のカトリック教徒を束ねなおす大きな契機にもなった。信徒代表となっている衆議院議員の槙野《まきの》隆三は、外務大臣のとき、来日したイタリアの首相をわざわざ連れていったらしいからね。もちろん船山みずから出迎えて、鐘楼にまで案内したそうだ。パイプオルガンの音響がシャルトルの大聖堂に似てすばらしいと言う人もいる。一度聴きにいったけど、残響があまりに長すぎて、しまいに耳ざわりになってくる。とにかく何から何まで大げさなんだ。飛鳥山教会のパイプオルガンの少しくぐもったような音のほうが、ぼくはだんぜん好きだね」

飛鳥山教会のパイプオルガンは講壇の右手の壁におさめてあった。実測を終えて帰る準備をはじめたころ、若い女性がチェスの駒《こま》のようなストップレバーを引いたり押したりしながら、試し弾きをしていた。どこか茫洋《ぼうよう》としたところのある穏やかな音だった。残響はほとんど感じない。壮麗な教会建築の、空から容赦なく降りかかってくるパイプオルガンの音とはまったく違う、純朴で親密な響きだった。建物に反響するのではなく、足もとや手もとから、肌や骨づたいに、鼓膜へ伝わってゆく音。

「自分でも意外だったんですけど、飛鳥山教会の実測をしているうちに、先生のディテールには朴訥《ぼくとつ》なユーモアがあるって感じたんです。パイプオルガンの音も同じ印象でした。気難しい顔をしながら、ぼそっと冗談を言っているような」

「ユーモアか。なるほどね」

「建築家が手がけたものは、大きな艶《つや》のある声で歌いあげるみたいなのが多いじゃないですか。でも先生の建築は、聞こえなければそれでいい、というぐらいの声というか、小さな声をつつむ小さなものというか」

「そもそも信仰の声はひそかに語られていただろうからね。原始キリスト教の時代、抑圧された信者は洞窟《どうくつ》のなかの教会で、囁《ささや》くように語りあっていたわけだ。ところがキリスト教が公認されて教会が大きくなるにつれ、外の音に耳を澄ます必要がなくなった。神父の声も朗々として、教会建築もどんどん荘厳《そうごん》になり、パイプオルガンは盛大に鳴り響くようになる。現代建築は、とくに高層ビルは、その延長線上にあると思っていいんじゃないかな」

「先生の建築のなかに入ると、だれも大きな声は出さないですね。ほっとするような手ざわりとか、やわらかく入る光の具合や、いつも使っている人がしばらくしてようやく気づくぐらいの仕掛けは、ぼそぼそと小声で話しかけてくるみたいなものだから、人の声もそれに合わせて小さくなる。飛鳥山のディテールなんて、何から何までつぶやきみたいなものかもしれない」

「果たしてどれぐらいの人が、そのつぶやきに気づくかという問題はあるけどね。蝉《せみ》だって、あんなに大声を出しているのは命がけでメスを呼んでるからで、小声で鳴いてたら気づいてもらえないわけでさ。今度の図書館のコンペは小声でやっていたら負けるかもしれない。先生はいつもと変わらないふうを装《よそお》っているけれど、朝も五時から起きだしているわりには散歩の時間がどんどん短くなって、六時前には所長室にこもっている。去年の夏とはえらい違いだ」

ぐっすり眠っているとばかり思っていた内田さんが、先生の起床時間を知っていることに驚いた。

「きみにとっては最初の夏だけど、事務所にとってはこの夏があきらかな分水嶺《ぶんすいれい》になる」内田さんはさらに、船山圭一がコンペに参加すると知ってから、先生の感じがどこか変わってきた、現代図書館はなんとしてもやりたい仕事だが、そうなれば事務所もこれまでどおりとはいかないだろう、と言った。

つとめて平静であろうとしている先生の緊張感に、ぼくはいまさらながら気づかされた。

7

午前中いっぱいかけて枝打ちをした木ぎれを薪の脇に並べていたら、うしろから村井麻里子が声をかけてきた。

「終わったら下に買い出しにいくから、声かけてね」

「はい、もうすぐ終わります」

返事を聞いたとたん笑顔になった麻里子は、ぼくに背中を見せてキッチンの勝手口に向かった。麻里子にはいつも力があまっているような勢いがあった。それは笑顔にも、声にも、ひるがえるスカートにも表われていた。その明るさは、部屋の暗がりに置かれてある果物かごに、たまたま届いた夕暮れの光を受けて、たったひとつだけ輝いているオレンジのようだった。素足に白いデッキシューズをはいた麻里子の、その上にまっすぐ伸びている脚がなめらかに動いて、去ってゆく。

月、水、金の午後は、麻里子とぼくとで「下に」、つまり旧軽井沢まで買い出しにでかけることになっていた。ときには井口さんも同乗し、銀行や郵便局に立ち寄り、町立図書館で本を借りたりもする。森を離れて里におりてゆくのは、夏の家にはない解放感があった。

運転は麻里子がする。最初の買い出しのときはぼくがボルボを運転したのだが、下り坂のカーブの曲がり方やスーパーマーケットでの駐車のしかたが不合格だったらしい。免許取りたてで、ボルボを上手に運転しろというのがどだい無理な話なのだ。内心ちょっと傷ついたが、麻里子の運転するクルマに乗ってみると、これはもう比較にならない腕だったから、さっさとあきらめて助手席にいられる気楽さをありがたく思うことにした。

いったん二階の設計室にあがって、井口さんに用事がないかを聞いてから、麻里子は誰にともなく「いってきます」と声をかけた。雪子が「いってらっしゃい」と通る声で言って、設計室を出てゆくぼくたちを目で見送った。

女性所員の個室が並ぶ東棟のそばに建てられた木造の車庫には、五台のクルマが駐車している。クリーム色のボルボ240ステーションワゴンは先生の長旅用のクルマで、夏の家では買い出しにも使われていた。となりが井口さんのダークグレーのメルセデスベンツ・ステーションワゴン300TD。そして河原崎さんのメタリックブルーのシトロエンDS21と小林さんの濃紺のプジョー305ワゴン。いちばん端に、クルマのまわりがすかすかするほど小さい、麻里子の黒いルノー5が並んでいる。

麻里子は先生のボルボではなく、ルノー5に向かった。

「井口さんは来ないし、今日の買い物リストならこっちでじゅうぶんよ。ボルボはもたもたしてるからほんとは苦手なの」

ルノー5に乗るのは初めてだった。運転してみてと言われたらどうしようと思ったが、麻里子はさっさと左側のドアを開け、運転席に座ると、革のショルダーバッグをうしろの席にポンと放った。ぼくもつとめて平然とした顔をして、右の席に座る。エンジンがかかったとたん、聴いたことのないブラック・コンテンポラリーが大きなヴォリュームで鳴りはじめた。麻里子はカーステレオのスイッチをいちいちオフにしたりはしないらしい。

ルノー5は左ハンドルのマニュアル車だった。運転席の足もとの狭い空間で、麻里子は長い脚をすいすい動かしてクラッチをつなぎ、あっという間に加速して夏の家をあとにする。ボルボよりかなり低い車体が地面をなめるように走る。ブラック・コンテンポラリーを聴く人間など、建築学科の学生には知るかぎりひとりもいなかった。買い物に行くたびに麻里子が車内でかける音楽を耳にしながら、いつのまにかぼくも、エレクトリックピアノやベースのリズミカルな音をきれいだと感じるようになっていた。ときどき耳に入ってくる歌詞は、きみがいなくてさみしい、とか、ひとめみて恋におちた、とか、こんなに遠くはなれてぼくの胸ははりさけそう、とか言っている。苦しいとか悲しいとかいっても、旋律は甘く切なくどこまでも軽い。麻里子に聞くと、いまかかっているのはテディ・ペンダーグラスだという。

小さなクルマのなかはうっすらと甘い匂《にお》いで満たされていた。麻里子のむきだしの手脚があまりに近いので、右の窓から意味もなく外を見る。音楽もエンジンの響きも乗り心地もボルボとは違う。それはすべて麻里子に属するものがもたらす感覚だった。ぼくはこのままずっと、運転する麻里子のとなりに座って、愛だのきみのひとみだのといっている歌を聴きつづけていたいような、でもそれではどうにも身の置きどころがないような、ふたつの気持ちのあいだを行ったり来たりしていた。

「あなたもこんど運転してみる？」

「いや、マニュアルだし、やめておいたほうがいいんじゃないかな」

「どうして？　教習車はマークⅡのマニュアルだったんでしょ？　あんな大きなクルマで坂道発進とか縦列駐車をしたんなら、2トントラックだってルノーだって、簡単よ」

「そうでしょうか」

「そうよ。なんでもやってみなきゃ、うまくならないの」

麻里子を見ると、長い腕がのびのびとハンドルを操っている。土の上を走るやわらかな感触とともに気持ちがほぐれ、やがて速度に比例した爽快感《そうかいかん》がふくらみはじめる。

シフトレバーを動かしながらハンドルを握りなおす麻里子の華奢《きゃしゃ》な右手を見て、鍵《けん》盤《ばん》上の指の動きを想像した。ピアノで留学したのは、裕福な家のたしなみのようなものだったのだろうか。

「鉛筆削りはうまいじゃない」

「え？」

麻里子は青栗村から幹線道路に出て左折したところで前方をしっかり見ながら、ふいにそう言った。

「削りかたがきれい。大事に使ってるし、削りかすが少ないし。そういう人は運転だってほんとはうまいはずよ」

鉛筆の話に面くらいながらぼくは言った。

「よろこんでいいのかな」

「かなって、どうしてかななの？」

「だって、内田さんの削りかたを真似してるだけだから」

あはは、と麻里子は口をあけて笑った。

「真似だって上手じゃなきゃできないでしょ」

道が直線になると、麻里子はいったんアクセルを踏みこんでからクラッチをつなぎ、トップギアですべるように進んだ。

「免許はいつとったんですか」

「十八のとき。でも母に猛反対された。クルマなんか男に運転させるもんだって」麻里子は鼻にしわを寄せてみせた。「もういったいいつの時代の話、って感じでしょ。わたしは馬車だって犬ぞりだってトラクターだって、なんでも自分で動かしたいの」

直線の道が終わり、峠をくだりはじめると、つづら折りの道が連続する。麻里子はクラッチを踏みギアをしきりに変えて、フットブレーキはあまり使わず、コーナーをコンパクトに曲がってゆく。クルマは麻里子の息づかいのままに動いた。

内田さんの鉛筆の削りかたは、家具職人の手の動きにも似ていた。どこにも余分な力の入っていない指がフォールディングナイフを軽やかに動かし、サリサリと手早く削ってゆく。刃先の角度が浅いから、削りかすも薄い。削られる鉛筆が気持ちよさそうにみえる。

ぼくの教育係でもある内田さんの説明はいつも具体的でわかりやすく、なぜそうなのか理屈が必ずついていて、頭にするりと入ってきた。河原崎さんと小林さんの人物評も、建築家としてのふたりの資質をよく観察したうえでのものだったから、すぐに腑《ふ》に落ちた。ところが麻里子をめぐる注意事項だけは、霞《かすみ》がかかって見通しが悪く、それがずっと気になっていた。夏の家に到着した日、内田さんは二階にある小さなベッドつきの書庫へぼくを案内すると、書棚に並ぶ本の背文字を見るともなく見ながらこう言った。

「さっき下で紹介した村井麻里子はね、先生の姪《めい》なんだ。似ても似つかない外見だけど」

同じ苗字《みょうじ》なので、親戚《しんせき》なのだろうとは思ったが、内田さんの言うとおり、先生とはまったく雰囲気がちがう。

「仕事はできる。とにかく早い。すぐにわかるだろうけど料理もうまい。英語もしゃべるし、フランス語も少しはできるらしい。ピアノの腕はかなりのもので、クルマの運転もえらく達者だ。愛嬌《あいきょう》があるから夏の家がずいぶん明るくなった。こんな山のなかに夏じゅういてよく平気だと思うけど、週末は旧軽《きゅうかる》の親の別荘に帰っているから、いくらでも気晴らしはあるんだろう。ただ、なんていうのか」内田さんはめずらしく言葉を選びかねるような口ぶりになった。「麻里子には何を考えているのか、よくわからないところがある」

どう返事をしていいか見当もつかなかったので、ぼくは曖昧《あいまい》に頷《うなず》いた。

「それからひとつ念のため。先生の姪だからというわけじゃないけど、手を出しちゃだめだよ。前にも言ったとおり所内恋愛は禁止だからね。そうと知れたら退所になりかねないから、こればっかりは気をつけること。小さい事務所だからそうでもしないと仕事も人間関係がややこしくなって大変なんだ——事務所を辞めると決めてから、大急ぎで恋愛する手はあるけどね」

内田さんはそう言ったあと、空ぶりに終わった冗談をごまかすように笑った。

夏のあいだだけ営業している紀ノ国屋は、別荘の住人や観光客で混みあっていた。ぼくが大きなカートを押し、麻里子がメモにときどき目を落としながら食材を選んでゆく。頭のなかで料理を組み立てながら買い物をしているのがわかる。その感じを見ているのが面白かった。麻里子がつやつやしたズッキーニを手にとった。

「このあいだのズッキーニのパスタ、おいしかったですね」

「簡単よ。にんにくとオリーブオイルと塩だけだもの。ロンドンにいるとき、シチリアから来てた友だちに教わったの。お母さんの料理だって」麻里子は一拍おいてつづけた。「うちの母は料理が嫌いなのよ。自分でつくったほうがおいしいって中学のときに気づいて、お弁当は毎朝つくってた。イギリスじゃ外食する気になれなかったしね……あなただっていまにどんどん上手《うま》くなるわよ」

夏の家の九人分の朝食も、どういう順番で準備すれば効率よく温かいうちに出すことができるか、麻里子や内田さんのやりかたを真似ているうちに、少しずつわかってきたような気がしていた。

「あ、ルバーブを忘れてた。ジャムをつくりたいからちょっと待ってて。とってくる」

麻里子は入口近くの野菜売り場のほうへ急ぎ足でもどっていく。

大きな紙袋を六つ、内田さん指定のワインを六本、うしろの座席に載せたルノー5は、少しタイヤが重くなったような感じがした。麻里子がさっきよりもゆっくりクラッチをつなぐ。思いきりのよい運転だが、繊細でもあった。車内は淡い香水にイギリスパンの匂いとコーヒーの香りがまじりあい、ぼくはにわかに自分の空腹に気づく。

「帰りにうちに寄っていくけどいい？」

麻里子はそう言って、ぼくの返事を待たず、北浅間にもどるいつもの道とは反対方向にハンドルを切った。旧軽井沢のロータリーを抜けると、クルマは万平《まんぺい》ホテルのあるエリアに入っていった。ホテルへのアプローチを外れて、さらに奥へと進み、ゆるやかな傾斜をのぼるうちに、万平ホテルを右手に見る高台まで来たのがわかる。あたりには古びた別荘が点在している。雨戸が閉められたままの家も多い。この一帯は旧軽井沢のなかでもかなり早くひらかれたところであるはずだ。

ルノー5は石の積まれた低い門柱のあいだを入っていく。正面に先生の設計だと一目でわかる木造の建物がたっていた。おそらく夏の家と同じ時代に建てられたものだろう。杉の下見張りの外観も同じだったが、あらたな手はほとんど加えられていないようだった。

前庭の半分を覆《おお》うほど大きなモミジの木陰にクルマを停めて、麻里子は窓をいっぱいに下げてからエンジンを切った。後部座席に置いた夏の家用の食糧とはべつの小さめの紙袋を、からだをねじるようにして引っぱりだすと、麻里子はクルマを降りた。ぼくもあとにつづく。

麻里子が玄関の真鍮《しんちゅう》のノブに家の鍵《かぎ》をさしこんで右にまわす。ことりと、硬いものが何かにあたる音がした。ドアの向こうに、ほの暗い木の廊下がつづいていた。

「お茶を飲んでいって。いま淹《い》れるから」

「食糧はどうします？　クルマに置いたままでだいじょうぶですか」

「だいじょうぶよ。ドライアイスが二時間分入ってるし、木陰でクルマの窓もあけてあるし」

麻里子はさっさとデッキシューズを脱いで玄関をあがってゆく。おじゃましますと言う間もなくぼくも靴を脱いだ。

「悪いけど部屋の窓をあけてくれる？　鍵のしくみは同じだから。終わったら、向こうのソファに座ってて」

麻里子の言葉は淀《よど》みない。だから気づまりになる隙《すき》もない。それがぼくには救いだった。麻里子は自分の言葉をうしろに置き去りにするように、さっさとキッチンへ入っていく。ぼくは言われたとおりリビングのカーテンをあけ、夏の家と同じ仕組みになっているガラスの引き戸の真鍮の鍵をあけ、庭に面した掃き出しの窓をあけた。きれいに刈りこまれた芝がひろがっていた。太陽に照らされた芝生の匂い。気圧《けお》されるほどの蝉の声。

古びてはいても、大事に使われてきたのがよくわかる生きて呼吸している家だった。床が淡い飴色《あめいろ》に光っている。おそらく麻里子の父親が拭《ふ》き掃除をかかさず、質のいいワックスを定期的にかけ、磨きこんでいるのだろう。古い木枠のままの窓ガラスはわずかに波打っている。竣工《しゅんこう》当時からのものかもしれない。なぜか母親の気配を感じさせない室内だった。

先生の設計した別荘だから、あちこち見てまわりたい気持ちもあったが、麻里子が週末に暮らしている家のなかをぶしつけに歩きまわるのははばかられた。リビングのソファに座り、目の前の暖炉を眺める。脇《わき》にぶらさげられている薪ばさみは、木の握りの部分が黒光りしていた。煙突掃除を怠らずにいるのだろう、開口部の周囲の白い壁は煤《すす》けもせず黄ばみもない。炉内の奥だけ黒々としているのは、煙突の吸気がうまくいっている証拠だった。

薪が積まれた暖炉の左側の壁には、山口玄一郎の絵がかかっていた。明るい色の砂浜に点々と残された足あとを、細かな泡をのせた波が洗い流してゆく。子どもの足あとにも見える。山口玄一郎はひとり息子を病気で亡《な》くしていたのではなかったか。

ソファを離れ、庭を見渡す場所に立つと、風がそよとも吹かない緑のなかに、細かく震える黄色がある。山椒《さんしょう》の枝に夏鳥のキビタキがとまっていた。東京では一度しか姿を見たことがない。喉《のど》もとから胸にかけて鮮やかな山吹色をしている。黒い目の上にも眉《まゆ》のような山吹色のひとはけがある。首をかしげるようにしてこちらをじっと見ている。キビタキは鳴き声がきれいなのだが、さえずる気配はない。息をこらしてじっとしていたが、わずかに視線を感じたのか、翼の裏にある白い模様をみせ、翻《ひるがえ》るように飛び去った。

冷蔵庫やオーブンを開け閉めする音、ステンレスのボウルで何かをかき混ぜている音がキッチンから聞こえてくる。いったん静まったと思うと、麻里子がリビングに顔をだした。

「ごめん、すぐできるから音楽でも聴いてて。父のレコードばっかりだけど、なにかかけてくれる？」

「見せてもらっていいんですか」

「もちろん」麻里子はそう言うなり、キッチンにもどった。

オーディオはすべてイギリス製のものだった。クオードのアンプ、プレーヤーはリン、スピーカーはタンノイだった。このセットでブラック・コンテンポラリーを聴いたらどんな音がするのだろう。両手を広げたよりも幅の広いレコード棚にはおおむねクラシックばかり、ジャズもわずかに加わったＬＰのコレクションが整然と並んでいる。

何枚か引きだしてみてから、くり返し聴かれているらしい、ジャケットの擦れたレコードを選んだ。クリフォード・カーゾンという、サーの称号がついたピアニストのブラームス「ピアノ協奏曲第二番」だった。B面に、プレーヤーのアームをゆっくりおろす。もく、と鼓膜を押すような音がしてから、秋の日差しのようにどこかに寂しさをふくむ曲がスピーカーから流れはじめる。

ソファに座ってピアノを聴いていると、麻里子の父親が同席しているような、留守宅に無断で入りこんだような落ちつかない気持ちになってくる。和菓子屋に生まれた兄弟の、弟は建築家になり、兄は店の跡を継ぐ。兄に別荘の設計を依頼され、その娘は事務所でアルバイトする。兄弟の仲がよくなければ、そのようなやりとりは生まれないだろう。

キッチンから出てきた麻里子は、ソファの前のテーブルにころんとした茶色いティーポットとミルクピッチャー、飾り気のない白いカップをふたつ置く。演奏が終わるのを待っていたかのように、チン、とオーブンの音が聞こえ、甘く香ばしい匂いが漂ってきた。ぼくはアームをあげて、また第三楽章の最初から聴きなおすことにした。

麻里子が焼きたてのスコーンとクリーム、ジャムの瓶を運んできて、向かいのソファに腰をおろした。

「さっき紀ノ国屋でスコーンをみたら、急に食べたくなったの」

「手品みたいに早いですね」

「だって混ぜて焼くだけだもの。熱いうちにどうぞ」

「いただきます」

焼きたてのスコーンは、明るく乾いたひなたの匂いがした。ひんやりとしたクロテッドクリームとストロベリージャムをのせて口に運ぶ。温度も感触もバラバラの甘みが口のなかでいっしょになる。

どこにも贅肉《ぜいにく》のないつややかな肌が、麻里子の輪郭をつくっている。細いFの鉛筆で描いたような輪郭線の、いちばん先端にある指がスコーンをつまんでいた。麻里子は笑いだしそうな表情でぼくの顔を見た。

「坂西くん、けっこう頑固でしょ」

突然だったので、あやうくむせそうになった。

「先生はたぶん、あなたのそういうところが気に入ったのよ」麻里子はおかしそうな顔のままそう言った。ぼくはあわててティーカップを口に運ぶ。スコーンの味と過去の記憶とのあいだで宙づりにされたようだった。

父はぼくが建築学科に入ることに反対だった。──建築家っていうのはよくわからないが、半端《はんぱ》な芸術家気取りの人間が多いんじゃないか。建築事務所なんかに入ったら最後、安月給でこき使われて、しばらく所帯も持てないぞ。不機嫌そうにそう言った。村井設計事務所は安い給料ではなかったし、こき使われるということもなかったが、一般的にはそのとおりかもしれなかった。エンジニアの父が、なぜそれほど否定的な言葉を胸に蓄えることになったのか。その後も志望を変えようとしなかったぼくに、「おまえは頑固だな。世の中に出てそのまま頑固を通そうとしても、そうは簡単にいかないぞ」と言った。

最後に「頑固」だと言われたのは、一年ぐらい前のことだ。ゼネコンの入社試験も受けてみてはどうかと教授にすすめられたものの、ぼくは首を縦に振らず、研究室のソファに表情を変えないまま座っていた。「頑固だねえきみは」と教授は苦笑いして言った。ゼネコンにでも入れば、父も納得していたかもしれない。村井設計事務所に入所が決まったとき、とうに諦《あきら》めたことだとでもいうような顔で、父はほとんど関心をしめさなかった。

「わたしもね、頑固って言われるの」

麻里子はにっこりして両膝《りょうひざ》を抱えこんだ。脛《すね》がまっすぐに伸びている。

「どういうときに？」

「嫌なことは嫌ってはっきり言うしね」

「それぐらいで頑固っていわれたら身が持たない」

「でもそうみたいよ。まわりに合わせないで、嫌いとか好きとかを平気で人前で言ってると、頑固ってことになるみたい。あなたは言える？」

「どうかな。時と場合によるかもしれない」

「でも、やっぱり顔に書いてあるわよ、これは嫌い、これは好きって」

麻里子は脚を組みなおし、正面からぼくを見て言った。麻里子のまっすぐな視線に気後れして目を落とすと、きれいに整えられた足の指の爪《つめ》がつやつや光っている。とっさに気の利《き》いた言葉を返せるといいのだろうけれど、なにもでてこない。内田さんなら、こんなときなんと言うだろう。

「もっと食べる？」

「ありがとう、いただきます」ぼくは反射的にそう言った。

壁の時計を見ると、麻里子は思案げな顔になった。

「そろそろ時間ね。包んであげるからちょっと待ってて」

区切りをつけるようにソファを立ち、キッチンからもどってくると、スコーンは赤い紙箱に入れられていた。

「このティーバッグと一人用のポットも持っていって。クロテッドクリームとジャムは冷蔵庫に入れておくね」

麻里子はそう言って、キャンバス地のバッグに一式を入れると、細い腕をまっすぐにさしだした。言葉につまったぼくは、「ありがとう」とまた言った。「バッグはあとでお返ししますね」

「返さなくていい。あげる」

ロンドンの食材店のロゴマークが小さく印刷されたキャンバス地のバッグは、くたっとやわらかく手に馴染んだ。なんども洗濯されたらしく、ショップの電話番号はほとんど消えかかっている。このバッグはぼくの知らない麻里子の時間を知っているのだと思う。

キッチンに入って、食器を洗うのを手伝った。となりに立っている麻里子のかすかな体温を感じる。麻里子もぼくも黙っていた。気まずいというのでもなく、リラックスしているのでもない、曖昧な沈黙だった。内田さんの言葉が頭のなかによみがえってくる。皿を拭き終えると麻里子は、「さ、もどらなきゃね」と短く言った。そしてセリフを忘れた新米の役者を見るように、ぼくの顔をじっと見た。

ルノー5に乗りこむあいだも、ふたりは黙っていた。窓をあけたままだったので、匂いをかぎつけたミツバチが一匹、買物袋の上を熱心に旋回していた。ブーンというひそやかな音。麻里子がエンジンをかけると羽音は聞こえなくなった。

　秘密にしなければならないことは何もないのに、麻里子の別荘に立ち寄ったことは事務所の人たちには言えない気がした。麻里子は音楽もかけず、木漏れ日がちらつく旧軽井沢の裏道を黙って運転している。自分がたったいま、どれほどの無知と鈍感の海を漂っているのか見当もつかなかった。なにか取り返しのつかないまちがいをおかしてしまったのではないか。考えはじめると、ますますわからなくなり、思わず喉から小さな声が出そうになった。だからすぐに考えるのをやめた。鬱蒼《うっそう》とした林の奥に目をやり、何にも焦点を合わせないようにして、視界を横切る模様を見る。

　ルノー5は軽快なエンジン音を立てていた。砂利まじりの未舗装の道でも、石畳の道を走るべくつくられたクルマは意に介さない快走ぶりだった。それほど走った気がしないのに、クルマはふいに、さびれた星野温泉の裏手に出て、そこからするすると幹線道路にすべり出た。あとはいつもどおり青栗村にむかって北上していくだけだ。ふたたびブラック・コンテンポラリーが流れはじめた。ほっとすると、自分の肩がこわばっていたことに気づく。

「こういう音楽、ちゃんと聞いたことがなかったけど、いいですね」

「そう？　わたしはなんでも素直なのが好きなの」

意外な角度から言葉が返ってきて、ぼくはまた何かにつまずいたように黙った。アクセルが踏みこまれ、足が離れると、クラッチとギアシフトがよどみなく連携し、切り替わる。タイヤは吸いつくようにカーブをとらえ、つづら折りの坂道をするすると駆けのぼってゆく。

「人の気持ちがそのまま伝わってくるのが好き。遠回しだったり、複雑だったりするのは苦手。鳥だってなわばりとか恋とか、シンプルなことを歌ってるから、素直できれいな声なんじゃない？」

カーブが終わり、まっすぐな道が前にひらけ、延びてゆく。麻里子はふたたび軽くアクセルを踏みこむ。

「素直な明るいものはね、濁らないのよ」

「明るく朗々と歌わない鳥だっていますよ」

「そう？」

「たとえば、コゲラとか。いつも誰も気づかないぐらいの小さな声でしか、コゲラは鳴かないんです。ギイィッて」

「コゲラ?」

「キツツキの仲間」

「青栗村にもいる?」

「いますよ。けさも桂《かつら》の木の幹をかけあがりながら鳴いてました」

「くわしいのね。知らなかった」

「小学生のころは日曜になると高尾山や明治神宮の探鳥会に行ってましたから」

野鳥に夢中になっていたのは小学生までだった。バードウォッチングなんて言いかたがまだなかったころだ。

「探鳥会? そういうものがあるんだ」

「ありますよ。野鳥の会の主催で」

「野鳥の会ね。野鳥の会なら知ってる」

笑いながら右手をハンドルから離し、ぼくの左腕を軽く叩《たた》いた。麻里子の指のスタッカートの感触。

「おかしいですか?」

「ううん。あなたらしい趣味だなっておもっただけ」

「どういう意味ですか」

「意味なんかないわよ。……野鳥に会いたいときはどうするの？」

「探すんです」ぼくは初めて笑った。「だから探鳥会なんです」

「ご苦労さまね」麻里子があきれたという調子の声で言って、ぼくは急に気持ちが楽になる。

「アカショウビンっていう、すごく派手な色をした夏の渡り鳥がいるんですよ。大きな朱色のくちばしで、胴体も赤褐色で、夏になると高尾山あたりにも来るし、青栗村にもたぶん来てるでしょう。でもこれがなかなか見つからない。キョロロロロローって澄んだきれいな声だけは森から聞こえてくるんですけど」

「あなたは見たの？　その、アカショウビン」

「小学生のとき、探鳥会で最初に見つけるのは、たいていぼくでした」

「どうやって見つけるの」

「目にとびこんでくるんです、向こうから。気がつくと、木の枝にとまってるんです。アカショウビンはいったん見つかると観念したみたいにじっとして、動かない」

こんな鳥がいるなんて、と小学生のぼくはふるえるような気持ちだった。くちばしの朱色も、羽根の赤褐色も、深く、吸い込まれるような色だった。

「でもあなたの好きなもうひとつの鳥は……えーと、なんだっけ？」

「コゲラ?」

「そう、コゲラ。小さい声でギイィッて鳴くんでしょう」

「コゲラの羽根は黒と白のまだらで、全体が灰色っぽくて、アカショウビンとは正反対に目立たない。キツツキの仲間としてはからだも小さい。英語ではジャパニーズ・ピグミー・ウッドペッカーだったかな。鳴き声も地味です」

「渡り鳥じゃないの?」

「一年中います。北青山にも青栗村にも。ちっともめずらしい鳥じゃないんだけど、樹《き》の幹をつつつつと敏捷《びんしょう》に駆けあがるところなんか、見るたびにハッとします。なんていうか、かそけき気配というか」

「かそけき?」

「この世のものじゃない、はかない感じ、というか。アカゲラが赤い頭で木を突っついているところなんて、頭に血がのぼっておかしくなった人みたいですけど、同じキツツキでも、コゲラは淡々と落ちついているんです」

「見た目も行動も地味なのね」

「でもコゲラの巣は——キツツキだから木の幹を掘ってつくるんですけど——ていねいですごくきれいですよ。巣穴のふちの仕上げとか、アカゲラの巣穴が二流品に見えるぐらい」

「ていねいとか二流とか人間は言うけど、野生動物にはそれぞれちゃんと理由があるんじゃない？」

麻里子は人の話をそのまま聞き流さない。横顔を見ると、真面目《まじめ》な表情だった。冗談で言いかえそうとした言葉をぼくはそのまま飲みこんだ。

「こんど、コゲラがいたら教えて」

「もちろん」

山荘をあとにするときの、おたがいにぎくしゃくした感じが、いつのまにかほぐれてきていた。コゲラのおかげだ。

運転する麻里子の横顔の向こうに浅間山が見える。草木を寄せつけない赤味をおびた山肌は、とてもこの道と地続きとは思えない。たっぷりとした稜線《りょうせん》は、かつて地下深くから押しだされてきたマグマがかたちづくったものだ。その途方もない力の痕跡《こんせき》が、二五〇〇メートルを超えて盛りあがったまま、そこにとどまっている。考えてみればそれは何とも不思議なことだった。隆起したのと同じ質量だけ、かわりにどこかが陥没したというわけでもない。これだけのものがどうしてわざわざこの場所を選び、押しだされてきたのか。いったいどんな仕組みがあり、働きがあったのか。

最後のゆるやかなカーブを曲がると、道はひたすらまっすぐ北へ延びてゆく。ふたりはいつのまにかまた黙りこんでいた。カセットテープも止まっていた。エンジンの音だけが響いている。浅間山はうしろをふり返らなければ見えない位置へと遠ざかりつつあった。火口からわずかな水蒸気を漂わせているはずの山を背に、ぼくたちは北浅間の千メートルを超えるエリアにもどってきた。

「ちょうど一時間の遅刻です」

麻里子は少しふざけたようにそう言って、ブレーキをゆっくりと踏んでスピードを落とすと、青栗村への道をコンパクトに右折した。黒いルノー5は見慣れた森の道へと、のみこまれるように入っていく。

四時までの休憩を終えたばかりの夏の家は、すでに夕方の空気に包まれていた。はりつめた空間に、どこかほつれ目ができている。設計室の南に面した大きな窓の向こうでは、西日が樹々の葉の一枚一枚を照らしている。蝉の声がいっそうかまびすしい。気温も下がりはじめていた。こういう時間に麻里子があらわれると、空気がはっきりとそちらへなびくのがわかる。井口さんが顔をあげた。

「ご苦労さん。だいぶかかったね。旧軽、混んでたの？」

麻里子は真面目な顔で答えた。

「紀ノ国屋も道もみんな混んでて。お待たせしてすみません」

「いやいや、いいんだよ。今日は夜に全員が揃《そろ》っていればそれでいいんだ」

ふたりのやりとりを雪子と内田さんが顔を上げて見ていた。雪子は麻里子ばかり見て、ぼくを見ようとしない。麻里子は井口さんにニコリと描いたような笑顔を見せると、家事室のある一階に降りていった。ぼくは黙ったまま麻里子のあとをついてゆく。斜めうしろから、内田さんの視線を感じた。

玄関に置いてあった買物袋を両手にふたつずつ持ってキッチンまで運びこむ。「ありがとう、あとはいいわ」と麻里子が言う。ぼくは麻里子からもらった布のバッグをクルマに取りにもどり、二階の書庫兼寝室に駆け足であがると、パジャマや替えのシーツをしまってあるキャビネットの上に置いた。

設計室にもどると、内田さんが待っていたかのように小さな声で話しかけてきた。私語が少なく息苦しいほどしんとした北青山の事務所の空気が、窓の開け放たれた夏の家では、鳥や虫の声、葉ずれの音、遠くから流れてくる草刈機のエンジン音などとまじりあって、ゆったりした気楽なものに変わっている。ぼくはこの静かすぎない静けさが好きだった。内田さんの声も、クヌギの大木あたりから聞こえてくる蟬の声に重なって、たぶんぼくにしか聞こえない。

「今夜、食事が終わったところで、河原崎さんと小林さんが国立現代図書館の設計案をプレゼンテーションすることになった」

井口さんが高揚した様子だったのは、そのためだったのだ。

「だから夕食は早めに終わらせたほうがいい。ぼくも手伝うから、パッとやってしまおう――食材もただいま入荷、だしね」

最後だけ小さな声からふつうの声にもどると、内田さんはちょっと芝居がかった笑顔を浮かべた。内田さんは複雑な人だ。神経質そうに考えこんでいるかと思えば、この世は楽しいことばかりとでもいうような笑顔にもなる。その笑顔は一瞬で、それまでの会話に後もどりできない線を引いてしまい、うかがい知れぬ内側には誰も入ることができない。内田さんのどこか芝居がかったこの笑顔がぼくは嫌いではなかった。

「野菜を大量に蒸して、サーロインでローストビーフをつくる。ビシソワーズも冷やしてある。それで充分だよ。パンはバゲットとカンパーニュがあるしね。買えたよね？」

「買いました」

「せっかく焼きたてなんだから、オリーブオイルにバルサミコ、そこに胡椒《こしょう》を挽《ひ》いて、つけて食べよう。これなら満腹になっても、頭ははたらくからね」

内田さんは澄ました顔でそう言った。欧米人と日本人の思考の強度の差は、主食のちがいからきているというのが内田さんの持論だった。日本人が徹底して物事を考えないのはやわらかい米食のせいであり、とくに夜のごはんはあたまをぼんやりさせるのだという。

食事には手を抜かず、方針をきちんと立ててから料理の準備にとりかかるのが内田さんのいつものやりかただった。冷たいスープのレシピも、じゃがいものビシソワーズだけでなく、コーンや枝豆のポタージュ、ガスパチョなどいろいろあって、ぼくは覚書用のノートにいくつも書きつけておいた。ビシソワーズも鶏《とり》がらでスープをとるところからはじめるので（内田さんは鶏がらスープとは言わず「フォン・ド・ボライユ」と言った）、昼すぎには鍋《なべ》を火にかける。今夜のローストビーフも、内田さんの得意料理だった。ホースラディッシュも頼まれて買ってきてある。

井口さんには内田さんの料理に対する情熱が不可解なようで、「内田くんのカタカナ料理」とため息まじりに言って、その熱意を設計に向けろと言わんばかりの顔をしたことがあった。美食家というわけでもない先生はそれでもおもしろがって、内田さんが食事当番のときだけときおりキッチンに入ってくる。手もとを覗《のぞ》きこみながらぽつりぽつりと質問すると、内田さんはうれしくなくもないような、微妙な顔で先生に答える。料理の腕や知識も、内田さんにとっては、建築家として必要不可欠なものであるらしかった。夏の家ではじめて食事当番がまわってきたとき、内田さんは皿を洗いながら（皿の洗い方にも、和食器は忘れがちな高台《こうだい》から洗うとか、内田式があった）こんなことを言った。

「食う寝るところに住むところ、とはよく言ったものでさ、これは切り離せないひとつの言葉だと思うべきなんだ。食う寝るに関心がなくて住むだけをやろうったって、それじゃあ容《い》れ物《もの》をつくってるだけじゃないか。だからぼくは台所仕事をしない建築家なんてまったく信用しない。台所仕事や洗濯、掃除をやらないような建築家に、少なくとも家の設計は頼めない」

夏の家では当番制で料理、掃除をし、洗濯ももちろんおのおのがやる。裏庭には畑もあるから、ここで野菜を育て、収穫する。内田さんの料理は別格としても、誰でもそこそこのものはつくることができた。ぼくは五月からひとり暮らしをはじめたばかりだったから、レパートリーはまだまだ少なかったが、キッチン用品には内田さんがどこかから見つけてきたものがいくつもあり（たとえば遠心分離の原理を使ったサラダの水切りボウルや手回し式のチーズグレイターなど）、料理を覚えるたのしさに道具を使いこなすもののめずらしさも加わって、手分けしながらの台所仕事は想像していたよりもずっとおもしろかった。

「ところで、麻里子のうちの別荘はどうだった？」

内田さんは床に落ちていた消しゴムを拾いながら、ぼくにしか聞こえない小さな声でつぶやくように言った。突然足払いをくらったようだった。顔がみるみる赤くなっていくのがわかる。それでも精いっぱい平静をよそおって答えた。

「やっぱり先生の設計、だったんですね。設計図集には載っていなかったから、はじめて知りました」

「載っていない家は何軒もある。麻里子のところは一九六〇年の竣工だから、ここより三年遅い。でも見れば同じ時期とすぐにわかるね――で、どうだった？」

内田さんはぼくの動揺になどまったくかまわない様子で「どうだった？」とくり返した。家のことばかりでなく、麻里子のこともふくめての問いに聞こえた。しかしなぜか、ぼくの言葉を待つ内田さんは無関心そうな顔をしていた。それを見て、少しばかり気持ちが落ちついた。麻里子の別荘で、自分が足を踏み入れたところ、踏み入れていないところをちゃんと伝えておかなければ、と咄嗟《とっさ》に思いながらぼくは口をひらいた。

「玄関とリビングしかみてないので、全体はわかりませんけど、ここのディテールと共通する部分がいくつもありそうでした。手入れが行き届いて大事に住まわれている感じがしたのと、外側の下見張りもたぶん当時のままで、とてもきれいだった。玄関のドアも使いこまれた味があって、真鍮のドアノブなんかぴかぴかで――」

「あの時代の家にしては、アイランド式のキッチンが新しいし、よくできてるよね」

ぼくはシンクにむかって麻里子と並び、カップをいっしょに洗ったり拭いたりしたことを見透かされたような気がして、また耳が熱くなる。やはり内田さんも麻里子の別荘に入ったことがあるのだ。麻里子の内田さんへの態度も、思えば必要以上にそっけない気がする。ぼくはますます混乱しはじめていた。

麻里子がまた二階にあがってきた。ぼくらには一瞥《いちべつ》もくれず、そのまま先生のいる所長室の前に立つ。ドアをノックして部屋に入ると、麻里子はしばらく出てこなかった。内田さんは何ごともなかったように机に向きなおり、ぼくもそろそろ仕上げなければならない原寸図の残りの作業に取りかかった。

8

台風による停電は、いったんは復旧したものの、点検の結果、何か所かで送電線の交換が必要だとわかったらしい。今日もその作業のため午後から電気が止まっていた。自家発電は稼動していたが、ダイニングテーブルにはろうそく立てが並び、その光で夕食をとることになった。ビシソワーズとローストビーフ、畑からもいできたばかりの茄子《なす》やトマト、ピメントにズッキーニやオクラなど夏野菜の蒸し焼きが並んでいた。色とりどりの野菜にはくるみのオイルとくし切りのレモン、バゲットにはオリーブオイルとバルサミコが用意され、大きなペッパーミルとソルトミルがみんなの手を渡ってゆく。

食事が終わるころになって井口さんは、午後に開かれた自治会の会合で、久しぶりに野宮春枝の姿を見かけたと話しはじめた。野宮春枝はひとまわりもふたまわりも小さくなったようで、いつもなら、すぐには解決策の見いだせないやっかいな問題を持ちだしては、かたどおりに進行すればすむ集まりに水を差す役まわりなのだが、今日はホタル池周辺のホタルの数が急に減っているのが気になるから、甥《おい》の娘である東工大の大学院生に調査してもらうことにしたと手短かに伝えると、途中で退席してしまったという。

「こういっちゃなんだが、野宮先生ももうあまり先が長くないかもしれないね」

と井口さんは言った。

「あらひどい」

麻里子は同意を求めるように雪子を見た。雪子は麻里子に笑顔を見せてから、急いで眉をひそめた。

「ホタルか。たしかに減っているかもしれないね。水が汚れてきたとも思えないが。魚が増えて、幼虫が食われているのかな」

食後のコーヒーを飲んでいた先生が言った。

「ホタル池には鯉《こい》がいますね。鯉はホタルの幼虫を食べると聞いたことがありますけど」

　雪子は樹や草花の名前、魚や虫の名前をよく知っている。週末になると笹井さんといっしょに登山道に入り、一六〇〇メートルほどの小浅間山《こあさまやま》に登ったりもしているらしい。草花の絵を描きためていて、ぼくはそのスケッチブックで、ミネズオウ、ウスユキソウ、シャジクソウという花を知った。

　小林さんと河原崎さんは、「現代建築」の最新号に掲載されていた船山圭一設計の宮殿をめぐって話しこんでいた。イギリスから独立して約十年になる産油国カタールからの特命設計で、どれほどの総工費がかけられているのか、記事ではもちろん触れられていないし、見当もつかない。カタールばかりでなく近隣の国々も競うようにして大がかりな建築物を船山に依頼している、という噂《うわさ》もあった。国王と直接やりとりがあって、潤沢な予算を使いたいように使え、思うさま腕をふるうことができるらしい——笹井さんはふたりの話に聞き捨てならないという顔になり、「だったら、制約も多くて予算もきびしい日本の競技設計にまで、わざわざ参加しなくてもよさそうなものなのに」と言った。宮殿のようなモニュメンタルな仕事こそ、いかにも船山圭一向きではないか——三人の話はおだやかならぬ雰囲気になりはじめていた。船山圭一はつねに自分が建築界の中心にいることを望むから、広く注目を集める国家的プロジェクトのコンペなら、どんなものにでも必ず参加するだろう。国立現代図書館のコンペに加わってきたのも、なんら不思議ではない。

同じテーブルでそんな話が交わされていても、先生は素知らぬ顔だった。いっぽう内田さんは、宮殿という言葉が飛び交いはじめるや、からだをこちらへぐいっと向けて、蜜蜂《みつばち》の巣の話をはじめた。脈絡なく話がはじまるのはいつものことだったが、船山圭一の話題をさえぎろうとしているのはあきらかだった。

——蛸壺漁《たこつぼ》がよく知られているように、人間が巣の代わりを用意して、生きものを招き寄せたり住まわせたりすることがある。なかでも養蜂《ようほう》の巣箱ほどよくできているものはない。蜜蜂の巣のグリッドが六角形なのは材料が少なくてすみ、外からの衝撃にも耐えやすい構造だからで、同じ形の部屋を蜜壺にも揺りかごにも育児室にも食糧庫にも使いまわす多目的性を考えても都合がいい。六角形がつながってできた板状の巣は、二枚一セットで背中合わせになっていて、それが何セットも横に連なってぶらさがっている。巣板と巣板のあいだは蜂の体高くらいのすき間しかないので、働き蜂も女王蜂もどちらの面にでもすぐに移動できるし、冬はパネルヒーターのように熱が保たれ、零下になるような寒い土地でも越冬ができる——内田さんは生物の教師のようによどみなく解説する。どこかで建築の話に移っていくのかと思わせながら、そうはならない。じっと耳を傾けていた先生が口を開いた。

「蜂の巣箱は実によくできているけれど、つまりあれは自然の巣の構造を模しているわけだよね」

「ええ、構造は同じです。決定的に違うのは、蓋《ふた》をあければ巣板を自在に着脱できることですね」——一九世紀までは、人間は蜂蜜をとるたびに蜂の巣を壊していた。よほど暖かい東南アジアあたりは別にして、板状の巣は、雨風や冷気やスズメバチのような外敵が簡単には入りこめないように、樹脂とプロポリスでできた薄い壁で覆われていたから、蜂蜜をとるにはどうしても一部を壊すしかなかった。定期的に蜂蜜を採集することを考えると、蜜蜂にとってはもちろん、人間にとってもこれはあまり効率的な方法とはいえない。巣を壊すことなく、蜂蜜を効率よく集める方法はないかと考えて巣箱をつくったのが、一九世紀アメリカのロレンゾ・ロレイン・ラングストロスという牧師だった——内田さんはこれまで何度も口にしてきたように牧師の名前をすらすらと言った。

蜜蜂の巣板が何層もぶらさがっているのを見て、キャビネット内に吊《つ》るされたファイルを連想したラングストロス牧師は、それと同じ構造にすれば、蜜を採るたびに巣を壊さずにすむとひらめいたのだ。

「ラングストロスの観察力や発想はもちろん彼個人の能力ですが、あれほど完成された巣箱のかたちに翻案できたのは、プロテスタントの牧師ならではという気もしますね」

「それはどういうことですか」とぼくは聞いた。

「プロテスタントの人たちは、効率とか取り扱いやすさを考えて、既成のモノのかたちを改良してゆく能力がとても高いと思うんだ。プロテスタントの原点は、そもそもそういうものだったわけだから。マルティン・ルターが宗教改革をヨーロッパで急速に拡大させることができたのは、汎用《はんよう》性を考えぬいた改革だったからでしょう。グーテンベルクの発明した活版印刷という新しい技術を使えば、一字一字手書きだった写本の何百倍も速く大量に印刷することができる。しかもそれまではとてつもなく大きく重たかった卓上用の聖書を、ルターは持ち運びのできる小型サイズにつくりかえた。さらに、ほとんどの人が読めなかったし、読もうとも思わなかったラテン語ではなく、書物の世界では格下に見られていたドイツ語に翻訳した。そのおかげで、聖書は格段に広く読まれるようになった。プロテスタントの人たちの実用性への感度と信頼は、こういうところからはじまっているんだ」

蜜蜂の巣の構造も、巣箱の発明も、ルターの聖書も、すべて本から仕入れた知識だったにちがいないが、内田さんの口から出ると、独自の卓見のように聞こえてくる。

「シェイカー教徒の家具がきわめて実用的で、しかも無駄がなくて美しいのも、きみの話と根っこでつながっていそうだね」先生が言った。

「おっしゃるとおりだと思います。シェイカー教徒は絶えてしまいましたが、家具は残りました。ラングストロスが亡くなっても、養蜂用巣箱は二〇世紀初頭のうちにアメリカ全土からヨーロッパにまで広まった。莫大《ばくだい》な借金を返せなかったグーテンベルクが訴えられ、機械も工房も何もかも没収されたのにもかかわらず、活版印刷機じたいはあっという間にヨーロッパに広まったのと同じです。つまり誰にでも真似《まね》をしてつくることができるほど、巣箱も印刷機もシンプルな構造だった。資本主義を発展させる原動力はプロテスタンティズムだという有名な説をそのころマックス・ヴェーバーが唱えるわけですが、『誰にでもわかる』『誰にでも使える』ということほど強いものはない、と私は思いますね」

　井口さんが煙たそうな目で内田さんをちらと見たような気がした。井口さんは内田さんのこういう話にはまったく関心を示さないどころか、あまりこころよく思ってはいないのだ。敏感な内田さんがそのことに気づかないわけがない。

「コンパクトでシンプルというのは相手を選ばないんだ。どういうつくりになっているのかを説明しなくても、使いかたがおのずとわかるからね。建築でちょっとした仕掛けを考えるときも、住むひと、使うひとが、その仕掛けをおのずと発見できるようにしておくのが理想だよ。取り扱い説明書なんてつけなくてもわかるほうが、はるかに上等なんだ」

壁時計を見た先生は「じゃあ、そろそろ」と区切りをつけるように言い、席を立った。国立現代図書館のプレゼンテーションがはじまろうとしていた。小林さんと河原崎さんが一足先に二階の設計室にあがってゆく。手分けして食器を片づけるあいだ、だれも無駄口をたたかなくなる。

設計室にあがると、大テーブルで小林さんと河原崎さんが大判のクロッキー帖《ちょう》を手もとにおいて低い声で話していた。みんながそろったところで、先生も茶色い革の手帖を片手に所長室から出てきた。全員を左右に見るテーブルの短辺に小林さんは座っている。クロッキー帖を立てて左手で支え、長い指で一枚ずつめくりながら、ゆっくりと説明をはじめた。ぼくは自分の手帖のあたらしいページを見開きにして、小林さんの言葉を鉛筆でメモしてゆく。雪子もメモをとっている。

小林プランは、地下二階、地上三階にわたって正方形のフロアを積みあげたものだった。敷地の南側にはもうひとまわり小さな正方形があり、ここにレストランやカフェ、託児室、講堂がまとめられている。大小ふたつの正方形は中庭を見渡すガラス張りの回廊でつながっている。図書館機能と、付属施設の機能をはっきりと分けた構成だった。

ひと目みて特徴的なのは、開架式の書棚の配置だった。書棚はすべてゆるやかなS字カーブを描いていて、真上から見ると、正方形の空間に大きな川が流れているようだった。尾形光琳《こうりん》の「紅白梅図屏風《びょうぶ》」を連想したが、光琳の川よりずっとゆるやかだ。書棚の川は正方形の中央をまっすぐに通っているのではなく、建物の北北東から南南西に斜めに流れているので、南東と北西に空間が残る。小林さんはこの空間に閲覧用のテーブルを並べていた。

さらによく見ると、書棚のSの字がなかほどで切り離されており、その切れ目を人が行き来できるようになっていた。ぬかりなく動線が確保されている。小林さんは言った。

「国立現代図書館の最大の課題は、利用者にたのしく本を選んでもらうということです。しかし図書館を運営する側の論理でプランをまとめようとすると、どうしても管理のしやすさを優先して書架を並べることになります。しかも図書の分類法に従うと、収蔵された本が無機質に見えてしまう。この図書館は本を探すだけでなく、なんとなくやってきて、書架と書架のあいだを歩きまわるだけでもたのしくなる場所にしたいと思ったんですね。川だって、護岸工事のされたまっすぐな堤防沿いを歩くより、蛇行しているほうが散歩にはたのしいはずです」

「たのしい」という言葉を連発しているわりに、小林さんはいつもの憂愁を漂わせたままにこりともしない。

大きい正方形の本館と、小さな正方形の別館を縦に繫《つな》いで配置したのは、南北に長い矩形《くけい》をした土地に対応したこと、もうひとつには、公道に面した一階にレストランが入る別館を置くことで、図書館に対する心理的な敷居を低く演出できると考えたからだ。それぞれが正方形になったのは、カーブを描く書棚をおさめる箱はシンプルな正方形にしたほうが心理的な落ちつきがうまれるだろうという判断だった。

「レストランや託児室を別棟にしたのは？」

先生がたずねた。

「食べものの匂《にお》いや子どもの声は図書館にはそぐわないということと、ほのぐらい静かな図書館から明るい別棟に移っていくのも、解放感があっていいんじゃないかということです」

「図書館棟の窓がずいぶん小さくおさえられているね」

「蔵書の日焼けの問題もありますが、やはり図書館はちょっと薄暗いほうが落ちつくのではと思います。書架には美術館で使う照明を用意しますし、閲覧用テーブルには読書灯があるので、可読性に問題はありません。そのかわりレストランのほうは自然光がたっぷり入るように、ひたすら窓を大きくとってあります」

「みんなはどうだい？　なにか質問は」先生がぼくたちを見渡して言った。

設計室の窓は、昼間と同じように開いていた。虫の鳴き声がいっそう強く響きわたっている。中庭の桂の木の下にある誘蛾灯《ゆうがとう》に大小さまざまな虫が集まっているのが見えた。内田さんがたずねた。

「書架の本は、図書の分類法にしたがうんですよね？　だとすると、このようなゆぎのあるつくりの場合、本の並びをどう区分するんでしょう。たとえば文芸書が著者名順に左から右へ並べられる場合、最上段から次の段への折り返しはどこでつけるのかという問題がありますね。それから各階のフロアの棲《す》み分けはどうなりますか」

「これは河原崎さんとも相談したことなんですが、書架におさめる本は企画性のもとに選んで並べるのがいいと思っています。地下の二層を閉架式の収蔵庫として、ここは従来の図書館と同じ収蔵機能を集約的に果たす。地上の三層の一部はショーケースのようなものにして、企画ごとに並べかたを変える。美術館や博物館の学芸員のように、開架式の書架に並ぶ本を展示品と考えて、何をどう選び、どう並べるかは図書館司書が決める。網羅的に集めるのは国会図書館の役割で、現代図書館は本と出会うための場所にする。それぐらいのことをしなければ、この図書館をわざわざ建てる目的が果たせない」

「でも、そういう能力のある図書館司書は限られるでしょうね。彼らは分類、整理、管理のプロだけれど、学芸員的にふるまおうとしても、そもそも職能的に無理があるんじゃないですか」内田さんの言葉に、小林さんはひるまず応《こた》えた。

「たしかにそうかもしれない。であれば当初は外部の人もまじえて図書選定委員会のようなものを組織すればいい。ただ、テーマの設定はなるべくわかりやすく、たとえば没後二十年を機に、ひとりの作家をレトロスペクティブに集める企画があってもいいんじゃないか。期間中には作家が出演した番組の映像をホールで上映してもいいし、映画の原作だっていくらでもあるでしょう。戦後刊行された本全体から、あるテーマを掘り起こすといっても、あまり難しく考えることはないんです。たとえば、料理書や料理をめぐるエッセイを雑誌もふくめて展示したら、暮らしのうつりかわりや海外の料理文化を受容してゆく過程が本の並びだけでも俯瞰《ふかん》できるかもしれない」

先生が口をひらいた。

「本をテーマにそって並べるというのは、きちんと考えてもらう価値があるね。これまでの図書館というのは、本選びを利用者に委《ゆだ》ねる受け身のシステムだったわけだ。本を借りにくる利用者にとっては、探している本があるかどうかが肝心で、国会図書館ともなれば、国家の知的財産、文化的財産をすべて収蔵する、というのが最大の役割だからね。しかし、これだけ膨大な本が刊行されている時代に、一九世紀の図書館と同じ考えかたでやっていても、死蔵される本が増えていくばかりだ。利用者になるほどと思われるような新しい提案が必要だろう。ただこういう提案は、言葉による説明だけで納得させるのは難儀だよ。建物のデザインそのもので説得できないと」

何よりも説得力を持つのはデザインなのだという考えは、つねに先生の設計の中心にあるものだった。

「本の貸し出しはしないんですよね？」

雪子がたずねた。その建物にどのような目的があり、どのように利用されるかが、設計のすべてを決める。しかし作品性が先立って、使い勝手が犠牲になる建築は驚くほど多い。構造もフロアプランも使う人の都合からしかはじまらないというのが村井設計事務所のゆるぎない原則だった。住宅を設計するとき、先生がクライアントとの話しあいに驚くほど時間をかけるのもそのためだ。「家族構成が同じでも、共働きの夫婦の家と専業主婦のいる家では、おのずとプランは変わってくる」と数少ない自作解説で先生は書いていた。大事なことは、聞き逃してしまうほど平凡な言葉で語られるものだ。雪子の質問は基本的に貸し出しをしない国立国会図書館が念頭にあってのことだろう。小林さんは言った。

「本の貸し出しはしないという原則があらかじめ決められています。この図書館は、埋もれていた本と出会うための場所なんです。ここで読みたい本を見つけて、公共図書館で借りてもいい。古本屋で手に入れてもいい。閲覧用の椅子《いす》とテーブルを居心地いいものにすれば、わざわざ図書館に通って読みとおす楽しみも出てくる。現代図書館を本の貸し出しサービス機関ではなく、本と不意打ちのように出会ったり、読むために整えられた環境で質の高い読書体験ができる、そういう場にしたいわけです」

河原崎さんのプランはさらに大胆なものだった。南北にやや長い長方形の敷地の北寄りに、敷地いっぱいに接して円筒形の図書館が建つ。小林さんのプランと同じく地下二階、地上三階建てだが、一階あたりの床面積はかなり広い。レストランや託児室は一階に、講堂は地下一階に、収蔵庫は地下二階に、開架式の書架と閲覧室は二階と三階の二層を占めている。

フロアも建物のかたちのままの円形で、壁側から中心に向かって、同心円状の四重の書架を抱えている。円形の書架には外側からそれぞれ五か所、四か所、三か所、二か所の切れ目が入っていて、閲覧者は外側から内側へ、あるいは内側から外側へと出入りができる。子どものころよく遊んだ、銀玉を円の中心に集めるポケットゲームに似ている。

壁際《かべぎわ》にある回廊は、二階から三階へとスロープでつながっている。二階の中心部からスタートして、書架をすべて見終えてから三階にあがり、こんどは三階の大きな円から中心に向かって、すべての書架を見ながらぐるりと一筆書きで歩いていくことができる。河原崎さんはぼくたちひとりひとりに視線を送って反応をたしかめながら話をすすめた。

「円形の図書館といえばグンナアル・アスプルンドのストックホルム市立図書館があります。大英図書館も大きなドーム式の建物が開架式の書架になっています。パリの国立図書館にも円形の書架がある。しかしいずれも、書架があるのは壁際だけなんですね。このプランは四重の円で構成されていますから、アスプルンドの図書館のようには書架の全貌《ぜんぼう》を見渡せない。円形の迷路といったほうが近いかもしれません。

ただ、円の中心にはトップライトがありますし、書架の高さは二メートルに抑えてあるので、空間としては気密感はなく、天井がひらけて、あかるい感じになるはずです。迷路といっても迷子にするのが目的ではありませんから、円周の切れ目にサイン形式の地図を掲示して現在地を示します。

　二階と三階はスロープでつないでいます。円形のスロープといえばフランク・ロイド・ライトのグッゲンハイム美術館ですが、あちらは五階までエレベーターであがってからスロープをおりてくるスタイルで、一方通行の感じが強い。これはどちらからも行き来できますし、中央部にもらせん階段が設けてあるので、行ったり来たりしやすいはずです」

「一階だけガラス張りになってるね」

　先生が言う。

「はい、天井高も四・五メートルあるのでかなり開放的です。レストランが外からもよく見えるようにしてあるのは、小林プランと同じです。天井高をたっぷりとったのは、レストランの雰囲気のためもありますが、同じフロアの反対側にある託児室を中二階つきの二層にして、赤ちゃんには天井高を低くおさえた中二階にいてもらい、保母さんとのやりとりを親密な感じにしたいんです。ぼくは子どもがいませんから、少し勉強したんですが、赤ちゃんは一般的に広い空間が苦手みたいですね。それにモビールのようなものをぶらさげるにも天井は低いほうが使い勝手がよさそうですし」

モビールの話になったとき、笹井さんがくすっと笑った。

「小林くんが言っていた企画展は、この空間の場合、常設の書架とどこで区切ることになるんだい？」

先生は左腕をテーブルにのせて、右手で顎《あご》を支えている。お気に召さないときは背中を椅子にあずけるようにして腕組みをする、興味を持ったときは身を乗りだすようにして手で顎を支える姿勢になる——そう教えてくれたのは内田さんだった。

「企画展の規模にもよりますが、ワンフロアをすべて使うのでもいいし、真ん中の二周分だけ使ってもいいし、スペースはいかようにでも組み替えられます」

腕組みをしている内田さんが言う。

「本の入れ替えが大変そうですね」

「収蔵庫をたっぷりとってあるので、当初はかなり書架に余裕があるはずです。腰より下の書架はキャビネットにして、入れ替え時の退避スペースにすれば、わりあいスムースにできるでしょう。円の中心部の書架は、たとえば作家の企画展をひらく場合の展示ケースにして、生原稿や写真などを並べてはどうかと思ってます。二階と三階の二か所を使えば、かなりの点数が展示できるはずです」

「どうだい？　ほかにはないかね？」

先生はそう言うと、椅子にからだをあずけた。井口さんが口を開いた。

「書架の部材は何にするつもり？」

河原崎さんが小林さんを見てから言った。

「ふたりともブナの集成材を考えています」

「コストはもちろんなんだけど、メラミン樹脂なんかを使ったほうが日常的なメンテナンスがしやすくはないかな」

「パルプが木材由来だからか、圧倒的に木材がいいように思いますね。並べたときの座りがいいし、すべらない。カビや虫のことを考えても比較になりません。メラミンは埃《ほこり》が溜《た》まると薄汚れた感じになりますし」

先生が井口さんのほうを向いて言う。

「スチール製の移動式書架をつくったことがあっただろう？　あれは失敗だったたな。本がぐずぐずに倒れるし、埃がこびりつくし、カビも生えやすい。スチールは木とちがって呼吸しないからね」

それから照明や空調の計画、床材の選択、機械室や事務室の配置、駐車場のスペースなど、細かい説明と確認がつづいた。眠そうな顔をした麻里子は、途中でお茶を出すとそのまま風呂《ふろ》に向かい、自分の部屋にもどっていったようだった。時計を見ると十二時をまわろうとしていた。

「今日はここまでにしよう。おつかれさま。いずれのプランも思いきって考えられたものだった。ぼくもいま、ああでもないこうでもないとやってみているんだが、ふたりのプランを聞いているうち、いくつか気がついたこともある。来週にはまとめられるだろう——じゃあ今夜はこれで。ごくろうさま。明日の朝食の当番は誰だい？」

「わたしと坂西さんです」

雪子がすぐに答えた。しばらく見ていたが、雪子の目はこちらを向かなかった。

「もうこんな時間だから、明日の朝食は一時間ぐらい遅らせようか。八時からでどうかな」

「でも」ぼくは言った。「先生はおなかがすきませんか。七時半には食べられるようにしておきます。ゆっくり寝たい人は八時ごろ来てもらってもだいじょうぶなように準備します」

「そうしましょう」明るい声で雪子はつづけると、こんどはぼくの目を見て、「じゃあ七時にキッチンで」と言った。

内田さんといっしょに風呂に入った。

風呂桶《おけ》を替えたばかりなので、檜《ひのき》の香りがいっぱいに漂っている。鼻の奥から眠気が覚めてゆく。手足に触れる湯船の檜がつるつるとして気持ちがいい。

「どっちのプランがおもしろかった？」

内田さんの声が風呂場のなかで響く。湯船のなかで緩んだぼくは、頭に浮かんだことをそのまま口にした。明解できれいなのは河原崎さんのプランだと思ったけれど、円筒の空間に書棚まで円形だとすると実際はめまいがしてくるかもしれない、去年はじめてグッゲンハイム美術館にいったとき、らせん状にくだっていく床に水平面がまったくないので、歩いているだけでうっすら気分が悪くなった——。

「グッゲンハイムはやっぱり美術館である以前にライトの遺《のこ》したかったモニュメントなんだよ。五番街のスクエアなビルの並びに、あの低層の丸い建物をどうしても置いてみたかったんだと思うな。らせんで降りていくこともふくめて、かたちのインパクトを意識しなかったはずがない」

内田さんは河原崎プランの問題点について、まず円筒ありき、円形の書棚ありきだから、ほかのすべてが円形を実現させるために帳尻《ちょうじり》を合わせたようなフロアプランになってしまっている、プランとして明解なのは閲覧室だけで、事務室も講堂もどうしてもおさまりが悪いし、使いにくい、せめて一階までは正方形にして、上に円筒をのせたほうがプロポーションとしては落ちついたのではないか——と澱《よど》みなくつづけてから、小林プランについても訊《き》いてくる。頭のなかに図面を浮かべながら答えた。

「S字型の書棚は図面上では斬新《ざんしん》に見えますけど、実際には円形よりも落ちつくんじゃないかと思いますね。S字の真ん中が切れているから人の動きにも自由度があるし、視線も向こうに抜けていく。河原崎さんのプランのように何重にもなった円のなかにいるのは、やっぱり圧迫感があるんじゃないでしょうか。でもそれにくらべて小林さんのプランはだいぶ印象がおとなしいですね」ぼくは急いでつけくわえた。「——生意気ですけれど」

「ふたつの正方形を組みあわせたのは悪くないよね。セットバックにして敷地にゆとりをもたせているのも圧迫感がなくていい。でも、なんだか気持ちが弾まないんだな」

「先生はどう思われたでしょう」

「今日のプランをどう評価したかは、来週の先生のプランに反映されてくると思うよ」

「企画展ごとに本の並べかたを変えていくというのは、おもしろい提案ですね。コンぺでそこまで踏みこむこともあるんでしょうか」

「先生が言っていたように、デザインで説得できるところまで持っていければね。しかし図書選定委員会をつくるには予算が必要だし、コンペでそんな提案をするのは、たしかに異例ではある。井口さんは何も言わなかったけれど、顔には『反対』と書いてあった」

「図書選定委員会に目利《めき》きの古本屋さんまで入ったりするとおもしろいでしょうけれど」

「そんなことは後まわしだって井口さんなら怒るよ。きみがやるべきは建築だろうって」

風呂をあがると、急にお腹《なか》が空《す》いてきた。懐中電灯を手にした内田さんは全員が個室にもどったことを確認し、自家発電機をとめて、グラスを片手に部屋へ引きあげた。ぼくはスコーンのはいった赤い箱を抱えると、真っ暗な階段の手すりに右手を這《は》わせながら一階へ降り、キッチンに入った。

テーブルの上には消えた白いろうそくが二本、月あかりにぼんやりと浮かんでいた。マッチで火をつける。キッチンの壁時計は一時をまわっていた。停電してから、冷蔵庫のなかのものはふたつの大きなクーラーボックスに移してある。明日になっても復旧しなければ、どこかでさらに氷や保冷剤を手に入れてくる必要があった。麻里子の私物とわかるタッパーウェアはすぐに見つかった。ふたをあけると、スフレ用のカップに入ったクロテッドクリームとジャムの小瓶、小さな木のスプーンが二本入っていた。赤い箱からスコーンを出して、適当な皿にのせる。今日の午後、麻里子の別荘にいた時間がとても現実とは思えない。長い一日だった。ぼくはテーブルの端に座って、しばらくぼんやりとした。

背中に人の気配を感じてふり返ると、麻里子が少し離れたところに立っていた。肌が隠れるゆったりとしたプルオーバーシャツを着て、ウールの長靴下をはいている。ろうそくの弱い光に照らしだされた麻里子はびっくりしているぼくにかまわず、「おなかすいたの？」と囁《ささや》いた。言葉が出ずに、ぼくはただうなずいた。

少しかすれた寝起きのような声で「いいかな？」と言うと、麻里子はぼくの右隣の椅子をそっと引き、音もなく腰をおろした。洗いたての髪からいつもよりもはっきりと麻里子の匂いが漂ってくる。クロテッドクリームをタッパーウェアから取りだすと、細い人差し指の先ですくってまたたくまに口に入れた。妄想をひきだす余地のない素早い動作だった。それからストロベリージャムの小さな瓶をあけた。木のスプーンを黙って差しだす。動揺にふたをするように、ぼくはスコーンを半分に割ってクロテッドクリームをぬり、その上にジャムをのせた。口をおおきくあけて、かぶりつく。むせそうになって、ろうそくの火がゆれた。

「飲みものがないじゃない」

麻里子は席をたち、クーラーボックスからミルクを出すと、コップに半分ぐらい注いでぼくに手渡した。

「紅茶でも淹《い》れる？」

「いや、これで」

ひとくち飲むと、喉《のど》が楽になった。麻里子はカップボードからカットグラスを選びだし、カルヴァドスを少しだけ注いだ。ふくよかな強い香りが漂ってくる。

「残念ね、お酒が飲めないなんて」

「そうですね。ぼくもときどきそう思います」

麻里子がグラスを口にしたまま声を出さずに笑ったので、芳香がふわりと強くなる。

「でも、バーぐらい行ってみたら？　アルコール抜きのカクテルだっていっぱいある。西瓜《すいか》のカクテルなんておいしいのよ」

「そうですか」

「そうよ。お酒が飲めなくても、隣にわたしみたいなちょっと酔っぱらった人が座れば、酔った気になれるかもしれないじゃない？」

ぼくは人が酒を飲んで楽しそうにしているのは好きだった。シェリーやブランデーの匂いも嫌いじゃない。

「青山の事務所から歩いていけるところにバーがあるの。東京にもどったら行ってみようよ」

ぼくは口のなかがスコーンでふさがっているのをいいことに、もういちど、ただ頷《うなず》いた。麻里子は素直なのが好きだと言っていたのだから、言葉をそのまま受けとればいい——頭ではそう思っても、波立つような気持ちがあらたに生まれてくる。

北青山の事務所で麻里子を見かけたことはなかったが、近くのバーには来ていたのだ。誰と飲んでいたのだろう。現代図書館を村井設計事務所が担当することになれば、吉永さんだけでは人手が足りなくなる。吉永さんのアシスタントとして麻里子が働く様子をぼくは想像した。そうなることを望む気持ちが自分のなかにはっきりとあることに気づく。

ぼくたちはしばらく、なにも言わずに座っていた。麻里子はゆっくりグラスを傾けてから、ぽつりと言った。

「図書館、うまくいくといいね」

「ほんとうに」

「じゃあ、お先に。おやすみなさい」

「おやすみなさい」

麻里子は空になったグラスとカルヴァドスのボトルを手に席を立った。グラスを手早く洗って拭《ふ》き、カルヴァドスを棚にもどすと、いつものようにくるりとからだをまわすようにして、ふり返りもせずに寝室のある二階へと階段をのぼっていった。

ぼくとろうそくの火がキッチンに残された。ミルクを飲みながら、もうひとつのスコーンにクリームとジャムをたっぷりとのせ、一息で食べた。

ろうそくの火を吹き消しても、キッチンは真っ暗にはならなかった。床やテーブルを月あかりが照らしていた。空になった赤い箱を持って、ぼくはベッドのある書庫にもどった。中庭ごしに西棟へと目をやると、内田さんの部屋だけがぼんやりと明るくみえた。東棟は、どの部屋も真っ暗だった。

9

翌朝、ぼくは五時過ぎに目を覚ました。

中庭に面した滑り出し窓を押しあけて、また忍び足でベッドにもどる。朝の空気が鼻の奥をひんやりとさせる。腕や顔に森の匂いをふくんだ風を感じる。

先生が散歩に出ていく音を聞いてから、階段をおりてキッチンに入る。冷蔵庫のうなる低い音がする。停電が復旧していた。クーラーボックスのなかの食材を冷蔵庫にもどし、人数分の卵をカウンターに置いてから、食糧庫の野菜とオレンジを籠《かご》に入れ、キッチンに運んだ。

「おはよう」

もう何時間も前から起きていたような顔をして雪子がキッチンに入ってきた。雪子は、ひとりのときのほうが人なつこい笑顔を見せる。白いTシャツにジーンズ。いつものように化粧っ気がない。Tシャツがオリーブグリーンになり、グレーになる。紺と白のボーダーになり、ギンガムチェックのシャツになる。雪子が選ぶもの、選ばないものについては、はっきりとした基準があるようで、ごくあたりまえに見えるものを着ていても、いつもしっくりと似合って雪子らしい。長く伸ばしていた髪を夏の家に出発する前日にばっさり短くしていたが、それでも印象は変わらなかった。雪子が髪を切ると、なぜかずっと前からショートヘアであったようにしか見えないのだ。

東北沢の小さな工務店のひとり娘で、先生を深く尊敬していた。高校時代に家族で旅行した先の旅館が気に入って、これは誰がどうやって建てたのかとたずねたのだという。父親は村井俊輔という名前を教え、ほかにもいくつか先生の手になる建物をあげたらしい。父親もまた先生に関心があったのだろう。雪子が建築家という仕事に憧《あこが》れをもつようになったのは、それからのことだった。

「朝ごはん、きょうは七時半からなんだから、こんなに早起きする必要なかったわね」

キッチンの東側の窓をあけ、やかんを火にかけて、「コーヒー、淹れましょう」とぼくは言う。

大きな枝垂《しだ》れ桜《ざくら》が葉の色を濃くしていた。桜には虫がたくさんつくので、アカゲラやコゲラがよく飛んでくる。けさは姿がみえなかったが、かわりに気の早いセミが鳴きはじめていた。黄褐色のからだをした小さなセミだ。書庫にある昆虫図鑑をひらいても、セミの名前はわからなかった。雪子に訊くと、エゾハルゼミだという。

「北海道にいるセミなんですか?」

「涼しい森か標高の高いところでしか育たないの。だから北海道でも街なかにはいない。ブナの森が好きみたいね。北浅間ではいまごろがエゾハルゼミのピークなのよ」

「くわしいですね」

「農家の人に教えてもらったから」

二人分のコーヒー豆をミルで挽《ひ》きながら雪子の話を聞くうちに、お湯の沸く音がした。コーヒードリップに粉を入れ、ゆっくりと渦をえがきながら熱湯を注いでゆく。コーヒーの粉がつぶやくような音をたて、強い香りが漂う。朝の匂いだ。粉を蒸らしながら、内田さんに教わった秒数をあたまのなかで数える。

いつのまにか先生が散歩から帰ってきて、ダイニングルームの入口に立っていた。

「浅間がだいぶ煙をあげてるね。溶岩があがってきてるんじゃないかな。小さな噴火ぐらい、あるかもしれない」

そう言うとこちらに背中を向けて、階段をのぼってゆく。朝食までのわずかな時間にも、先生は図面に向かうはずだった。ぼくらは準備をはじめた。

雪子の料理は丁寧だ。もやしのひげ根もエビの背わたも、はじめからそこになかったかのようにきれいに取り除いてしまう。目玉焼きをふたつつくれば、ふたつの黄身はフライパンのなかをきれいに二等分する。トスしたサラダにはまんべんなくオイルがゆきわたり、ステーキを焼くときはいつも先生だけウェルダンに、そのほかはみな同じくミディアムレアに焼きあげる。だからといって雪子の手つきは神経質ではなく、のんびりと穏やかなのだ。麻里子とは手つきからスピードまでまるで正反対だった。ふたりの仲がいいのはおたがいに重なるところがほとんどないからかもしれない。

最初にダイニングに姿を現わしたのは、笹井さんだった。笹井さんは新人だったころの雪子の教育係で、いまでも相談相手になっているらしい。三十代後半で、小林、河原崎のベテランふたりと、事務所に入って十年ちょっとの内田さんとのあいだにはさまれている。長いこと書道を習っていたという笹井さんは誰よりも達筆だった。事務所で案内状をつくったり、上棟式《じょうとうしき》に用意する御神酒《おみき》に熨斗《のし》をつけたり、あるいは香典を出したりするときには、もっぱら笹井さんが端正な楷書《かいしょ》で筆字を書いた。笹井さんと雪子は、静かにひとりで充足しているようにみえるところが、どこか似ていた。

「おはよう。きのう、ミミズクが鳴いてたの、聞こえてた？」めずらしく弾んだような笹井さんの声に雪子がふり返った。ぼくはびっくりして訊いた。

「え？　何時ぐらいですか？　どこで鳴いてました？」

「ホウ、ホウって、低い声がすごく近くに聞こえたけど……桂《かつら》の木にでもとまってたのかな。時間は……わからないけど、とにかく真夜中」笹井さんはぼくの勢いに圧倒されたように考え考え答えたが、おしまいのほうは語尾が笑っていた。

きのうは満月に近く、よく晴れた夜だった。窓からでもミミズクの姿が見えたかもしれない。なんて惜しいことをしたのだろう。

小林さんが、つづいて河原崎さんがダイニングに入ってきた。内田さんも昨夜部屋に持ちこんだグラスを手にしてぼんやりした顔で入ってくる。ほどなく先生もおりてきたから、七時になったばかりなのにほとんどのメンバーがそろってしまった。麻里子と井口さんの姿だけ、まだなかった。

いつもの朝とおなじように、「いただきます」という先生の低い声で朝食がはじまった。先生はふだんより口数が多く、きのうのふたりのプランについて、あれこれ細かい質問をはじめていた。小林さんも河原崎さんも昨夜よりもずっと気楽そうに答えている。サラダボウルがみるみるうちに空になってしまったので、雪子がトスドサラダを追加でつくりはじめた。そのころになってようやく麻里子が姿をあらわした。

「ごめんね、雪子ちゃん。寝坊しちゃった」

雪子が「ぜんぜん」と言って笑顔を見せる。麻里子は横長のダイニングテーブルの、ぼくからいちばん遠い対角線上の席についた。家事室とキッチンが並ぶ、電話が鳴ったらすぐにとりにいける東側の席だった。なんだか血の気の薄い顔をしている。ぼくの右隣の内田さんも、けさは調子が悪そうだ。

「——図書館の事務室がバックヤードに控えるようにしてあるのは、どうなのかなって思うんです」

サラダボウルをテーブルの中央におきながら、雪子が言った。サラダを準備しながら先生たちの会話を聞いていたのだろう。雪子が話に割って入るのはめずらしいことだった。

「開架式の書棚に並ぶ本が企画展によって変わっていくというアイディアはすごく新鮮で、書棚のプランの骨格を変えるぐらい大きなことですよね。だから、設計全体にもっと反映されてもいいんじゃないでしょうか」

小林さんと河原崎さんは意外そうな顔をして、向かいに座った雪子を見た。雪子はふたりの視線にも動じない。先生もじっと見ている。ぼくは雪子の瞳《ひとみ》の色が少し茶色いことに初めて気づいた。

「具体的に、なにかプランがあるのかな」

手にとったバゲットをむしりながら先生は聞いた。

「プランというほどのものではありませんけど、企画展を担当する図書館員も、それにかかわる外部のスタッフも、壁の向こうのバックヤードで本も見ないで相談していてもしかたないんじゃないかと思うんですね。だから閲覧室の一角に、そういうときのためのミーティングルームをつくってはどうでしょう」

「それは事務室とはべつにつくるという意味なの？」

小林さんが書類の記入もれを見つけたような声で聞いた。

「そうです。本を選ぶ相談をするのは、本が見えるところがいいんじゃないでしょうか」

「たしかに、それはそうかもしれない」

先生が雪子に同調すると、河原崎さんは少しいたずらっぽい顔で言った。

「ただ、企画展の打ち合わせなんて毎日やるもんじゃないし、閲覧室のなかにミーティングルームがあっても、利用者にとって意味があるかな。蕎麦《そば》打ちみたいに、見せて絵になるものならともかく」

雪子は顔をまっすぐに河原崎さんに向けて話しはじめた。

「ガラス張りのミーティングルームにして、スタッフの打ち合わせばかりじゃなく、小規模の講演会とかセミナーをひらくとか、そのフロアだけは、静まりかえった図書館のなかで、ざわざわ人の声が聞こえてくるような活気のある場所に設定してしまうんです」

穏やかな朝食のテーブルが、いつのまにか昨晩のつづきのようになってきた。ぼくは内田さんの顔を見た。ふだんなら、このあたりで口をはさんでくるはずなのに、さえない顔のまま目玉焼きを口に運んでいる。

「たとえば、河原崎くんのプランなら、そのミーティングルームはどのあたりを考えているんだい？」

先生がフォークをテーブルにおいて雪子にたずねる。

「中心部の円のなかはどうでしょうか？　きのうの説明では、企画展も中心部のスペースが想定されていましたから」

ぼさぼさの頭のまま井口さんがダイニングルームに入ってくる。熱心に話している雪子を、何があったの、という顔で見ている。雪子も内田さんに似て暇さえあれば本を読んでいたから、図書館のプランに強い関心を持つのは当然だったが、ふだんの寡《か》黙《もく》さからすれば、いまの様子には誰もが目をとめるほどの勢いがあった。

「ただ、どうなんでしょうね。会議も催しもないとき、ある程度キャパシティのある空間に椅子だけ並んでいるというのは、あまりゾッとしない眺めですよ。それこそ空虚な中心みたいなものを意図的に用意したいのならともかく」

不機嫌な顔のまま内田さんが口をはさんだ。雪子は黙っている。さっきから頭に浮かびはじめていたことを、ぼくは思いきって話してみることにした。

「ミーティングルームをもっと多目的な部屋として考えるのはどうでしょう。ふだんは閲覧室として使えるようにしておいて、椅子もスタッキングできるものや折りたためるものをデザインすれば、広くして使う工夫はいくらでもできるし、それに——」

途中でさえぎるように井口さんが口をはさんだ。

「——いや、朝から有意義な議論で大変よろこばしいことなんだけど、ひとつ言わせてもらうと、とにかく全体のプランが濁らないようにしてほしいんだな」

いつもより強い口調で井口さんはつづけた。

「文部省がつくる図書館は、教会やコンサートホールとはわけが違うことをくれぐれも忘れないでほしい。彼らにとってオリジナルの折りたたみの椅子だとか何だとかはよけいなものにすぎないんだ。森の深みに踏みこみすぎて、どんぐり拾いやキノコとりに夢中になっていると、ここから先は設計者の立ち入るところじゃないって、かならず追いかえそうとするやつが出てくる。追いかえされるのならまだしも、ズドンと撃たれちゃおしまいだ。

事務室のキャビネットなんて、これはほぼ百パーセント既製品ですからね。膨大な書類を詰めこんで、苦もなく引きだせるキャビネットは、専門メーカーの既製品がいちばんうまくできている。それをどういう空間におさめるかを考えるのも、我々の大事な仕事なんです。いまからオリジナルの家具をうんぬんしはじめたら、木を見て森を見ずってことになる」

先生が井口さんを見た。

「そのとおりだけど、いまの議論のはじまりは、事務室機能をバックヤードに集中させるか、一部を閲覧室に組みこむかという問題だったからね。重要なポイントのひとつだと思いますよ」

「いや、もちろんそうです。途中からすみません。ただ今回は、家具工事についていまの段階であれこれ言っている余裕はないと思うんです。落札できれば、家具工事はうちの腕の見せどころでもあるから、予算内で思う存分やればいい。そのときのためのしみにとっておけばいいんでね」

少しかたい笑顔で井口さんは言って、コーヒーを飲んだ。

ぼくの勇み足に対して、井口さんは事務所の船頭役をきまじめに果たそうとしただけなのだ。日頃から家具工事のコストと手間のバランスを気にしていた。先生が現場でチェックして、たびたびやりかえることになるのは、たいてい家具工事だからだ。施工《せこう》の全体から見れば些末《さまつ》といってもいい部分でやりなおすのは困ると、井口さんは表明しておきたいのだが、些末なことだからこそ大事なんだと先生は考えている。二人のこの綱の引きあいが滅多に言葉にされることがないのは、井口さんが先生の仕事を最大限尊重しているからだ。しかし先生はともかく、所員がそれに倣《なら》いはじめては、事務長として見すごすわけにいかないのだろう。

テーブルにはふたたびいつものような静けさがもどった。雪子はぼくの目を見てかすかに微笑《ほほえ》むと、オレンジジュースを手にとって、グラスの半分ぐらいをひと息で飲んだ。先生がつぶやくように話しはじめた。

「図書館のような公共建築を、利用者が直接頼んでくることはない。そこにはかならず役人がいて、予算がある。委員会のメンバーにも当然いろいろな思惑があるだろう。でも公共建築というのは利用者のためにつくられるものだ。国の威信をかけてなんていうのは筋がちがうし、ましてや役人の人脈や手柄の集大成だなんて冗談にもならない。国民がおさめた税金でつくるんだから、この施設は見た目はいいが、どうにも使えないなんて思われるようじゃ、だめなんだよ。

それからもうひとつ、建築家はね、やっぱり後世まで記憶されるようなものをつくらなければ、与えられた役割を果たしたことにならない。そこは官公庁の営繕部でもゼネコンでも同じだよ。電話局にだって郵便局にだって唸《うな》りたくなるような建築はある。アノニマスな建築物の内部に入ったとき、訪れた人が居心地よく感じて、いつ誰がどんなことを考えて設計したのか想像をかきたてられたとしたら、すばらしいじゃないか。

国立現代図書館をどこが受注することになるかはわからないが、実現はせずともプランは残るだろう。落札できなかったとしても、若い建築家たちにこっちのほうがよかったんじゃないかと、そう思われるようなものにしたい。建築家の死後に完成する建物だってあるんだからね」

グッゲンハイム美術館は、先生が師事したフランク・ロイド・ライトの死の半年後、一九五九年に竣工《しゅんこう》した。依頼から数えれば十六年もの歳月が流れている。

先生の話が終わると、麻里子は空になったサラダボウルをキッチンに下げた。ぼくはその背中を目で追った。麻里子が動いたことで、ダイニングテーブルはそのまま片づけに入っていった。

10

翌日は朝から気温がぐんぐん上がっていった。すべての窓を開け放っても、製図板に向かう手のひらがうっすらと汗ばんだ。セミの鳴き声も勢いを増し、いつもより湿度も高かった。こういう日は決まって夕方、強い雷雨になる。

二階の設計室には、南側には大きな、北側には横長の、それぞれ開口部がある。建築学科に入学したばかりの頃、講義中に教授が窓を「開口部」とよぶたびに可笑《おか》しくなった。人間でいえば、目、耳、口、鼻、肛門《こうもん》といった各種の穴が開口部で、つまりは解剖学から借りてきた言葉なのだろうが、人間にせよ建物にせよ、可笑しさにかわりはない。しかしいつのまにかすっかり慣れてしまい、笑いもせず口にできるようになっていた。

もうひとつ、どうしてもなじめなかったのは「解」という建築用語だ。クライアントが求めるものを設計プランで解決するとき、「解」と書く建築家が多い。数学とは違って建築には完璧《かんぺき》な答えは存在しない。だから「正解」ではなく「解」と一歩引いたのが最初だったのかもしれないが、建築家が当たり前のように「解」と書いているのを見ると、鼻白む気持ちになる。

かと思えば反対に、建築を依頼してくる人を「施主」と呼んだりする。もともとは「施工主」だったのではないかと思うが、英語で言えばクライアント、たんに依頼人と言えばすむものを、なぜわざわざ「施主」としたのか。事務所に入って間もないころ、ぼくが大学時代の延長で無意識に「施主」と口にしてしまったとき、内田さんはすかさず「クライアントね」と訂正した。

「施主だなんて抹香くさい名前をいつから使うようになったんだろう。ハウスメーカーにいたっては〝お施主様〟なんて言うしね。歴史的にみれば、建築家の仕事は国家や宗教が何かを計画するところからはじまったわけだから、そもそも施され与えられるものだったかもしれない。それに建築家に家を設計させるなんて、ほんの二、三十年ぐらい前までは富める者の道楽でしかなかったわけだから、貧乏建築家への施しというニュアンスが加わるのもしかたがないのかもしれない」内田さんは苦笑いしながらつけくわえた。「いずれにしても、ここでは施主とは言わない。クライアントと言う」

村井設計事務所では自作解説にもちろん「解」は使わない。「開口部」は使う。たとえば、夏の家のすばらしさをいくつかあげよと言われれば、ぼくは真っ先に、設計室の開口部、と答えるだろう。

南側の引き戸の窓ガラスを左右いっぱいにあけると、ほとんど戸外で仕事をしているような錯覚を覚える。夏の家に来て、自分に与えられた設計室のデスクに座って最初に思ったのは、この大きな窓は桂がのびのびと葉を広げる中庭の景色を見るためにあるかのようだ、ということだった。桂の黄緑色の葉は晴れていても曇っていても明るく軽快だ。丸みをおびた葉を見下ろすと、ちょっとした浮遊感もある。麻里子のルノー5が出ていくのも、南隣りのロシア文学者の山荘にタクシーが出入りするのも、生い茂る葉のまだらな景色の向こうに見え隠れする。夏の家の前を通りすぎる青栗村の人たちは、桂の木がなければ、所員たちに二階から見下ろされるような感じを受けたかもしれない。秋の黄葉もみごとだろう。すべての葉が落ちる冬になれば、眺めは一変する。低くなった日差しが設計室の奥まですべりこみ、木の床を照らして、机や椅子が長い影をひくのが目に浮かぶ。

小林さんと河原崎さんは設計室の北側にある横長の窓を背に、製図用デスクをふたつ通路をはさんで並べ、座っている。ふたりに背中を見られるようにして、製図用デスクがひと組みずつ三列、中庭に向かって並んでいる。小林、河原崎の次に笹井さんと雪子が並び、ひと組み分の空席があって、内田さんとぼくは桂を目の前にする南の窓側に座っている。

井口さんの机は小林、河原崎の横、東側の奥で、設計室を見渡すように斜めに置かれてある。西側の壁一面が資料棚で、北青山の事務所から運びこんだものは、だいたいそこにおさめられている。資料棚と並行して、模型を使った検討やミーティングに使う長い大きなテーブルが置かれていた。

テーブルの上には、進行中の四軒の住宅のうち、内田さんが担当する荻窪《おぎくぼ》の家と、笹井さんが担当する東松原の家の二軒のスタディ模型が、少し前に先生と打ち合わせをしたときのまま置いてある。ぼくがつくった荻窪の家のスタディ模型は、内田さんの細かいアドバイスのおかげで、学生時代にいくつもつくってきた模型とは段違いの仕上がりになっていた。カッターを正しく持ち、刃をあてる角度を適正に保ち、接着剤を極力薄く均等に塗るのがポイントだった。荻窪の模型は、木造部分のパーツをとり外すとコンクリート造りの半地下が現われるようになっていた。音楽室には黒いスチレンボードでつくったグランドピアノが置かれていて、このグランドピアノだけは、内田さんがつくった。

内田さんとぼくとでこの夏に仕上げなければならない仕事が、荻窪の住宅だった。八千冊を超える蔵書を収納する書庫と、書庫に隣接する書斎、小さめのグランドピアノが入る防音室が必要とつづけば、ほかにも細かい注文がずらりと並びそうだが、特別な条件はそれだけで、クライアントの夫妻はいたって温厚な感じの人たちだった。

内田さんはすでに全体の図面を引き終えていた。均質な鉛筆の線が、トレーシングペーパーの上を走っている。青焼きになっても、内田さんの描く肉筆の線の美しさはしっかりとニュアンスを残していた。繊細でありながらスピードと思いきりのよさがある。こういう線を引ける人は女性のあつかいもうまいのだろうとぼくは思った。ぼくでさえ、この一本の線から内田さんの指の動きまで想像してしまうのだから。

先週から、家具工事の図面にとりかかっていた。内田さんが線を引き、先生がチェックをした家具工事の、ディテールの原寸図を仕上げるのがぼくの仕事だった。はじめてつくられる家具のディテールには、原寸図が何枚も必要になる。先生のチェックが済んだ図面と内田さんから渡されたメモ入りのスケッチをもとに、原寸図を引いてゆく。

人の指や手のひらが触れる部分を扱うとき、仕上げの設計図はすべて原寸の図面を用意するのが村井設計事務所のやりかただ。ほかの建築家なら既製の金物で済ませてしまうかもしれないキャビネットの取っ手も、ブラックウォールナットやローズウッドなど無垢《むく》の木を削りだしてあつらえるのが先生のスタンダードな仕様だった。指をかける部分のR《アール》の出しかた次第で、扉を開ける感触や力のかかり具合がまったく変わってくる。「手が触れる場所は、玄関のノブはべつにして、木がいいんだ」と先生は言う。「玄関のドアは外と内の境界線だからね、金属をにぎるぐらいの緊張感があっていい。外にあるドアのノブが木でできていると、室内が表にはみ出しているみたいで気恥ずかしいものだよ」

家具工事を請け負う職人は、施工業者とはべつになる。ほとんどが個人で、しかも村井設計事務所の仕事がメインという人たちだったから、同じ仕様のものについてはいちいち原寸図を用意しなくても済む。しかし内田さんが家具を担当するようになってから、あらたな仕様が増えていた。荻窪の住宅の家具も内田さんの提案したプランを先生が気に入り、わずかな変更を加えたうえで、図面が確定したものだった。先生の変更は内田さんのデザインを磨きあげるのではなく、反対に無骨にしようとしているのではと感じられるところがあるのだが、実際の仕上がりを目にすると、原案よりさらに合理的で使いやすいかたちになっていることがわかる。神経がゆきとどいたものと神経質なものはどうちがうか——先生が書き加えた線には、その答えが見てとれるようだった。

大学のときからぼくは、製図には少なからず自信があった。しかし内田さんからステッドラーの使いかたをあらためて教えてもらうと、それまでのやりかたがいかに我流だったかに気づかされた。アルバイトをはじめたばかりのころ、一センチの幅のなかに二ミリ間隔で線を引いてゆく練習をした。音符のない長い五線譜ができてゆく。ふつうの線、薄く細い線、濃い線、三種類の五線譜だ。内田さんに見てもらい、トレーシングペーパーに接する鉛筆の芯《しん》の角度と腕の動かしかたを調整する。それだけで線の太さや濃淡の差がきれいに整ってゆく。すべるように動く内田さんの手もとを見ていても、どこにどう力を入れているのかわからない。ピンと張りつめたように引かれた光る線。軽く、堅く、やわらかい、誰にも似ていない音がする。

「線を引くとき、無意識に息をつめるでしょう。それがね、間違いのもとなんだ。誰もが陥りやすい勘違いでね」

鉛筆を指先で持ったまま、頼りない顔をしているぼくに向かって内田さんはそう言った。

「息をつめたとたん、筋肉はかたく緊張する。ゆっくり息を吐くと、筋肉の力は抜けてゆく。深呼吸するとリラックスするっていうのは、そういうことなんだ。だからゆっくり力まずに息をしながら線を引いたほうが、腕の状態が安定する……あのね、棟《むな》方《かた》志《し》功《こう》が版木を彫ってるとき、どんなふうだったか知ってるかい？」

ぶ厚いレンズの眼鏡をかけ、全身に力をみなぎらせ、版木に顔をふれんばかりにして彫っている棟方志功の姿が思い浮かぶ。

「調子がいいときはね、ずーっと鼻歌みたいなものを歌ってたの。ベートーヴェンの第九の合唱を、塩辛い声で、低くうなるように歌いながら彫ってたんですよ」

内田さんはその塩辛い声というのを実演してみせた。

「がむしゃらにぐいぐい彫ってるように見えて、そうじゃない。歌ってるということは、つまり息を吐きながら手を動かしているわけで、だから手もとは軽々としてたはずなんだ。人はね、ただ椅子《いす》に座っているときでさえ肩に力が入ってるの。でも息を吐きながらからだをゆるめると、肩から力が抜けていく。呼吸を楽にすれば肩もこらないよ」

内田さんの着ている真っ赤なTシャツの胸元には、「LESS IS MORE」と小さな白の文字がある。背中の同じ位置に「LESS IS BORE」。表はミース・ファン・デル・ローエが遺《のこ》した言葉、背中はミースの「LESS IS MORE」を皮肉るロバート・ヴェンチューリの言葉だ。「無駄のない豊かさ」と「無駄のない退屈」のどちらを支持しているわけでもなさそうな内田さんは、生真面目《きまじめ》な顔をして赤いTシャツの胸をゆっくり上下させながら呼吸の見本をみせてくれた。

「呼吸なんて意識してするもんじゃないからね、本来は。昔は畑仕事も、魚の網を引くときも、仲間と歌をうたいながらやっていたでしょう。あれはよけいな力みをとる効果があったんだと思う。黙々とただ必死にやってるとかえって怪我《けが》をする。いっしょに歌をうたえば連帯感も育つし、リズムもそろう。作業の効率もあがるし、疲れも少なかったはずだよ」

夏の家に来るまでの四か月、ぼくはトレーシングペーパーの上に、何千本、何万本の線を引き、同じぐらいの長さの線を消しゴムで消していた。学生時代に引いたすべての線よりも、それはすでに長いものになっているはずだった。

昼食は茗荷《みょうが》としそをたくさんのせた素麺《そうめん》と、夏野菜と豆腐のサラダを食べた。三時にはアイスクリームと薄焼きの醤油《しょうゆ》せんべいを食べ、さらによく冷えた西瓜も食べた。

昼食の準備のときも、お茶の時間も、麻里子は淡々と内田さんを手伝っていた。それ以外の時間は家事室で音楽を聴いているか、友人に手紙を書いているかしていたのだろう。麻里子は筆まめらしく、ぼくが家事室の電話に呼ばれるときも、モンブランの万年筆を手に、きれいなはがきや便せんに向かっている姿をときおり見かけた。うさぎがはねて遠ざかってゆくような、軽くのびやかな字だった。

夕方が近づくにつれ、空があやしい色になってきた。午前中はカンカン照りだったのに、とうに太陽は姿を隠し、雨をたっぷりと含んだ重そうな雲が浅間山の方角からこちらに向かって伸びてきている。洗濯物を裏庭に干してあったことを思い出す。青栗村の夏は、午前中は快晴でも夕方近くに激しい雷雨になることがめずらしくなかった。だから室内の乾燥室に干すほうが安全なのだが、ぼくは裏庭の物干しで太陽の光にさらすのが好きだった。雷雨ばかりではなく、取りこむときには、靴下やシャツの内側にハチがひそんでいないかにも気をつけなければならない。裏庭でハチにおでこをさされたことがある井口さんは、乾燥室にしか洗濯物を干さなかった。籠を左腕にかけ、とりこんだ洗濯物を右手で勢いよく振りおろすというのが、ぼくの防衛策だった。

セミの声が四方から降りそそぐ裏庭に出ていくと、ウォークマンを耳につけた麻里子がぼんやりした顔でベンチに座っていた。正面に浅間山が見える位置だったが、山を見ているわけでもなさそうだった。声をかけても聞こえないだろうとおもい、片手を軽くあげて挨拶《あいさつ》した。麻里子はぼんやりした笑顔を向けた。ぼくは黙って自分の洗濯物を取りこみはじめた。

「週末はどうするの？」

麻里子がウォークマンを外して言った。

「笹井さんたちと畑仕事です。トマトの脇芽《わきめ》取りをしたり、トウモロコシにタヌキよけのネットをかけたり、雑草もまた伸びてきたから」

「たいへんね」

気のない声だった。

「麻里子さんは？」

「旧軽にもどる」

「ご両親もいらっしゃるんですか」

「お盆を過ぎないと来られないんじゃないかな」

「忙しいんですね」

「あなたはずっと村井事務所にいるの？」

麻里子の質問の意図がよくのみこめないままに答えた。

「夏のあいだは、ここにいるつもりですよ」

「そうじゃなくて。将来は事務所から独立するの？　しないの？」

ずいぶん藪《やぶ》から棒な質問だった。

「どうなるかな。いまはまだついていくので精いっぱいだから」

「そうやっているうちに、あっという間に四十になっちゃうわよ」

めずらしく棘《とげ》のある声だった。四十歳になった自分など想像もできなかった。そのことについていま考える必要も感じなかった。ぼくは黙っていた。

麻里子は目をそらし、浅間山のほうを見た。隣に座りたいと思うのに、足を踏みだせないぼくは、籠を持ってばかみたいに立っていた。

「うちみたいな和菓子屋は十年一日、同じものをつくるのが仕事なの。同じであることに価値がある。新作なんて何年かに一度たまに出しても、売れるのはものめずらしい最初のあいだだけ。お客さんは結局いつもと同じものをほしがるの。職人芸っていうと熟練とか洗練を連想するかもしれないけど、ほんとうに必要なのは忍耐力や持続力なのよ。そういう意味で父はたいしたものだと思うけど。でもほんとうは父だって、好きなことをやってる先生のことをうらやましいと思ってるはずだわ」

兄の口癖がよみがえる。兄はぼくに向かってことあるごとに、「徹はラッキーだ」と言った。ほんとうは美大で彫刻を学びたかった兄は、父の意を受けて電気工学を選び、一浪して国立大学に進んだ。彫刻はすっぱりとあきらめてしまった。卒業してすぐ父とおなじようにメーカーに就職し、エンジニアになった。ぼくは希望した美大の建築学科に進み、卒業を前に村井設計事務所で働きはじめた。先生の設計した北海道の民族博物館のアイヌ像は、兄が尊敬する彫刻家、園田治《おさむ》の手になるものだった。だから兄も村井俊輔の存在は知っていた。事務所に正式採用が決まったときも、「徹はほんとうにラッキーだな」と何度も言った。自分は運には恵まれなかった、だからしかたないんだと、誰よりも自分に言い聞かせているように聞こえた。

頬に雨が当たった。麻里子も雨に気づいて、上を見上げた。そして間もなく、とつぜん空が壊れて落ちてきたように、猛烈な雨が降りだした。ぼくたちは小走りに裏庭側の通用口に駆けこんだ。麻里子はようやく笑顔になった。

すべての窓をしめきっても、雨の音は部屋いっぱいに鳴り響いた。桂の葉っぱのすべてが雨に打たれてふるえている。中庭にみるみる大きな水たまりができてゆく。所長室から出てきた先生も、南の窓から外を見ていた。

雨は小一時間でやんだ。

窓をあけるとひんやりと湿った空気が流れこんできた。洗われた緑からわきたつ匂《にお》い。西の空が奇妙なほど明るくなり、日没直前の光を森に投げかける。すっかり夕暮れに沈みかけていた木々が、葉のふちをオレンジ色に輝かせている。セミはもうメスを呼ぶのをあきらめたのか、ジジッと短く鳴くと、桂の木からどこかへ飛んでいった。

雨がやんでまもなく、先生は、「日曜の朝にはもどるよ」と言いおいて、ボルボで小諸《こもろ》方面に出かけていった。井口さんもいつのまにか身支度を整え、明るい色の麻のジャケットを腕にかけている。ゼネコンの設計部の部長を経ていまは常務になっている同級生の、旧軽井沢の別荘でひらかれる小さなパーティに出席するという。「言っておくけど遊びじゃないよ。事務所の命運を分ける情報が、どこに落ちてるかわからないからね。君たちも、同級生を大事にしたほうがいいぞ。先輩なんかよりはるかにたよりになる」と、半分だけ真面目な顔をしてそう言った。今晩は遅くなるのでホテル鹿島《かじま》ノ森《もり》に泊まり、明日の夕方までにはこちらへもどってくるらしい。

ほどなく麻里子も自分のクルマで出ていった。「また月曜にね」という笑顔がどこかかたかった。こうして、ひとりまたひとりと欠けてゆき、週末も夏の家に残るのは、現代図書館で忙しくなる前に二軒の住宅の設計を仕上げてしまおうという小林さん、河原崎さんのふたりと、笹井さん、雪子、そして内田さんとぼく、になるはずだった。

これだけ雨が降れば土もゆるんで、明日の雑草とりもだいぶ楽になるだろうと思いながら中庭を見下ろしていると、つや消しの銀のヘルメットとゴーグルを片手にさげ、黒い革の上下を着た内田さんが、ジャケットをきしませながら設計室に現われた。

「悪いんだけど、出かけるよ。バイクのクラッチが調子悪くてね、追分にある整備工場に今晩中に届ける約束になってるんだ。明日には直るだろうっていうんだけど、行ってみないとわからない。畑を手伝えなくて申しわけない」

内田さんは事務所の三台のワゴン組とはべつのルートで、黒いイギリス製バイクに乗って夏の家にやってきていた。東京のじめじめした夏の渋滞の道を走らせているとエンジンの調子が悪くなるらしい。「イギリスのバイクには避暑が必要なんだ」というのが内田さんの言い分だった。

一九五〇年代に一世を風靡《ふうび》したというヴィンセント・ブラック・シャドウは、名前のとおり全体が黒っぽい印象で、しかしバイクを知らないぼくでさえ、その美しさと重量感には目を吸いよせられた。二年かかって手に入れたのだと内田さんは言う。ヘルメットもゴーグルも当時のイギリスのものをレストアしたオリジナルで、革の手袋もブーツもロンドンで手に入れたものらしい。

すっかり気温の下がってきた暗い森のなかへ走りだしてゆく内田さんを見送った。

ヘッドライトの直線がつかのま伸びる。カーブを切ると、黒いバイクと内田さんはまたたくまに闇《やみ》のなかに溶けていった。ぼくはエンジン音だけが残る夜の闇をしばらく見つめていた。

11

よく晴れた週末だった。郵便配達も、来訪者も、雷雨もない、静かな土曜日だった。小林さんと河原崎さんが朝食もそこそこに設計室にこもるのを見届けてから、笹井さんと雪子とぼくは、作業着に着替えて畑に出た。

夏の家の畑は六〇年代のはじめにつくられた。一時は養蜂《ようほう》や養蚕まで手がけていたらしい。タリアセンに自家農園を拓《ひら》き、熱心にとりくんでいたライトの影響かと想像していたが、内田さんによれば、昔の青栗村は長期滞在する人たちが多く、畑はおろか山羊《やぎ》やニワトリを飼ったり、敷地内に池をつくって家鴨《あひる》を飼ったりする家もあったくらいで、先生もそれに倣っただけだろうという。「考えてみれば、養蜂箱や養蚕棚には建築的な要素もあるからね」

太陽の光を受け、青々と繁《しげ》る畑の緑が人の手を待ちかまえていた。さっそく畝《うね》ごとに分かれて作業をはじめる。勢いよく葉を伸ばすトマトの脇芽を摘みとり、垂れさがるキュウリのなかからほどよい大きさのものをもいでいく。気づかないまま置き去りにすると、トマトはひびわれ、キュウリやズッキーニは巨大化し、てきめんに大味になる。トウモロコシの収穫はまだ先だったが、食べごろになるのを待っているのはぼくらだけではない。熊《くま》やタヌキが森のどこかで、甘く熟れてゆく気配を嗅《か》ぎとろうとしている。彼らの嗅覚《きゅうかく》はおそろしく遠くまで伸びてくるのだ。

夜陰に乗じてやってくる生きものに食い散らかされないよう、トウモロコシのまわりにぐるりとネットをはる。腹を空《す》かせた熊が前足をひとふりすれば、ネットなどひとたまりもないはずだが、その上に大きな鈴をいくつもくくりつけたロープをぐるりとめぐらせてある。鈴が鳴れば熊は驚いて逃げてゆくというのだが、雪子が提案したこの〝熊よけ〟をはじめてから一度も被害にあっていないそうだから、意外に効果があるのかもしれない。

じゃがいもは男爵《だんしゃく》とメイクイーン、レッドアンデスの三種類。それにラットが少しだけ。皮の赤いレッドアンデスは、男爵より身が黄色く甘味があり、ポテトサラダやコロッケに使う。ラットはフランス産で、麻里子が去年どこからか種芋を手に入れてきたらしい。ハツカネズミの胴体ぐらいの大きさしかないが味は濃厚で香りがよく、そのままベイクしてもふかしてもおいしい。ピューレにも最適で、ビシソワーズをつくると男爵よりも繊細でなめらかな舌触りのものができると内田さんに教わった。男爵とアンデスをひと畝ずつ掘り起こす。緑色のゴム引きの軍手をはめて、畝をまたいでしゃがみこみ、両手で土を抱き起こすように掘りだしてゆく。ほろほろとやわらかい土から、よく育った男爵がおもしろいようにころがり出てくる。

温かく湿ったひなたの土にふれているうちに、実家の裏庭の黒く冷たい土の匂いがよみがえってくる。祖父が飼っていた白色レグホンが、日のあたらない古井戸のまわりでエサをついばんでいた。せわしなく動く鶏冠《とさか》をしゃがんで見ていたのは、幼稚園にあがる前の記憶だろうか。

はじめて喘息《ぜんそく》の発作を起こしたのもそのころだったかもしれない。兄の友だちにまじって鬼ごっこをしたあとや、夕方になって急に気温が下がりはじめると、いつのまにか喉《のど》がヒューヒュー鳴りはじめた。気道が狭まり、呼吸はますます苦しくなって、このまま息ができなくなるのではないかと不安に押しつぶされそうになる。ほどなくして、喘息の専門病院に週一回、バスで通うようになった。真夜中に発作がひどくなると、ふとんに横たわったままガラス製の吸入器をくわえさせられた。母が押す手動のポンプから、気化した薬剤が喉に送りこまれてくる。やがて居眠りをはじめた母の手から力が抜け、そのまま動かなくなる。苦しいのに、なんだか可笑しいような、もの悲しい気持ちがした。母の腕を遠慮がちに押すと、ポンプはまた動きだす。それをえんえんとくり返すうち、いつのまにか朝になっていた。

　通院がはじまったころから、屋外の記憶を室内の記憶がしのいでゆく。家のなかで絵を描いたり、レゴを組み立てたり、9ミリゲージの鉄道模型を走らせたり。斜め前の家の同い年の女の子とはときどき遊んだが、たいていはひとりだった。ソファの上にひっくりかえって天井をぼんやりと眺めながら、外で駆けまわる男の子たちの声を聞いていた。成績はまずまずだったけれど、欠席の日数が多いのが難点だった。冬の長距離走はたいてい見学で、給食もよく残した。

　独身だった母方の叔父がぼくを山に連れだすようになったのは、まもなく三年生という春先だった。秩父《ちちぶ》や高尾の山道を歩き、双眼鏡で野鳥を見た。遠くの鳥に焦点をあわせるのがはじめはむずかしかった。叔父はぼくに、ホオジロやサンコウチョウの鳴き声を教えた（ホオジロは「一筆啓上《イッピツケイジョウ》　仕《ツカマツリ》　候《ソウロウ》」、サンコウチョウは「月《ツキ》、日《ヒ》、星《ホシ》、ホイホイホイ」と鳴く）。山道の途中の湧《わ》き水《みず》を手ですくって飲むことを、ヒトリシズカとフタリシズカの見分けかたを教えた。

叔父とふたり、夏休みに泊まりがけで尾瀬の至仏山《しぶつさん》に登った。山頂間近で雷雨に遭い、二十メートルくらい先の灌木《かんぼく》に耳を聾《ろう》するような雷が落ちた。くだりの山道は大雨で渓流のようになり、靴のなかはずぶ濡《ぬ》れだった。全身が濡れてしまうと、雨のなかを歩くのがたのしくなった。雨音にもまぎれず、自分の足音がはっきり聞こえ、このままずっと歩いていても平気な気がした。尾瀬ヶ原の木道に降り立ったころには雨も小やみになっていた。木道をひたすら歩き、牛首という名のポイントのあたりで、青空がいきおいよく陣地をとりもどしはじめた。見上げると、イワツバメが大きな弧を描いて飛んでいた。その日は簡素な山小屋に泊まった。叔父はいつものように口数が少なかったが、目が合うと笑顔になった。濡れた服をハンガーにかける叔父の手つきは慣れたもので、リュックをごそごそやっていたかと思うと、下着からニッカボッカまでひと揃《そろ》いの乾いた着替えが二人分、どこかから湧いてきたように現われたのにはびっくりした。

山からもどってくるたびに、野鳥の姿や声が恋しくなった。8倍の双眼鏡は、肉眼では見えなかった鳥たちの息づかいをぼくに見せてくれた。頭の羽根を逆立てながら鳴くホオジロの顔。くちばしをしきりに枝にこすりつけているルリビタキの黒い瞳。

身震いのあと、ふわりとふくらむキレンジャクの胸もと。体温を持ち、呼吸をし、なにかを見つめ、ひとときも止まることなく動いている手の届かない生きもの。

夏がすぎ、秋を迎えて、空気が乾きはじめたころ、喘息の発作はいつのまにか遠のいていった。冬が終わり、四年生の春がはじまると、もう通院の必要はないでしょう、と医師は言った。

家の庭に、野鳥をよぶための餌台《えさだい》をつくり、麻の実やヒマワリの種を入れ、水場を用意した。辛抱づよく待っていると、半月もしないうちに野鳥がやってくるようになった。図鑑や写真集を集め、鳴き声のレコードを聴くうちに、およそ東京で見られる鳥であれば、種を見分け、声を聞き分けられるようになった。日曜日に高尾山や明治神宮で探鳥会があれば、ひとりでも参加した。叔父はそれからまもなく東京を離れ、北海道に移住してしまった。北見の小さな工業大学で教えるようになり、そこで結婚し、東京にはもう帰ってこなかった。

じゃがいもを包んでいたやわらかな土は、夏の午前の日差しを浴びてみるみる白く乾いてゆく。長い時間ひなたぼっこしていた熊の仔《こ》の背中に顔を近づけたら、こんなこうばしい匂いがしそうだった。

浅間山は、この畑からがいちばんよく見えた。わずかに白い煙をたなびかせているあの山が、何千メートルという高さまで噴火したのだ。二万年前にさかのぼるその歴史を頭のなかでたどることはできても、実際に噴火する姿を見なければ、眠っている浅間山しか知らないことになる。しかし夏の家のまわりの地面をちょっとでも掘り返せば、火山弾、火山礫《かざんれき》がじゃりじゃりとシャベルに当たって、この土地が噴火の記憶をたしかに留めているのだとわかる。噴火の規模によっては、これからも青栗村に壊滅的な被害が及ぶこともないとは言えない。それが百年に一度、千年に一度の確率だとしても、その一度にたまたま当たれば、自分がこの土の一部になることもあるということだ。それでもなお、一度でいいから噴火する浅間を見てみたかった。

家の周囲とはうって変わって、畑ではよほど深く掘らないと、火山弾も火山礫も出てこない。二十数年の時間をかけて、所員たちがひとつひとつとりのぞいてきたからだ。掘りだされた畑の石は、中庭のアプローチの敷石に使われている。石を除き、腐葉土や鶏糞《けいふん》を加えながら、いまのようなふかふかの畑がつくられていった。冬のあいだは凍てついていても、春になれば、野菜を育《はぐく》む黒々とした土によみがえる。虫もうごめく。

草花や虫だけでなく、作物にも詳しい雪子に、ぼくは畑仕事のあれこれを教えてもらっていた。雪子は青栗村の青年会を通じて農家の人たちとも知りあいになり、週末には近くの畑に自転車ででかけたりもするらしい。作業を手伝いながら新しいことをひとつふたつと教わって、帰りには山ほど持たされたレタスやキャベツを自転車の前後に積みあげて、ゆらゆらバランスを取りながら帰ってくる。

畑仕事をしているあいだはほとんど口を開かない。目の前にあるものを見て、ただ手を動かす。背中に太陽を感じながら息を吸い、息を吐いているのを、自分の耳が聞いている。掘り返した畑と収穫物から、土の匂いがむんとたってくる。

掘りだし終えたはずなのに、雪子が土に手を差しいれると、取り残しが二個、三個と転がりでてくる。「坂西くん、だめじゃない、ほらここにも……あ、ここにも」助けだされたのか、見つかってしまったのか、どちらかわからないじゃがいもが、雪子の手のひらに容赦なくのっている。

収穫を終えたぼくらは、手押し車に籠《かご》を積み、野菜の重みを両腕で味わいながらキッチンの並びにある倉庫にもどる。雪子と笹井さんはそれぞれの籠を手に持って、キッチンの勝手口に入ってゆく。

大きな倉庫の引き戸をあけると、ひんやりと湿った空気にかすかな肥料の匂いがする。ひっそりと出番を待っているのは、庭仕事や畑仕事の道具だ。天井に近い位置に横長の窓がついてはいるが、スペースの半分を占める三和土《たたき》には弱い光しか届いていない。薄暗いなかに、鍬《くわ》、鋤《すき》、スコップ、ツルハシ、竹箒《たけぼうき》、梯子《はしご》、脚立《きゃたつ》が立てかけられ、荒縄、植木ばさみ、剪定《せんてい》ばさみが壁にかかっている。落ち葉掃除用のブロア、草刈機、芝刈機、チェーンソー、ガソリンタンク、不凍液なども並んでいる。奥の板の間には、六〇年代半ばに使われていたという蚕棚がそのままになっており、床の上には糸巻き機と機織《はたお》り機《き》、その隣には養蜂用巣箱、蜂蜜《はちみつ》分離器、燻煙《くんえん》器、蜂蜜タンクが並んでいる。臼《うす》と杵《きね》もある。壁面の棚には大小のザル、籠、軍手、麦わら帽、使い道のわからない木箱もきちんと積まれてある。

草刈機を倉庫から出し、入口の大谷石の敷石の上でタンクの蓋《ふた》を開け、混合ガソリンを入れて満タンにする。顔をガードするバイザー付ヘルメットをかぶる。草刈機のエンジンのスターターを引く。エンジンはぴくりとも反応しない。チョークレバーを開けて、もう一度スターターをいきおいよく引く。四度目でやっとエンジンがかかる。草刈機のエンジンは原付バイクぐらいの派手な音がする。振動する本体を持ちあげて、ショルダーストラップで肩にかける。あとは両手でハンドルを持ち、左右に半円を描くようにしながら前へ進めばいい。

ぼくは草刈りや芝刈りが好きだった。高速で回転するナイロンコードが雑草を叩《たた》き切り、小石を跳ね飛ばしながら、意思を持っているかのように前へ前へと導いてゆく。耳をつくエンジン音。葉ずれの音も、鳥の鳴き声も、人の声も、なにも聞こえなくなる。

一時間もかからずに、敷地内のアプローチや土坡《どは》の周辺がきれいになった。雑草が刈り取られるだけで、なぜ人はこうも簡単に清々《すがすが》しい気持ちになるのか。でこぼこした地面より平らにならされているほうが美しいと感じる。コンクリートの打ち放しも、眺めとしてはたしかに悪くない。フラットな面を人間が好むようになったのはいったいいつからのことだろう。人が最初に目にした平らなもの。風のない日の湖面、波の引いた砂浜、水たまりに張った氷。ぼくのジーンズとTシャツには皺《しわ》が寄り、草や葉の緑の断片が貼《は》りついている。草刈機のエンジンをとめ、ヘルメットをはずす。森の音が耳にかえってくる。

穫《と》れたての野菜を盛りあわせた冷やし中華をお昼に食べた。ダイニングルームにはいつもの半分の人数しかいなかった。井口さんや麻里子、内田さんのように話し好きな人が出かけてしまっているから、食卓をかこむテーブルが静かになるのは当然として、意識されるのはやはり先生の不在だった。先生がでかけたあとの夏の家は、どこかが弛《ゆる》み、虚《うつ》ろになる。

笹井さんが立ちあがって棚からLPをひっぱりだし、ターンテーブルにのせた。針がおりるのを待ちかねたようにいっせいに管楽器が鳴りはじめる。クラリネット、オーボエ、ホルン、バセットホルン、ファゴット——モーツァルトの「グラン・パルティータ」だった。あっけらかんと軽快で、ダイニングルームの空気が一変する。土曜の真昼、食事を終えてもうしばらく動かずにいたいぼくたちを、誰かが鷹揚《おうよう》に認めてくれているような音楽だった。

皿洗いをしていると、河原崎さんに声をかけられた。話があるので終わったら設計室に来てほしいという。となりで皿を拭《ふ》いていた雪子が、ぼくの横顔を見たのがわかる。

「学生のとき、飛鳥山《あすかやま》教会を実測したんだってね」

設計室の大テーブルで河原崎さんと向きあって座った。小林さんは自分の机で作業をつづけている。

「面接のとき、礼拝堂の椅子の話になったと先生から聞いたけど、ほかはどうだった？」

記憶をたどってぼくは話した。先生の設計にはめずらしい曲面の構成について。楢《なら》材《ざい》と漆喰壁《しっくい》のコンビネーション。曲げ木の技法があり、熟練の左官がいて、はじめて成立したであろう十字架のディテール。伝統的な技法が積極的に使われているのに、全体としてはモダンとしか言いようがなく、それが無理なく両立していたこと――。

「天井と漆喰壁の取り合いひとつとっても、あのレベルの仕上げは腕のいい大工と左官がいなければとてもかなわなかった。しかも曲面もあるわけだからね。坂西くんの言うとおり、住宅の仕事に較《くら》べると、飛鳥山教会はかなりモダンなものに傾いているる」

座りなおすようにしてそう言いながら、河原崎さんはふいに声を低くした。

「現代図書館は飛鳥山教会よりもはるかに規模が大きい。内装や仕上げの部分には、教会と同じように伝統的な技法をもってくることになると思うんだ。とくに開架式の閲覧室は徹底して木工にこだわる可能性が高い。漆喰壁だって使うかもしれない。これは小林さんも同じ意見でね」

ぼくたちの会話が聞こえているはずの小林さんは、顔もあげず机に視線を落としたままだ。仕事に集中しているとき、小林さんは無駄口ひとつたたかない。河原崎さんはつづけた。

「伝統的な技法なんて、むろん船山圭一の頭にはないだろうし、やろうとしたって無理な話で、だいたい彼らがそういうプレゼンテーションをしてくるはずもない」

ぼくは小さく頷《うなず》いた。はじめて対等に扱われている感じがした。

「われわれが引き受けることになったら、書棚にしてもカウンターにしても、当然、木を使うことになる」

「木と本は相性がいいと先生もおっしゃってましたね」

「ただ、いつもどおりのやりかたではとても間に合わない」

河原崎さんは勢いをつけるように咳払《せきばら》いした。

「ぼくも小林さんも、まだ書棚のプランをつめられるような段階じゃないんだ。内田くんにはもう言ってあるんだけど、書棚のディテールのスタディをきみたち二人で先にはじめておいてほしい」

「はい」と言いながら、ぼくは河原崎さんの勢いこんだ様子に驚いていた。でも井口さんが河原崎さんや小林さんに期待しているのは、こういうことなのかもしれない。

「書庫の本は読んでる？」河原崎さんにそう言われた瞬間、自分のうかつさに身が縮んだ。

「書庫の北西の角のあたりをよく見てごらん。図書館関係の本が集中的に並んでいるから。ストックホルム市立図書館だけでも十冊ぐらいあったはずだよ」

「すみません、さっそく見てみます」

「来週にはおそらく先生のプランが出る。そうなるとあとは十一月までこれにかかりきりになるから、そろそろそのつもりで準備をはじめてほしいんだ」

「はい」

「坂西くんが今年うちに入ってきたのも、現代図書館のプロジェクトがあったからだと思う。先生ははっきり言わないけどね。だからそのつもりでいてほしい。……ぼくの話は以上です」

河原崎さんと小林さんに少し頭をさげてから、書庫に向かった。ベッドからいちばん遠いはずれに、洋書の並んだ一角がある。近づいてじっくり見てみると、図書館に関連する本だけで三段分を占めていた。ほかの棚には、「PALACE」「HOTEL」「GARDEN」の単語がそれぞれタイトルに入った本が、かなりの数並んでいた。ほとんどが五〇年代から六〇年代に欧米で刊行された本だった。五〇年代の終わりに先生はヨーロッパをめぐったことがあるはずだ。その旅の途中で手に入れたものだろうか。河原崎さんの言うとおり、グンナアル・アスプルンドのストックホルム市立図書館の本も「LIBRARY」関連の棚のなかにまとまって並んでいた。

この書庫には、先生の師匠だったライトの本にも匹敵するほどアスプルンドの本が集められていた。スウェーデン語の本がふくまれているところからみても、意識的に収集したのでなければ、これほどの数は揃わなかっただろう。もともとアスプルンドの関連図書は、それほど多くないはずだ。遺された仕事はほとんどがスウェーデン国内に限られるし、同世代のル・コルビュジエやミース・ファン・デル・ローエのように、あたらしい時代を切り拓く建築家として華々しい仕事を手がけたわけでもないからだ。大学時代、卒論の担当教授が日本の建築様式からも影響を受けた建築家のひとりとしてアスプルンドの名前を挙げるまで、ぼくもその存在すら知らなかった。

アスプルンドはフランク・ロイド・ライトよりひとまわり以上も年下だ。しかし、ライトがタリアセン・ウェストを建て、アプレンティスを引き連れた三千キロのキャラバンをスタートさせたころ、つまり、先生がタリアセンのメンバーになってまもない一九四〇年、五十五歳の若さで亡《な》くなっている。建築家として活躍した期間はライトの半分にも満たない。

ベッドの隣にある小さな机の上で、ストックホルム市立図書館が表紙になった大判の本を開いてみる。つるつるした紙に、活字の凸凹が感じられる懐《なつ》かしい手触りと、日に焼けた紙の匂い。スウェーデン語のテキスト、モノクロームの写真、平面図と立面図、さらに図書館の周囲の地形図も載っている。平面図では、円形の大閲覧室のまわりをコの字型の建物が囲んでいる。

図書館は小高い丘に建っている。正面に近づくアプローチはゆるやかなのぼり坂で、エントランスホールに入れば、そこは天井の高い、黒い壁に囲まれたほの暗い空間だ。ステップの浅い階段をのぼってゆくと、その先に円形の大閲覧室があらわれる。暗がりの階段を過ぎると一転して、天井から自然光のこぼれ落ちる白い壁の空間が頭上いっぱいに広がっている。その下に現われる三層の円形の開架式書棚にはぎっしりと本がひしめき、フロアに立つ人を包みこむように見下ろしている。さまざまな本の背色がひとつのおおきなタペストリーのようにも見える、円形の書棚の眺め。大閲覧室に入る瞬間は、ナイトゲームが行なわれる野球場に足を踏み入れるのにも似ているかもしれない。開放感と、それとは矛盾する密室感が一体となった感覚。

アスプルンドの本のなかでいちばん小さいものは、英語で書かれた比較的新しい評伝だった。レンガ色の表紙に、アスプルンドの気むずかしげな横顔のポートレイトがモノクロであしらわれている。その一冊を手に、ベッドに横になった。

アスプルンドは少年のころから絵を描くのが好きで、画家になるのが夢だった。美術大学に進みたいと望んだが、税務署の役人であった父から強く反対され、王立工科大学で建築を学ぶことになる。パリから遠く離れたストックホルムで、印象派の画家たちよりひと世代若いアスプルンドは、どんな画家になることを夢見ていたのだろう。

建築家になることと、画家になることとのちがいとはなんだろう。絵はだれに頼まれなくても描くことができる。わたしは画家です、と名のるのも自由だ。生前、だれの目にも触れず、ひたすらひとりで描きつづけ、死んでいった「画家」の作品が、のちに発見されることはあるだろう。かれは未知の画家として、突如出現する。建築はどうだろう。だれに頼まれずとも設計をすることはできる。でも、その設計図が永遠に施工《せこう》されることがなかったら、それは建築といえるのか。竣工《しゅんこう》した建築物のない建築家というのはありうるだろうか——。

頭のなかの深いところで、なにかを叩く音がする。ふわりとからだが浮かびあがり、頭が裏返しになるような感覚。ふたたびノックの音。こんどは少し強く。眠りの底から現実の水面にとつぜん引きあげられる。

「中尾です」と声がして、あわててベッドから体を起こすと、膝《ひざ》のあたりからアスプルンドの本が床に落ちた。

「すみません、いま開けます」本をひろっていると、ドアの向こうで雪子が言う。

「寝てた？　ちょっと見たい本があったんだけど、あとでもいいの」

「大丈夫です、入ってください」ドアを開けると、雪子がためらうような、可笑《おか》しさをこらえるような顔で立っている。

「じゃあ、失礼しますね」

雪子はすたすたと書庫のなかに入り、ぼくがさっき立っていた「LIBRARY」の棚の前に行くと、しばらく背文字を眺め渡して一冊を引き抜き、まっさらな笑顔でもどってきた。麻里子の笑顔は、向けられる先が誰なのかいつもはっきりとしている。ところが雪子の笑顔はただそこににじみ出て、誰が受けとろうが受けとるまいがかまわないといった風情《ふぜい》に見える。それは雪子の不思議なおだやかさがどこからやってくるのかわからないのと似ていた。

「ありがとう。これ借りるね」ぼくに本の表紙を見せてから書庫を出ていこうとした雪子が、思い出したように立ち止まった。

「そうだ、さっき笹井さんが、天気もいいし今夜はバーベキューにしようって」

あとでコンロとテーブルを倉庫から出してほしいと言ってから、雪子は女性用の個室のある東棟に入っていった。うしろ姿を見送るうち、昼寝から叩き起こされた動揺がやっとおさまってきた。

すぐに倉庫へ降りてゆき、テーブルとバーベキューグリルをキッチン前のテラスへ運んだ。籠に入った火付け用の松ぼっくりと小枝をグリルの横に置く。

キッチンにもどると、冷凍庫からステーキ用の肉を取りだし、ステンレスのバットにのせておく。あとは直前に野菜を切ればいい。デッキチェアとコーヒーテーブルをテラスに出し、夕方までアスプルンドの評伝のつづきを読むことにした。すっかり濃い緑になった枝垂《しだ》れ桜《ざくら》が、午後の風に揺れている。しばらくすると、セミが鳴きはじめた。たぶんエゾハルゼミだ。

アスプルンドの建築が母国スウェーデンでひろく記憶されるようになったのは、ストックホルム市立図書館よりもむしろ、「森の礼拝堂」「森の火葬場」などをふくむ、「森の墓地」によってだったろう。二十代でさまざまなコンペに入賞し、早くから才能ある建築家として頭角を現わしたアスプルンドは、一九一五年、友人のシーグルド・レヴェレンツとの協働《きょうどう》設計によって「ストックホルム南墓地設計競技」で一等を勝ちとった。アスプルンドは建築家として、ここから本格的にスタートすることになる。

ストックホルム南墓地は、スウェーデン初の火葬墓地として構想された。松林が点在する広大な荒れ地を、火葬場、礼拝堂をふくむ共同墓地として造成するところからはじまったプロジェクトは、建築のみならず、ランドスケープデザインをふくむ規模のおおきなものだった。

近代ヨーロッパの火葬の歴史は、一九世紀末にはじまり、イギリスを中心に、ドイツ、オランダ、北欧などプロテスタントの国々に広がりつつあった。肉体の復活を説くキリスト教の教義とは相反するものとして火葬は長らくタブー視されていたが、産業革命によって都市の過密化が進むと、火葬と共同墓地の普及が国家レベルの課題として浮上してきたのだ。

スウェーデンで火葬が法的に認められたのはイギリスより十年以上早い一八八九年のことだ。人は死後、森へ還《かえ》るという太古からの死生観がスウェーデンの人びとの意識には深く浸透していた。そのイメージを、目に見える風景としてかたちにすることができれば、火葬への心理的抵抗もやわらぐのではないか。「森の墓地」という計画名称が当初から用意されていたのには、そのような背景もあった。

だが、「森の墓地」の完成には時間がかかった。

コンペで一等となった当初から、この仕事がライフワークとなる予感がアスプルンドに兆《きざ》していたとしても、そこには何ら不吉なものはなかったはずだ。しかし、「森の墓地」の計画に着手した五年後の三十四歳のとき、アスプルンドは長男を病気で失う。死はいつのまにか彼の近くに姿を現わし、黙ってたたずんでいた。長男の死と前後して設計に取り組んでいた「森の礼拝堂」の門のスケッチに、「今日はあなた、明日はわたし」という銘板をアスプルンドは描きこんだ。

12

アプローチにクルマが入ってくる音がした。タイヤが火山礫を踏みしめる湿った堅い音。サンダルを履いてテラスから降り、車庫の裏手にまわると、先生のクリーム色のボルボが車庫の定位置にもどってきたところだった。長身をかがめ、うしろの座席からゆったりとした動作で革のボストンバッグを引きだして、「ただいま。早めに帰ってきた」と先生は顔をほころばせた。

「おかえりなさい。お持ちします」ぼくは鞄《かばん》に手を伸ばした。

「ありがとう。だいじょうぶだよ。――また停電、なんていうことはないね」

先生は冗談を言う顔になっている。

「もう大丈夫です。冷蔵庫もちゃんと冷えてます」

「冷えてるかい」先生は笑った。「それはよかった」

先生は桂《かつら》の木を見上げるようにして、歩きはじめた。

「昔はね、一週間ぐらい平気で停電したままだった。冷蔵庫もテレビも洗濯機もなかったから、たいして困りもしないんだが。そもそもこのあたりはね、日が沈んでからでないと電気が送られてこない時代があったんだよ」

白い麻の開襟《かいきん》シャツから、かすかに、なにかハーブのような香りがした。ブラウンのキャンプモカシンはオイルがよくなじんで、おろしたてのようにきれいだった。

玄関にボストンバッグを置くと先生は言った。

「ランプだけの夜もいいもんだよ。煌々《こうこう》と照らされた部屋より話がしやすいしね」先生は機嫌のいい声でつづけた。「人の顔は真上から照らされると、あんまり魅力的に見えないんだ。ゆらゆらした光で横から照らすぐらいのほうが、懐《ふところ》の深い、いい顔になる。女性だってそのほうがきれいに見える。照明は明るければいいってものじゃない。――今日はだれが夕飯のしたくをしてくれるのかな」

「さっき中尾さんが今夜はバーベキューだと言ってました」

「じゃあ、ぼくが飛び入りでも大丈夫だね」先生は、あ、そうだ、といった顔でつけくわえた。「炭は新しいのを使うんだよ。去年のはたぶん湿《し》ッ気《け》てるからね。ぱちぱちはぜると、おちおち焼いていられない。古いのは晴れた日に干しておけばいい。じゃあ六時すぎぐらいに」

先生はゆっくりと階段をあがっていった。古いモノクロの日本映画の、くたびれて会社から帰ってきた無口な父親のように、しおれかけた背中をそのままぼくに見せていた。階段の途中で先生はふと立ち止まり、ふり返った。「坂西くん、いま時間あるかい？」

「はい」

先生のあとについて所長室に入り、すぐに手渡されたのは、背もたれのあるスタッキング・チェアのスケッチだった。

「このまえ、きみが言っていた現代図書館用のスタッキング・チェアをね、ちょっと考えてみたんだ」と先生は言う。

アルヴァ・アアルトのスタッキング・チェアやアルネ・ヤコブセンのセブン・チェアにも連なるような、積層合板を曲げてつくるタイプのアイディアだった。しかしそのかたちはどこからみても村井調で、背もたれもアームも、人のからだを受けとめる控えめなカーブを描いている。デザインは人のために仕えるものという先生の考えがはっきりと見てとれた。座面に着脱可能な革のクッションがはめこまれているのは、スタッキング機能優先で座り心地は二の次になりかねないところを解決しようとするものだろう。先生はぼくの疑問を先回りするように言った。

「家具はもっとあとになってからという井口くんの考えもわかるんだが、建築というのは、トータルの計画が大事で細部はあとでいい、というものではけっしてないんだよ。もちろん井口くんもそんなことは承知のうえで言ったんだろうけどね。細部と全体は同時に成り立ってゆくものなんだ。受精卵が細胞分裂をくり返してヒトのかたちになるまでを見たことがあるかい」

先生の問いに、両生類のような胎児の顔がぽかんと思い浮かんだ。

「生物の教科書で図解されてました」

先生は頷いた。「指なんていうのは、びっくりするぐらい早い段階でできあがる。胎児はその指でほっぺたを搔《か》いたりもするんだ。開いたり閉じたり、生まれる何か月も前から指を動かしている。建築の細部というのは胎児の指と同じで、主従関係の従ではないんだよ。指は胎児が世界に触れる先端で、指で世界を知り、指が世界をつくる。椅子《いす》は指のようなものなんだ。椅子をデザインしているうちに、空間の全体が見えてくることだってある」

無意識の領域をのぞけば、人には胎児のころの記憶は残らない。でもこの指がかつて、そうして世界をさぐっていたことがあったのだ。考えて手を動かすだけでなく、手を動かすことが考えに結びつく。先生の建築の作法はその両方で成り立っている。ぼくは自分の手を開き、閉じてみた。

「内田さんと相談しながら図面におこしてみます」

「いや、ひとりでやってみてほしい。内田くんはもう十分忙しいからね。できあがったらぼくが見よう」

すぐにコピーをとり、原図は大きな茶封筒に入れて保管した。それから急いで一階へおりた。

家事室のウォークインクローゼットからスタッキング・スツールを運びだし、テラスに並べる。二十年以上前、画家の山口玄一郎が青栗村に別荘を建てたとき、先生があらたにデザインしたものだった。背もたれのないスツールだが、無垢《むく》のセンノキを使った座面はわずかな曲面をつくっている。家具職人の田川さんの四方反《そ》り鉋《かんな》が削りだした曲面は、スタックしてもまったくがたつきがおこらない。

キッチンの勝手口から雪子が声をかけてきた。

「先生もどってらしたみたいね」

そう言いながら裸足《はだし》でテラスに出てくると、黒いバーベキューグリルのふたについている木の取っ手をつかんで、火はもちろん、まだ炭も入っていない内側を覗《のぞ》きこむ。だいぶ日が傾いて、浅間の方角から風が降りてきた。キッチンに入り、笹井さんと三人で手分けしてバーベキューの準備に取りかかる。掘りだしたばかりのじゃがいものみずみずしい象牙《ぞうげ》色《いろ》の切り口。タマネギ、茄子《なす》、ピーマン、ニンジンの断面図。

「もう火を熾《おこ》してくれていいわよ」

ぼくが炊飯器の準備を終えたのを見て、笹井さんが言った。

「もうですか?」

「炭が赤々としてくるころが、いちばんおいしく焼けるんだけど、そのころにはもうお腹《なか》がいっぱいになっちゃってるの。早すぎるぐらいに火を熾しておくと、ちょうどいいのよ」

内田さんから教えてもらった手順で火を熾す。バーベキューコンロにちぎって丸めた新聞紙を置き、松ぼっくりや松の小枝をたくさんのせる。その上に、細長く薄い火付け用の杉の薪《まき》をふたつに折って置く。新聞紙にマッチで火をつける。燃えたつ新聞紙から、すぐさま松ぼっくりに火が移る。煙がもうもうと立ち、おもしろいように全体に火がまわってゆく。最後に炭を置く。炎が移っているようには見えないが、よく見ると炭のふちが白くなっている。火がついたしるしだ。新聞も松ぼっくりも杉の薪も、燃えつきて灰になるころ、ようやく炭から熱があがりはじめる。脇《わき》から透かしてみるとバーベキューグリルの上が熱でゆらいでいる。赤く熾ってくるまでは、もうしばらく時間がかかるだろう。

勝手口が開いて、テラスに先生があらわれた。まだ五時半だった。

「先生、椅子はどうしましょう」

「そうだね、暖炉のところのコムバック・チェアを持ってきてくれるとありがたいな」

キッチンを抜けてダイニングルームに入り、暖炉の前のウィンザー・チェアをとりにいく。田川さんが先生の注文どおりにつくった椅子だった。背もたれのかたちが櫛《くし》に似ていることから「コムバック」と呼ばれているタイプだ。内田さんによれば、肘《ひじ》掛《か》けは曲げ木の技法、座面は座ったとき尻《しり》と大腿部《だいたいぶ》に馴染《なじ》むよう曲面に仕上げる四方反り鉋の腕が必要で、このように破綻《はたん》なく、完璧《かんぺき》なバランスでつくるには、かなりの知識と経験が求められるという。

イギリスでウィンザー・チェアが普及しはじめた一八世紀には、それぞれのパーツが手分けしてつくられており、座面を製作するボトマー、曲げ木を担当するベンダー、脚などの旋盤加工はボッジャー、組み立てはフレーマー、と専門化していた。しかしいまウィンザー・チェアを分業でつくっている工房はほとんどない。腕のある家具職人がひとりですべてのパーツをつくり、自分で組み立てることになる。先生は田川さんのつくった二十年以上前のウィンザー・チェアをずっと使いつづけていた。だから田川さんの腕がどれほどのものか充分すぎるぐらいわかってるんだ、と内田さんは言っていた。

先生が手で示した、バーベキューグリルからちょっと離れたテラスの端に、コムバックを置く。すぐうしろには、よく繁った枝垂れ桜の小さな虫食いのある葉が迫っている。先生はこの桜をとりわけ気に入っていて、ときどき根元のあたりに暖炉の灰を撒《ま》いていた。

「坂西くんがいままで使ってきた図書館で、いちばん気に入っているところはどこかな?」

コムバックに腰を落ちつけた先生が言った。

「そうですね」ぼくは赤々と熾きてきたコンロの内側を見ながら考えた。

学生時代は大学の図書館をよく利用した。でも探していた資料が見つかれば、用は終わりだった。高校時代は地元の川沿いにある小さな区立図書館に自転車で通った。

受験勉強のためだった。閲覧室で机に向かっているのはほとんどが学生で、図書館は、机と椅子、静けさとエアコンの冷気を提供してくれる場所にすぎなかった。通っていた区立中学校にいたっては図書館がなかった。二階の端の広めの教室が図書室と呼ばれてはいたが、書棚に並ぶ本はわずかで、けっきょく一度も借りた覚えがない。さらにさかのぼると、区立小学校の古い図書館にゆきついた。

「いまはもう取り壊されてなくなってしまったんですが、小学校の校庭の片隅に、木造平屋の図書館が建っていたんです。土曜日はかならずそこで本を読んでいました。週に一時間だけ読書の時間があって、それが土曜日の最後の授業でした」

　小学校は、そのあたりではいちばん小高い場所にあり、校歌にも「丘の上」という言葉がおりこまれていた。通りをへだてた向かいに小さな薄暗い神社があって、その向こう側に刑務所の広大な敷地がひろがっていた。小学校のほうがはるかに歴史が古いので、刑務所はあとから建てられたことになる。いまのような反対運動など誰も思いつかない時代だったのだろう。法務省の官舎が併設されていたので、同級生にはその子どもたちが何人もいた。

　高々とそびえ立ち、ひたすらまっすぐにつづく刑務所のコンクリート塀。塀沿いの広い道路にはクルマが入ってこられないようになっていて、脇には芝生が敷かれていた。子どもの遊び場にも、犬の散歩にももってこいだった。放課後、友だちと自転車を走らせていると、カーブを描く曲がり角にさしかかる。刑務所の塀の角に丸みがつけられているのは、九〇度角だと手足をつっぱらせて登れば脱獄できる可能性があるからだ、と兄が教えてくれた。服役者のグループが周囲の掃除をしたり、芝刈りをしたりしているところに出くわすこともあった。戦前は思想犯が多く収容された刑務所だった。

レンガ造りの表門周辺の広々としたエリアには、もみの木の大木が間隔をおいて並んでいて、たっぷりとした木陰をつくっていた。面会者の差し入れのための小さな木造の売店もあった。東京のありふれた住宅街の景色とはあきらかに違っていて、テレビドラマで見たアメリカの郊外のようだった。刑務所がどんな場所かはもちろん理解していたが、それでも、ここはきれいなところだと思っていた。

小学校の図書館は、刑務所から三分と離れていない正門をくぐって、すぐ左手の高台のふちに建っていた。

「木造の、どういう建物だったんだい」

素直な好奇心をのぞかせながら、先生はぼくにたずねた。

「切り妻屋根の木造平屋です。床は板張りでした」

「学校とは渡り廊下でつながっていたのかな」

「いえ、渡り廊下はありませんでした。雨が降ると、みんなで傘をさしていくんです。もっと昔、校舎も木造だった時代には、渡り廊下でつながっていたのかもしれません」

読書の時間が終わる間際《まぎわ》に、とつぜん激しい雨が降りはじめたことがあった。四十人ほどのクラスメートと担任の先生とでしばらく図書館にとどまっていたが、雨脚はいっこうに弱まりそうになかった。女の子のひとりが、「先生、走っていけばだいじょうぶだよ」と言いだして、全員で雨のなかに駆けだした。借りた本は、濡れないようにシャツの内側や脇の下に押しこんだ。——話をしているうち、雨に濡れた校庭の匂《にお》いとともに記憶がよみがえってくる。ぼくが抱えていたのは、ライト兄弟より先にグライダー飛行をおこない、試験飛行中に墜落して亡くなったオットー・リリエンタールの伝記だった。

「図書館には玄関でスリッパに履き替えて、ガラスの引き戸を開けて入るんです。体育館をふたまわり小さくしたくらいの広さがあって、天井高は低めでした。三方の壁の上から三分の一はガラス窓で、その下がぜんぶ書棚です。読書用の大きな木のテーブルが四つずつ、二列に並べてありました。たぶんケヤキかなにかの無垢材です。いま思うと、修道院やイギリスの大学あたりで長年使われてきたような色合いで、手擦れしたみたいに角がまるくなっていました。校舎で使っている机とちがって、彫刻刀を使ったいたずら描きなんかは見当たらなかった。椅子も無垢でしたから、小学生が手で引くにはかなりの重みがありました」

図書館の正面には大島桜の大木があって、玄関の上のほうまで葉が繁っていた。夏には広々とした木陰ができ、冷房などない小学校のなかでは、図書館がいちばん涼しかった。なかに入ると、あきらかに空気の匂いが変わるのがわかった。ぼくたちが誰に言われなくても静かになったのは、本と木の匂いのせいだったかもしれない。

「そんなふうにながらく記憶に残れば、建築がうまくいっているということだね」

先生のうしろにある枝垂れ桜のてっぺんに、赤みをおびた西日が射《さ》していた。上空を小さな鳥の影が横切った。ギイィーという声がする。コゲラだ。

「割り算の余りのようなものが残らないと、建築はつまらない。人を惹《ひ》きつけたり記憶に残ったりするのは、本来的ではない部分だったりするからね。しかしその割り算の余りは、計算してできるものじゃない。出来てからしばらく経《た》たないとわからないんだな」

バーベキューグリルのほうを見ると、すでに万全の状態にあるのがわかった。風にのって、赤々と熾った炭の熱が流れてくる。清浄な炎熱の、暗がりの底から立ちのぼるような匂い。

　雪子と笹井さんが、野菜や肉があふれるほど並んだ大きなプレートを、テラスの丸テーブルに運んできた。

「小学校の図書館は、まわりに気がねなく、ひとりでいることができる場所だったんだと思います。ぼくにとっては、ということですけれど。となりに友だちが座っていても、本を読んでいるときは、ひとりでいるのと同じでした」

　先生はしばらく考えるようにしてから言った。

「ひとりでいられる自由というのは、これはゆるがせにできない大切なものだね。子どもにとっても同じことだ。本を読んでいるあいだは、ふだん属する社会や家族から離れて、本の世界に迎えられる。だから本を読むのは、孤独であって孤独でないんだ。子どもがそのことを自分で発見できたら、生きていくためのひとつのよりどころになる。読書というのは、いや図書館というのは、教会にも似たところがあるんじゃないかね。ひとりで出かけていって、そのまま受けいれられる場所だと考えれば」

　どこかでまたコゲラが鳴いた。ギィィーという小さな、しかしはっきりと耳に届く声。図書館が静かなのは、人が約束事を守っているからではなく、人が孤独でいられる場所だからだとしたら、先生はその空間を、どのようなかたちにつくりあげようとしているのだろう。

雪子がバーベキューグリルを覗いて、「そろそろ焼きはじめますね」と言った。

「ああ、いいね」話はここまでというトーンで先生はそう答えた。ぼくもスツールから立ちあがって雪子の手伝いをすることにした。

バーベキューがはじまるのにあわせたかのように、井口さんがクルマで帰ってきた。車庫からそのまま庭をまわってテラスに現われると、いちだんと明るい声で井口さんは言った。

「いいタイミングで帰ってきたなあ」

河原崎さんと小林さんは、すでに野菜をグリルにのせはじめていた。ふだんは料理当番にさほど熱心とは思えない小林さんも、バーベキューとなるとがぜん積極的だった。肉の様子を見はからっては、みなの皿に手際よくとりわける。グリルのどこに、どの野菜を置けばいいのか、火のあたりぐあいもすっかり承知しているようだった。焼きあがったものは焦《こ》げるすきを与えずグリルから皿へと場所を移され、空いたスペースにはあたらしい食材がのせられていく。その無駄なく素早い動きを見ながら、小林さんにはグリルの平面も動線計画的にみえてくるのだろうかと思い可笑しくなる。

そばに内田さんがいれば囁《ささや》いて同意を得ることもできたかもしれないが、いまは軽口を叩く相手がいない。

「うれしそうね」

雪子が横にきて言った。

「バーベキューって、ちゃんとやればおいしいんですね」

「どういう意味？」

「焦げてたり生焼けだったり、実際は期待ほどおいしいもんじゃないって思ってたから」

「すべてのコンロにもれなく小林さんがついてくれれば、だけどね」雪子が笑った。

バーベキューはのんびりしている暇がない。焼いたり食べたり見張ったり、それでいて誰もがどこかうわのそらだった。井口さんでさえ言葉少なになり、小林さんに言われるまま、じゃがいもを皿に取ったりしている。

「ごはんを食べたい人はご自分でどうぞ。お味噌汁《みそしる》もありますから」

笹井さんの声にうながされ、焼きあがった肉や野菜をのせた皿を持って、ぼくはダイニングルームに入ることにした。ごはんと味噌汁をよそい、テーブルにつくと、つづいて雪子が入ってきた。ふだんの席は離れているから、雪子が正面に座ると少し緊張する。

「河原崎さん、なんて言ってた？」

雪子はそう言ってから白いごはんを口にいれた。よく動く口と頰をぼくは見た。

「図書館の書棚のスタディを、内田さんとはじめてほしいって」

「そう。……うらやましいな」

「いや、そんなことないです。叱《しか》られましたから。書庫の本を何も読んでないのかって」

雪子は「ぐっすり眠ってたものね」と笑って言った。「書庫には古いめずらしい本がけっこう揃ってるのよ」

「中尾さんもいろいろ読んだんですか」

「だって最初の年は坂西くんと同じで、書庫がわたしの部屋だったから」

「アスプルンドの本がいっぱい並んでたから、ちょっとびっくりしました。森の墓地やストックホルムの図書館ぐらいしか知らなかったから」

「ミースやコルビュジエと同世代の人とは思えないわよね。彼らとはちがって、未来より過去に視線が向かっていた人だって気がする」

「なんで最初からそうしないんだって、気の短い人なら怒りだしそうな、遠回りが平気な人ですよね」

「どういう意味？」

「図書館も、森の墓地も、イェーテボリ裁判所の増築なんかとくにそうですけど、プランの変遷《へんせん》を見ていると、洗練されていく過程がはっきりしてて、しかもそれぞれの道筋が似てるんです。まずは古い建築への敬意がありありと見えるようなプランから出発する。だから裁判所の増築なんて、最初のうちは建築家というより営繕課的な仕事にみえるんです。ところがスタディをくり返すうちに、プランはどんどんモダンになっていく。この試行錯誤というか手続きが、アスプルンドには欠かせないものだったのかもしれません。ストックホルム市立図書館も、最初はフィレンツェに建てるのがふさわしそうなドーム型からはじめてるし、森の火葬場も出発点はギリシャ神殿だし、考えかたの癖なのかもしれないけど、なにもそこまで遡《さかのぼ》らなくても、というところからはじめるんですよね」

「でもそういうところは先生にもどこか似てるんじゃないかな。日本やアジアの伝統的な建築への敬意が、先生にははっきりとあるでしょう。ヨーロッパの古い建築も好きだし」

「それなのに、最終的にはモダンで合理的なものになる」

「アスプルンドみたいにはっきりと古典主義的ではないけれどね」

雪子はめずらしく饒舌《じょうぜつ》だった。そして少し声を落としてつづけた。

「先生がライトの弟子だったというのは、ちょっと不思議な気がする。ライトは、自分の建築の先生は自然だと言っていたでしょう。つまり自分には尊敬に値する建築家はいないって宣言してるようなものだから、傲岸不遜《ごうがんふそん》と言えば、これほどの人もいないんじゃない？　自分の作品こそが古典だと思ってたから、徒弟《アプレンティス》なんて時代がかった言い方をわざわざしたんだと思うしね。何から何まで先生とは対照的で、アスプルンドとのほうが共通点がおおい気がする。先生はライトのことをほとんど何もおっしゃらないし、タリアセンにいたときの経験が先生のなかでどうつながっているのか、わたしにはまだよくわからない」

雪子もそう感じているのだと思い、話をつづけようとしたら、先生がダイニングルームに入ってきた。

「先生、ごはん召しあがりますね」

立ちあがった雪子が聞くと、「いただこうか」と先生が言う。ごはんをよそい、冷蔵庫から漬けものを出した雪子は、小皿にとりわけてテーブルにおいた。

「ありがとう」

テラスには室外灯が点《つ》いていた。丸テーブルの上にはオイルランプが置かれている。誰かが枝垂れ桜の向こう側にある誘蛾灯《ゆうがとう》のスイッチを入れた。青い光が点く。気温がまた少し下がって、風はぐっとひんやりしてきた。

笹井さんがキッチンに入り、おむすびを握りはじめた。小林さんは最後までしっかりグリルの番をしていた。「若い人が食べなきゃね」と河原崎さんが様子を見にいったぼくに声をかける。結局テラスにいた三人といっしょに、残りの肉と野菜をたいらげた。

気がつけば、内田さんと麻里子をのぞく全員が、土曜日の夜には揃《そろ》っていたことになる。ぼくはグリルの灰をおとしてからも、テラスをわたる夜風のなかにしばらく座っていた。

13

なんの予定もなく、食事当番もない日曜の朝、寝坊するつもりだったのに、ぼくは先生とほぼ同じ五時半に目覚めてしまった。ベッドの上でアスプルンドの評伝のつづきを読みはじめる。それからひとりで朝食をすませ、コーヒーを淹《い》れて部屋にもどった。机の上の読書灯をつけ、本を開く。

アスプルンドの最後の仕事となった「森の墓地」を訪ねるとき、人は、波がうねるようなゆるやかな丘を右手に眺めながら、長く低い塀にそった石畳のアプローチをまっすぐに歩いてゆくことになるだろう。おのおのの歩くスピードにあわせて、死の世界が近づいてくる。アプローチの左手にある低く白い塀は、道行きをささえる杖《つえ》のようなものかもしれない。生の世界と死の世界の境界のようにも見える一本の白い線。境界ははるか先の行き止まりの場所で人を待ち受けているのではなく、生きている君のすぐ隣にある、とそれは伝えてくるようだ。白塀の向こう側にはやがて、礼拝堂や火葬場が悠揚迫らざる姿で現われてくる。火葬場を左手に見送りさらに進むと、最後に人を迎え入れる森が風にゆれる葉音を響かせはじめるだろう。

「森の墓地」のなかで最後に建てられたのは火葬場だった。

出身大学である王立工科大学の教授になり、再婚をした(長男を亡くしてから、最初の結婚はしだいにうまくいかなくなった)アスプルンドの、国内での建築家としての評価は、高まるばかりだった。一九一五年からはじまった「森の墓地」の計画はしかし、財政的な問題をはじめとするいくつかの障害が重なって、火葬場の設計にとりかかる手前で停滞していた。礼拝堂のプランも棚上げのまま、長い石畳のアプローチや並行する塀など、全体のランドスケープがあきれるほどの時間をかけて整えられていった。それらを指揮したのはアスプルンドではなく、協働設計者であり、友人でもあったレヴェレンツだった。

一九三四年、ほとんど止まっているに等しい火葬場の計画が一転して動きだす。そして、この進展はアスプルンドに予想外の試練をもたらすことになる。「森の墓地」

の委員会が、再三の要請にもかかわらず図面をなかなか見せようとしないレヴェレンツを、設計者から外す決定をしたのだ。アスプルンドはレヴェレンツとの長年の信頼関係を重んじて自分も設計から手を引くか、あるいは二十年にもわたってかかわってきた「森の墓地」の完成のため委員会の決定に従うか、どちらかを選択しなければならなかった。アスプルンドは悩んだすえ、委員会の裁定にしたがい、単独での設計を引き受ける。

「森の火葬場」が完成したのは、一九四〇年のことだった。アスプルンドは五十五歳になっていた。その完成を何者かがじっと待ちうけていたかのように、突然の心臓発作がアスプルンドを襲った。「森の墓地」でスタートした建築家の最後の仕事は、円環を閉じるようにして、「森の墓地」となったのである。自分の設計した火葬場でアスプルンドは焼かれ、灰になり、「森の墓地」に埋葬された。

「森の火葬場」のスケッチは、完成する十年ほど前から描かれはじめているが、当初、エントランス付近には十字架ではなくオベリスクが建てられる計画だった。オベリスクの銘板には、「今日はわたし、明日はあなた」という言葉が書かれてあった。かつて「森の礼拝堂」のためのスケッチにアスプルンドが書きこんだ言葉は、「今日はあなた、明日はわたし」だった。「あなた」と「わたし」は、いつ入れ替わったのか。

「森の墓地」は石の印象が強く残る場所でもあった。表情のさまざまな、その場にいかにもふさわしい石が慎重に選ばれ、床に、壁に、手の触れる部分に使われている。

乱張りの石畳の長いアプローチや、右手にあらわれる巨大な十字架には、花崗岩《かこうがん》が選ばれている。大礼拝堂でも、棺《ひつぎ》の置かれてある聖壇に向かって、花崗岩の床がゆるやかにくだってゆく。自然のなかで身動きもせずに眠っていた圧倒的な重量のあるかたまりが、加工しだいで野趣のある安定感にも、控えめな静けさにもなる。小礼拝堂の床は、煉瓦《れんが》と花崗岩とのコンビネーションだ。大理石も、砂岩も、石灰岩も、葬儀の進行によって微妙に変化する心理をおだやかに受けとめるように、慎重に使い分けられていた。

アスプルンドは石に愛着があった。四十歳をすぎて再婚した妻と休日を過ごすための別荘を建てる際にも（それは「森の火葬場」の仕事をはじめてまもないころだった）、大きな岩盤が露出している斜面を起点に、海岸に向かってなだらかに下ってゆく土地をわざわざ選んだ。その岩盤をうしろに背負うように、別荘は建てられた。岩の上に立って見下ろすと、屋根の先に海が広がる。小さな港に停泊した舟が、岩でできた巨大なボラードに繋留《けいりゅう》されているようにも見えた。

容赦なく厳密な仕上がりを要求しながらも、石工たちとのつきあいは親密なものだったという。気むずかしいアスプルンドも石工たちの言うことには素直に耳を傾けた。石工たちも石に強い愛着のあるアスプルンドを「うるさい親方」として扱い、一定の距離をおきながらも、自分たちの同類と見なしていた。アスプルンドの別荘の景観に相性のいい庭石を選び抜き、ストックホルム郊外まで運びこんだのも彼らだった。

鉄とガラスとコンクリートが建築の姿や規模を大きく変えてゆくモダニズムの黎明《れいめい》期にありながら、人間ともっとも古いゆかりをもつ石という素材をいつくしみ、使いこなす。アスプルンドは古いものを新しい風景のなかに取り入れる術《すべ》を知っていた。そのいっぽうで、「森の墓地」には、きわめて合理的であたらしいアイディアも隠されている。

礼拝堂の重心となるような位置に据えられた棺台は、葬儀が終わると、棺をのせたまま、油圧式のリフトで地下へとおりてゆく仕組みになっていた。それは棺が深く掘られた墓の穴におろされてゆく動きを模したものだった。棺が火炉のある地下のフロアへと運ばれるのは、会葬者全員が礼拝堂を出たあととするよう、アスプルンドは厳重に指示していた。

火炉の入口は棺のかたちにあわせてくり抜かれ、その真上の天井には、小さく丸く開けられたトップライトが一列に並んでいる。亡くなった人が火炉に送りこまれる直前、最後の自然光が棺の上にそそがれる。土に穿《うが》たれた墓穴に午後の太陽の光が降りてゆくように。この場所で会葬者は棺を見送ることになっていた。アスプルンドは人が人を送るおごそかな儀式としての演出を最後に用意していたのだ。しかし実際には、当時まだ根強かった火葬への心理的な抵抗に配慮して、会葬者の立ち会いは見合わせられた。

開かれたままの書庫の扉から先生の声がした。

「おはよう。休みの日に申しわけないんだが、今日の午後、時間はあるかな」

はい、と答えると、空き巣に入られた山口さんの家にいっしょに行ってほしいという。机の上に図面を置いておいた、山口さんの家はすぐ近くだが、場所は中尾くんに聞いておくように――先生はそう言って、所長室にもどった。

設計室の机の上に置かれてあった山口山荘の設計図をぼくは一ページずつ眺めていった。青焼きのしっとりした重みが手に触れる。設計図集では何度となく見ていた図面だったが、青焼きには鉛筆の書き味が残っているし、サインもある。先生の設計にじかに触れる感覚があった。

空き巣が入ったのは、一階の洗濯乾燥室の窓からだという。二階の風呂《ふろ》とトイレ、一階のキッチン、トイレなど水回りが集中している北東のコーナーに洗濯乾燥室がある。立面図をみれば地面からの高さも相当あり、窓もそれほど大きいわけではないから、ここから入ろうとした空き巣の手口がよくわからない。都会であれば、公道に面していない北東は家の裏手で人目につきにくいということもあるだろうが、敷地の広い別荘は、どんな場所も三六〇度の視線にさらされてしまう。家のまわりで人が動いていれば、いやおうなく目立つはずだ。水回りのある窓をねらう常習犯だったのか。

設計図を眺めていると、起きだしてきた雪子が通りかかった。山口山荘の場所を訊《たず》ねると、雪子はメモ用紙に簡単な地図を描きはじめてから手をとめて、朝食のあと散歩がてらいっしょに自転車で行ってみようかと言う。夏の家には自転車が二台あったが、もっぱら雪子が利用しているばかりで、ぼくは乗ったことがない。

九時前に夏の家を出た。空が青々として、すでに日差しが強い。それでも自転車で風を切っていると、半袖《はんそで》では肌寒いくらいだ。未舗装の道の凸凹をひろってサドルもハンドルもぶるぶる震える。歩いて散歩するには寂しいほど広い一条通りをまっすぐに北上する。人の気配もクルマの影もない。

両側には濃い緑のカラマツが並んでいる。頭上の木々のどこかで、クロツグミが気持ちよさそうに鳴いていた。今日が日曜日だと知っているようなのびのびとしたさえずりだった。クロツグミはクロウタドリの遠い親戚《しんせき》なのかもしれない——中学生のころビートルズの歌のなかでクロウタドリの鳴き声を聞いたとき、そう思った。イギリスではブラックバードと呼ばれるクロウタドリの鳴き声は、リズムもメロディもやや複雑だ。胸をふくらませて鳴く姿も、鳴き声のメロディも、クロツグミにとてもよく似ている。幾世代にもわたる長い時間をかけて、遥《はる》か東の島へとたどりつくあいだに、羽根の模様や歌声が少しずつ変化していった——ということもあるのではないか。自転車をとめてそのままクロツグミの鳴き声を聞いていたかったが、どんどん先へと漕《こ》いでゆく雪子のうしろ姿を見てあきらめることにした。

北へ向かうにしたがって、開村当時からの古い別荘が右に左に現われてくる。草一本生えていない、ふっくらと立派な茅葺《かやぶ》きの山荘もあれば、庭木も雑草も伸び放題の家もある。雨戸が閉ざされたままの家もめずらしくない。木々の緑は深い。雪子の白いTシャツの背中が、あたりの風景のなかでいちばん新しく派手に見えるのがなんだかおかしい。そのうしろに黙ってついていく。針葉樹のツンとする匂い。

雪子の自転車が急にとまった。ぼくもあわててブレーキをかける。

「どうかなさいましたか」

緊張した声で雪子が言う。道の脇の土坡《どは》に背をもたせかけるようにして、着物姿の老女が空をあおいで座りこんでいた。裾《すそ》が割れ、白い足袋の上に枯れ枝のような脛《すね》がのぞいていた。雪子はすぐに自転車からおりて側《そば》にかがんだ。

「ちょっとね、息が苦しくて」

「だいじょうぶですよ、野宮先生、いま病院にお連れしますから」そう言って雪子は、ぼくをふり返った。「急いで帰って、クルマでもどってきてくれる?」

老女は小説家の野宮春枝だった。

「あら、病院なんてけっこうよ。ときどきこうなるの。休めばなおるからご心配なく」

雪子がぼくの目を見た。ぼくは頷《うなず》いて言った。「すぐにもどります。ほかにいるものは?」

「水とタオル、それからわたしのパジャマを笹井さんに出してもらってくれる? あとお財布もね」雪子の指示は端的だ。

「救急車を呼ばなくていいかな?」

「呼んでたらかえって時間がかかる」

「あのね、あなたたち私の話をきいてちょうだい。病院にいく必要はないの。もうほんとうに、おさまってきたから」

「わかりました、先生。でも、ともかくお宅までお送りします」

「ありがとう。悪いわね――あなた、どなた？」

野宮春枝はかがみこむ雪子を見たが、木漏れ日がまぶしいのか、すぐに目を閉じた。

「中尾雪子と申します。村井設計事務所の者です」

「ああ、村井先生の。ご近所ね」

「はい」

「そんなに心配しなくたって、私にはね、どうせもうそんなに、先はないのよ」

雪子はちょっと困った顔をした。

「いいのよ、いいの」野宮春枝はそれだけ言って、また目をつぶった。顔が白い。

「じゃあ、行ってきます」

あの人が野宮春枝なのか。開村当時からここにいて、大雪の日にヒマラヤスギの大木が自分の家を押しつぶしても、平然としていた小説家。あんなに小柄な人だったとは。ひとりで散歩でもしていたのか。ぼくは急いでペダルを漕ぐ。クロツグミの声はもう聞こえなかった。

洗濯室にいた笹井さんに、雪子に頼まれたものを出してもらった。ああは言っても、やはり病院へということになるかもしれない。とっさにパジャマと気づくのは、いかにも雪子らしかった。笹井さんは水筒に水を入れて手渡してくれながら、野宮さんの親族の連絡先を調べておくからと言った。ぼくは先生のボルボで二人のところにもどった。

雪子の膝《ひざ》から胸のあたりに上半身をあずけた野宮春枝は、まだ目をつぶっていた。「失礼します」と言ってから、背中と両足に手をまわし、横から抱えるようにしてうしろの座席に運びこんだ。ひとりでも軽々ともちあげられる、子どものようなはかない手ごたえだった。こんなふうに女性を抱えあげるのははじめてだと思っている自分になかばあきれながら、笑うこともできない。

運転席に座ると、バックミラーに、いつものように落ちついた雪子の顔が半分だけ映っている。

「もう大丈夫よ。水がおいしい。気分の悪いのもおさまったわ。このまま横になっていれば大丈夫だから」

「そうですね、先生。でも念のために病院で診ていただいたほうがよくはないですか」

「いいの、お願いだから家に連れて帰ってちょうだい」

「きょうは日曜日ですからお手伝いさんはお休みですよね」

「お昼のしたくをしにくるわ」

「わかりました。ひとまずお宅までお送りして、病院のことはあとでご相談しましょう」

「私はね、主治医が東京にいて、山ではほとんど病院に行ったことがないの。でも医者がどうとか薬がどうとか、もうそういう年じゃないのよ」

大きく揺れないように注意しながら、ゆっくりとクルマをUターンさせ、野宮春枝の山荘に向かった。

玄関をあけると、五十年前の青栗村がそのままそこにあるような室内が目に入ってくる。白い漆喰《しっくい》の壁と、脱色したような板張りの室内にはほとんど物が見当たらない。茶室に入ったような静けさだ。

暖炉前のソファに野宮春枝をそっとおろす。石組みの暖炉はきれいに掃き清められていて、使われているのかどうかもわからない。土気色をしていた顔にしだいに血の気がもどってきていた。

「あなた、もう一度名前を、教えてちょうだい」

「中尾雪子です」

「ユキコは……」

「スノーの雪です」

「いい名前ね」

雪子はもう野宮春枝のふところに自然に入りこんでいる。庭に面した窓を開けて、外の風をいれる。シジュウカラが仲間に声をかけあいながら庭の餌台《えさだい》からヒマワリの種をくわえては飛び、少しはなれた木の枝の上でせわしなくつついて食べている。

親族とはまもなく連絡がとれた。お手伝いさんが現われるまではここでつきそうことにする、と雪子は言った。午後から山口山荘に行くことになっているぼくは夏の家にもどることにした。

あとで雪子に聞いたところでは、野宮春枝の家には入れ替わり立ち替わり、小説家や詩人、音楽家といった人たちが玄関先で、あるいは部屋にまで、見舞いに訪れたという。どのようにして知らせが広まったのかわからないが、青栗村ではいまも野宮春枝がおおきな存在であることをはっきりと示す光景だった。かえって疲れてしまうだろうと雪子は心配したが、ほとんどが年下の、慎み深い態度の知人たちと話すうちに、野宮春枝はどんどん元気になっていった。雪子は来訪者たち一人残らずに、「私の命の恩人」とくり返し紹介された。

内科医でもある小説家が古い象牙の聴診器を持って現われると、脈をはかり、心音を聞き、軽い心筋梗塞《こうそく》だった可能性があるので明日にでもいったん東京にもどり、主治医に診てもらったほうがよいだろう、と言った。「朝晩は気温が下がりますから、手足を冷やさないように。緑茶やコーヒー、紅茶ではなく、刺激の少ないほうじ茶をたっぷりのんでください」野宮春枝はさすがに、「わかりました。そうします」と答えた。雪子はほうじ茶を淹れ、椅子を運び、昼のあいだならいいでしょうと言われた冷蔵庫の西瓜《すいか》を切り、皿を洗い、来客を見送った。西瓜をひと口食べた野宮春枝は、「生き返るわね」と言った。

「たいへんだったね。しかし、きみたちが通りかからなかったら、野宮さんもあぶなかったかもしれない」山口山荘に向かうクルマのなかで先生が言った。ぼくはハンドルを握り、前を向いたまま答えた。

「もう先は長くないなんておっしゃってましたけど、あんな小さなからだなのに、なんだか迫力のある人でした」

先生がふふふと笑った。

「向かうところ敵なしだ」

先生はときどきこういう言いかたをする。ぼくも笑った。

「たしかもう、九十を過ぎていらっしゃいますよね」

「九十どころか、九十六か七になると思う。明治生まれは強い」

「先生も明治生まれじゃないですか」

「明治といっても、尻尾《しっぽ》のあたりだからね。ものごころついたときには、もう大正だった」先生は笑いをふくんだ声で言った。

途中でクルマを停めて、乗り捨ててあった雪子の自転車をボルボのうしろに積みこむ。山口山荘はそこから少し先を左手に入ったところにある。野宮春枝が倒れていた場所から三百メートルも離れていなかった。

玄関先で来訪を告げると、山口玄一郎が現われた。

「日曜日なのに申しわけない」画家はあらたまった顔で言う。

「いや。このたびはさんざんだったね」と先生が言う。

山口さんは華奢《きゃしゃ》といってもいいような体つきの人だった。野宮さんといい、山口さんといい、からだは小さくても、大人《たいじん》といった風情《ふぜい》の人がいるものだとぼくは思った。

「今朝がた、野宮さんが具合が悪くなって道ばたに座りこんでいてね、彼と中尾くんがたまたま通りかかって見つけたんだそうだ。ここからすぐのところでね」

先生はそう言いながらぼくを紹介した。

「今度から担当させてもらう坂西くん」

ぼくは頭をさげて挨拶《あいさつ》した。

「野宮さんは病院？」

「いえ、病院はいいとおっしゃるので、ご自宅にお送りしました」先生のかわりにぼくが答えた。

「それは野宮さんらしいな。しかしだいじょうぶなのかね」

「まだ中尾くんが付き添ってるが、すぐにしゃんとなったらしい」

「ああ、彼女がいれば安心だろう——しかしあなたはずいぶんお若いですね。入ったばかりかな？」

「はい、今年の春からです」

「三年ぶりの新人でね」先生が明るい声で言う。

「それはよかった。山口です。よろしく」

山口玄一郎は、穏やかな目をしていた。品のいいゆったりした話しかた。学生のころからの友人同士だというのがすぐ腑《ふ》に落ちる。先生の口調にはくだけたなかにも微妙な遠慮や含羞《がんしゅう》が混じって、ぼくたちと話すときとはずいぶんちがう。男同士の友人というのは、そう単純には割りきれない、かたちの定まりにくい関係なのではないかとぼくはふと思う。

玄関から部屋の奥へと山口さんはずんずん進んでいった。リビングの手前でダイニングルームに曲がり、キッチンを通り抜けながら、ふり返らずに話をつづける。「昔は青栗村にもずいぶん泥棒が出たらしいけど、近頃は聞かなかったからね、まったく、心配したこともなかったよ」

部屋を時計と反対まわりにぐるりと進むと、突き当たりが洗濯乾燥室だった。頭のなかで、青焼きで見た平面図と対照させてゆく。洗濯機と乾燥機が重ねられ、そのすぐわきに、二階の風呂場の脱衣場から洗濯物がそのまま落ちてくるシューターがある。天井近くに二本、物干し用のパイプがわたしてあり、天井にも温風機がビルトインされている。その横にちいさな窓がついていて、青空だけが見えていた。

「この窓枠をね、外からきわめて丁寧に外して入ったんですよ。警察も現場を見て、こんな几帳面《きちょうめん》な空き巣は初めて見たって感心してたくらいなんだ。おまわりさんが感心しててていいのかってね」山口さんは笑った。「帰り際に元どおりにしていく余裕があったら、どこから入ったのかもわからなかったんじゃないかな」窓は現場検証を終えた警察官がとりあえず元どおりにはめて帰っていったのだという。

先生はぼくを連れて洗濯乾燥室の外にまわった。別荘の一階の窓は、ただでさえ空き巣に狙《ねら》われやすい。ほかのすべての窓にある雨戸が洗濯乾燥室の窓にだけなかったのは、裏庭の地面から三メートル弱の高さがあったことと同時に、採光のためでもあったろう。

梯子《はしご》をかけるか、足場を組むか。いずれにしても窓枠を外すにはそれなりの高さが必要だ。現場検証によれば、梯子をかけた跡がコンクリートの壁にわずかに残っていたという。ぼくは外と内の両側から実測をしたあとで、古い一枚ガラスがはめられた木製の窓枠をいったん外してみてからもとにもどし、応急処置として長い釘《くぎ》を打った。

山口さんにあわせたように小柄な夫人が、リビングにお茶と水羊羹《みずようかん》を運んできてくれた。事務所にいるときの顔にもどった先生が山口さんに言った。

「窓はペアガラスにかえよう。でも外側に鉄格子《てつごうし》なんかつけたら牢屋《ろうや》の窓だからね。内側に雨戸のようなものをつけてもいいけれど、どうだろう、開けたり閉めたりしそうかい？」

「高いところにあるからね。どうなるかな」

「雨戸をつけたとしても、それも結局は気休めなんだ。いざとなったら壊してしまえばいいんだから」

先生は、今回のことは気の毒だったけれど、特別なことはしないほうがいいんじゃないか、と山口さんに言った。強引な手段を行使すれば、どこからでも空き巣は入りこめる。必要以上のことをやるのは、鎧《よろい》を着て歩道を歩くようで、バランスが悪いと先生は言う。

「同じ手口で入ろうとしても、こんどつけてもらう新しい窓なら大丈夫かい」

「窓枠はもうそう簡単には外れないし、ガラスも割れにくい。今回と同じように丁寧に開けようとしたら、一時間はよけいにかかるだろうね。バールか何かで遠慮なく叩《たた》き割れば三十秒だけど、厚みのある窓枠を選べば、大人の体格では入れないだろう」

「あなたにおまかせしますよ」

山口さんは先生の考え方や気質をよくわかっている。信頼もしているはずだ。だからあえて気楽そうな顔でそう言っているようにも見えた。美校時代の共通の知人の話がはじまると、よかったら家のなかを見てくださいと山口さんが声をかけてくれたので、ひとりで他の部屋を見学させてもらうことにした。

お互いの好みをよく承知したうえで、遠慮なくのびのびと設計したあとが山口山荘にはうかがえた。アトリエの天井の思いきりのいい高さ、寝室の天井の親密な低さ、リビングは窓が広くとられ、天井は高くも低くもない。アトリエから離れた音楽室には、小さな窓がふたつだけあり、クロス貼《ば》りの壁につつまれて、寝室にも似た安息感が漂っている。大邸宅ではないのに、部屋の印象がさまざまに変化する。そしてどこもかしこもすみずみまで住みこなされて、山口さんの家になっているのがわかる。先生の設計にはクライアントの暮らしにあわせて馴染んでゆくのりしろのようなものがあるのだ。

夫人はキッチンで夕食の下ごしらえをはじめている様子だった。麻里子の家の別荘にかけられていた絵の、波に洗われいまにも消えようとする子どもの足あと。ひとり息子を十二歳で亡《な》くしてから二十年以上経つと聞いた。

帰りのクルマで、うしろの席から先生が話しかけてきた。

「家を守るというのは難しいんだ。設計をするとき、火事になりにくい家、地震で崩れ落ちない家をできるかぎり心がける。それは建築家の大事な仕事だ。でもかりにだよ、東京全体が焼け野原になるような大震災があったとして、自分の家だけが燃えず崩れずでいいのか。これはね、考えておいていい問題だよ」

先生の言わんとするところは、わかるようでよくわからなかった。黙っているぼくに先生はつづけた。

「焼け野原に、ぽつんと自分の家だけが残った光景というのを想像してごらん。まわりの人がたくさん亡くなっている。こちらは人命はもちろん、家財道具も全部無事。

これはね、耐えがたい光景だ。そんな事態に人はもちこたえられるだろうか。最後は運を天にまかせ、偶然の助けがあったと思えるから、なんとか耐えていけるんじゃないか。

防災をあまりに徹底した家というのは、これは要塞《ようさい》であって、住宅ではない。居心地がいいかどうか、はなはだ怪しい。要塞に住むなんて、つねに災厄を考えながら暮らすようなものだからね」

ぼくのなかには納得しきれないものが残った。でもどう言葉にしていいかわからず、黙っていた。十代で見た関東大震災の光景から、先生はそう考えるようになったのだろうか。

夏の家は、西日に照らされていた。一階のダイニングルームと、二階の設計室の窓が大きく開け放たれている。長い一日だった。ぼくは慎重にバックをして、車庫のいちばん端にクルマを停めた。ボルボの運転にも、だいぶ慣れてきた。

「山口さんの窓は急いだほうがいいね。明日には図面を仕上げてくれるかな、すぐに見るから。杉山工務店に連絡を入れておいてくれるかい」

先生はそれから夕食まで所長室にこもっていた。

日が傾いてきたころ、月曜の朝にもどるはずの麻里子が黒いルノー5に乗って帰ってきた。水色の麻のワンピース。静まりかえっていた夏の家の床に明るい色のボールが転がりこんできたようだった。

「浅間の煙、ずいぶんもくもく出てたわね。見た？」

「いや。今日はいろいろあって」

「日曜日なのに？　旧軽も人でいっぱいだった。なんだか騒々しくて」

雪子もまもなく野宮春枝の山荘から帰ってきた。

十一時を過ぎ、みんなが風呂から上がって自室にもどろうというころ、ヴィンセント・ブラック・シャドウの低い排気音が、遠くから小さな地鳴りのように近づいてきた。暗い森を走りぬけてきた黒いバイク。深い響きと振動がため息をつくようにおさまって、アプローチの火山礫《かざんれき》を踏みしめる音に変わり、静かになった。ぼくは何となく身を隠したい気持ちになり、書庫に入ってそっとドアを閉めた。中庭に面した窓は開いている。網戸を開ける音、ドアを閉める音、内側の引き戸が引かれて心張り棒がかけられる音が、ゴトゴト足もとから伝わってきた。それからまたしばらく、ぼくは読書灯の下で、アスプルンドの本のつづきを読んでいた。

14

翌日の午後、野宮春枝が東京から迎えにきた娘と立ち寄って、銀座のフルーツ店の詰めあわせを置いていった。雪子は新作だという小説を署名入りで贈られた。匂《にお》い立つような濃い墨で書かれた署名は、わずかにふるえながらも、豪胆さがはっきりとうかがえる筆跡だった。ふたりは待たせてあったハイヤーに乗り、中軽井沢駅に向かった。

北東の空には成層圏まで届きそうな入道雲がわきあがっていた。昼をすぎたころ気温は二十五度を超えた。三時の休憩が終わってまもなく、強い夕立ちが夏の家を包みこんだ。気温がみるみる下がってゆく。似たような空模様が毎日くり返されていくうちに、曜日の感覚がしだいにあいまいになる。先生の国立現代図書館のプランは、木曜日に説明されることになった。

ぼくは山口山荘の窓の図面を大急ぎで引き、工務店と打ち合わせをすませながら、荻窪《おぎくぼ》の住宅の家具工事の原寸図をひたすら仕上げていった。そのあいまに、先生に渡されたスタッキング・チェアのスケッチを内田さんに見せると、しばらくじっと目をやったあと、こう言った。

「あまりにも繊細な仕上げだと先生はいやがる。かといって無骨にやりすぎるとこんどは椅子《いす》じたいが重くなる。先生の線は、繊細でも無骨でもない、どちらでもないところに引かれていて、図面におこすのが案外むずかしいんだ。ぼくも毎回迷いながらやっている。──閲覧室の椅子のこともあるからね、見せてもらってよかった。ありがとう」

先生が内田さんにではなくぼくにスケッチを手渡したことについて何も感じなかったはずはないのに、それを悟られないようにふるまってくれたのがありがたかった。

内田さんは荻窪の住宅の仕事に区切りのつく午後遅くには、机の上をいったんまっさらに片づけて、現代図書館の家具のスタディに取りかかった。ストックホルム市立図書館の家具の話を持ちだすと、両腕を組んだまま、あの図書館のすばらしさは、設計はもちろんだが家具工事の水準の高さに支えられているところが間違いなくある、あそこまで手をかけることは難しいかもしれないが、ぼくらなりにやれることはあるはずだ、といつになく生真面目《きまじめ》な顔で言った。

それから数日、北海道立大学の図面を参照しながら、ぼくは書棚のサイズのヴァリエーションを考え、本の判型の違いによって生ずる書棚の奥行きのロスを解決するアイディアや、棚の奥にたまる湿気や埃《ほこり》をパッシブに除去する仕組みについて、内田さんといっしょに検討をはじめた。内田さんはぼくに無駄口を叩くことも少なくなって、夜も早々に自室にもどってしまう。麻里子とぼくのことを何かあやしんでいるのか、それとも仕事に集中しているだけなのか。

北青山の事務所にもどっていた井口さんは、水曜の夜に夏の家に帰ってくると、「東京は死ぬほど暑いぞ、ここは天国だ」と心底うれしそうに言った。

麻里子とは何度もいっしょに買い出しにでかけたが、寄り道はせず、あたりさわりのない会話をして帰ってきただけだった。物足りないような気がするいっぽう、ほっとする部分もないわけではなかった。

木曜日はめずらしく朝から雨の、肌寒い日だった。鳥も虫もどこかで雨があがるのを待っているのか、黙《だんま》りをきめこんでいた。昼食が終わると、先生は設計室の大きなテーブルの真ん中に座り、現代図書館のプランの説明をはじめた。ぼくたちは麻里子が淹れてくれた熱い紅茶をのみながら、先生の話を聞くことになった。

クロッキー帖《ちょう》に4Bのステッドラーで描かれたフリーハンドの平面図は、大きな六角形と小さな六角形が組み合わされたものだった。河原崎プランの円柱が六角柱に、小林プランの大小の正方形の組み合わせが、大小の六角形の組み合わせに置きかえられた、と読みとることもできるだろう。

しかし何かが決定的にちがっていた。

大小の六角形を斜めにつなぐ回廊は、小さい六角形の一辺と同じ幅だったから、幾《き》何学《かがく》的な六角形の輪郭はおのずとあいまいになる。全体を鳥瞰《ちょうかん》すると、ぼんやりと浮かびあがる大小の六角形が、直線的にではなく、ト音記号のようにやわらかくつながっていた。雪の結晶の断片や弦楽器の糸巻き部のように、部分が全体を予想させるような有機的なかたちをしている。

先生の設計したものとしては、曲面が多用された飛鳥山教会と並んで、表にあらわれたフォルムに真っ先に目がいくものだろう。これ見よがしであったり、人を驚かせたりすることを好まず、かたちは内側の要請によっておのずと決まる、と考える先生のスタイルからすれば、これは異例なことだった。

　その印象は立面図を見るとさらに強くなる。大きい六角柱は地下三階、地上四階で、小さな六角柱は地下二階、地上三階。ふたつのあいだの回廊は、高低差をつなぐように傾斜している。先生の建築で、このような例は他に見たことがない。

　脇道《わきみち》にそれるがね、と先生は言って、円というかたちの難しさ、扱いにくさについて話しはじめた。円の持つ全方位性、回遊性は、じつは閉ざされたもので、外にひらかれ、外と行き来できるものにはなりにくい。宗教施設など、中心をもとめ、閉じてゆく場を必要とするときには円の求心性が有効だが、公共的なひらかれた空間では扱いが難しい。また書籍が直方体であるかぎり、書棚に曲面がふくまれるのは収蔵の際にずれやあまり、がたつきを生むだろう。円の直径が大きくなれば、書棚のひとつひとつのグリッドではしだいに曲面を感じなくなってくるから、河原崎プランであれば問題ないかもしれない。しかし小林プランの書棚はグリッドが小さいぶん曲率が強く、見た目のおもしろさはあっても利便性にやや難がでてくる。円というのはなかなかやっかいなんだよ――そこまで説明したところで、先生はもう一枚のスケッチを出した。六角形の上に、六つの角に接する円が重ねて描かれていた。

「空間としての円ではなくて、外側から触れたり見たりする円の曲面というのは、これはね、捨てがたい。球体は外側に出ると、とたんに引力を発生するんだね」

円と六角形をめぐる先生のプランは立面図にもはっきりと反映されていた。一階ごとに円柱と六角柱が入れ替わる構造になっている。本棟の場合、一階は六角柱、二階は円柱、三階は六角柱、四階が円柱。外側から見ると、二階と四階は小さな正方形の明かりとりの窓が開いている円柱だが、一階と三階は六角柱で、壁はすべてガラス張りになっている。しかも一階と三階の六角柱の角度は三〇度ずれていて、ガラスの壁面があえて揃わないようになっている。別棟は、二階だけがガラス張りの六角柱で、ここにレストランが入る。

閲覧用の机と椅子はフロアごとに並びかたが変わる。偶数階の円柱のフロアは、なかに入ると六角の書棚にぐるりと囲まれていて（これは河原崎プランやストックホルム市立図書館と同じだ）、その内側には、中心部に向かって二重に書棚が置かれている。そのさらに内側に閲覧用の机と椅子が中心点に向かって放射状に並び、中央部にはエレベーターホールを挟むかたちで、二つの半円のリファレンスカウンターがある。

奇数階の六角形のフロアは、壁がガラス張りで、外の景色を見ることのできる長いカウンターテーブルが設《しつら》えられた面と、一人がけのソファが並んでいる面が、交互に用意されている。どちらも自然光で本が読める。その内側に六角の書棚が二重に並び、中央のリファレンスカウンターは偶数階と同じ仕組みだ。

大きな六角形の本棟と小さな六角形の別棟をつなぐ回廊のスロープは、本棟の四階から別棟の三階へ、本棟の三階から別棟の二階へと、一階ずつ降りるかたちでつながっている。図書館棟からレストランや講堂のある別棟にむかって、ゆるやかなスロープをゆっくりとくだってゆくことが、この建築をたのしむおおきな要素のひとつになる、と先生はいう。別棟に入る手前でカーブするガラス張りの回廊を歩いてゆくと、青山墓地の緑が見渡せる。机の上で開いた本の、ページのカーブのような曲面。ここで立ち止まる利用者も少なくないだろう。

別棟の一階は講堂だ。講堂の天井高は本棟の中二階に匹敵するヴォリュームがあり、客席は地下一階までフロアが傾斜している。本棟の二階からスロープをくだって別棟に入ると、講堂の一階ロビーを見渡せる中二階のフロアにゆきあたる。本棟の一階と別棟の一階をつなぐ回廊もガラス張りで、二階の回廊の傾斜にしたがって天井高はしだいに低くなり、講堂の一階ロビーにつながっている。

この図書館が実現すれば、村井俊輔の八〇年代の仕事を画するものとなるのは間違いないと思われた。しかし、とぼくは思う。七十代の半ばになって、日本の伝統的建築の文脈から離れ、かぎりなくモダンな造形に近づいたのはなぜなのか。そしてもうひとつ、そこにいる誰もが気づき、感じながら、口にはしなかったことがあった。日米開戦をはさんだわずかな期間、先生が師事したフランク・ロイド・ライトの影響だ。これまでは設計上ほとんど見られることがなかったばかりか、当時の経験について書かれることも語られることもなかった。ところがこの図書館のフォルムには、ライトの死後に完成したグッゲンハイム美術館に重なる透明な線が、幾本も浮かびあがって見えてくる。

設計室の外では、一定した強さで雨が降りつづいていた。気温もさらに低くなってきた。

「セットバックした空間がたっぷりとられているのは、ここを広場のように利用するということですね」

河原崎さんがたずねた。

「青山墓地のあたりは、ぶらぶら歩いたり、木陰で休んだりできるところが意外にないんだよ。誰でも休憩できるような場所がほしいと思ってね。ベンチに座って見上げるとレストランの窓があって、ついでに図書館も覗《のぞ》いてみようかとなれば御の字じゃないか」

「美術館や博物館のレストランって、たいていがっかりなんですよ。この図書館はぜひ、おいしいお店に入ってもらってくださいね」

ティーポットをさげにきた麻里子が、テーブルのうしろからそう言った。麻里子のひとことで、緊張していた空気がほころんだ。内田さんも笑っている。麻里子はテーブルから離れると、ティーポットをぼくの製図デスクのかたわらに置いて、窓の外をぼんやり眺めていた。

「企画展をひらくスペースについては、どのようなお考えでしょうか」と雪子が訊《き》く。

「図書館棟の一階を企画展示の空間にしようと思っている。一階はガラス張りだから、外にアピールするプランも立てやすいだろう。事務室も、別棟の講堂の入口も一階にある。動線から考えても、企画展は一階を利用するのがいいと思う」

「図書館棟の内部の仕上げはどうお考えですか」河原崎さんが訊ねた。

「床と天井は木を使う。壁は場所によって使い分けるが、下地は漆喰を考えている。基本は木のイメージなんだ。利用者に、木造の建物に入ったような感覚を味わってほしいんだね」

内田さんがつづける。「書棚や机、椅子についてはいかがですか」

「そうだね。家具についてはとくだん変わったことは考えていない。いつもと同じだと思ってくれればいい。ただ、この図書館ならではのアイディアがあれば、やってみる価値はあるだろう」

外観のインパクトは用意しつつも、人が書棚をめぐり、本を読むための内部の環境には、オーソドックスなかたちを守ろうとする。先生の方針がだんだんと見えてくる。

「ヨーロッパでは昔、丈の高い机にむかって立ったまま本を読んだり、原稿を書いたりする場合があったわけだし、日本では明治維新後もしばらくは座布団《ざぶとん》に文机《ふづくえ》だったわけだ。机に椅子というのは案外あたらしいスタイルなんだよ。ただどう考えてもこれがいちばん無理のない姿勢だとおもう。自分のことを考えると、ほんとうはゴロッと横になって読むのがいちばんなんだが、図書館にベッドを並べるわけにはいかないしね」

みんなが笑った。いまぼくが使っている書庫の小さなベッドも、もともとは先生の読書用だった。先生は寝転がって本を読んだり、そのまま昼寝をしたりするのが好きなのだ。

ずっと黙って聞いていた井口さんは、中庭を見下ろしている麻里子に、もう一杯、紅茶をお願いできますか、と丁寧に声をかけた。雪子が席を立ち、麻里子といっしょにキッチンに降りていく。雪子はいつもからだが先に動く。ぼくはふたりの背中を目で追った。

井口さんは紅茶を待つあいだ、北青山の事務所をゼネコンの知りあいが訪ねてきたこと、現代図書館の進捗《しんちょく》状況をさぐるのが彼らの目的だったことを雑談のようにして伝えた。井口さんは顔が広いし、人柄も気安い。先生は無理でも井口さんであれば様子ぐらいは聞きだせると思ったのだろう。ちょっと口調をあらためて井口さんはつづけた。

「現代図書館の施工は共同企業体ということになるだろうけれど、家具工事についてはうちがしっかりコントロールできるいつものやりかたでいく。そうなると、体制をこちらで整えないといけない。飛鳥山教会と同じく田川さんひとりに頼むというわけにはいかないでしょうからね」

「そうだね。図書館ができたのに書棚が間に合わないなんてことになりかねないし、ほかのクライアントにしわよせがいっては大変だ」

起こりうる問題を先生が先まわりして認めたので、井口さんはそれ以上深追いすることはなかった。矛先はぼくたちに向けられた。

「あと四か月もない。これからが正念場だ。それぞれ担当の現場もあってみんな手いっぱいだろうけど、そこはお互いに調整して、やりくりしてほしい。困ることがあったらなんでも遠慮しないで私に言ってください。それから麻里子さんには、秋からも青山の事務所で働いてもらうことになりました。事務の仕事も増えるからね」

麻里子と雪子が設計室にもどってきたところだった。焼きあがったばかりのスコーンを大きな木皿にのせて運んできた麻里子は、テーブルにお皿を置くと、あらたまってお辞儀をした。

「みなさん、お世話になります。引きつづきどうぞよろしくお願いします」

麻里子の別荘に漂っていたのと同じ匂いが設計室にひろがった。熱い紅茶が入った重いポットを両手で持ち、雪子がひとりひとりに注いでゆく。目の前に麻里子が置いていったスコーンの皿を見て、ぼくは不意にいたたまれない気持ちになった。席についた雪子がいつのまにかこちらを見ていた。けげんそうな顔をしている。耳が熱くなってきた。雪子が（どうしたの？）と問いたげな表情を見せたが、ぼくは目を落とし、クロテッドクリームをスプーンですくいとった。

紅茶にミルクを入れてから、先生はみんなをみまわして言った。現代図書館の設計の担当は河原崎、小林、笹井の三人、家具工事に関しては内田、中尾、坂西に担当してもらう——先生の口から自分の名前を聞くと、村井設計事務所の一員として数えられていることにあらためて意識が向かう。この規模の事務所で、いつまでも新人でいられるはずもない。

扱いなれない新品のオールを手に、救命胴衣もつけないまま、ぼくは小さなボートを漕《こ》ぎだしていた。脇見をしていたら、たちまちバランスを失うだろう。ボートはいつのまにかおだやかな湾をぬけ、漠然と広い海のうねりのなかをたよりなく前へ進もうとしていた。

15

「これから言うこと、驚かないで聞いてくれる？」

旧軽井沢で買い物を終え、ルノー5に乗りこんだとき、麻里子が前を向いたまま突然言った。先生のプラン発表の翌日だった。

どう答えればいいかわからずに、ぼくは「え？」と小さく言い、麻里子の横顔を見た。

「うちでお茶をのんでいこうよ。井口さんには電話を入れて、遅れるって連絡するから」

麻里子はいつもより少し乱暴にイグニッションキーをまわした。クルマがひっきりなしに出入りする駐車場をするすると出ていく。裏道へ入ると、開け放った窓から胸にしみこむような針葉樹の匂いが入ってくる。鳥の声は聞こえない。

「たぶん、夏の家が終わるころ、先生があなたに声をかけるんじゃないかと思う」

麻里子の話がいったいどこへと向かうのか見当もつかず、ぼくは黙ったまま聞いていた。

「あのね、きみは麻里子をどう思うかね、とかなんとか、先生は言うんじゃないかな」

「どう思うって……」

万平通りに入ると、人がまばらになってくる。まっすぐにのびるカラマツ林の列にそってクルマは伸びやかに走りだす。

「あなたとわたしが結婚したらどうかって」

ぼくは運転中の麻里子の横顔をまじまじと見た。冗談を言っている顔ではなかった。

「先生が父に持ちかけて、父は母と相談して、つまり先生とわたしの両親が揃《そろ》って、あなたとわたしがいずれ結婚したらどうかって思ってるらしいの」

考えもしていなかったことを言われると、思考は行き止まりにぶつかって、そこで停止する。頭のなかを攪拌機《かくはんき》のようなものが、音もなく、意味もなく、ただまわりはじめる。

「それは、麻里子さんも、前から聞いていたことなんですか」

「まさか。このまえ内田さんから聞いた」

やはりそうかと思った。先週末、内田さんは麻里子といっしょだったのだ。

「でも、内田さんはなんでそんなことを」

「知ってるかってこと？　それは、先生があるところでその話をしたから」

「あるところ？」

「内田さんはその人の家に行って家具の修理をしていたときに、話を聞いたみたい」

まったくなんの話かわからない。内田さんは家具の修理ではなく、バイクの修理に出かけたのではなかったのか。あるところ？　その人とは誰なのか。

「先生が週末のたびにでかけていくところよ」

疑問は宙づりのまま別荘に着いた。

麻里子はスーパーで買ったものを大きな冷蔵庫にてきぱきと収めていく。途中になった話には近づかずに、ふたりとも手だけを動かしていた。

「いまお茶淹《い》れるから、ちょっと待ってて」

ぼくはリビングに入り、カーテンと窓を開け放った。芝生が伸びていた。そろそろ刈らないといけない頃合いだ。そんなことをいま考えている自分がいぶかしくもある。「結婚」という言葉にはなんの現実感もないのに、自分がこの芝生を刈る姿はたやすく想像することができる。ひとりごとのようにぼくはつぶやいた。

「時間があったら、芝生を刈ってもいいんだけど」

麻里子は聞こえなかったのか、聞こえないふりをしているのか、キッチンとリビングの境に立って、腕組みをしながら言った。

「あなたが知らないところで結婚なんて話になっているのは、どうしてだと思う？」

それはぼくが訊きたいことだった。麻里子はそのままの姿勢と表情で、ぼくが答えるのを待っている。

「考えたことがないから、わからない」

「それは、いまは結婚なんて考えられないっていうこと？」

麻里子の表情はどこかぼんやりとしていた。感情が表に出ないようにしているせいかもしれなかった。

「結婚するなんてずっと先のことだと思ってたから。なにか特別な理由があるわけじゃなく」

「先生も父も、急がせるつもりはないらしいの」

「でもぼくは、お父さんに会ったこともないんですよ」

話しているうちに、さっきの驚きがだいぶおさまってきた。結婚といっても、麻里子が望んでいるわけではない。麻里子はそのことをぼくにフェアに伝えようとしているだけなのかもしれない。

「ただ、そんなふうに先生やご両親が思ってくださったとしたら、それはなんと言えばいいのか、とても光栄なことですけれど」だんだん声が小さくなる。

「なに言ってるの。わたしの聞いているのはそういうことじゃないの」

麻里子が不満そうな声でつづけた。

「あなたがわたしの相手としてふさわしいと父と先生が考えているとしたら、それはどうしてだと思うって訊いたつもりなんだけど」

ぼくはとたんに言葉を失った。

年は麻里子が三つ上。ぼくは大学を出たばかりでなんの実績もない。本所の古い和菓子屋のひとり娘とサラリーマン家庭の次男。世間的な常識で考えれば、誰が見ても不釣りあいだ。だいいち麻里子には、客観的に言ってぼくよりもずっと条件のいい男はいくらでもいるのではないか。親が心配しはじめるのはしかたないとしても、そこに先生まで乗りだしてくるような段階だろうか。

　頭のなかに浮かんだことをそのまま話すのがいいのかどうか、ためらう気持ちが強かったが、麻里子の顔を見ているうちに、そのまま言ってみようと思いなおした。

「たとえばですけど、麻里子さんの家にはいま麻里子さんしかいないわけですよね。先生には子どもがいらっしゃらない。だからその、村井家に入るような男が必要だ、ということでしょうか」

「婿《むこ》養子ってこと？」

「そうです」

　口にしてみると、それが自分自身に対しても妙に説得力を持つように思えてくる。

「でも、あなたは設計事務所に入ったんでしょう？　建築家になろうとしているんじゃないの？　和菓子屋の若旦那《わかだんな》になりたいわけじゃないでしょう？」

　麻里子は少し怒ったようにそう言うと、くるりとからだをひるがえしてキッチンに入り、鉄瓶に水を入れ、火にかけた。

　先生には子どもがいないが、建築は継ぐような仕事ではない。老舗《しにせ》の和菓子屋が跡継ぎになる男を婿養子に迎えたいと考えるのはわかる。だとしたらぼくの建築家としての先行きはどうなるのか。和菓子屋の実質的な運営は麻里子にまかせて、建築の仕事をつづければいい——ということなのだろうか。

村井家の兄と弟の「跡継ぎ」のようなものをひとりの男で兼ねようとしているのか——いささか未整理な推測を口にしたあとで、「そんなややこしいことを考えたわけじゃないのかもしれませんけど」とぼくは口ごもりながら、庭に向かって置かれた籐《とう》の椅子に座った。麻里子は、「あなた、他人事《ひとごと》みたいにしゃべるのね」と言った。

キッチンでお湯の沸く音がした。麻里子は手早くお茶を淹れてもどってくると、籐椅子の横のコーヒーテーブルに湯飲み茶碗《ぢゃわん》をおき、隣の椅子に腰かけた。そしていままでの話を忘れたように庭の芝生をじっと見た。

「放っておくとすぐこんなになっちゃう」

芝生のことだとわかっていても、口をはさめない気がして黙っていた。

「結婚して、家を出て、和菓子屋は継がない、という選択肢もあるんですか」

ぼくはなぜか、麻里子にはもうなんでも訊けるような気持ちになっていた。気がつくと、喉《のど》がすっかり渇いている。湯飲み茶碗を手にとってお茶をのむ。きれいな山吹色の、渋みのないとろんとしたお茶が喉をおりてゆく。

「それはない。父がどう考えているのかわからないけど、かりにべつの姓になったとしても、わたしはうちの店から離れるつもりはないし、現代図書館の仕事に区切りがついたら、先生のお手伝いはやめることになるとおもう。もっと店のことを知っておきたいから」

秋から北青山の事務所に来るという話は、期限つきのものだったのか。麻里子とはこれからもずっと会えるとは限らない——そう考えると、気持ちがざわつく。

「そんなにお店に気持ちがあるのなら、結婚を急がされる理由はないですよね」

「わたしはそう思うけど、親の考えはまたべつでしょう。一度も早くしろなんて言われたことはないけれど、でも小学校からの同級生はもう何人も結婚してるから」

ぼくはクルマのなかで麻里子が口にした、内田さんが週末、家具の修理にいっていたという家のことを思い出した。

「先生がいつも週末に会ってる人って、どんなかたなんですか」

「園芸家よ」

「先生といっしょに仕事をしている人ですか」

「クライアント」

クライアントという言葉に、ぼくは少し拍子抜けした。

「なんていうお宅ですか？」

「藤沢さん、藤沢衣子さん。キヌは衣《ころも》っていう字。追分の少し先だから、ここから離《はな》れ山《やま》を越えた西に藤沢さんの農園がある」

「先生が設計した別荘が、追分にはたしか二軒あったと思いますけど、藤沢さんという名前は記憶にないですね。どうしてだろう」

「だって、正式に契約して設計したわけじゃないから」

「正式じゃないってどういう意味ですか」

「事務所を通さずに、先生がひとりで設計して、工務店とも自分でやりとりをして建てたんだって、内田さんが言ってた。だから事務所のアーカイブにも設計図が入ってない」

「いつごろの話ですか」

「一九六〇年くらい」

「でも、どうしてなんだろう」

「そんなこともわからないの？　先生の恋人だったからじゃない」

先生にそんな人がいたなんて、想像したこともなかった。

「事務所の人たちは知ってるんですか」

「そのころ先生はいまよりもっと忙しかったから、現場の監理を手伝った人はいたらしい。井口さんはもちろん知ってるけど、知らん顔してる。いまいちばん事情がわかっているのは、増築や修理の担当をしている内田さんね。先生は何かあると内田さんに声をかけて追分に行ってもらってるみたい」

麻里子は内田さんと、いつどんなふうにこの話をしたのだろうとぼくは思った。この家のなかで、ふたりきりで話したのだろうか。

「なに考えてるの?」

「いや……先生が設計した家は、どんなだろうって」

「敷地は一万坪あるそうよ。ほとんどが畑と森。かなり大きな母屋《おもや》と、農園で働く人たちの家がある」

一万坪といわれても、想像ができない。

「でも農園じたいは、だんだんと活動を縮小しはじめてるらしいけれど」

「藤沢さんは、ひとりで暮らしていらっしゃるんですか」

「いまはそうみたい。お茶、淹れましょうか?」

麻里子は空になった湯飲み茶碗をお盆にのせてキッチンにもどった。ぼくもあとについてキッチンに入り、鉄瓶を火にかけた。

「あなたはどう答えるの?」とっさに言葉が浮かばなかったので、ぼくは黙った。

「先生が結婚のことを持ちだしたら、なんて言うの?」

麻里子は急須《きゅうす》に視線を落とし、ふたをとる。黙っているとガスの炎の音がいやに大きく聞こえてくる。重く感じる口をひらいて、ようやくぼくは言った。

「内田さんは……」

「内田さん？」麻里子は不思議そうな声でくり返した。

「どうなんですか」

「どうって？」

ぼくは黙った。

「わたしと内田さんってこと？」麻里子は声の調子を明るく変えた。「関係ないわよ」

「え？　関係ないって」

「わたしと内田さんがどうなってるのかっていうことでしょ？　ぜんぜんどうともなってない」

「週末に会ってたんですよね」

「万平ホテルでお茶を飲んだだけ」

麻里子は沸いた鉄瓶を火からおろし、白い湯冷ましに熱湯を注いで、ひと呼吸おいてから急須に移した。一連の動作を細い指がよどみなく運んでゆく。

「事務所では恋愛禁止だって内田さんに言われなかった？」

内田さんと麻里子はいったいどこまでどんなやりとりをしているのだろう。

「――言われました」

「雪子ちゃんも事務所に入ったばかりのころ、内田さんにそう言われたって」

「でもそれは内田さんが決めたことじゃないですよね」

「井口さんが言いだしたことらしい。昔、所員同士の恋愛がこじれたことがあって、懲《こ》りたみたい。内田さんはとにかく真面目な人なの。でもそうじゃないように見せようとするから、まわりを混乱させる。わたしを食事に誘ったり、バイクのうしろに乗せて走ってみたり、わざわざそういうことをする。あれってなんだろう、肝だめしみたいなものなのかな」

麻里子は笑った。

「肝だめし？」

「だって、わたしは先生の姪《めい》なのよ。しかも所内恋愛は禁止って自分でも言っておいて」

どこまでも素直な調子で麻里子は言葉をつづけた。

「わざわざ事務所近くのバーでのんだり、酔っぱらい運転で家まで送ろうとしたり」

ぼくは黙ってきいていた。内田さんとは何の関係もないという麻里子の気安い断定に、安堵《あんど》と後ろめたさを同時に感じた。

「たぶんおもしろがってやってるんだろうけど、でもそんなことをくり返してるうちに、だんだん苦しくなってくるに決まってるじゃない」

なにを言わんとしているのかわからないでもなかった。でも、わからないままでいたほうがいい気がした。キッチンの椅子を引いてぼくは座った。その前にお茶をおくと、麻里子は向かい側に座り、いたわるような顔でぼくを見た。それから言った。

「――お茶のんだら、もどろうか」

せっかくの機会が遠ざかってゆく。麻里子の淹れてくれたお茶をのみながら、ぼくは考えた。麻里子と結婚することが冗談ではなくなって、しだいに現実味をおびてくるとしたら――その流れを押しもどす理由は、ぼくにはひとつもないような気がしてくる。麻里子がこれまでどのように生きてきたかはほとんど知らないけれど、でもこの夏はずっと同じ空間で同じ時間を過ごしているのだ。いっしょに料理をつくり、食卓を囲み、お茶をのみ、掃除をし、クルマででかけ、音楽を聴き、買い物をして、ふたりきりでいる時間もあった。麻里子の笑いかたや歩きかたはもうまぶたに焼きついている。かざらない話しかたも知っている。ぼくの感情をふくらませ、かたちにするのはたやすいことに思えた。いや、いつのまにかそれはもう、おおきくふくらみはじめていた。

でも麻里子は、ぼくのことをどれぐらいわかっているのだろう。そう考えているうちに、ひとつ思い出したことがあった。村井設計事務所はぼくの採用を決める前に、興信所を使って身元を調べていたらしい。内田さんからあとになってそのことを聞かされた。「先生はもうそんな時代じゃないだろうって言ってるのに、リアリストの井口さんは、大事なクライアントとの仕事が多いから身元がしっかりしている必要があるって、いまだにゆずらないんだよ」内田さんは苦笑いしながら言った。

ぼくの家の平々凡々たる事情も、大学時代の波風の立たない交友関係も、長くつきあうような特定のガールフレンドなどいなかったことも、すべて知られているのかもしれない。そういう意味では、ぼくはきわめておとなしい、害のない男だった。

「なに考えてるの？」

麻里子の声で、ぼくはわれに返った。

ギィイィー。かすかな鳴き声が庭のほうから聞こえてきた。コゲラだ。麻里子に見せてやれるかもしれない。ぼくはそっと席をたってリビングに入り窓の外を見た。コゲラが桜の幹をツツツツとのぼっている。ときおり進むのをやめて幹をつつき虫をとっている。

「コゲラ」

ぼくはふり返り、ささやくように麻里子に言った。

「どこ？」

麻里子はうしろから物音を立てないように近づいてきて、ぼくの背中に隠れるようにしながら、右腕をそっとつかんだ。

「あの、桜の幹の、ふたまたに分かれた大きな枝の、右上のところ」

「どこどこ？」

麻里子はぼくの腕をさらに強くつかんだ。

ギィイィー。コゲラは忙《せわ》しなく熱心に幹をつついていた。

「いた」

そう言う麻里子の手が、幹をわたるコゲラのようにぼくの腕を降りてきた。ひんやりした細くて軽い手が、ぼくの右手のなかにきれいにおさまった。ぼくは桜の幹をつつくコゲラを見ながら、もうなにも見ていなかった。自分の胸の動悸《どうき》だけが聞こえた。ほんの少しだけ、麻里子の手をたしかめるようににぎった。麻里子もにぎりかえしたような気がしたが、それは一瞬のことだった。

「かわいいね」

麻里子が小さな声をだした。

幼鳥なのか、ふだん見かける個体より、ひとまわり小ぶりだった。

「あれは、まだ子どもなの？」

「そうかもしれない。でも成鳥でもあんなものかな。とにかく小さいから」

コゲラは突然飛び立った。そのあとを追って、ギィイィーとかすかな声が聞こえた。

「いっちゃった」

麻里子はそう言って軽いため息をつき、ぼくの手を離した。窓のところまで歩いてコゲラが飛び去った空をあおぐように見た。麻里子のため息の意味をぼくは考え、考えるのをやめた。

それからぼくたちは、何ごともなかったように麻里子の家をあとにした。クルマのなかで麻里子は音楽をかけなかった。そして唐突に、自分がときおり行く代々木の洋食屋のハヤシライスの話をはじめた。それから、双子の老姉妹が営む、古くて狭い甘味屋の話をした。ぼくは実家の近くにあって、いつのまにかなくなったタマゴ屋の話をし（もみがらのうえにきれいにタマゴが並んでいた）、大学時代によく通った青山のレコード屋のレジに、なぜか置いてあったハッカドロップの話をした。

青空でくっきりと切り抜かれた稜線《りょうせん》にちいさな雲をのせるように、頂上のあたりからわずかな噴煙をたなびかせている浅間山が、青栗村に帰るぼくたちのクルマを見おろしていた。

16

先生の低い声はよく通る。北青山の事務所がお盆休みに入ると同時に、夏の家では設計競技に向けての仕事がいよいよ本格的になってきた。大テーブルで河原崎さんや小林さんと相談を重ねる先生の声が、しじゅう聞こえてくる。それは理念や構想ではなく、あくまで具体的な話だった。長さであり、高さであり、幅であり、厚みであり、角度だった。

提携する赤坂の構造設計事務所や、OBが経営する設計事務所に頻繁に連絡をとっているのは笹井さんで、協力を要請したい作業や今後のスケジュールについて、落ちついた穏やかな声で説明していた。それに加えて、文部省と折衝しなければならない井口さんの、きわめて有能な秘書役までこなしていた。目の前の課題をひとつひとつ現実的に組み立ててゆく笹井さんの手際《てぎわ》はじつにあざやかだった。無駄な角を立てず、押せば引っこみ、引っぱれば伸びる弾力性がある。だから相手も歩み寄ってくる。井口さんのほかにもうひとり、こうして全体を見渡せる人がいることは、事務所におおきな安心感をもたらしていた。

ぼくは内田さんと雪子と三人で、開架式の書棚、閲覧用の机と椅子、リファレンスカウンター、そして照明のスタディを進めていた。北海道立大学図書館の設計図をアーカイブから引きだし、家具工事の詳細図を参照しながら、改良すべきポイントやあらたなアイディアを先生にたずね、その場で描いてもらったスケッチを大判のクロッキー帖に貼《は》りつけておく。表紙には内田さんの字で「Modern Library」「Furniture」と、二行に分けて書いてあった。

クロッキー帖に内田さんが書き加えたメモとスケッチは、あとから見直しても要点がすぐにわかった。「溜《た》まるほこりの処理」「閲覧用デスクに、たためる書見台」「椅子を引く音がうるさくないように」「車椅子と机のおさまり」「机は三人掛けではなく、二人掛けか四人掛けに」——先生からの注文を簡潔な言葉にまとめ、設計のポイントを一ページあるいは見開き単位でわかりやすく整理してある。添えられたイラストレーションも手書きの文字も、それ自体しばらく眺めていたくなるような味わいがあり、家具を使う人の姿や手もとをクローズアップした線画は、どこかユーモラスでさえあった。

回遊性のある大閲覧室を、機能的なだけでなく空間として親密なものにしたいので、閲覧用の机と椅子とはべつに、気軽に扱える家具のプランを詰めてみてほしいというのが先生からの新たな注文だった。立ったまま利用できる書見台のついたカウンター式テーブルを動線の要所要所に配置し、さらに書棚のところどころに一人がけのソファを据え置いて、気が向けばそのまま座って読んでいられるようにする、という先生のプランがスケッチとともに示されていた。それらの家具は、六角形の書棚の規則性や単調さをやわらげる役割も担《にな》っているとわかる。

内田さんが考えあぐねていたのは、家具デザインの大きな方向性だった。現代図書館のプランは先生のこれまでの建築スタイルからかけ離れたものではないけれど、少なくとも外観は、思いきったモダンなスタイルに傾いている。では、図書館棟の内部をどうするか。先生がプレゼンテーションのときに示唆《しさ》したように、これまでの村井スタイルで通すのか、あるいはモダンな要素を取り入れて、外観との親和性を高めるのか。

設計競技の審査対象には、椅子のデザインなど家具工事の詳細までは含まれない。おそらく船山圭一なら、機能的な既製品の椅子を迷わず選択するはずだった。メンテナンスを考えても、予算の配分を考えても、オリジナルの椅子をつくって納めるプランは、現代の公共建築としては冒険に近い提案になってくる。事務用品メーカーと共同開発でオリジナルの椅子や机をデザインする方法もある。メーカーにとっては、その後の公共建築での流用の可能性にもつながるから、長期的な協力関係を期待できるだろう。ギブ・アンド・テイクの交渉術に長《た》けた船山は、おそらくそのような方法を想定し、コンペは建築のアイディアに集中するのではないか、というのが内田さんの見立てだった。

しかし先生は、家具工事こそ最初のプランの段階で大筋を整えておくべきものと考えていた。図書館にとって机や椅子、書棚は心臓部ともいえるもので、そのディテールの出来しだいで、利用者の経験の質が大きく変わってくる。現代図書館にわざわざ足を運び本とともに過ごした時間を特別な記憶として残すにはどうすればいいのか。

アスプルンドのストックホルム市立図書館のディテールは、正面玄関のドアから始まっていた。利用者が握る取っ手には、アダムとイヴの小さな彫刻があしらわれている。いままさに「禁断の果実」である林檎《りんご》を口にしようとしているアダムは、裸を恥じる心をまだ持っていないから、イチジクの葉で隠すこともなく、のびのびと下半身をさらしている。図書館の入口のドアのノブに、ちょっと滑稽《こっけい》で、神妙でもあるこの瞬間を選んだのは、アスプルンドのささやかないたずらだろう。図書館にはほかにも、意匠とも遊びともつかないディテールが素知らぬ顔で用意されている。利用者の視覚や触覚にうったえるこれらのディテールは、体感となって記憶に残るだろう。

たとえば大閲覧室の開架式書棚の壁面では、ウォールナットの木の壁が本の背表紙のような曲面をつくり、真鍮《しんちゅう》を使ったアールデコ・スタイルの象眼が、金の箔押《はくお》しがほどこされた革の装幀《そうてい》を連想させる。エントランスからゆったりのぼりつめてゆく階段の手すりには、みっしりと隙間《すきま》なく、なめされた革が巻かれてある。水飲み場は小さな人体彫刻の施されたカランなどすべてがオリジナルで、実用性よりも装飾性が優先されたとしか思えないデザインだ。閲覧室のテーブルも、椅子も、ソファも、ベンチも、何種類ものヴァリエーションがあり、読書灯をふくめれば、照明のデザインも十種類近い。いったいどれほどの時間をかけて細部を詰めていったのか。照明メーカーが企業として成り立つまでは、照明のデザインも建築家の仕事だった。サッシュや水回りの製品も、事情は同じだ。

それらのオリジナルデザインには、アスプルンドの神経質なこだわりというよりも、デザインという行為そのものをよろこびとする、彼の機嫌の良さがあらわれているように見える。照明も家具も、かつて建築家にとっては、最後に待っている楽しい仕上げのようなものだったのではないか。骨格ではなく肌合い、上着の裏地の質感、料理をしめくくるデザートのようなもの。非効率的でコストがかかるからこそおもしろく、面倒であるがゆえに工夫の余地が生まれる。アスプルンドやライトの時代の、建築家が最後のたのしみとしていたかもしれない仕事の手触りや記憶が、先生には受け継がれているのかもしれなかった。

お茶の時間、内田さんが手際よくつくってくれたレモネードを手に、二人で裏庭に出た。藤棚《ふじだな》の下のベンチに座って浅間山を見る。噴煙はあがっていなかった。赤茶色の山肌が午後の光を浴びている。雲も見えない。どこか高いところで夏の渡り鳥のオオルリが鳴いていた。クロツグミにも通じる透きとおった声。姿は見えない。小学生の夏休みに、高尾山で一度だけ見たことがある。頭頂部や背中の青さにはシルクのような輝きがあり、顔の黒には光を吸いこむ深みがあった。風景からくっきりと浮かびあがる青い姿が、空に向かう梢《こずえ》のどこかで、喉をふるわせながらのびやかに鳴いているはずだった。

内田さんが言った。

「椅子《いす》っていうのは、ちょっとなにかしようとすると、すぐに工程が増えるからね。納期やメンテナンスを考えると、なるべく工程が少なくて、世話のかからない椅子がいいのは当然なんだ。でも、座りやすい椅子っていうのは、どうしたって座面に手がかかる」

「飛鳥山教会の椅子はどうでした？」

「あれは最初から、折りたたみのベンチにする前提だった。礼拝中は立ったり座ったりが意外に多いから、座り心地よりもシンプルさ、使いやすさを優先したんだ。プロテスタント教会にはやっぱり簡素な椅子がふさわしい。でも座面にちょっと角度をつけてあるから、長時間座っても、フラットなベンチよりはずっと楽だと思う」

「ペーパーコードを編み込んだ座面なんて、教会ではミシミシいってうるさいでしょうしね」

「編み込みの椅子を使ってる教会もあるよ。ミシミシいうぐらいは、礼拝にもちょうどいいBGMじゃないのかな。昔は満員電車が大きなカーブにさしかかるとつり革がいっせいにギシギシ鳴ってたけど、ああいう音って悪くないよ」

日暮れどきに雨戸の閉まる音がすると、いまここから夜がはじまると気持ちが切り替わったんじゃないかね——先生の言葉を思い出す。外で遊んでいた子どもも、雨戸のかたかたする音が聞こえると慌《あわ》てて帰ったものだよ。

「図書館の椅子の座面は木のままでは堅すぎる。革やクロス貼りだと汚れや傷が気にかかる。夏の暑さも問題だしね。空調があるから革でもいいだろうと先生はおっしゃるんだけど。張替えもペーパーコードより簡単だし。——ところで」と内田さんがぼくの顔を見て訊いた。「駄目な椅子ってどんなのだと思う？」

ちょっと考えてからぼくは言った。

「大学の研究室で使ってた事務椅子ですね。ボールベアリングや車輪の軸が壊れたり、背もたれがガタついたり。びっくりするほど耐久性がないんですよ。建築学科の研究室であんな椅子を使ってるなんて、ちょっと屈辱的な眺めでした」

「既製品が長持ちでローコストっていうのはまったくの幻想だからね。既製品は一定の期間で壊れる。だから会社が成り立つ。木の家具は初期費用が高くつくけど、手をかければ五十年も百年も使える。最終的には何脚分もお釣りがくる計算だ。ところがいまは手入れして使うという発想がないし、五十年後、百年後の人たちが、同じ椅子を使いたいと思うかどうかはべつの話だしね。いずれにしても、そこまで長期的なレンジでは誰も勘案しない。ぜんぶ年度単位の予算でまわっているから」

「積層合板を使う可能性はないですか」

「モダンで考えるのなら積層合板のほうが加工しやすいし、かたちもおもしろいものができる。でもどうしてもどこかにぶい印象になる。アアルトのパイミオなんて見た目は格好いいけれど、長いこと見てると飽きてくるし、座り心地がいいわけじゃない。場所もとる。家具とモダンというのは、たぶんあまり相性がよくないんだよ」

「ハンス・ウェグナーの椅子には、モダンとオーソドックスと両方の要素がありますよね」

「ウェグナーは例外中の例外だね。彼は建築家ではなく職人的な家具デザイナーだから。しかも天才的な。スリー・レッグド・シェルチェアみたいにいかにもモダン家具って顔をした椅子も、驚くほど座り心地がいいんだ。もちろん積層合板の上に、しっかり革の張り地をおいているからなんだけど。まあ、むずかしいけどやりようはあるってことだね」

内田さんは思案する顔つきに変わった。

「ただ、オーソドックスなデザインでいくのなら無垢材《むくざい》を使うのが順当だと思うよ。机は集成材が現実的だろうね。無垢だと重さの問題があるし狂いもでる。傷もつきやすい」

「小学校の低学年までは無垢の机を使ってましたけど、名前が彫ってあったり、鉛筆の通る穴があけてあったり、二人用の机の真ん中に境界線が彫られてたり、すごかったな。表面がもうぼろぼろで」

「いまの子どもたちは、机を彫刻刀やナイフで削るなんて、想像もできないだろうね」

先生が内田さんに渡した閲覧室の椅子のスケッチは四つあった。モダンなタイプのものがふたつ、あとは、これまでの先生の椅子のヴァリエーションで、オーソドックスなタイプがふたつだった。

「両方の方向性を考えてみてくれって言うんだよ」内田さんは苦笑いしながらつづけた。

「しかし、図書館があれだけはっきりした大胆なプランになるとは思ってもみなかった。飛鳥山教会だって、じつはずいぶん新しいことをやっている。でも、それとわからないようにやるのがこれまでの先生だったからね」

内田さんの言うとおりだった。

「ようするに先生の設計っていうのは、含羞《がんしゅう》なんだよ。建築っていうのはそもそも含羞の対義語みたいなところがあるでしょう、これ見よがしで、どこかで意表をつこうとする。ところが先生の建築は、目立たないように目立たないように心がけられていた。しかし今回のプランは見るからに新しい。人目を引く。船山圭一が見たら慌てるんじゃないかな。ただ、このあたらしさがコンペで吉と出るか凶と出るかはわからない。依頼者はその人らしいプランを想定して指名してきたわけだから」

「でもじっくり見れば、なにより使い勝手がいいし、動線計画にも無理がないし、やっぱり先生ならではのプランですよね」

「もちろんそうさ」

「内田さんは、家具はオーソドックスなほうがいいと思いますか」

「いや、ぼくの考えはないんだ。どちらでもいいし、どちらでもできる。ぼくは先生が望むものをただつくりたいだけだから」

　意外だった。先生の指示を受けつつも、自分なりの考えを表現してゆきたいのが内田さんで、河原崎さんや小林さんのようにひたすら仕えてゆくスタイルにはどこか冷笑的だったのではなかったか。内田さんはレモネードを飲みほした。小さくなった氷がかすかな音を立てた。

「あらためてきみには言うつもりだったんだけど、図書館の仕事が終わったら、ぼくはここを辞める」

内田さんはごくあっさりと言った。

「しばらく前からそう思っていたんだけど、いま辞めないと、タイミングを失いそうでね。不満があるわけじゃない。こんなに居心地のいい設計事務所はないと思う。でも先生の下にあと十年いたら、ここから出られなくなってしまう」

キッチンの方角から雪子と麻里子の笑い声が聞こえてきた。麻里子は内田さんから辞めるという話を聞いているのだろうか。

「アトリエをかまえるんですか」

「アトリエっていったって、最初はひとりだけどね」

いまはそれ以上は答えない、という顔つきになっている。

「それからね、夏のあいだに、きみを連れていかなければいけないところがある」

内田さんの言おうとしていることが、ぼくには咄嗟《とっさ》にわかった。麻里子の言っていた、浅間山の向こう側にいる人のことだ。

「先生のクライアントで、これまではぼくがやってきたんだけど、きみが引き継いでくれるとありがたい。追分の近くだからここから一時間もかからない。今度の週末あたり、朝からいっしょに行けるかな」

「わかりました。ごいっしょします」

ぼくはたずねた。

「先生はご存じなんですか」

内田さんは表情を変えずに頷《うなず》いた。ちょうどそのとき、裏庭に面した通用口が開いて、雪子が声をかけてきた。

「坂西さん、ちょっといい？」

ぼくは反射的にベンチを立った。内田さんもゆっくり立ちあがり、大きく伸びをした。

「野宮先生がいらしたの。書見台を新しくつくりたいとおっしゃって、わざわざお見えになったの。先生にいま相談したら、ふたりでお話をうかがうようにって」

雪子のあとについてなかへ入ると、暖炉の前のソファに野宮春枝が座っていた。娘と東京にもどってから一週間も経《た》っていない。しかし、このあいだ道に倒れていた人とは思えないほど血色がよく、きりっと隙なく着物を着こなしている。

「お元気そうで安心しました」とぼくは言った。

「ありがとう。東京はうだるように暑くて、あのままいたら倒れそうだったから、医者にそう訴えて飛んで帰ってきたのよ」

野宮春枝は目だけで笑った。初めてやわらかな表情を見たような気がした。

「残念なことに、まだ隠居ってわけにはいかないの。今日うかがったのも、書見台をつくっていただきたくてね」

野宮春枝は大判の画集も開けば、江戸期の和綴《わと》じ本《ぼん》も読む。洋書も読む。これまでは戦前にドイツで手に入れたものを使っていたのだが、半世紀ほど経つうちにさすがにあちこちがたがきて、あたらしく誂《あつら》えたくなったのだという。

「書見台みたいなちいさなものも、建築でしょう。支えたり、たたんだり、ひらいたり。バランスも大事だし、使いやすさは設計しだいだと思うの。これまで村井先生にはご挨拶《あいさつ》ぐらいしかしたことがなかったから遠慮していたんだけど、雪子さんに助けてもらったのも、なにかのご縁だとおもって」

野宮春枝は雪子を見て、ぼくを見た。雪子は聞きとりやすい静かな声で言った。

「わたしたちも、ちょうどあたらしい書見台を考えなければいけないところでした」

野宮春枝の話を聞きながら、よりによってこのタイミングかとぼくはおもった。いまは新しい仕事など引き受けられる状態ではないはずだ。ところが雪子はあっさりと笑顔で受け入れてしまった。最初は呆気《あっけ》にとられたが、先生がふたりで応対するようにと言ったのは、図書館の家具担当チームのスタディになると考えたのかもしれないと思いなおした。

ぼくと雪子は「これからいらっしゃる?」という野宮春枝について、壊れかけた古い書見台を見るために、山荘におじゃますることになった。九十代の半ばをすぎているとは思えないしっかりとした足取りで、野宮春枝はぼくらの前を歩いてゆく。

17

野宮春枝のサイズにあわせたようなこぢんまりした書斎の、窓とドア以外の壁面はすべて書棚になっていた。桐《きり》でできた和本専用の棚も六段あった。そして子ども用にも見えるシングルベッド。書棚には新しそうな本はほとんど見当たらない。目にやわらかい色落ちした背表紙は、この家と歩調をあわせて歳月にさらされてきたようだった。

蔵書のなかでも格別に大きなピエロ・デッラ・フランチェスカの画集や、ぶ厚くて重いオクスフォードの引用句辞典を、半分壊れかけ、ガムテープで補強してあるおおきな書見台にのせたり外したりしながら、野宮春枝は四段階に角度を調整できるアジャスターの説明をした。本のゲラを校正するときは、書見台をいちばんフラットに近い十五度にするという。雪子はときどき質問をはさみながら、ノートにメモを書きこんでいる。孫だと紹介され、「野宮一枝です」と名乗った三十代半ばの内気そうな女性が途中でお茶を出しにきたが、様子を見て声をかけずに下がっていった。

　野宮春枝の説明には無駄はないが、省略もない――ピエロ・デッラ・フランチェスカの画集をくり返し見ていて飽きないのはこの画家が冷徹だからで、描き手に人間を善きものとする幻想がないから、かえって人の抱く妄執がかたちや色合いをともなってあぶりだされてくる。それは具象化のように見えて、じつは人間というものの抽象化なのだ――「ピエロ・デッラ・フランチェスカは数学者であり、建築家でもあったんですよ。建築家はね、この人のように冷徹でなければいけません。石や木を三次元に組み立てるときに、情緒や感傷で臨もうとしたってなんの助けにもならないでしょ。日本人は冷徹であることに不慣れな国民で、そのせいでかえって深手を負ってしまった。もっと早く切り上げることができた戦争を、あれほどの本土空襲にあってもなおつづけたのは、冷徹さを遠ざけたための失敗です」野宮春枝はこうしたことを澱《よど》みなく、嚙《か》んで含めるように言った。

　書見台の注文を受けるのは二義的なことがらにすぎず、野宮春枝の訓話をきくのが自分たちの仕事であるような、ぼくはそんな気持ちになっていた。

説明が終わると野宮春枝は、簡単な食事を用意してあるから遠慮なく食べていくようにと言った。時計を見るとまもなく六時だった。夏の家の夕食もそろそろはじまるので失礼しようと思ったが、野宮春枝は、孫につくらせたのは母から伝えられた五目寿司《ずし》だということ、朝はトーストと紅茶しか口にしないからどうしても今晩中にかたづけてしまわなければ、などと縷々《るる》述べた。根負けした雪子が夏の家に電話をすると、井口さんが出て、こっちはいいからご馳走《ちそう》になってきなさい、と取りつく島もない返事がかえってきた。

五目寿司は昔の東京の味がした。かんぴょうがあまくやわらかい。干ししいたけ、人参《にんじん》、蓮根《れんこん》、海老《えび》、穴子、鮪《まぐろ》、平目、きぬさや、錦糸《きんし》玉子。桜色のでんぶも散らしてある。孫の一枝さんはほとんど喋《しゃべ》らなかったが、笑顔をたやさず、濃《こま》やかに気づかってくれた。

お茶と食後の冷やし白玉までご馳走になってから、あきらかに眠たげな野宮春枝にいとまごいをした。気温もだいぶ下がってきた。虫の声がわきあがるように聞こえてくる。

青栗村では日没後の外出には懐中電灯が欠かせなかった。ときおり街灯はあるものの、鬱蒼《うっそう》とした樹木にさえぎられ、明かりがまわりに届かない。青栗村の道が一年でいちばん暗くなるのがいまの時期なのだ。道はまっすぐに夏の家までつづいているから歩いて帰れないわけではないが、路面のでこぼこも、転がる石も、垂れさがる木の枝も闇《やみ》にまぎれ、うっかり怪我《けが》をしかねない。ぼくたちが灯りを持ってこなかったことに気づいた一枝さんは、少し慌てた様子で玄関の三和土《たたき》に降りてくると、下駄箱《げたばこ》の脇《わき》にぶらさげてあった古い懐中電灯を手渡してくれた。

月のない夜だった。懐中電灯を点《つ》けるまで、あたりは奥行きも幅も水平もわからない暗闇につつまれていた。スライド式のスイッチを入れ、白っぽいぼんやりした光の輪を左右に動かしてわだちを見つける。踏み固められたわだちをたよりに、遠くに見え隠れする豆粒のような夏の家の灯りをめざし、ぼくたちは歩きはじめた。

からだをつつむ空間のすべてから、虫の声が響いてくる。耳からあふれ、こぼれ落ちるほどの音。

「古い家はいいなあ」真っ暗な夜道を歩くことを何ともおもっていないのか、雪子はふだんどおりの声で言う。「木のあぶらがすっかり抜けて、軽くなった感じがして」

「でも、あの家で冬を越すのはたいへんそうですね」

「戦前からここで冬を過ごしてるんだから、野宮先生は平気なのよ。わたしたちとは鍛えられかたが全然ちがう——あ、ちょっと待って」中尾雪子が急に立ち止まった。「聞こえない？」

「え？」ぼくも立ち止まり声を落とした。

変わらず盛大な虫の声。雪子が疑問形でつぶやく。「ミミズク？」

耳をすませると虫の鳴き声がいっそう大きくなる。その騒々しさのなかに、低く短い音が一瞬横切って消えた。しばらくそのままでいると、虫の声の底で、ホウ……ホウ……と低い縦笛に似た音が響く。うしろから背筋を撫《な》でられるような声だった。

「どうかな。夜の鳥はヨタカぐらいしか聞き分けられなくて」

雪子がおかしそうに笑った。

「夜の鳥なんて分類があるの？　笹井さんがこのあいだ耳にしたのと同じ個体かしら」

ホウ……ホウ……。古代のひとたちが不吉だと感じたのも無理はない。この世ではない場所から響いてくるような声だった。

考えてみればこのあたりは、百年、千年単位でくり返されてきた浅間山の大噴火によって、生きものの住めない焼け野原になったことが一度ならずあるはずだった。土石流や火砕流が現在の軽井沢や追分、佐久平《さくだいら》はもちろん、前橋のあたりまで及んでいる。

あとかたもなくなった青栗村に、太陽の光や雨が降りそそぎ、風が種を運ぶ。わずかな粒が芽を吹き、おずおずと根を降ろす。火山灰も土石流も、この小さな緑には無尽蔵の養分だ。まばらな草原のあいだから若い木が枝を伸ばし、やがて林が形成される。木々や草に呼び寄せられ、虫や鳥がやってくる。枯葉は腐葉土となり、林は加速度的に勢いを得て森になる。森は小さな哺乳類《ほにゅうるい》を呼び寄せ、キツネやフクロウがそれを狙《ねら》う。たったいま雪子と歩いている鬱蒼とした夜の森は、いったい幾度、焼け野原から再生してきたのだろう。ぼくたちも、いま鳴いているフクロウも、焼け野原を知らず、ここにいる。

懐中電灯の光に照らしだされた道の、楕円《だえん》の部分だけがたよりなく明るんで、その外側には濃い夜の闇が迫っている。暗闇には水圧のようなものがあり、ぼんやりとした光の輪郭をやわらかく押してくる。暗闇に力を与えているのは生きているものばかりではない。ふり返ると、野宮春枝の山荘の明かりは、ずいぶん小さくなっている。

雪子が突然、足をとめ、「あ」とまた小さく声をあげ、ささやいた。

「ホタル」

ぼくはあたりを見まわした。

「ほら、左のほうに何匹も」

暗闇に目を凝らすまでもなく、蛍光色の黄緑の粒が見えてきた。ふわふわとした軌道を描きながら、いくつも浮かんでは消えてゆく。

「懐中電灯、消してみて」雪子が言う。

スイッチをスライドさせると、その瞬間、身動きができなくなるほど深い闇がぼくたちをつつむ。すると左側だけでなく、右側にも、前方にも、ふり返ったうしろにも、どこかはかない光が、明滅しながらあてどなく飛行している。

「こんなにいるのね」

「すごい数だな。野宮さんに見せたいですね」

ホタルが年々減っていることを誰よりも案じている野宮春枝の山荘の目の前の森を、驚くほどの数の光の粒が、音もなく飛びかっていた。

手でふれられるほど近くを一匹が横切った。風にあおられればそのまま流されてしまう、極小のグライダーのようだ。網膜に残像を描く蛍光色。おおきな哺乳類の呼吸のようにゆっくりとした点滅だった。

「このまま懐中電灯なしで歩いてみない？」遊びに誘う子どものような声で雪子が言

う。

「転ばないかな」

「転んでも道は道でしょう。崖《がけ》があるわけじゃないし、大丈夫よ」

「離れないでくださいよ」

「あら、こわいの？」見えないとなりで雪子がおかしそうに言う。

「そうじゃないですよ。足もとが心配だから」

ぼくはそう言って、雪子のいるあたりの暗がりに右手を伸ばした。指先に雪子の手がふれた。さらに探ってたぐりよせるように左手をつかんだ。

「じゃあ、行きましょう」

雪子の左手はぼくの右手をためらいなく握りかえした。ぼくはしっかり手をつないだまま歩きはじめた。あわせて雪子も動く。

「ほんとうに真っ暗ね。夏なのに、こんなにひと気がないなんて」

となりに目をやっても、雪子の姿は闇に溶け、ほとんど見えない。握る手の感触だけが、闇のなかにふくらんでいる。しばらく黙っていた雪子が、いとこみたい、とひとりごとのように言う。

「え？」

雪子はつづけた。

「いとこがね、手を引きながら教えてくれたの。小学校の四年のときだったかな、初めてスケートをしたとき、いとこは中学生で。それを、思い出した」

いまよりさらに小さい雪子の手のひら。

「男の子ってこんなふうに親切にしてくれることもあるんだって思ったの。同級生の男の子って乱暴なことしかしないから」

雪子は笑いをふくんだ声で言ったが、小学生のころ、女の子に乱暴なことができる友だちがうらやましかったことを思い出して、ぼくは黙っていた。さっきためらいもなく雪子の手をとった自分に少し驚いていた。何かに差し向けられたように手が伸びていた。

暗闇の先にみえる夏の家の灯りは、小さな光の点から次第に窓のかたちになり、やがて家の輪郭となって近づいてくる。ホタルの群れは歩いてゆくにつれ少しずつまばらになり、いつのまにかすっかり姿を消していた。ぼんやりした薄明かりのなかに夏の家につづく道が浮かんで見えてきた。ぼくはそっと雪子の手を離した。雪子は「ありがとう」と言った。「どういたしまして」とぼくは言った。

夏の家のアプローチに入ると、頭の上からヒマラヤスギの青々とした匂《にお》いが降ってきた。一階のダイニングルームからこぼれる白熱灯の明かりが、中庭にそびえる桂の葉裏を照らしている。桂《かつら》が宙に浮いていた。夏の家を夜の闇のなかから見上げるのはいい眺めだった。なかにいる人たちの姿はうかがえない。それでも白熱灯の光は人の気配を帯びて、ぼくたちを待つ人たちがここにいる、というしるしに見えた。

ドアの前に立つと、雪子の顔が外灯に照らしだされた。闇のなかからここへ帰ってきた、とぼくは思った。雪子はいつもとおなじ笑顔を見せた。


夏の家に入ると、窓は開け放たれているのに、虫の声は潮が引くようにかき消えた。ダイニングルームには内田さんの焼いた子羊のローストの匂いが、ローズマリーの香りと混じりあってのんびりと漂っていた。暗闇は家の外にとどまっている。家は古来このようにして、闇の圧力から人間を守るためにあったのだと思う。暖炉の前のソファには井口さんと麻里子、そして先生がいた。ダイニングルームに入っていくと、麻里子がぼくたちの姿をみとめて、「おかえりなさい」と言った。話し声が一瞬やみ、三人の視線がぼくたちに集まった。

暖炉に火は入っていなかった。小さな音でモーツァルトの「ヴァイオリンとヴィオラのための協奏交響曲」がかかっていた。ほかの人たちの姿はすでになかった。自分の部屋にもどったか、風呂《ふろ》に入っているのだろう。

「ごくろうさまだったね」先生は野宮春枝の家に長居してきたぼくたちを見て、ねぎらうような笑顔になった。雪子はうれしそうに、「すっかりご馳走になってしまって」と言った。

すでにちょっと酔った顔の井口さんが口をひらいた。

「ずいぶんと気に入られたものだね。夕ごはんが出るなんて考えられないよ。おそろしく気むずかしい人だから。朝早くから昼まで原稿を書いて、明るいうちに本を読んで、夜はまた原稿にもどる。毎日そのくり返し。だから夜のお客はいっさいお断りだって聞いたことがある」

「そうだったんですか」

雪子は意外そうな顔をした。先生が言った。

「書見台は早めにつくってさしあげるのがいい。図書館のコンペの前に、書見台の依頼というのもなにかのご縁だろうから」

「はい」雪子は神妙な顔で返事をすると、また明るい声でつづけた。「ドイツ製の書見台なんて初めて見ました。五十年も前から使ってらっしゃるんだそうです」

先生は雪子にうなずいてみせてからぼくに目をうつし、どんなものだったかと訊《たず》ねた。先生のとなりには長い脚を窮屈そうに胸元にひきよせた麻里子がいる。ぼくは斜め前のソファに座り、麻里子の脚が目に入らないように先生の目を見ながら答えた。

日本人がふだん使うような大きさではないこと、非力な野宮春枝でも角度の調整ができるようになっていること、ストッパーがついているから指をはさまれたり本ごと倒れたりする心配がないこと、角度の調整は四段階あること、ビスがとれてしまったり木の摩耗でかみあわせが狂ったりしているが、あらたにこちらでデザインするよりあのまま復刻したほうがいいのではないかと思ったこと——話しながら自分の顔の左側に麻里子の視線を感じていた。

「なんの木だった？」

先生の問いに雪子が間をおかず答えた。

「もう飴色《あめいろ》になっているから確信はないんですけど、たぶん栗《くり》じゃないかと思います。小さい虫食いの跡がぽつぽつとついてましたから」

栗は実ばかりでなく幹にも虫がつきやすい。しかしその跡はほんの小さな黒い点のようなもので、そうと知らされなければ目につかない。ぼくは野宮春枝の手もとにばかり目がいって、書見台の虫食いの跡には気づかなかった。先生は納得したように言った。

「栗は乾くまでかなりあばれるけれど、それがおさまれば薄くしても頑丈だ。書見台にはうってつけなんだよ。じゃあ、そのまま復刻してつくりなおす、ということになるかな」

ぼくは先生の顔を見ながら言った。

「まず図面に起こしてみて、それをご覧いただくようにします」

八ヶ岳の田川さんには、図書館のスタディ用にもうひとつ同じものをつくってもらおうと先生が言った。「スタディ用にはメープルを使って、栗材と比較してみよう」

報告を終えると、雪子はそのまま二階にあがっていった。ぼくはグラスにペリエを入れて、暖炉の前のソファに座った。ダイニングの棚から首の長いグラッパの瓶を持ちだしてきた麻里子を見た先生は、「ぼくはもう退散するよ」と言って、二階へあがった。赤ワインをこぼしたら台無しになりそうなシーアイランドコットンのサマーセーターに、麻のバミューダパンツをはいた麻里子は、ふたつの細長いグラスにグラッパを注ぐ。赤カブの酢漬けを食べながらワインを飲みつづけていた井口さんは、グラッパにも口をつけると、酔いにまかせるようにして野宮春枝にまつわる話をはじめた。

ホタル池は野宮春枝たち青栗村の創設メンバーが、開村してまもない一九三〇年頃に計画した人工池だった。開村から数年間は、クラブハウスを建て、テニスコート、弓道場、体育館もつくり、郵便局を誘致し、つぎつぎと計画を立てては実現する勢いがあった。やがて誰からともなく池をつくったらどうかということになったらしい。施設の建築にはさほど関心を示さなかった野宮春枝も、人工池の計画には身を乗りだした。完成の翌年、浅間山の噴火と連動する地震によって池の護岸が大きく崩れ落ち、あやうく干上がりそうになる場面もあったが、当時まだ四十代だった野宮春枝が奔走して資金をかき集め、またたくまに修復補強工事に着手し、ホタル池をよみがえらせたのだという。井口さんはまだ十代、先生も二十代の前半だったころの話だ。

やがてホタル池は青栗村のシンボル的役割を果たすようになる。昔は真冬となれば ぶ厚い氷がはったので、天然のスケートリンクとして地元の子どもたちにも格好の遊び場となった。厳冬期でも山荘に遊びにくる人びとが当時は大勢いたから、にわかホッケーチームが結成されたりもした。野宮春枝もスケートが得意で、誰と手をとりあうでもなく、子どもに声をかけるでもなく、周囲一・五キロのホタル池の縁にそってただ悠然と滑っていたという。真冬でも人が絶えなかったのは、村がまだ若かったことに加えて、ホタル池のおかげもあった、と井口さんは言う。

「坂西くんはホタル、見たことある？」とそれまで黙っていた麻里子が突然たずねた。

できれば答えたくなかったが、雪子がいつ無邪気に話をするかもしれないと思い、「さっき、帰り道に飛んでましたよ」とさりげなく言った。

麻里子が返すより先に、井口さんが口を挟んでくる。「そう、飛んでたか？　そりゃよかった。ぼくもしばらく見てなかったんだよ。野宮先生もごらんになったかな」

「お宅を失礼したあとの、帰り道だったので」

「昔はここの網戸にも、何匹もとまって光ってたんだ」

井口さんはどこかあてどない口調のまま、ふいに野宮春枝の話にもどった。

「山崎亘《やまざきわたる》って、知ってるかい？」

「哲学者ですよね。ハイデガーとかドイツの哲学が専門の」

「そう。きみはそういうことはよく知ってるんだな――六〇年代に入ってまもなく、山崎亘は亡《な》くなった。野宮先生の恋人だったと言われてる」

麻里子は不満そうに言った。

「この前もその話をしたのに、井口さんは知らんふりしてたじゃないですか」

「そうだったかね」井口さんはとぼけるように言った。麻里子はつづけた。

「野宮さんが倒れていた場所は、山崎さんの山荘の近くなんですよ。いまでも忘れられないんじゃないかな。だからあんなところで具合が悪くなって」

「そんなことはわからんよ。山崎さんの山荘はたしかに目と鼻の先だがね」と言い、自分の話を麻里子から引きもどそうとした——野宮春枝も九十歳をはるかに過ぎた。そう見せないようにはしているが弱気になることもあるだろう。きみと中尾くんがたまたま通りかかからなければどうなったかわからない。新しく書見台をつくらせる気持ちになったとは、じつに喜ばしい話じゃないか。復刻というのは勉強にもなるし、せいぜいしっかりしたものをつくってくれよ——後半かなり口舌があやしかった井口さんは、トイレにでも立ったのかと思ったら、そのまま自室にもどってしまったらしい。あたりから物音が消えて、暖炉の前が静まりかえった。

「井口さんって、いつもとつぜんいなくなっちゃうんだから」

麻里子はそう言って、自分のグラスに残っていたグラッパを飲みほした。

「じゃあ片づけましょうか」

ぼくは井口さんの飲み残しのワイングラスと小皿を持って立ちあがり、キッチンに運ぼうとソファを離れた。その右足の甲を、脇からのびてきた麻里子の素足が軽く踏むようにした。ぼくはバランスを崩して倒れそうになった。「だいじょうぶ?」と麻里子は言った。

だいじょうぶなわけはなかった。赤ワインが床にこぼれたので、ぼくは黙ってペーパーナプキンで拭《ふ》きはじめた。麻里子は酔っているのかいないのか、いつもとあまり変わらない表情で、ぼくの顔を横からのぞきこむようにして見た。麻里子の素足の感触がまだ残っていた。手のひらに似た、薄く軽い感触。

「どうして怒らないの」

麻里子が床を拭くぼくの横にかがみこんで右腕をつかんだ。ぼくは右手の動きをとめた。麻里子はそのまま仰向《あおむ》けになり、床の上を背中で漕《こ》ぐようにしてからだをずらすと、ぼくの下にもぐりこんできた。小さな声がぼくの顔の真下からのぼってくる。

「キスして」

そう言われても、言われなくても、同じことをしただろう。

ぼくは麻里子の眠たげな、それでいてはっきりと目覚めているような目を見ながら、床についた腕の力をぬき、麻里子のからだの両脇に肘《ひじ》をつくようにして、上半身を重ねた。麻里子の両腕も頬も唇もひんやりとしていた。ぼくと麻里子はそれから長々とキスをした。二階の奥のほうから風呂場の扉が開け閉めされる音がしたとき、ぼくたちはやっと唇を離して、からだを起こした。

「片づけようか」麻里子が囁《ささや》いた。

ふたり並んで洗いものをした。ふきんでグラスを磨き、皿を拭いて戸棚にしまう。

「あとで書庫にいっていい？」と麻里子は言った。ぼくは頷いた。キッチンの時計を見上げた麻里子は「じゃあ一時すぎに」と言い、くるりとからだの向きをかえ、ダイニングルームを抜けて二階にあがっていった。

ぼくも二階にあがり風呂に入った。湯船につかりながら、窓越しに浅間山のある方向を見た。すっかり闇に沈んで何も見えなかった。

風呂からあがると、書庫の奥にある北浅間関連の棚から地方出版の薄い書籍を引きだして、机の上で読みはじめた。天明三年、一七八三年の浅間山の大噴火で、観音堂のある高台に逃げる途中、階段をのぼりきらないうちに土石流にのみこまれた二体の遺骨が、ほんの数年前に発掘されていた。母親を背負って逃げようとした娘が、階段をのぼりはじめたところで土石流の犠牲になったのではないか、と推測されていた。鎌原《かんばら》村の人口は六百名近くあったが、五百人近くが死亡し、高台の観音堂に逃れた約百名だけが生き残ったという。鎌原村は浅間山から約十二キロの距離にある。北浅間はそれよりも近い、十キロ圏内だ。

一七八三年、二百年前の噴火ということになる。土石流が鎌原村を襲ったのは旧暦の七月八日。時期もまさにいまごろだ。——それ以上はもう頭に入らなかった。ぼくは本を閉じた。冷えた空気が北からの弱い風にのって流れこんできた。肌寒さをおぼえて、中庭に面した小窓を閉めた。
一時を少しまわったころ、麻里子は音もなく扉をあけて書庫に入ってきた。

18

バイクの二人乗りは初めてだった。ヘルメットとゴーグルを手渡されてもたついていると、内田さんがストラップをぼくの顎《あご》の下でしっかりととめ、ゴーグルの位置を直してくれた。後部座席にまたがり、内田さんの腰に両腕をまわしたとたん、ヴィンセント・ブラック・シャドウのエンジンがかかった。振動がからだの芯《しん》まで伝わってくる。前触れもなくバイクは発進し、はずみでのけぞってしまう。夏の家がはるかうしろに遠ざかってゆく。

まだらな木漏れ日のなかを抜けると、舗装された幹線道路に出た。土の道とはちがって、アスファルトは照り返しが強い。加速と風圧で息がつまりそうだった。カーブにさしかかるたび、内田さんの腰にまわした腕に力をこめ、革のジャケットに爪《つめ》を立てるようにしてしがみついた。自分の臆病《おくびょう》がそのまま伝わるのが恥ずかしかったが、そうでもしなければ振り落とされそうだった。千《せん》ヶ滝《たき》地区に近づくと、高低差のあるヘアピンカーブがつづいた。からだがバイクごと右や左に倒れかかり、膝《ひざ》が路面にこすれそうになる。内田さんが自分を振り落とそうとしているのではないかと、ありえない疑いまで頭に浮かび、腕や脚に力が入る。

星野温泉の手前あたりから、あっけなくおだやかな道になり、バイクは車間距離を保とうと速度を落とした。腕や肩のこわばりがようやく緩む。まもなく18号線につきあたり、初めて信号に止められる。右折して小諸《こもろ》方面へ向かい、追分の信号を過ぎると、内田さんの肩越しに長い坂が見えてきた。ふたたび目が覚めるような勢いでバイクが急加速し、あわてて上半身を内田さんのからだに押しつける。背中伝いに含み笑いのようなものが響いた気がしたが、空耳かもしれない。

信号が青になり、右に大きくカーブすると、正面にいきなり大きな浅間山が現われた。青栗村からはちょうど真裏の、なじみのない山容だった。山肌の色合いはほとんど変わらないが、日が当たってむやみに明るい。見上げたヴォリュームはこちらのほうがはるかに大きく、厚みと重みが間近に迫ってくる。東にたなびく白い噴煙が、静止画のようだった。

やがて前方に、太陽の光をひたすらにあびるトウモロコシ畑が見えてくる。青々と風になびく小麦の畑も広がっている。浅間山の三合目あたりの裾《すそ》野を東西に横切るこの道は、アップダウンもカーブも穏やかだった。めざす農園は、夏の家がそうであるのと同じように、火山のふもとにある。


バイクは左へ折れ、ひび割れた狭い農道に入った。夏の家から小一時間ほど走っただろうか。周囲は見渡すかぎり畑だった。あたりは静かだが、眼下の眺めから雑多な遠い音がわきあがってくる。南を見下ろせば佐久平の街が、その向こうには八ヶ岳の山並みが連なっている。乾いた風が南から吹きあがるようにして、ぼくたちのあいだを抜けてゆく。風の行き先をふり返れば、真夏の日差しを浴びた赤銅《しゃくどういろ》色の浅間山がそびえている。

「このあたりから藤沢さんの土地なんだ。どこからどこまでかちょっとわからないくらい、とにかく広い」

長い灌木《かんぼく》の生け垣を右手に見ながら、バイクは南へとくだってゆく。生け垣の途中に、息継ぎをしているような控えめな入口が開いていた。右折して入ると未舗装の私道が西に向かってつづく。わだちが二本ならび、土と草の匂いが立ちのぼってくる。わずかな傾斜を上りきると、低い石垣の左右に、一面の花畑が広がっていた。青、黄、白、紫、ピンクなど、さまざまな色合いの花々が咲き誇っている。背丈もヴォリュームもまちまちなのに、秩序とバランスが保たれている。どれほどの労力がかけられているのだろう。だが人の姿はどこにも見えない。

しばらく進むうち、左側に低い石積みの門柱があらわれた。左折して砂利の敷かれたアプローチを行くと、右手に小さな木造の家が、そのすぐ隣にも、同じような木造の家が建っている。どちらも先生の設計によるものだとひと目でわかる。それぞれの家の周囲にも花畑が広がっている。内田さんは二軒目の家までバイクを進め、屋根を覆《おお》うように葉を繁《しげ》らせている大きな桜の木の下でエンジンを切った。ヘルメットとゴーグルをとると、涼しい乾いた風が木陰を吹き渡っていた。

アプローチはさらに弓なりの曲線を描いて、藤沢衣子という人の暮らす大きな屋敷へとつながっていた。きれいに刈りこまれた芝生の周縁に、白樺《しらかば》やポプラがそびえ、枝と葉が涼やかな音をたてている。潮騒《しおさい》のような音。青栗村では出会わない、おおらかな明るい風だった。

「このあたりがちょうど、ラピラス園芸の中心部」

ぼくはここが「ラピラス」つまり「火山礫《かざんれき》」と名づけられた農園なのだと知る。内田さんは門柱を入ってまもなく右手にあった小屋をふり返って言う。

「建てられてだいぶ時間が経って、いまは空き家だけど、なかはじゅうぶん使える。ぼくもたまに泊めてもらうことがある。昔は養蚕もしていたそうだ。その名残りでいまでも桑の木が園内に何本も生えていて、夏になると呆《あき》れるほど葉が繁る。夏の家の倉庫にも、養蚕に使う道具がいっぱい残っているでしょう。たぶん同じころのものだと思うよ」

それから目の前にあるもうひとつの小屋を見上げて言った。

「ここは農園で働く人たちが使っている。昼寝もできるし、おやつを食べたり、お茶を飲んだり。シャワーも浴びられるしね。女性が四人いて、毎日来ているのはふたりだけ。いまはみんな通いだから泊まる人はいない」

内田さんは母屋《おもや》に向かう小径《こみち》をゆっくりと歩きはじめた。南へゆるやかにくだる道は、母屋の玄関に向かって左へ大きくカーブし、玄関前に接すると、オオヤマザクラの大木の周囲を時計まわりにひとめぐりして、もとのアプローチへともどってくる。夏の家とおなじ円を描くスタイルの車寄せだった。檜《ひのき》の下見張りは全体がうっすらと赤味をおびていた。そばに寄るといいかおりがする。赤味の差した外壁は、あたりの白樺や農園全体を覆う葉の緑、空の青によく映えていた。

玄関の木のドアは先生らしいシンプルなもので、真鍮《しんちゅう》のノブにまず目がいく。ドアには目の高さに横長のガラスのスリットが細くあいているが、玄関のなかが暗いせいか向こう側は見えない。軒下に整然と積まれた薪《まき》に、几帳面《きちょうめん》な先生の気配が漂っている気がした。

「藤沢さんは庭みたいだな。ちょっとここで待っていようか」

内田さんはドアをノックしてみることもせずに、玄関の左脇に置かれた木のベンチに座った。ベンチも先生のデザインだ。どこかに外出中のサインでもあるのだろうか(あとになってから、外出中はドアのガラスのスリットに、内側から木の目隠しが降ろされるとわかった。暗くてなかが見えなかったのではなかったのだ)。少しさがって、車寄せのところから大きな邸宅を見上げてみる。

「この家は何年ごろにできたんですか」

扉のノブのデザインや、窓の木製サッシュ、コンクリートの打ちかたを見たところでは、早くても六〇年代の後半、七〇年代前半あたりの設計ではないか。

「一九六九年、だったかな。入口の近くにあった二軒はもっと古いよ。五九年と、つぎがたしか六三年だったかな。夏の家とだいたい同じ頃だね」

玄関脇のベンチに座ると、浅間山が見えた。夏の上昇気流にのったトンビがおおきな円を描きながら滑空していた。顔と眼が、地表に向けられているのがわかる。ときどき何かを確かめるように、首をクイ、クイと動かしている。獲物を探しているのか、ふたりの訪問者を品定めしているのか。

「藤沢さんがここで暮らすようになったのは、東京オリンピックが終わった一九六五年ころからで、五十代に入ってからだと聞いている。旧軽にも別荘があったのが、本格的に園芸をはじめて花畑の範囲も広がって、いつのまにかここにいる時間のほうが長くなってしまったらしい。こんな場所に一週間もいたら、ぼくだって東京に帰る気持ちが失《う》せてしまうよ」

内田さんの声はいつになく素直に響く。桁外《けたはず》れに広い土地と、乾いた空気、先生が設計した大邸宅が、こんな場所にひっそりとある驚きからぼくはまだ抜けだせずにいた。

いまきた道をふり返ると、女の人がひとりこちらに向かって歩いてくる。庭仕事用のつなぎを着て、竹で編んだ籠《かご》を片手にぶらさげ、つばの広い麦わら帽子をかぶっている。ゆっくりした歩調だが、重心が左右に揺れないきれいな歩きかただった。背筋が自然にのびている。七十歳を過ぎているとはとても見えない。ぼくは慌《あわ》てて立ちあがった。藤沢さんであろう女性は、内田さんを認めて笑顔になり、遠くから声をかけた。

「今日は暑いわね」

聡明《そうめい》そうな声の響き。内田さんはゆっくり腰をのばすように立って親しげな声をかける。

「でもカラッとして気持ちがいいですよ」

所在ないぼくは、まだ少し離れたところにいる藤沢さんに、気の早い挨拶をした。

「こんにちは。坂西です。はじめまして」

藤沢さんは帽子をとりながら近づいてくると、遠慮なくぼくを見つめてから言った。

「よくいらっしゃいました。藤沢でございます。坂西さんね」

シルバーグレイの髪に、面高なくっきりとした顔立ち。瞳《ひとみ》は少し鳶色《とびいろ》がかっている。

「どうぞ。はいって」

ドアには鍵《かぎ》がかかっていなかった。

玄関をあがり、藤沢さんについてほの暗い廊下を進むと、トップライトからたっぷりと自然光が落ちてくる明るい階段室につづいていた。藤沢さんは軽い足どりで階段をあがってゆく。階段室の手前の壁には大きな抽象絵画がかけられていた。上半分が白、下半分がえび茶。マーク・ロスコのように見える。まさかと思いながら立ち止まって見ることもできず、そのまま通りすぎる。

階段室をあがると、部屋いっぱいに自然光があふれる、おそろしく広いリビング・ダイニング。個人の家のスケールではないが、家具や調度品のたたずまいは藤沢衣子という個人に由来するものであることがあきらかだった。毛足の短い亜麻色の絨毯《じゅうたん》が敷きつめられ、あたりの壁は漆喰《しっくい》の白だった。いちばん広い東側の壁にはさらに大きな抽象絵画がかけられている。やはり、どうみてもロスコだった。

グランドピアノの向こう側、暖炉の脇の壁に山口玄一郎の海辺の絵があった。麻里子の山荘にかけられていた絵は、さざ波が寄せてくる瞬間で、ここにあるのはさざ波がひいたあとの光景だった。海水をひたひたにふくんだ滑らかな砂浜が鈍く光っている。子どもの足あとは手前の三つだけを残してかすかな窪《くぼ》みとなり、その窪みも沖にむかうにしたがって平らかになって、やがて消えている。

天井は見上げるほどの高さだった。二階分の吹き抜けになっている東側から、西に向かって、屋根の傾斜にしたがうように天井が下がっている。キッチンは先生の設計としてスタンダードな天井高に見える。

内田さんは慣れた様子で大きなダイニングテーブルに向かい、椅子《いす》を引いて腰かけた。北側にある横長の窓には、くっきりとした輪郭の浅間山がとらえられていた。窓に近づいて眺めると、深々とした森の緑が裾野を覆っている。

「内田さん、バイクでいらしたんでしょう？ 顔を洗ったら？」

では失礼して、と言って立ちあがった内田さんについてゆくと、キッチンの裏手に洗面所があった。ふたり並んで使える横長のつくりで、ライトのシェイドも先生のデザインだ。内田さんはいい匂いのする琥珀色《こはくいろ》の石鹸《せっけん》を泡立てている。ぼくも適温のお湯で顔と手を洗わせてもらった。気持ちがいい。棚には白いタオルが積んである。

「お借りしていいんでしょうか」

「もちろん」内田さんはタオルに顔を埋《うず》めながらくぐもった声で返事をした。

リビング・ダイニングにもどって席につくと、テーブルは無垢《むく》のメープルだった。傷ひとつない、なめらかな手ざわり。内田さんか、あるいは先生が定期的にオイル拭きしているのだろう。白桃と巨峰がもられたガラス皿を桜材らしい大きなトレイにのせて、藤沢さんが運んでくる。よく冷えたガラスが白く曇っている。

「どうぞ召しあがって」

藤沢さんはいつのまにか身じたくを整えていた。麻の白いシャツにロングスカート。髪をうしろでまとめている。キッチンの裏手に、もうひとつ小さなパウダールームがあるのだろう。大きな家の場合には、先生はキッチンに隣りあわせて、隠し部屋のようなパウダールームをつくることがあった。「料理中に手洗いに立ちたいときもあるだろう。お客さんとやりとりしながら、ちょっと顔を洗ったり、化粧を直したりしたいときもあるからね」――ぼくの座っているところからは、どこにドアがあるのか、まったくわからなかった。

よく熟した桃が口のなかでとろけるようにつぶれて、渇いていた喉《のど》がつるつると潤《うるお》ってゆく。

「坂西さん、今度からわたしの家の担当になってくださるのね」藤沢さんはぼくの顔をまっすぐに見た。

「内田さんのようにお役に立てるかどうかわかりませんが」

「お役に立ってもらわなきゃ困るのよ。あなたがたよりなんだから」

そう言うと、藤沢さんは声にだして笑った。子どものころから、その人にずっとふくまれたまま変わらないなにかが浮かびあがってくる、そういう笑いかただった。

「この家も建って時間が過ぎるうちに、人間と同じで、あちこち傷《いた》みがでてきてるの。太陽も風も雨も、平地よりいきおいがあるからなおさらね。内田さんは面倒がらずにこまめにきてくれて、ほんとうにありがたいことでした。ありがとうございます」

藤沢さんは内田さんに頭を下げた。

「いえいえ、作業をしてくれるのは杉山さんですから」

追分にある杉山工務店は、先生の軽井沢の仕事のほぼすべてを引き受けていた。夏の家は先代が担当したという、長いつきあいの工務店だった。

「でも簡単なものはその場で直してくださるでしょう。あれがありがたいのよ」

佐久平を見下ろす掃き出し窓を藤沢さんは開けた。木のサッシュだから女性には少し重そうだが、先生らしい簡素なうつくしさのある窓だった。よろこびいさんで風が入ってくる。そのまま北の窓へ進もうとする藤沢さんに、ぼくは中腰になって声をかけた。

「開けましょうか」

「あら、ありがとう」

浅間山の見える北の窓は横長で、両肘をのせられる高さの腰窓だった。右手に浅間、左手に黒斑山《くろふやま》が見える。サッシュに仕込まれている真鍮の鍵のつくりは夏の家や麻里子の別荘と同じだ。ゆっくり開けると、甲高く連続するホトトギスの鳴き声が聞こえてきた。

テーブルにもどると、藤沢さんが内田さんをからかうような目で見ている。

「坂西さん、このひと素っ気ないけど、ほんとうは親切なのよ。だから、これは？　あれは？　ってしつこいぐらい聞いて困らせるといいわ。そうすればお釣りがくるぐらいこたえてくれるから。でも、あなたはもしかすると相手が動いてくれるのを待つほうが得意？」

なにかを言い当てられたようでどきりとした。「そうかもしれません」とぼくは答えた。

「遠慮して黙っているのと、ただぼおっと黙っているのでは、本人としては全然ちがうんでしょうけれど、相手にとっては同じことよ。わたしはね、花にもどんどん声をかけるの。黙って面倒をみてるときより、はるかにきれいな花を咲かせてくれるから。ほんとうよ」

藤沢さんはにっこりした。

「でも内田さんは黙ってやるのよね。キッチンのオーブンまわりがガタガタしたときも、レンジフードから引き出しまで、ぜんぶ調整しなおしてくれた」

「どこでもそうするわけじゃないですよ。特別ですよ」

内田さんは照れ隠しのように単調な声で言った。ぼくはふたりのやりとりを聞きながら、麻里子のことを考えていた。藤沢さんの言うとおり、ぼくはいつも受け身だった。

「現代図書館が最後の仕事になるのね」

「コンペに負けたら、そこで終わりです。通ったら、図書館の仕事が終わるまでいますから、二年ぐらい首がつながるかな」

「あら、自分で辞めるくせに首だなんて、先生が聞いたら怒るんじゃない」

「いや、首みたいなものですよ」

内田さんはぼくのほうは見ずに、藤沢さんだけを見てそう言った。

「なんて言えばいいのかな、つまり自分で首を切るという方法もあるわけですから」

藤沢さんは黙って内田さんを見た。

「とにかくこの前も言ったように、東京で事務所を開くのがたいへんだったら、ここの古い家はいつでも使ってくれていいんですからね」藤沢さんはそう言いながら、キッチンにもどった。ケトルを火にかける音がした。

「お部屋を拝見してもいいでしょうか」

ぼくがキッチンに向かってそう声をかけると、藤沢さんはこちらを振り向かずに
「もちろんよ。コーヒーをあがったら内田さんに案内してもらえばいいわ」と言った。

リビングの南側の掃き出し窓から下を見おろした。アプローチの左右に花畑が広が

っている。かがみ込んで作業をしている人がいた。遠くに視線を移せば、建物も橋も川も百分の一ぐらいの模型に見える佐久平が、太陽の光を受けて鈍く光っている。夜景はさぞうつくしいだろう。

「ここはだいたい標高千メートル」

窓際《まどぎわ》のソファに座った内田さんが、ぼくをふり返るように見て言った。

「こうして見るともっと高い気がしますけど、夏の家と同じぐらいなのか」

「厳冬期はセントラルヒーティングだけでは背中が寒いんだ。マイナス二十度くらいになるからね。暖炉なしではとても冬を越せない」

キッチンからコーヒーの香りが漂ってくる。

「冬の話?」藤沢さんがソファの前のローテーブルにコーヒーを運んできた。ソファは先生がクライアントに相談されると推薦しているものだ。総革張りのタイプは初めて見た。

「はい、零下二十度になると」

「零下五度も、零下二十度も、たいして違わないわよ。秋口に風邪を引くことがあるけど、真冬はかえって平気」

「でも強いお酒はほどほどにされたほうがいいですよ」

内田さんは藤沢さんの冬の暮らしをよく知っているかのようにそう言った。藤沢さんはそれには答えない。

「東京の冬なんて、最近はろくに雪も降らないでしょう。空気が乾くばっかりで」

「十一月ぐらいから年末までの東京が、ぼくはほんとうに好きだな」

「あらそう? 坂西さん、コーヒーさめないうちにあがってね」

声をかけられて、藤沢さんのとなりのソファに座る。

内田さんは夏の家よりもリラックスした表情で口をひらく。

「新品のセーターの匂いとか、上等な革のジャケットの匂い、石焼き芋の匂い。こういうものが乾いたひんやりした空気のなかにいっぱい漂ってくるんですよ、町を歩いてると。みんなバカにするけど、クリスマスの飾りつけだっていいものです。空気が濁ってないから、夜になれば遠くの光もきれいに見えるし。東京のいちばんいい季節は、なんと言っても晩秋から冬にかけてです」

「内田さんみたいに恋人がいる人には、そうかもしれないわね」

藤沢さんはからかうような調子でそう言った。なんだ、内田さんには恋人がいたのか。ぼくは拍子抜けするような気持ちで藤沢さんを見た。

「いませんよ。なんでそんなことをおっしゃるんですか」

「あなたみたいな人に恋人がいないなんて、それは双六《すごろく》の一回休みみたいなものよ」

内田さんは反論もせず、黙ってコーヒーに口をつける。藤沢さんはこんどはぼくに言った。

「これから坂西さんの仕事になるんですから、家のなかをよく見ておいてちょうだいね」

藤沢邸は先生が六〇年代後半、アメリカの資産家、トンプソン氏のために設計した邸宅に匹敵する大きさだった。設計の時期も近い。敷地が広大だから、アプローチから見上げた外見のヴォリュームに威圧感はないが、この家がもし都内に建っていたら、少なくとも五百坪以上の敷地がなければ釣りあわないだろう。周囲の家とほどよく調和して、目立たずまぎれているぐらいのほうが望ましい、という住宅についての先生の考え方にならえば、このような環境でなければ成り立たないスケールだった。

いちばん大きな部屋は、リビング・ダイニングだった。夏はとくに来客が多く、二十人ほどのパーティもめずらしくないという。内田さんは一度ならずキッチン要員として手伝ったといい、何人も並んで作業のできるキッチンの広さやダイニングテーブルの大きさは、パーティを前提として設計されているらしい。

宿泊する客も多いのだろう、一階にはベッドルームが三つあり、それぞれにシャワールームがついている。掘りごたつのある和室もひとつある。二階のリビング・ダイニングと較《くら》べるとほの暗く、窓もさほど広くない。天井高もかなり低くおさえられている。静かにこもって休むのにふさわしい空間だった。大きな家だからといって、すべてを明るく、広く、ハレの空間にしないところも先生の住宅らしい。開くところは思いきり開いて、閉じるところは閉じる。先生はこんなふうに言っていたことがある――上機嫌でぺらぺら話しているときと、ぼんやりひとりでいるときと、ふとんをかぶってめそめそしているときと、いろいろあるのが人間だからね、部屋もそれぞれにあわせた役割を担《にな》うことができるように、つくり分けたほうがいい。

二階のリビング・ダイニングの暖炉の裏手に、ぼくたちが顔を洗わせてもらった洗面所に並んで藤沢さんの小さな寝室がある。寝室にはリビング・ダイニングの暖炉と背中合わせに小ぶりの暖炉がつくられていた。窓越しに浅間山を眺められるバスルームもあった。小さなドアを開けると、一人用のパウダールームが現われた。

キッチンをあいだにはさんだ南側には居心地のよさそうな書斎がある。窓の下を見渡せば花畑だ。この大きな山荘のなかで、藤沢さんが日常を送るスペースはつとめてコンパクトに集められていることがわかる。

三階には広い納戸《なんど》があり、絵がおさめられた段ボールの薄箱が縦置きの状態でずらりと並んでいる。旅行用のラゲッジも大小さまざま揃《そろ》っていた。船旅用のものらしい大きな古い革張りのものもある。

　納戸の南側には、小さなバルコニーがつくられていた。ふたりが並ぶともういっぱいで、テーブルはおろか椅子を置くスペースもない。熱気球のカゴくらいのヴォリュームだった。先生はなぜ実用には向かないこんなバルコニーを用意したのだろう。引き戸を開けてバルコニーに出る。太陽に暖められた土の匂いがした。手すりに両手をおき、花畑をぼんやり見おろしていると、突然右から左に定規で直線を引くように、黒い小さな影が横切っていった。飛んできた方向に目をやると、五、六メートルぐらい先の軒下に、一目でそれとわかるスズメバチの巣があった。薄茶と白で描いた青海《せいがい》波《は》のような模様がバスケットボールほどの大きさの巣を覆っている。出入口がひとつあいていて、黄色と黒のコンビネーションの大きなスズメバチが数匹いらいらとうごいている。

　いやな音が近づいてきた。スズメバチが一匹、そばまで飛んできてぼくの位置を中心点にすえ、低い羽音を立てて半円を描きながら品定めをしている。

「どうした?」と内田さんがうしろから声をかけてくる。ぼくは黙ってそのまま後ずさり、音を立てないようにバルコニーの扉を閉めると、ようやく息をついた。スズメバチが二度、三度とこちらめがけて体当たりしてくる。窓ガラスに固いものが当たる音。全身が粟立《あわだ》つ。

「また巣をつくったか。駆除を頼まなきゃだめだな」内田さんは冷静な声で言う。

落ちついてきたのか体当たりはやめたものの、まだ疑《うたぐ》り深く窓の外を行ったり来たりしている。体長は四センチ近くありそうだ。スズメバチの巣にはアタリ年があると内田さんは言った。軒下に堂々と巣をつくる年は、夏は暑く快晴つづきで、冷夏で雨の多い年には、ひとつも見かけないこともあるという。軒下ばかりでなく、カラマツの幹や、敷地内に放置された倒木の洞《うろ》、大きな庭石の隙間《すきま》にも巣をつくる。一度刺されてひどい目にあっているのに、藤沢さんはスズメバチに鷹揚《おうよう》らしい。

「前はたまたまぼくがいたときだったからすぐに病院に連れていった。でもハチは一回目より二回目が怖いんだ。こんど刺されたら大変だからよくよく気をつけなさいと医者にも言われてるのに」内田さんは困ったような顔で言った。

ひととおり部屋をめぐると、暖炉の見事な配置に気がついた。二階のリビング・ダイニングの大きな暖炉と藤沢さんの寝室の暖炉。そして一階のリビングといちばん大きな客室のベッドルームにも背中合わせに暖炉がしつらえてある。それぞれ広さもプロポーションもちがう部屋の、しかるべき場所につくられていて、複数の暖炉をひとつの煙突にまとめるお手本のような設計になっていた。

地下には大きな機械室がある。コンクリートが剝《む》きだしになった暗い空間のどこから、うなるような低い音が響いてくる。ボイラーは動いていないはずだ。耳を澄ませて顔をあちこちに向けてみると、南側の網戸に、無数のミツバチが集まっていた。そばに近づいてみる。雨戸と網戸の隙間の半分を埋めつくす大きな巣だった。息を吹きかけると、いっせいに羽ばたいて波を打ち、うなる音が激しくなる。網戸があるから刺される心配はない。たちの悪い子どものように、ぼくはミツバチの群れに何度も息を吹きかけた。

ここからちょうど十メートルぐらい上にスズメバチの巣がある。これほど大きな家が山の裾野に建てられれば、共生する生きものの種類が多くなるのも道理だった。檜の下見張りにはキツツキのあけた穴もある。ヘビや野ネズミも屋根裏や薪積みの陰で恩恵にあずかっているかもしれない。半地下の雨戸の内側に巣をつくったミツバチは、スズメバチの脅威とあふれるように用意された花の蜜《みつ》の誘惑とのあいだで、こうして群れをなして生きている。スズメバチの襲撃で巣ごと滅びることもあるかもしれない。集団で逆襲することもあるだろう。

それにしても、この邸宅に暮らすのが藤沢さんひとりなら、どうしてここまで大きな家を建てる必要があったのか。パーティに大人数を招きいれることを設計の条件にしたとしても、毎週ひらかれるわけではないだろう。来客が少なくなるだろう真冬であればなおのこと、この家でひとり、いったいどんな日々を送っているのか。犬や猫のいる気配はなかったし、室内には水槽も鳥かごもない。ひとりで料理をし、お茶を淹《い》れ、音楽を聴き、本を読み、ベッドで休む。毎日の暮らしに飽くことも心さびしくなることもなく平穏に過ごしているとしたら、藤沢さんを静かに満たしているのは、家の外にあるこの広大な自然ということなのか――いや、簡単に解釈するのはやめておいたほうがいい。ここは、少なくともこれまでの自分には想像の及ばない場所なのだ。

なにごとにも追われずにすむ時間と途方もない財力と人を寄せつけない空間があったから、イギリスでは博物学や生物学が進歩したのだ、と大学の講義で聴いたことを思い出す。人を使って自分の好きな花々を育てるのも、藤沢さんひとりのなかで完結する生物学なのかもしれない――とまた考えがめぐりはじめる。人里離れた暮らしをあたりまえに受け入れ、日々を送ることのできる気構えを、藤沢さんはどうやって身につけていったのだろう。

内田さんの家も、北欧にしぼった経営で評価を高めていった輸入商で、品川にある家は邸宅といっていいものらしい。だから藤沢さんの暮らしぶりにぼくが受けるほどの驚きはないのだろう。麻里子にしても同じことだ。ぼくはあらためて、麻里子には内田さんこそふさわしいのではないかとおもい、ふたりの顔を頭のなかで並べてみる。内田さん自身がそう考えてもおかしくない。それなのになぜ——とぼくはあれ以来えんえんとくり返している自問のなかにまた沈みはじめる。

その不可解さとはべつに、麻里子とのあいだにはあたらしい関係がはじまっていた。ぼくは麻里子にあらがいがたく惹《ひ》かれていた。耳にしのびこみ、そのままとどまる声、軽く柔らかな手や指の感触、首や肩の動きを追って波打つ髪、のびやかな脚の動き、気の強さから反転して、すべてを受け入れるような身ぶり。

機械室の灰色に褪色《たいしょく》した木製のドアが突然外から開いた。午後の光を背にして立つ藤沢さんの明るい声。「ずいぶん熱心ね。古いボイラーなんてじっと見ていてもおもしろくないでしょ。お化け屋敷の見学はおしまい。庭をご案内するわ。いらっしゃい」

内田さんは機械室に入ってからずっと、壁についている小さな換気扇のがたつきを直したり、天井に這《は》いまわる配管のつなぎを点検したりしていた。藤沢さんの姿を見て少しホッとした顔になり、袖《そで》についた埃《ほこり》を手ではらい、外に開いたドアに向かって歩きだす。

整然とした畝《うね》にそって植えられた花は、みっしりと重みのありそうなつぼみをいっせいに上向きにしている。半分ほど花弁をひらき様子を見ているようなもののもある。香りの強い花もあれば、土の匂いばかりが先立つ一叢《ひとむら》もある。背の高い花が多いが、子どもの手のひらのような小さな株もある。はじめてみる種類の洋花ばかりだった。

「ここの土や気候にあうものだけが残ったの。たいした世話もしていないのに、ほんとうによく育つし、いい花をつけてくれるのよ」

花畑の通り道は人ひとりが歩くほどの幅しかない。

「これ、なんだかわかる?」

畝から離れた空き地のような場所にかがみこんで藤沢さんが言う。葉屑《はくず》がまとめられたそのわきに、一センチあるかどうかの小さな花がいくつも群れるようにして咲いている。

「よく見ないとわからないわよ」

かがみこんで、花を見た。パンジーのミニチュアのような花だった。黄色と紫と淡い藤色《ふじいろ》の配色。花びらのかたちも葉のかたちも可憐《かれん》だった。風にちいさくゆれている。

「スミレの原種よ。ヴィオラ・トリコロール」と藤沢さんは言った。「これはね、咲きたいように咲かせてあるの。なにもしないで、そのままにしてある」

花畑の東の端まで歩いてゆく。巣に息を吹きかけた犯人とは知らず、ミツバチがぼくを追い越し、あるいはよけてゆく。土と花の匂《にお》いのなかを、ローズマリーやミント、タイムなどハーブの香りが風にのって漂う。

突然、となりの畝の花陰から人が立ちあがった。

「先生、アンズの手前の切り株にハチの巣があるよ。気をつけて」

麦わら帽にほおかむりをしたおばさんだった。前屈《まえかが》みになったまま、日に焼けた顔をぼくたちに向けている。

「あらそう、のりちゃん。気をつけるわ」

ぼくの顔を見て、のりちゃんと呼ばれているおばさんが、目を見開いたまま言う。

「こちらのかた、先生の甥御《おいご》さん？」

「え？　この人？　ちがうわよ。だいいち、わたしにはこんなに若い甥なんていないわ」

おばさんは愉快そうに笑った。

「そうじゃなくて、村井先生のことですよ。とっても似てらっしゃるから」

「……ぼくがですか？」

「そうですよ。先生の若いころにそっくりだから、びっくりして見てたんだよ」

藤沢さんも笑った。内田さんはいつのまにかぼくらから離れて、ハチの巣の場所を遠くからたしかめているようだった。内田さんにも笑い声は聞こえているだろう。

「先生は役者みたいにいい声をしてて、若いころはたいした二枚目でね。いやあ、あははは、いまもだけど」

おばさんは笑ったせいでゆるんだらしい涙腺《るいせん》を、ほおかむりの手拭《てぬぐ》いの端で軽くおさえ、また笑った。

「いい男だって言ってるんだから、そんなに驚いた顔しなくてもいいんじゃないの」

藤沢さんは半分困ったような笑顔になっている。先生と藤沢さんの間柄を、この人はよく知っているにちがいない。おばさんはまた畝にかがみこんだ。

農園のメインストリートを抜け出ると、その先に大きな栗《くり》の木がそびえていた。内田さんにうながされ、失礼することにした。

「これからはいつでもひとりでいらっしゃい」

藤沢さんはバイクが停めてあるところまで見送りにきて、そう言った。

「はい」と言ってぼくは頭をさげた。「ごちそうになりました。ありがとうございました」

すでにハンドルを握っていた内田さんは、ぼくが後ろにまたがるやいなや、ヴィンセント・ブラック・シャドウのエンジンをかけた。そして言った。

「藤沢さん、いろいろお世話になりました」

「あら、だってまだみえるんでしょ」

「ええ、でもこれからは坂西が担当ですから」

「そうね。じゃあ用がなくても遊びにいらっしゃい」

「ありがとうございます」

内田さんは農園に敬意を表するようにクラッチを静かにつないで、ごくゆっくりとしたスピードで門柱に向かった。私道を抜け、アスファルトの道に出たところで、バイクは一時停止をした。ぼくは目の前の浅間山を見上げた。

「つぎからひとりで来られるように、曲がり角や目印になるものをよく見ておいて」

内田さんが半身を傾けるようにして、ぼくに言った。ぼくは頷《うなず》いてから、あらためて「はい」と声に出した。

19

八月の終わりになると、青栗村の夏は急いで帰り支度をはじめたようだった。日中は真夏の気温に迫っても、夕暮れには森を風がわたり、日差しの跡をくまなく吹き消してゆく。朝の散歩に出る先生も薄手のカーディガンをはおるようになった。

いつも頭のどこかで麻里子とふたりきりになれる機会をさぐっていた。土曜の午前中に掃除や洗濯、畑仕事を済ませてから路線バスに乗り、旧軽井沢のロータリー近くにある喫茶店で待ちあわせ、麻里子のクルマで別荘に向かう。夜には最終のバスに乗って夏の家にもどった。デパートに卸すようになった水羊羹《みずようかん》が予想を超える売れゆきで、父親は夏休み返上で陣頭指揮にあたっているという。麻里子が命じられた芝刈りは、ぼくがかわりに引き受けた。

　平日に軽井沢町立図書館での調べものにかこつけて合流することもあれば、買い物を済ませてから別荘に立ち寄ることもあった。わずかな隙さえあれば、そこにからだを押しこむように、会うことのできる時間をふたりはつねに探っていた。

　麻里子の別荘で、すっかり空っぽになった気持ちでシャワーを浴びるうち、沸騰《ふっとう》してぐらぐら揺らいでいたものが、しだいに静かな水にもどってゆく。内田さんの言うように、麻里子とのことで事務所を辞めざるをえなくなったら——不安が兆《きざ》すのはでかけてゆくときではなく、夜、夏の家の扉をあける瞬間だった。誰もがこのことを知っているかもしれず、誰も知らないかもしれない。どちらでもおかしくないように思われたが、どちらかはわからない。

　夏の終わりにむかって仕事もめまぐるしさを増していた。山口山荘の改修工事の立ち会いがあり、内田さんの下で担当する荻窪《おぎくぼ》の家の家具の図面の引きなおしがあり、工務店から届いた見積もりのチェックがある。そのうえでクライアントに連絡をし、了解をとり、発注する。ついでのようにたずねられた洗濯機や冷蔵庫選びの相談にのり、新機種のカタログを取り寄せる手配もする。目先の仕事を優先させていると、現代図書館の書棚をめぐるアイディアが浮かびかかっても、すくいあげられないまま沈んでゆきそうになる。先生からスケッチを手渡されたスタッキング・チェアの図面も、座面と脚の角度、四つの脚の配置がどうにもきれいにおさまらず、まだ仕上げることができずにいた。

いっぽう、書棚にたまる埃や本に生じる黴《かび》、紙を傷める害虫を除去する課題については、ひとつのアイディアが浮かんでいた。内田さんに話すと、模型をつくって実験してみたほうがいいと言われ、雪子とふたりで取りかかりはじめたところだった。

人が多く出入りする空間には、いやおうなく埃が運ばれてくる。秋から冬にかけて衣服がウール素材中心になると、埃の量はさらに増える。本の天の部分や書棚のうしろの隙には、埃が少しずつ、しかし確実に溜《た》まってゆく。温度はもちろん湿度の管理が肝要だが、梅雨どきは空調だけでは限界がある。夏には人の手の汗や脂《あぶら》が増え、本に付着すれば黴の栄養源となり、溜まった埃は虫に絶好の環境を整えることになる。高温多湿のモンスーン気候にある日本の図書館では、除湿が設計条件のかなめのひとつになるはずだ。

埃も黴もシミやシバンムシなどの害虫も、空気の流れには弱い。微風が書棚を抜けてゆくように設計できれば、留まることはできないだろう。しかし書棚が背板で完全にふさがれていては、風の抜け道がない。背板の上と下をあけて空気の流れをつくりだし、ふつうは天井に取りつける排気グリルを、書棚の背後の床面にスリット状に設置してはどうか。国会図書館の書棚の最下段が、床面から二十センチ程度の高さに設定されているのは、湿度や埃、黴への対策だから、床からの排気は理にかなっている。書棚を経由して床に向かう空気の流れができれば、埃は棚にとどまらず床へ落ち、そのまま排気グリルに吸いこまれてゆく。空気の流れを嫌う黴や虫にとって、書棚はつねに吹きさらしの劣悪な環境になるだろう――というのがぼくのアイディアだった。

設計室の大テーブルで、雪子とぼくはシナベニヤを使って黙々と模型をつくっていた。床下の構造まで用意した模型には、床面の排気グリルに排気パイプを接続し、その末端でマブチモーターを使った小さな換気扇をまわす。書棚には一冊十円でまとめ買いしてきた古本の文庫本を四分の一に切り落としてつくった豆本を用意する。書棚の前の何か所かに、火のついた線香を高さを変えて設置し、その煙の動きで、どの程度排気が機能するのかを見てみようというのだ。

スチレンボードではなくシナベニヤで模型をつくると言いだしたのは雪子だった。雪子は倉庫の三和土《たたき》の片隅に据えおかれたバンドソーを使って、みるみるうちに材料を切りだしていった。髪や腕に木屑が飛び散っても気にかけず、慣れた手つきでバンドソーを使いこなす雪子の様子に驚いていると、ふり返って、「これでも大工の娘ですから。小学生のころはオモチャだって自分でつくったのよ」と得意げな表情になる。

シナベニヤのパーツを切りだし終えて設計室にもどり、新聞紙を敷いた大テーブルの上で模型の組み立てをはじめた。並んで座り接着作業をしているとき、雪子から伸びた手がパーツをつかもうとしてぼくの腕に触れた。「あのね、組み立ての順番はそうじゃないほうがいいの。上から順番にじゃなくて、ここところをつけて」と伸びてきた二の腕がぼくの手の甲にふたたび触れた。雪子の視線はシナベニヤにだけ向けられていた。

麻里子が設計室に入ってくる気配がした。麻里子の足音は、リズムですぐにそれとわかる。雪子の視線がはじめてぼくのほうにあがってきた。雪子は微笑《ほほえ》んだ。

「もうちょっとしたらお茶を淹れますから、みなさん下へどうぞ」

ぼくはふり返らず、設計室に響く麻里子の声だけを聞いていた。井口さんは「はいよ」と言い、内田さんが椅子から立つ音がした。

「区切りがついたらおりていくね。ありがとう」

雪子の少し弾んだような声が、麻里子に向けられた。

「うん、わかった」

素っ気ない返事を残して、麻里子が階段を降りていく音がした。

結局、ぼくと雪子はお茶の時間をすぎても模型の作業をつづけていた。模型をつくっていると、知らぬまに頭のなかが子どものようになる。ぼくはいつもより口が軽くなり、雪子の笑い声も大きくなっていた。途中でお茶とお菓子をトレイにのせて運んできてくれた笹井さんは、「ほんとに楽しそうね。なにがそんなにおかしいの?」と言った。ぼくは雪子の顔を見た。「坂西くんが」と笑いすぎて上気した顔で雪子は言い、途中でまたこらえきれず笑いはじめた。笹井さんは「あらあら、根のつめすぎじゃないの。休み休みにしたら」と言い、なぜ笑っているのか聞こうともせず、トレイを脇《わき》にかかえて設計室を出ていった。

お茶の時間が終わるころ書棚の模型ができあがった。カップを片づけがてら、実験に使う線香をとりに階段を降りていくと、ダイニングの手前で笹井さんとすれ違った。笹井さんは立ち止まり、ぼくの顔を正面から見ながら、低い声で聞き間違いようのない言葉を口にした。

「誰にでもいい顔をしてはだめ」

「え?」喉の奥で、声にならない小さな声が出た。

「わかるでしょ」

それだけ言うと笹井さんは、ろうそくの火を吹き消したように平静な顔で、階段をのぼりはじめた。

ダイニングルームに麻里子はいなかった。だとすると家事室にいるはずだったが、しんとしている。ひやりとした気持ちのまま倉庫の棚から線香の箱をとりだし、右手の視界に入ってくる家事室はふり返らずに設計室にもどると、図面の上をはしる鉛筆の音ばかりが満ちていた。見えない線が、つぎつぎに生まれている。迷いもためらいもない線。一階の麻里子と二階のぼくが誰にも言わないでいることを、いくつもの鉛筆の線がまっすぐに指をさし、批難している気がしてくる。鉛筆を使っていない雪子だけが顔をあげ、ぼくを笑顔で見た。笹井さんの言葉がよみがえって、ぼくは目をふせた。

線香に火をつけ、実験をはじめる。鉛筆や定規を置く音がして、ほかの所員たちも集まってくる。ミニチュアの本がぎっしりと並んでいる書棚の上部の空間に、線香の煙が吸いこまれてゆく。上の段よりも下の段のほうが吸いこみが強い。模型から少し離れて、雪子は煙の流れをかがみこむようにして見ている。集められた煙が排気パイプの端から出て、先生の愛用する線香の清浄な香りがあたりに漂う。背中あわせに置いたふたつの書棚の間隔をあけると、煙を吸いこむ勢いが落ち、床に設けた排気グリルの幅ぎりぎりまで間隔を狭めたとき、吸いこみのスピードはピークになった。暖炉の薪の置きかたによって、吹きあがる炎の勢いが変わると先生が教えてくれたのと同じだった。薪も、書棚も、人も、ほどよく近づいたときに勢いがつき、風がおこる。

「これはうまくいきそうだな」実験を見ていた内田さんがつぶやいて、「先生にはきみが自分で説明したほうがいい」とぼくを見て言った。

所長室に行き、先生にアイディアを口頭で説明してから、スケッチレベルの図面を見せた。「模型もできていますから、いつでもご覧になれます」先生は、渋い顔をしていた。

「スタッキング・チェアの図面はどうなってる？」

ぼくは身を固くして口を開いた。

「すみません。もう少しでお見せできると思います」

「遅いね。なにが問題なんだい」

座面と脚の角度がうまくいかないとぼくは説明した。

「それはきみがひとりで決めることなのか。どうして見せて相談しようとしない」

きびしい声だった。

「申しわけありません」

「クライアントがいて、期日がある。建築家の仕事はそういうものだ」

「はい」

先生は老眼鏡を外して、ぼくの顔をじっと見た。

「一点の隙も曇りもない、完璧《かんぺき》な建築なんて存在しない。そんなものは、誰にもできはしないんだよ。いつまでもこねくりまわして相手を待たせておくほどのものが自分にあるのか。そう問いながら、設計すべきなんだ」

いまのぼくに、誰かを待たせておくほどのものなどあろうはずもない。

「クライアントの言いなりに、納期のために働けという意味ではもちろんない。もしクライアントから不満が出たり、変更を強いられたりしたとき、ぎりぎりでやっていたらどうなる？　きみが間違えていた、ということだって起こりうるだろう。いざというときのためにも、つねに時間を見ておきなさい。そういう意味では建築は芸術じゃない。現実そのものだよ」

先生は両手の指で目のうえをぐっと押さえてから、また口を開いた。

「設計事務所があるのは、限られた時間を人の数によって増やすためでもあるんだ。一人でやったら一日かかる仕事も、ふたりでやれば半日で終わる。図書館の設計なんて、私がひとりでやっていたら、五年かかっても終わらない。私がきみたちに委《ゆだ》ねるのも、きみたちが私に委ねるのも、協働《きょうどう》ということであって、それは徒弟とか親方とか、そういう上下関係とはべつのものだ。信頼だよ。そうでなければ、いっしょに働くことなんてできないだろう」

ぼくは顔をあげていられなくなり、先生の手がのせられている古い机の、渋くつややかな木肌をじっと見ていた。

「目を伏せることはないよ」

「はい」先生はきびしい顔をほどいて、不器用に笑顔をつくろうとした。目にはすでに怒気はなく、いつのまにか含羞《がんしゅう》の色がさしていた。

「じゃあ、実験を見せてもらおうか」

老眼鏡をかけなおし、先生は立ちあがった。


先生がおだやかな声で指摘したポイントは、ひとつひとつが明解だった——下の段のほうが吸いこみが強いのは、埃も湿気も下に溜まるのだからかえって好都合だろう。書棚は改良の余地がある。本を抜いた状態でも書棚は美しく見えなければならない。上と下があいているウェスタンドアのような背板では見た目が不安定だし、安普請《やすぶしん》に見えてしまう。背板を上中下の三枚に分け、真ん中の背板だけ手前にふかして、上下の背板とのあいだに隙間ができるようにしてはどうか。正面から見ればスリット状の隙間は見えないだろう。背板にスリットができれば暖炉と同じヴェロシティも生まれる。空気の吸い出しも強くなるだろう。これでもういちど詰めてみてほしい——先生は説明しながら描いたスケッチをぼくに手渡した。

「どこで排気するかというのは大事な問題でね。だいたいは天井や梁《はり》のあたりに配置することで落ちつくんだが、床からの排気というのは実用性も高いし、工夫次第でメンテナンスも楽になる。しかも今回のプランは空気の流れにもうひとつ別の役割を担わせようとしているわけだ。細部を丁寧に詰めていけば、目に障《さわ》らず、ほとんど音もしない、いい仕掛けになるんじゃないか。もう少しこれを進めてみよう。ありがとう。いい提案だった」

ぼくは頭を下げた。雪子がこちらを見て、うれしそうな顔をした。

「坂西くん、また部屋に来てくれるかい」

先生はそう言って、所長室のドアに向かって歩いてゆく。

所長室の一人掛けのソファに座った先生は、ぼくを見上げて言った。

「藤沢さんのところに行ったそうだね」

「内田さんといっしょにうかがいました」

ぼくはあらたまって言った。

「そこに座って」先生はソファの向かいにある椅子をさした。「どうだった」

「大きな家でびっくりしました。でも、キッチンをはさんだ南北に、書斎と寝室、バスルームとパウダールームがまとまっていて、広い家なのにあちこち歩きまわる必要がないんですね」

先生はふっと表情をゆるめた。

「昼間は畑でからだを動かしているから、家のなかでまで運動しなくてもいいだろう。冬のあいだは二階のあのエリアだけで暮らせるようにと思ってね。……藤沢さんは話のよくわかる人だから心配いらない。家はそれなりの年月が経《た》ってメンテナンスが増えているから、これからも通ってもらうことになるかもしれない。どうかよろしくたのむ」

ぼくは「はい」と答えた。

「セントラルヒーティングの効率が悪くてね。ボイラーを新しくしたほうがいいんだが、今年やるかどうかは藤沢さん次第だ」

目尻《めじり》のあたりを押さえながら、曖昧《あいまい》な表情をしている先生に、ぼくはこのあいだから消えずに残っていた疑問を口にした。

「三階のバルコニーですけれど」

「うん。スズメバチがまた巣をつくったと聞いた」

「どうしてあのバルコニーをつくられたんですか」

「どうしてかって?」と先生は笑って、しばらく考える顔をしていたが、やがてまた口を開いた。

「デンマークのコペンハーゲンにね、古い市庁舎がある。知ってるかい」

「いえ」

「市庁舎といってもね、英語でいえばシティホールだ。たんなるお役所ではない。百メートルを超える塔をもつ、赤煉瓦《あかれんが》が印象的な立派なものだよ。コペンハーゲンではこれを超える建物は建てられない規制があるから、街のシンボルにもなっている。いま見ると、中世デンマークの建築様式にのっとった、いかにも北欧の建築というふうに見えるかもしれない。マルティン・ニーロップの設計でね、一九〇五年に完成した。ところが完成した当時は、建築界からは悪評紛々だったそうだ」先生は手のひらであごを撫《な》でた。

「伝統的な様式からはほど遠いものだったからね。たとえば、横から見てもよくわからないんだが、上空からなら一目瞭然《いちもくりょうぜん》、大きなガラス屋根がかけられている。だから外から見た印象とは大違いで、なかは明るいんだ。ガラス屋根は雨漏りしないよう片流れの急勾配《きゅうこうばい》になっている。内部には手工業的な仕掛けがいっぱいあってね、木材から煉瓦、花崗岩《かこうがん》、鉄骨まで素材の持ち味をそのまま見せるように使ってある。まあ、やりたい放題なんだよ」先生はおかしそうに笑った。

「椅子《いす》も座り心地を重視して一からデザインされていて、従来の装飾的で様式的な椅子はいっさい使わなかった。このときの彼のデザインは、北欧の椅子を決まりごとの枠から解き放って、ひとつの新しい流れをつくったと思う。当時の建築家にとっては、アカデミックに、伝統を重んじるやりかたこそが正しいふるまいだったんだが、彼はようするに現場で考える職人的な建築家だったんだね。それがいまや不評どころか、コペンハーゲンのシンボルだよ。ニーロップのねらいが、時間をかけて浸透したわけだ。

市民はそこで結婚式を挙げるし、デンマークの王子や王女が結婚するときも、式の前にまずは市庁舎で市民の祝福を受ける。この広場がね、広すぎず狭すぎず、市庁舎のヴォリュームとのプロポーションがじつにいいんだ。ヨーロッパの広場というのは、あれは日本にはない概念だね。どこからでも自由に出入りができる。街の一部であって、あらたまった特別な場所ではない。国や王室が用意するものでもない。広場に立てば、ここは誰のものでもない場所だと感じるんだよ。だから革命が起これば、いつでも集会場になり得るわけだ。つまり広場は市民のものなんだね。日本人は広場を持とうと思ったことはないし、これからもたぶん、ないだろうが」

脇道にそれた自分の話を引きもどすように、先生はソファに座りなおした。

「広場を見下ろす市庁舎の、三階の中央部に設《しつら》えられたアーチ型の木製ドアが手前に開くと、小さなバルコニーに王家の人びとが姿を現わす。集まった市民に手をふってこたえる。そうだね、鳩《はと》時計を想像してくれればいい。これがほんとうに小さなバルコニーなんだよ」

先生は右手に持った鉛筆をゆっくり揺らし、左手の親指に軽く当てた。

「バルコニーがそんなふうに使われるものだというのを、あの市庁舎ではじめて見せられた気がしてね。藤沢さんのところのバルコニーも、それなんだよ。あの家の場合は、花に挨拶《あいさつ》をするために設計した、というわけだ」と言いながら、先生は笑った。

「まあそれは冗談だけどね。花畑を一望できる場所が、あの家にはどうしてもほしかったし、ヴォリュームのある家だから、どこかに一か所、愛嬌《あいきょう》のようなものがほしくてね。こんど、人が立っているバルコニーを花畑から見あげてごらん。おもしろい眺めだよ。人は遠くから見ると、じつにちっぽけなものだ。大きな家を背景にすると、さらにはかないほど小さく見える」

なにかを思い出したような表情になり、先生の言葉はしばらく途切れた。

「バルコニーに出るのはスズメバチの巣がなくなってからにしないとね」

「駆除しないといけませんね」

「いや、急がなくてもいいだろう。秋が深まって冬になれば、いずれスズメバチは巣を出ていく。日常的に危険でなければ、寒くなるのを待ってから、空き家になった巣をとるほうが無理がない。藤沢さんによく相談したほうがいい」

普通のクライアントのひとりでもあるかのように、先生は藤沢さんについて話していた。麻里子の話を切りだそうとする気配はどこにもなかった。

ぼくは夜遅くまで設計室に残ってスタッキング・チェアの図面を仕上げ、翌朝、散歩からもどった先生に手渡した。その場でいくつか修正点の指示があり、午前中いっぱいかかって図面を引きなおすと、また修正すべき部分の指摘をうけた。さらに夕方までかけて描きなおした図面を先生はしばらく黙ったまま見返して、「いいだろう。図書館が決まったら、これでいくことにしよう」と言った。

実現すれば、これがぼくの担当した最初の椅子になる。青焼きをワンセット余分につくって、自分の部屋に持ち帰ることにした。先生に叱責《しっせき》されたことと、認められたこと。この青焼きを見れば、いやでもその両方を思い出すことになる。

書棚についての課題はほかにも残っていた。一段分の高さを何種類に分けるか、つまり、四六判とよばれる普通サイズの本と、それ以外の大小の本を、どれぐらいの比率で想定し、書棚を用意すればいいか、ということだった。軽井沢町立図書館にこもって本のサイズと刊行年をつきあわせて調べてみると、書籍の判型のヴァリエーションが年々少なくなりつつある傾向がはっきりと現われていた。大判の函《はこ》入りの本は、全集類をのぞけば七〇年代後半から激減していたし、正方形のような変型判も、少し大きな菊判も、ハンディな小B6判も減っていた。クロス装や箔押《はくお》しのような、いかにも手をかけた感じの装幀《そうてい》の本は、これからさらに少なくなっていくのではないかと予想された。

棚を取りはずし可能なものにして、高さをビスで調整する方法をとると、棚があまったり足らなくなったり、結局は無駄な空間が取り残されてしまう。図書館の長大な書棚の並びもランダムに乱れてしまうから、落ちつきのない眺めになる。先生からは、「道立大のときもそうだったが、今回も棚は固定するほうがいいだろうね。固定にしても書棚の無駄な空きを少なくする配分の方法はあるはずだから、それを探ってみてほしい」と注文がついている。これがまだ手つかずだった。

野宮さんの書見台は、まもなく実物ができるところまで進んだ。八ヶ岳の田川さんに書見台の設計図を送り、ディテールについて何度か電話でやりとりをした。現代図書館の閲覧室で書見台をどう使うかは、実物が届いたところで先生と検討することになっていた。

田川さんへの連絡は、麻里子のいる家事室の電話を使った。麻里子はぼくが入っていっても、笑顔をみせなかった。最後にふたりきりでいたのは、もう三日も前のことだった。畑の野菜がたまってきていたので、買い出しが一回休みになっていた。立ったまま受話器を握っていると、麻里子の気配が鼻に感じられて、ぼくは落ちつかない気持ちになる。髪や肌の感触がすぐによみがえってくる。「来週までには楢材《ならざい》の書見台をまず送るから」と田川さんは電話の向こうで言っていた。ぼくは「ありがとうございます。助かります」と言いながら、自分がほとんどうわのそらの受け答えをしているのがわかった。

麻里子は電話が終わると、ぼくをふり返り、「まったく無駄話をしないのね。お元気ですかとか、そちらの天気はどうですかとか」と言った。

「失礼だったかな」とたずねると、「愛想のないところは、先生そっくり」と言って、長い髪をうしろに払った。麻里子の耳があらわれる。話の接ぎ穂を失ったぼくは、「え？　そうかな」と口のなかでつぶやいた。

一階にはぼくと麻里子の他には誰もいなかった。手を伸ばせばすぐにもふれられるところに麻里子はいた。だからなおのこと、以前と同じように、「電話、ありがとうございました」とだけぼくは言った。ほんとうは週末の相談をしたかったのに、その言葉が出てこない。麻里子も「どういたしまして」と言ったきり黙っている。これもきっと愛想のないふるまいなのだと思いながら、気持ちとは裏腹に家事室を出て、となりのキッチンへ行き、冷蔵庫のトマトジュースをグラスに注いだ。黒胡椒《くろこしょう》を挽《ひ》いてから、息継ぎもせずぐいぐい飲みほした。グラスを洗って拭《ふ》きながら家事室のほうをふり返ると、麻里子は机の上で重ねた両腕に、むこう向きに頭をのせている。引かれたカーテンのように、やわらかな髪がこちらに流れていた。声をかけられないままキッチンを出て、設計室にもどった。

夕食の席でも麻里子は静かだった。しばらく前から内田さんも言葉少なになっていたから、食卓は会話が途絶えがちだった。先生がふいに口をひらいた。取り付け工事を終えた山口玄一郎山荘の窓に、空き巣が二度と手を伸ばす気にならないよう、山椒の木を植えてはどうだろうという。

夏の家の裏庭には山椒の木が五本並んでいた。一本の山椒のこぼれ種から増えたらしい。二メートルほどの樹高があり、枝葉も鬱蒼《うっそう》として、隣のドウダンツツジを覆《おお》うまでに伸びている。緑色の実をこぼれるほどたくさんつけて、近くに寄るだけでいい香りがする。しかし半袖のまま手を伸ばそうものなら、おそろしくかたく鋭い棘《とげ》にどれほど痛い目にあわされるだろう。たしかに効果はありそうだったが、いますぐ植え替えることには雪子が反対した。

「山椒の植え替えには遅すぎます。本当は梅雨どきがいいんですけれど、これから植え替えるなら、秋になってからじゃないと」

「そうか。それでは秋になってからうちの二本を山口さんのところへ移しかえることにしよう、それでいいかい」と先生は雪子の顔を見た。

「はい、わたしもお手伝いしますから」屈託のない笑顔で答えると、そのまま雪子は笹井さんと山椒の実を採る相談をはじめた。茹《ゆ》でて冷凍したり、つくだ煮にしたり、ふたりは毎年、この作業をたのしみにしているらしい。ぼくを山椒採りに誘おうとしないふたりの会話をなんとなく居心地のわるい思いで聞いていた。麻里子はと見ると、素知らぬ顔をしてペンネアラビアータを口に運んでいる。

　少し前に、ぼくは50 ccのバイクを手に入れていた。これからはひとりで藤沢衣子さんの家に行くことがあるだろうし、近所に出かけるときのためにも便利だと思う、と相談すると、内田さんは、「50 ccだと二人乗りはできないよ」とぼくの目を見て言った。「一人乗りでいいんです。ただ、峠をのぼりおりできる馬力があれば」と言うと、軽井沢にある中古バイクの販売店を教えてくれた。リーズナブルで、故障したときの対応もよく、長いつきあいを前提にする売りかたをしているところだから信用がおけるという。ぼくは夕方、仕事に区切りをつけるとバスに乗ってでかけ、閉店間際《まぎわ》の店に飛びこんで、相談にのってくれたオーナーのすすめる赤いバイクを迷わずに買った。これで週末、旧軽井沢の麻里子の家に行き、真夜中でも早朝でも、時間を気にせず夏の家にもどってくることができる。路線バスが走っている道は、ところどころで棚坂軽便鉄道の線路跡と重なっている、と井口さんは言っていた。高低差をなるべく避けるようにして、大まわりしながらゆっくりと軽便鉄道は走っていたのだから、50 ccのバイクでも無理なく走ることができるだろうとぼくは思ったのだ。

登録が済んだバイクを引き取りにいく日、内田さんは「これ、使ってないから」と言って、中古のバイク本体よりも高価かもしれないイギリス製のヘルメットとゴーグルをプレゼントしてくれた。ぼくはそれを身につけ、赤い50 ccにまたがって、浅間山を正面に見たり横に見たりしながら、クルマの二倍近くの時間をかけて、夏の家にもどってきた。

無口なままの麻里子が夕食後早々に自室に消えた夜ふけ、書庫のドアの下から、いつのまにかちいさな封筒が差しこまれていた。麻里子からだった。カードには「土曜と日曜、いっしょにいられる？　Mariko」とだけ書いてあった。やわらかく厚みのあるカードをひらいたとき、麻里子のオードトワレの匂いがかすかに立ちのぼった。

八月最後の土曜日の朝、ぼくは雪子とふたりで朝食の準備をしていた。空気も乾き、浅間山がいっそうくっきりと見えるようになっていた。外気温計を見ると、針は十二度をさしていた。

簡単なメニューをひとりで準備するつもりだったが、ハッシュドポテトをつくりたいからと雪子が途中からキッチンに入ってきた。よく着こんでくったりとしたブルーのTシャツにチョコレートブラウンのカーディガンをはおった雪子は、てきぱきと気持ちよさそうにキッチンのなかを動いた。

フライパンでこんがり焼きあがったハッシュドポテトを皿にのせながら、雪子が「あ」と声をあげた。視線の先を見ると、裏庭の山椒の木が妙に騒がしい。キジバトが三羽、山椒の木にとまっている。棘が脚にあたるのか、バサバサと羽ばたきをくり返しながらしきりにとまる枝を変え、アンバランスな姿勢のまま首を伸ばすようにして青い実をついばんでいる。真剣なのにどこか滑稽《こっけい》な動きだった。コーヒー豆を挽く手をとめて、ぼくは言った。

「いいんですか、食べられちゃって」

朝食のあと、山椒の実を収穫するはずだ。

「たくさんあるんだから、食べたいだけ食べればいいわ。アゲハチョウも山椒の葉っぱが大好きだし、あんなに棘だらけにしていても、おいしすぎると防げないのね」

キジバトは罠《わな》にでもかかったように、からだを傾け、不格好な姿のまま、つぎつぎに実をついばんでいる。

「痛いのね。痛いのに食べたいのね」

雪子は可笑《おか》しさと哀れみのまじった声でそういった。棘をよけながら羽ばたいてはとまり、また羽ばたいては枝を移るキジバトを見ているうちに、ぼくは自分を見ているような気がしてきた。麻里子に会うために、いまごろになってわざわざ50ccのバイクを買ったのは、いかにも滑稽だった。そうではあっても、自分のふるまいを客観的に見て修正できるような余裕はなかった。朝食を終えたら、バイクに乗って里へ降り、昨夜のうちに旧軽井沢にもどっている麻里子と日曜日の夕方まですごすことになっていた。

「おはよう」

内田さんがダイニングルームに入ってきた。キジバトたちは驚いたようにいっせいに飛びたった。山椒の木が揺れて、すぐに静かになる。テーブルについたのは、ぼくと内田さん、笹井さん、雪子の四人だけだった。夏の家にきてから、こんなに少ない人数でテーブルを囲んだのは初めてだ。

「ハッシュドポテトの匂いで目が覚めたよ」

内田さんはめずらしくうれしそうな顔をした。

「それはよかった」と雪子が言う。

河原崎さんと小林さん、井口さんは月曜日まで北青山の事務所にもどっていた。先生もきのうの夕方から出かけている。藤沢さんの農園にいるのだろう。

静かな朝食が終わり、二杯目のコーヒーをのんでいるとき、「この顔ぶれだから、ちょっとお伝えしておきたいんだけど」と内田さんがあらたまった声で言い、少し背筋を伸ばした。笑顔を見せようとしているが、表情がかたい。

「突然なんですが、この図書館プロジェクトが終わったところで、事務所を辞めることになりました」

雪子の顔がさっと曇った。笹井さんは驚いた顔で言った。

「独立する、ということね」

「まあ、そうなんだけど、まだなにも決めていないんです」

雪子が言う。

「図書館のコンペで一等になったら、竣工《しゅんこう》まではいらっしゃるんですよね」

「そうなればもちろん、そうしたいけどね」

「じゃあまだまだいっしょに働けるわけね」

笹井さんはつとめて明るい声を出そうとしているようだった。表情をかえずに席を立った内田さんは、ケトルに水を入れながら、背中ごしに言葉をつづけた。

「どうかな。先生のプランが正当に評価されれば、実現されるべき最善のプランであろうことは間違いないけれど、選定委員会にはまたべつの力学がはたらきますからね」

内田さんは、辞めることはまだ先生にしか話していない、井口さんは承知しているだろうけれど、とりあえずこの四人だけの話にしておいてほしい、と言った。麻里子に触れないのはとくに不自然ではなかったかもしれない。それでもぼくには、麻里子の名前を口にしたくない内田さんのかたくなさがわずかに顔をのぞかせているように感じられた。話しているあいだ、内田さんは一度もぼくを見なかった。

掃除を終えてから、でかける準備をした。軽井沢の友だちの家の別荘に行く、と言ってあった。西棟の倉庫に入れてある赤いバイクにまたがって、内田さんからもらったヘルメットとゴーグルをつける。50ccのバイクと不釣りあいな格好が、いまの自分にはふさわしい。

エンジンをかける。ヴィンセント・ブラック・シャドウの百分の一の迫力もない軽い音の響き。ゆっくりとスタートさせながら、背後にある大きな桂《かつら》の木のさらに向こうに、見えない内田さんの気配を感じていた。ぼくは何かを引きはがすように、アクセルグリップをさらに深くまわした。

20

夕方になっていた。

リビングのレコード棚に、古いフォトアルバムが並んでいた。

「若いころの先生もうつってるわよ」

一冊を引きだして両手にかかえると、麻里子はぼくのとなりに座って、ソファのうしろにあるレ・クリントのフロアランプを点《つ》けた。外はまだ明るかったが、アルバムの並んでいる一角は庭に面した窓からいちばん遠い薄暗がりにあった。たっぷりと大きな丸い光の輪がひろがり、アルバムを持つ手もとを照らしだす。麻里子とぼくは同じ光のなかにいた。

　アルバムをめくると、古い写真の匂いがたちのぼってくる。台紙の上に注意深く配置されたモノクロ写真は、四隅を小さな三角のコーナーでとめてある。一ページ目の中央には、浅間山を背景にした家族写真が貼《は》られていた。真ん中に立っている女の子は、チロルハットをかぶり、長袖《ながそで》のシャツにニッカボッカ、しっかりとした登山靴をはいている。父親も母親も登山姿だ。女の子は少しまぶしそうで、ほのかな笑顔には誇らしげな表情も透けてみえる。写真の下には「1962年8月5日　浅間隠山《あさまかくしやま》にて麻里子初登頂」と青い万年筆で書いてある。父親の字だろう。父親はたしかに先生と似ていたが、表情がもっとやわらかい。先生よりも眉間《みけん》がひらいていて、額が広い。気安い冗談がすぐにとびだしてきそうな口もとだった。母親は登山姿もどこか借り着のようで、疲れのせいなのか、笑顔がこわばって見える。

「このときはもうほんとうに死にそうだったんだけど、父にずっと、すごいなマリコ、もうひと息だ、がんばれって、おだてられながら登ったの。頂上でリュックをおろしたとたん急にからだから重さが消えて、風に吹き飛ばされそうになったのを覚えてる」

　アルバムのなかにいる小学一年生くらいの麻里子は小枝のように華奢《きゃしゃ》だった。でも自分の腕が細いとか太いとかには思いもおよばないような顔をしている。関心の先が自分ではなく、外へ外へと向かう子どもの目だった。渓流のそばにしゃがみこんで水の流れを見ている麻里子。もみじの葉を片目にあてて、前の乳歯が抜けた口で笑っている麻里子。万平ホテルのダイニングルームでよそゆきの服を着た写真もあった。櫛《くし》でなでつけられた前髪をきちんととめて、親に着せられた服に素直に包まれている。もう一冊、別の古いアルバムの一ページ目には、別荘の建ち並ぶカラマツ林の道を、向こうへと駆けだしてゆくうしろ姿があった。走る勢いで輪郭がぶれて、二重になっている。

「ここ、どこかわかる?」麻里子はアルバムをぼくの膝《ひざ》のほうにちょっと寄せて言った。生乾きの髪の先が腕に触れた。

「軽井沢じゃないの?」

「ちがうの、青栗村」

驚いて写真に顔を近づけると、たしかに未舗装の道の雰囲気が旧軽とはちがってのびのびと広い。つづくページには、青栗村に滞在中の一家の写真が、几帳面《きちょうめん》なレイアウトで貼られてあった。

古い建物は、その佇《たたず》まいからすぐに駅舎だとわかった。「改札口」の文字が右から左に書かれてある。その白い文字のずっと下に、幼稚園にもあがっていないぐらいの心もとない表情の麻里子が、改札口によりかかるようにして立ち、なにかを不思議そうに見上げている。衿《えり》に刺繍《ししゅう》のある白いブラウスに、格子縞《こうしじま》のスカート、黒いストラップシューズ。髪はおかっぱに切り揃《そろ》えられ、頬のあたりはふっくらとしている。棚坂軽便鉄道の北浅間駅構内だろう。線路との段差がわずかしかない簡素なプラットホームに、一両だけの客車が停車している。麻里子の家族を北浅間で降ろし、さらに草津へと向かおうとしているのか。カブトムシという愛称で呼ばれた電気機関車は、パンタグラフをのぞけば客車の半分にも満たない大きさだ。

駅舎を出たところで、笑顔の先生が麻里子を抱えあげ、カメラを見ている写真もあった。白い開襟《かいきん》シャツを着た先生はいまよりもずっと痩《や》せていて、髪も短く、精悍《せいかん》だった。

アルバムにはそこからさらに、夏の家で撮られた写真が並んでいた。小さな麻里子が夏の家の前にある桂の木の下に立っている。桂はいまの半分ほどの高さしかない。幹も細い。見慣れた階段の手すりに、ようやく手を伸ばしてつかまりながらひとりで降りてくる麻里子が写っている。ぷくぷくとした幼い素足。裏庭で撮った先生と麻里子一家の写真には、ひ弱な青年が等間隔で整列しているような樹齢の若い林の向こうに、浅間山のシルエットがうすぼんやりと見えている。人も景色も淡く頼りなげで、どこかはかない。

二十年あまり前の夏の家の裏庭には、名前のわからない洋花があふれている。藤沢衣子さんの農園にも似た花があったような気がするが、記憶からとりだそうとしても像を結ばない。モノクロ写真に写っている花畑のあるあたりには、いまはベンチが置かれ、痕跡《こんせき》はどこにも残っていない。どの写真もただ静かだ。音も匂《にお》いも風向きもわからない。クロツグミやシジュウカラの囀《さえず》りも聞こえてこない。

「いまとはずいぶん雰囲気がちがう」

「だってまだ五十代だから」

「いや、先生じゃなくて、青栗村の様子が。なんだか若々しくみえる」

麻里子は納得したように言った。

「昔はもっと空が広くて、風通しもよくて、日差しが明るかった」

横顔のアップも何枚かある。父親がかわいいと思い、好んで撮った角度なのだろう。おさない麻里子の、目の前の何かを一心に見ている横顔には、いまにつながる表情があった。

「これはなにを見ていたの？」

「覚えてるわけないじゃない」

麻里子は笑った。

いつのまにかあたりはすっかり暗くなっていた。網戸に白い蛾《が》がぶつかっては離れていく。外から入ってくる夜の空気がつめたい。

ぼくたちはそれからキッチンに立って、麻里子が用意してあった冬瓜《とうがん》のスープをあたため、野菜の甘酢漬けとピータン豆腐をテーブルにならべた。大皿で円陣をくんでいる餃子《ギョーザ》を茹でた。三日月形の餃子のひだがきれいだった。茹であがった餃子を、おいしい、おいしいと言いながら、つるり、つるりと食べてゆくぼくを見ながら、麻里子は、夏の家で過ごした子どものころの記憶を、ひとつずつすくっては、手のひらのうえで確かめるように話しつづけた。井口さんが青栗村の昔話をしているときには、めったに口を挟まず聞き手にまわっていたから、ほとんどが初めて聞く話ばかりだった。

旧軽では大人のつきあいが優先され、子どもはそのおまけのような扱いだったけれど、青栗村には子どもどうしの世界がちゃんとあった。幼稚園のころから顔見知りの友だちが何人もいたので、旧軽ですごすより、青栗村の夏休みのほうがずっとおもしろかった。

親たちといっしょに小浅間にも登った。村を流れる永居川の水はいつも冷たかった。

ホタル池でボート漕《こ》ぎを覚え、池のまわりを一周するお化け大会にも参加した。道々に置かれてあるちいさな灯籠《とうろう》を目印に、途中にある別荘の郵便受けからテニスボールをとりだして、四個そろったらスタートラインにもどってくる——それがルールだった。秋の青栗村もたのしみだった。クラブハウスのあるグラウンドの端に大きな栗の木があり、カゴいっぱい拾って帰った。冬になるとホタル池でスケートをし、先生とスタッフがつくってくれた子ども用のスティックと、樫《かし》の木をなめし革で包んだパックを使ってアイスホッケーのまねごとをした。

麻里子は青栗村が年をおうごとに寂しくなっていったことを、やむないなりゆきと思っているようだった。「田舎が嫌いな母は、もっと前から来なくなっていたけれど、わたしだって高校生のころにはほとんど行かなくなってたから」

第一世代である山荘の主《あるじ》たちは、老いてゆくにしたがって遠出をおっくうがるようになり、いっぽう子どもたちは親といっしょの色褪《いろあ》せた世界を離れ、目新しいあざやかな世界をもとめるようになる。青栗村もそのようにしてだんだんと活気を失っていった。

「わたし、野宮先生を何度も見かけたことがある。にこりともしないんだけど、この人はほかのおばあちゃんとはちがうんだって思ってた気がする」

「話したことはあった？」

「ない。子どもになんて関心なかったんじゃないかな。いまも昔も。集会場でね、むずかしそうな顔をした男の人と並んで座ってるときは、ほんとうに幸せそうだった。青い花模様の夏のワンピースを着てたの、はっきり覚えてる」麻里子はおかしそうにつづけた。「この人にも腕と脚があるんだって思ったの。いつも着物でしょう。なにしろ笑ってるし、それだけでも別人みたいだった」

夕食を終えてふたりで皿を洗うと、麻里子はアンプのスイッチを入れて、ターンテーブルにレコードをのせた。ギターで演奏されたバッハのプレリュードだった。「ピアノじゃないんだね」とぼくは言った。

「ギターの音が好きなの」

隣の部屋にはスタインウェイのグランドピアノがある。ピアノはもう弾いていないのか聞きたかったが、口には出さなかった。ぼくたちはまたソファにならんで座った。

古いアルバムの最後の一冊には、農作業用にも見える服を着た先生が、軽トラックの荷台から葉っぱがたくさんついた木の束を抱えおろし、運びだそうとしている写真があった。

「これはなに？」ぼくは写真を指さした。

「桑の葉。カイコの餌《えさ》」

「夏の家でカイコを飼ってたときの?」

「そう。東側の一階の倉庫に、蚕棚が並んでたの」

「養蚕してたころのこと、知ってるんだね」

「子どもだったから、カイコが桑の葉をしょりしょりしょりしょりしょり食べつづけてるのを見るのはおもしろかった。でもせいぜい、二、三年のことだったんじゃないかな。手のかかる趣味みたいなものだったから。病気で全滅して、それで終わり」

桑の葉は、藤沢さんの農園から運ばれたのだろう。先生はこの軽トラックで農園と夏の家とのあいだを行き来していたのかもしれない。

麻里子はアルバムから顔をあげると、ぼくに言った。「あなたの小学生のころの話をして」

そういわれても、ぼくには麻里子に語ることができるような特別な思い出はなにもない。

「鳥を見にいってたんでしょ?」

たしかに休みの日には山や森に出かけてばかりいた。

夏休みに入ると、山で観察できる鳥の種類も、参加者の数も増える。でも、探鳥会がにぎやかになると、騒々しさをきらってか、とたんに姿を見せなくなる鳥がでてくる。だからぼくは、夏休みが早く終わり、いつものように少人数で、人の気配をなるべくころして山を歩き、野鳥の姿やさえずりをたのしみたいと思っていた。

「探鳥会のほかには？」と麻里子は言った。

「家族旅行にもいったよ。西伊豆《にしいず》に海水浴にでかけたり、横浜の従兄弟《いとこ》のうちに泊まりがけで遊びにいったり。でもほとんどは家にいた気がする。学校のプール教室に通ったり、近所の子ども会で西瓜《すいか》割りをしたり、宿題はあとまわしにして、だらだら過ごしてた。青栗村に山荘があったら、ぼくの夏休みもちがってたと思うけど」

麻里子はじっとぼくの顔を見た。そしてぱたんとアルバムを閉じた。

「先生はあなたにまだなにも言わない？」

そう言うと、ソファに背中を深くあずけるようにして、麻里子は天井を見上げた。

「うん。なにも」

ギターによるバッハのA面が終わった。あたりが急に静かになった。ぼくは立って、B面に針をおろしてからソファにもどり、麻里子のとなりにすわった。

「先生の話、言わなければよかった」

麻里子はぼくを見ないで、つまらなそうにつぶやいた。

なんと言えばいいのかわからずぼくは黙っていた。麻里子はぼくの左腕に右手を差しこんで、両脚を自分の胸に引き寄せるようにした。脚の動きにあわせて、体温を帯びた麻里子の匂いがぼくの鼻にとどく。

「困ってるんでしょ？」

「困ってなんかいないよ」

沈黙のあいだをギターの演奏がうめてゆく。

「子どものころの坂西くんに会ってみたいな」

「え？」

「いっしょに山を歩くの。そうすると鳥が鳴くでしょ。あなたが、コゲラです、オオルリです、クロツグミですって、そのたびに教えてくれる。双眼鏡ですぐに鳥の居場所を探しだして、ここですどうぞって手渡して、鳥のさえずる姿を見せてくれるの」

「ぼくだけ小学生で？」

「もちろん。わたしはいまのままのわたし。あなたはおとなしい小学生で、わたしよりずっと背が低くて、邪心なくわたしを大事にあつかってくれるの」

「邪心なく」ぼくは笑って、麻里子の腕にふれた。

「ぼくが二年生だったら、あなたは五年生でしょう。五年生にもどって会えばいい」

「じゃあそうしましょう」

麻里子はおかしそうに言って、ぼくの耳に鼻先をつけた。

小学生だった麻里子の、丸みをおびた鼻や頬は、大人になるにつれて子どもじみた脂肪を落とし、鼻骨や頬骨のきれいなかたちを浮かびあがらせた。なにかに心をうばわれるたび、無防備に開いていただろう口もとも、意思と感情のバランスが保たれるようになると、無理なく涼しげに閉じられていった。先生に軽々と抱きあげられていた麻里子は、ぼくの腕のなかで好ましい重みをもつようになっていた。それでもなお、子どもであった麻里子が消えたわけではない。手のひらに感じる頭のかたち、指のあいだからこぼれる細い髪、まっすぐな背骨、肩の丸み……麻里子のかたちは、生まれたときからずっと、とぎれることなくつながっている。いまとなりにいて、息をして、言葉を口にする麻里子をいとおしいとおもった。性急な欲望とは色合いのちがう感情がぼくのなかに生まれていた。

麻里子の寝室に、虫の声が響きわたっていた。おたがいの手が動き、からだが触れあい、言葉がかたちをなすのをやめるとき、閉じられていた口はふたたび薄くひらいてゆく。底に沈んでまどろんでいた感覚が揺りうごかされ、浮かびあがってくる。何度くり返しても、飽かずにいっそう強く、鮮やかに生まれてくるこの感覚は、どこからわいてくるのだろう。どれほど深く、ゆさぶられ、自分が消えてゆくように感じても、やがては帰ってこられると知っている。それはこの感覚が、人の奥深く、生まれつきそなわった暗がりに属するものだからではないのか。おびえる必要のない懐《なつ》かしい暗がり。ぼくたちはそのあたたかい暗がりのなかへ、たがいの息をたしかめ、息をそろえながら、どこまでも降りていった。

21

二階の書斎の、東側の壁のクロスに上から下へと流れるようににじんだ模様は、まちがいなく雨漏りのしみだった。先生から、ちょっと見にいってくれないかといわれた翌日、ぼくはひとりでバイクに乗り、藤沢さんの農園にきていた。「三時までは畑にいるから何かあったら声をかけて」と玄関で言い残し、藤沢さんは畑に出ていった。

この家のなかでおそらくいちばん小さな部屋である書斎は、ドアをのぞいた北の壁一面が本棚になっていた。花、植物、果樹の図鑑や専門書、詩集や小説など、それぞれ和書と洋書が半分ずつぐらいの割合で整然と並んでいる。図鑑はどれも手ずれがしていて、くり返し引きだされているのがわかる。養蜂《ようほう》についての古い本もあった。

書棚の隅に小さな写真立てがおかれていた。モノクロームの写真には黒々とした髪をうしろにまとめた藤沢さんと、高校生ぐらいの笑顔の女の子が並んで写っている。くっきりとした眉《まゆ》のカーブと耳のかたちがよく似ている。藤沢さんが結婚していると も、子どもがいるとも、内田さんは言っていなかった。

南向きの窓に向かう机からは、座ったまま佐久平《さくだいら》の景色が見おろせる。きめの細かいしっとりとした木肌の机は、たぶんメープルだろう。小型辞書、石のペーパーウェイト、メトロポリタンミュージアムの青いカバのような色合いの石のペン皿には、鉛筆と消しゴム、万年筆、オピネルのナイフが並んでいる。ぼくたちが設計室で使っているナイフと同じものだ。鉛筆はステッドラーではなくユニだった。タイトルの書かれていない大学ノートの上に、きれいに削られた臙脂色《えんじいろ》の鉛筆がのっている。

机の左手の壁には、薄手の木枠のガラスケースにおさめられた蝶《ちょう》の標本がかけてある。農園のなかで採集された蝶だろうか。見なれない模様と色合いの、大小の蝶。その横のクロスの壁に、木の色素をふくんだ薄茶色の雨のしみがにじんでいる。あたりの壁を手のひらで触ってみるとすっかり乾いていたので、長期間にわたる雨漏りではなく、今回がはじめてのようだ。

三階にあがった。納戸《なんど》の東側の壁には雨漏りのしみはなかった。先生から聞いていた手順で、納戸の天井に収納された小さな扉を開け、伸縮する梯子《はしご》を引き降ろし、屋根裏にのぼる。屋根裏にはハッチがあり、そこから屋根に出ることができる。目の高さにあるハッチから、四方をぐるりとチェックする。雨漏りの形跡はない。ハッチに手をかけ、屋根の上に出る。風が顔にあたる。

屋根には北寄りのほぼ中央にある煙突のほか、階段室のトップライトがあった。傾斜の緩やかな切妻で、枯葉の詰まる雨樋《あまどい》は取りつけられていないから、雨は西と東にそのまま流れ落ちてゆく。軒下に浅間山の黒い焼石が敷きつめられているのが見える。

屋根にのぼって立ってみると、それほど大きな家とは感じられない。広大な空の下、まわりに比較できるような家がないからなのか。前かがみで歩きながら、カラマツの枯葉が吹き溜《だ》まって亜鉛鋼板の屋根を傷《いた》めたりしていないか、剝《は》がれかかっているところはないか、じっくりと見てまわる。屋根は掃き清めたばかりのようにいたってきれいだった。書斎の上に近いトップライトでは腹ばいになってとくに念入りに調べたが、怪しいところは見つからない。

「横なぐりに吹きつけてくる台風の雨は、意外なところから入りこんで雨漏りする場合がある。下見張りのあいだにまで雨水が入って、それが毛細管現象で上に吸いあげられ、内側に漏れだしたりもする。油断ならないんだよ」先生はそう言っていた。

藤沢さんの邸宅が建てられたころには、外壁も防水断熱加工されたものに替わっていただろうから、壁からの雨漏りである可能性は低い。しかし、どうであれ、家というものは時間が経過すればかならず不具合が出てくる。屋根の状態を見るかぎり、雨が侵入したのは煙突まわりからだろう。ぼくたちが夏の家に移動したばかりの七月末に上陸し、長野を通過した台風は、横からの雨風を二日にわたって吹きつけていった。それが煙突の継ぎ目から逆流するように入りこみ、屋根の傾斜に沿って流れ落ち、書斎の上のあたりで行き場を失って室内に漏れ出たのではないか。納戸の壁にはしみがないのが奇妙だが、とりあえず煙突まわりと念のためにトップライトの継ぎ目にもコーキングをして、しばらく様子を見てもらうしかないだろう。先生に報告をして工務店の手配をすれば、明日にでも作業はできる。

屋根裏から梯子で降りはじめると、畑からもどったばかりの藤沢さんがそこにいた。

「屋根の上はだいじょうぶなのね」

「いえ、煙突のまわりから雨が入りこんだ可能性がありますね」

下の納戸に降りて、梯子を天井裏に押しあげる。藤沢さんは笑顔でぼくを見た。

「そうじゃないの。あなたは屋上を歩きまわったりするのがこわくないのって訊《き》いたの」

「まったくこわくないというわけじゃないですけど」

落ちたら大ごとだから緊張はするけれど、気持ちがのびのびするほうがはるかに大きい。しかも、ここは日照時間が長く積雪量が少ない地域だから、屋根の傾斜はゆるやかで、すべったり転んだりしなければ落ちることはまずない。

「内田さんは高所恐怖症だから、屋根なんてハッチから首を出して見まわすだけで終わりだったのよ」そう言って笑うと、藤沢さんは、「お茶を淹《い》れたから下にいらっしゃい」と言いながらすたすたと階下に降りていった。

テーブルの上に置かれた深い青のカップに紅茶を注ぎながら、藤沢さんはぼくを見た。人を遠慮なく見ることにも、自分が見られることにも、なんのためらいもないのだろう。血のつながりはないはずなのに、麻里子の気質とどこか似たものを感じた。

「放っておくとね、どんどん厚かましくはびこる花があるのよ」

藤沢さんはなんの脈絡もなくそう言った。経験ゆたかな園芸家の表情だった。会うのはまだ二度目なのに、ぼくはなぜか気がねなく口をひらいていた。

「環境さえ整えば、植物はどんどんはびこるものなんじゃないんですか」

「環境が整えばというような受け身じゃないの」

紅茶にミルクを入れる藤沢さんの手には細かい皺《しわ》がよっていた。指輪はひとつもしていない。ばねのありそうな細く長い指は、園芸家というより、硬質で伸びやかな音を響かせるピアニストの指のようだった。

「種がこぼれて、気がついたら増えてましたというようなのんびりしたものじゃなくて、となりに温和《おとな》しく生えている花のエリアまで、足が生えたようにどんどん分け入っていくの。花の顔つきにも妙な主張があって」

「主張するのは花だけなんですか。葉や茎や根っこは、われ関せずなんでしょうか」

ぼくは青いカップに口をつけた。内側には白い釉薬《うわぐすり》がかかっていて、紅茶の色がきれいだった。

「そこがおもしろいんだけど、厚かましい花にかぎって茎や葉に覇気がなくてね。茎にしまりがなかったり、葉と葉のあいだが妙にすかすかしていたり、なんだか全体に大味で、力がないの。花にエネルギーを持っていかれたみたいにね。大雨に打たれたりするとまっさきにうなだれてしまうし、一輪だけ切って花瓶に生けたとたん、意気阻喪したみたいに生気がなくなる。厚かましい花は徒党を組む。孤独に弱い」

きついことを言っているようでも、聞いている分には爽快《そうかい》だった。ぼくは思わず笑った。

「どうしてこんな話になったのかしら」

自分の勢いこんだ話しぶりがおかしいとでもいうように藤沢さんは笑顔でつづけた。「人も同じでしょ。主張が強くて声の大きい人がはびこるの。静かな人は負けてしまうのよ」

しばらくふたりは黙っていた。

「藤沢さんは、どんな花がお好きなんですか」

芸のないぼくの質問に、藤沢さんはわずかに考える顔をして答えた。

「サンシキスミレね。……パンジーじゃないわよ。この前の小さな花。忘れちゃった？」藤沢さんはまた遠慮なく、ぼくの顔をまっすぐに見た。「園芸種じゃなくて、野生の、一センチあるかどうかの花で、高さだってこれぐらいの」

見えない花を親指と人差し指で測るように曲げてみせた。藤沢さんの指の間隔で、記憶が呼び覚まされた。刈り取られた植物が黒い土の上に積まれたその脇《わき》に、紫と淡い藤色《ふじいろ》の花びらをもち、雄しべのあたりが黄色い、ごく小さな花が咲いていた。「スミレの原種」だと藤沢さんは言っていた。犬に踏まれただけでも一巻の終わり、というような可憐《かれん》な花だった。

「自分がいつも丹精している花を選びたいんだけど、でもヴィオラ・トリコロールは特別なのよ」

パンジーは、一九世紀に入ってまもなく、北欧の園芸家がいくつかのスミレ属の花を交配させてつくった花だった。ヴィオラ・トリコロールはそのベースになった野生のスミレで、ヨーロッパでは農地や荒れ地に自生している。英名はheartsease《ハーツイーズ》、喘息《ぜんそく》や皮膚病に効く薬草としても知られていた。園芸家はその効能よりも花の美しさに注目し、もっと大きな色とりどりの花を咲かせ、群生できる生命力を引きだそうと、つぎつぎに新しい品種を生みだしていった。一九世紀のなかばには、原種の何倍もの大きさの、さまざまな色のパンジーがヨーロッパ全土に広まった。温室が普及したのもそのころで（藤沢さんは「だってほら、一九世紀は鉄とガラスの時代でしょう」と言った）、パンジーは、ひそやかに咲いていた野生の原種から遠く離れて、大ぶりな観賞用の花として人びとに知られてゆくようになる。

「シェイクスピアは読んだことある？」

「いいえ、『ベニスの商人』しか」

「シェイクスピアは読んだほうがいいわね。建築家でも科学者でも、ピアニストであってもね」と藤沢さんは言った。

『夏の夜の夢』では、眠っているあいだにハーツイーズ、つまりヴィオラ・トリコロールの花の汁をまぶたにたらすと、目覚めたとき最初に見た人をやみくもに好きになってしまう媚薬《びやく》として使って、ひと目ぼれが巻き起こす喜劇を書いた。そのいたずらをたくらむのは森の妖精《ようせい》たちだ。一七世紀の観客は、妖精の小さな手が摘み取るヴィオラ・トリコロールの花をはっきりと思い描きながら舞台を見ていただろう。

『ハムレット』でも、ハムレットの恋人オフィーリアの墓の場面で登場する。ヒナギクやイラクサで編みあげた花輪をヤナギの大木に飾ろうとしたオフィーリアは、あやまって川に転落し、命を落とす。悲嘆に暮れる兄がオフィーリアの墓にむかって、「美しくけがれのない妹のからだ」から咲きだすであろう花、ハーツイーズの名を口にする。モーツァルトもスカルラッティも「すみれ」という歌曲をのこしている。

「ヨーロッパの人にとって、この花はなにものかなの」と藤沢さんは言う。

一九三〇年代に、藤沢さんは二年ほどヨーロッパに暮らし、スイスではじめて見たヴィオラ・トリコロールに心を惹《ひ》かれ、野原や公園、川べりの道を歩くたびにその姿を探すようになった。やがて船で帰国することになったとき、株と種を持ち帰った。ヴィオラ・トリコロールはしかし、気難しい花だった。東京の土や水にはあわなかったようで、ひとつとして根づかなかった。山荘を持つことになったここ粒良野《つぶらの》で、スイスでの記憶をたよりにいちばん日当たりのいい場所に種を蒔《ま》いてみると、ほとんどは土に還《かえ》ったなか、ごくわずかに芽を出したものがいて、二年目には花を咲かせた。

少しずつ増えていくように思えたが、一年草だから、翌年は後継の花が現われないこともあった。ふたたび数が減り、なかばあきらめかけていた五年目に、種を蒔いていないはずのいくつかの場所から同時に芽を出し、夏の盛りに小さな花を咲かせているのを見たときの喜びは、いまでも忘れられない。

「野生の原種は手をかけられるのがどうも苦手みたい。知らん顔をして好きな場所で好きなように咲かせてやったら、前よりも安定するようになったの。うちの農園で、好き勝手にさせているのはヴィオラ・トリコロールだけよ」

藤沢さんは雨漏りの原因についてたずねることもなく、花の話をつづけた。途中で「そうだ、忘れてたわ」と言ってキッチンに入り、熱い紅茶を淹れなおし、フルーツを何種類ものせた大きなタルトを切り分けてくれた。白い皿にのったタルトはミニチュアの花畑のようだった。

「花はただ愛《め》でればいいものなんだけれど、系統をたどってさかのぼったり、繁殖する地域や気候を調べたりしていくと、そういうかたちになった理由や意味がおぼろげながらわかってくるの」たとえばヴィオラ・トリコロールは、氷河期の寒冷な環境を生きのびた風貌《ふうぼう》をいまに残しているのではないか、と藤沢さんは言う。

「おおまかに言えば、温暖な地域から熱帯にかけて、花はだんだんと大きくなっていくし、寒冷地や高地にいけばいくほど小さな花を咲かせる種が増えていくでしょ。小さいほうがエネルギー効率がいいし、風や雪の影響も少なくてすむじゃない？　雪のすきまからのぞく黒い地面に、けなげに咲いていた姿が、なんとなく目に浮かぶのよ」

しかし野生の原種に改良が加えられていくと、ささやかな特徴がいたずらに拡大解釈され、花は本来の美しさを失ってゆく。

「パンジーに残されたのはヴィオラ・トリコロールの花びらの構造だけで、原種がもっていた気品はすっかり損なわれてしまった。品種改良をしたひとたちにもう少しセンスがあれば、もとの由来を損なわずに、あたらしいものをつくることだってできるのに。でもそれはなかなか難しいことよ」

かたちにはすべて由来がある、ということだ。写真立てのなかの藤沢さんの娘の、耳や眉にも由来があるように。

藤沢さんは思い出したようにフルーツタルトを口にはこんだ。「夏のくだものってほんとうにおいしいわ」とひとりごとのようにつぶやく。無口な先生が、思うまま話をつづける藤沢さんのそばで、黙って聞いている姿が目に浮かんだ。

鉄とガラスとでできた高層ビルも、自然の影響を受けず人間の限界にも目をつぶることができるようになった品種改良だ――甘いタルトを食べながらぼくは思う。エレベーターがあれば自分の脚力に関係なく、五十階だろうが百階だろうがいくらでも上り下りできる。建築の由来はもはや自然にではなく人の頭のなかにあって、環境を意識して工夫する必要はどんどんなくなっている。沙漠《さばく》だろうが熱帯雨林だろうが、同じ高層ビルを建てることは可能なのだ。

ぼくと藤沢さんは一階の南向きのテラスから二段の階段を踏んで畑におりた。

「ここは昔、縄文時代の集落があったところなの。最初のころは、畑を耕すたびに土器や石器がコロコロ出てきたのよ」

いまそこに土器が転がっていると言われた気がして、ぼくは足もとの地面を見た。

「こんど時間のあるときに、よく出るところを教えてあげるわね。たまに黒曜石の矢尻《やじり》もみつかるの。書斎の机に置いてある石斧《せきふ》もそうよ。ペーパーウェイトにちょうどいいから」

たしかに、机の上に横長の石があった。

「ほんとうは発掘調査をしてもらわなければいけないんだけど、このあたり一帯が遺跡だなんてことになったら、しばらく農園ができなくなる。発掘の費用だってこちら持ちだし、そんなのご免だと思ってそのままなのよ。でもいずれ発掘調査してもらうようにお金は貯《た》めてあるし、遺言にもそう書いてある。わたしが死んだら、すべての花を出荷して、ヴィオラ・トリコロールをねんごろに移植して、そののちすみやかに発掘作業を進めること」藤沢さんはそう言って明るく笑った。

「標高千メートルのこんなところで、どうやって冬を越したんでしょうね。縄文時代の終わりはだんだん寒冷期に向かった時期で、人口はみるみる減っていったそうよ。縄文の晩期には日本列島全体で、十万人を切っていたという研究があるんですって。竪穴式《たてあなしき》住居で火を絶やさずにいても、冬越しはどんなにつらく厳しかったか」

「浅間の噴火もあったでしょうしね」

「そうね、ただ驚くのは、このあたりは縄文時代からずっと火砕流も土石流も免れてるらしいの。火山礫《かざんれき》ぐらいは降ったでしょうけどね。浅間山って二万年前はもっともっと大きかったのよ。ほら、浅間の西側にとがった山があるでしょう」藤沢さんの指さす方向に、鼻の高い魔女が地面に仰向《あおむ》けになったような山が見えた。

「あれが太古の昔の浅間の裾野《すその》。山の中央が巨大噴火で吹き飛んで、残った裾野があのとがった山なの。そのあと何度も大きな噴火があったにちがいないんだけど、あの古い山の裾野が防波堤になって、このあたりには及ばなかったらしい。ここから少し東のあたりはさえぎる山がないから、火砕流も土石流もそのまま押しよせた。だから縄文時代の遺跡はほとんど発掘されていないのよ。

　ただしこれからもずっと大丈夫なんてことはないでしょう。ここだって、いつかは大噴火で壊滅しかねない。火山灰の下に眠ったまま何百年も何千年もすぎたあと、花の種や化石が発掘されて、ここが農園だったってことがわかるかもしれないわね」

　ぼくには種類も名前もわからない大きな蝶が、あたりをひらひら飛んでいた。

「書斎の写真は、お嬢さんですか」

「あら、わかる？　そうよ」

「そっくりではないですけど、似てるところがあったから」

　藤沢さんは笑った。「どこが？」

　少し間をおいて答えた。

「眉と耳のかたちが」

「父親にそっくりっていつも言われるんだけど、眉と耳はわたし。よくわかったわね」

「しっかり見ましたから」

「雨漏りを調べてたんじゃないの？」

「すみません」とぼくは謝った。それにしてもこの家には、「父親」の形跡がどこにもない。麻里子の別荘に母親の姿を感じないように。

「お嬢さんは東京で暮らしていらっしゃるんですか」

「イギリスなのよ。ケンブリッジの分子生物学研究所にいるの」分子、生物学、研究所と藤沢さんは三つに区切るように言った。

「眉と耳のかたちの謎《なぞ》を解く学問ですね」

「あら、そうなの？」藤沢さんは笑った。「わたしにはなにを研究しているのかさっぱりわからないんだけど、彼女が言うには、生命の最小単位を観察して分析しているだけだから、ママの仕事にとてもよく似てるのよって」

なるほどとぼくは思った。

「ママが花や蝶を外側から観察しているとすれば、わたしは内側から観察しているだけだって言うの。彼女はね、分子生物学を研究するようになって、はじめてゴッドがいるって思うようになったそうよ。こんなに精緻《せいち》で合理的で、しかも美しいかたちは、神でもいなければとてもつくりだせるはずがないって」

藤沢さんはふいにしゃがみこんだ。その目の前に、ヴィオラ・トリコロールが薄い紫の花を咲かせて、微《かす》かな風に震えていた。

「わたしもそう思うわ」

ヴィオラ・トリコロールの花はじっと眺めていると顔のように見えてくる。地面からわずかな高さのところで、それは無心にぼくを見上げていた。藤沢さんにつられて、ぼくもしゃがんだ。

「坂西さん、あのね、わたしちょっと先生のことが心配なのよ」

藤沢さんはぼくの顔を見ないでそう言った。口調にそれまでにない翳《かげ》りがさしていた。

「なんだか急いでいるような感じがするの。いままではもっとゆったり歩くみたいに仕事をしていたのに」

「そうかもしれませんね。現代図書館のコンペが迫っていますから」

「わたしもプランを見せてもらったわ。すばらしいと思った。でもね、どこかあの人らしからぬところがあって、どうしてこういうかたちにしたのって訊いたら、俊輔さんは怒ったのよ。ほんとうにびっくりした。いままであんなふうに声を荒らげたことなんて一度もなかったのに」

風にのってふくらんだ土の匂いと花の香りがぼくたちを包みこんだ。

「きれいだとおもったから訊いただけなのに、きみは気に入らないんだろうって、もうそれはすごい剣幕で」

　先生のなかに、ぼくたちには見せない迷いのようなもの、気負いのようなものが、少しずつ降りつもっているのかもしれない。しゃがんでいたぼくは立ちあがった。一瞬、立ちくらみがした。

「先生は少しお疲れなんだとおもいます」

「コンペはいやね。早く終わるといいのに」

　藤沢さんはつぶやくように言った。

　ふり返ると、母屋《おもや》の正面がたっぷりとしたヴォリュームで畑を見おろすように建っていた。三階の小さなバルコニーが見える。その左手の軒下にスズメバチの大きな巣がある。バルコニーに立つ藤沢さんの姿を想像した。それは驚くほど小さかった。

「スズメバチは冬が来るまで放っておくわ。どうせ出ていくんだから」

　一匹、また一匹と、スズメバチが弾丸のような軌道を描いて東の方角へと飛んでいく。先生の最終プランを見て以来はじめて、ぼくはとらえどころのない不安のようなものを覚えていた。

22

青栗村の色あいはすっかり変わっていた。十月の半ば過ぎ、ぼくは先生とふたりで夏の家に来ていた。例年より気温の低い日がつづいて、浅間山も数日前に初冠雪を記録したところだった。東京にはまだ気配のない冬の前触れが、ここにはやってきていた。

夏の家を引きあげた九月の半ばには、鬱蒼《うっそう》とした森はそれがひとつの大きな緑のかたまりであるかのようだったのに、いまは黄色になるもの、赤くなるもの、緑のままのものに分かれて、一本一本のかたちや大きさがくっきりと浮かびあがっている。すでにほとんどの葉を落とし、冬にそなえている木もあった。森のなかは見通しがよくなり、色あいをほとんど感じさせない幹や枝が、棟上げ式を迎えた住宅の骨組みのようだった。

　コンペまであと一か月あまり、最後まで難題として残っていた図書館棟と別棟をつなぐ部分は、構造設計事務所と幾度となくやりとりを重ね、回廊の傾斜とガラス窓が見せるたっぷりとした曲面にいっそうの優雅さが現われるようになっていた。図面の最終版を河原崎さんが引き終えて、設計室の大テーブルに広げたとき、集まった所員たちのあいだを新たな驚きと感嘆が音もなくわたっていくのがわかった。回廊部の平面図はト音記号の曲線を、立面図は革装本の丸い背表紙を、それぞれ連想させた。目を楽しませる印象の鮮やかさと、雨風が長い時間をかけて彫琢《ちょうたく》したような、なめらかで自然な美しさが同時にそこにあった。

　七十歳を過ぎて、先生はなぜ、これまでにない新しいかたちを送りだそうとしたのだろう。あらためて不思議な思いにとらわれたが、先生のなかにも、その理由を説明する言葉はないのかもしれなかった。自然のかたちや色が合理的な理由だけで生まれたとしたら、たとえば花々に、鳥たちに、木々に、これだけの種類と変化がもたらされただろうか。シジュウカラの胸もとに黒と白で描きだされる模様が、なぜそのようであるのか、それぞれの個体にはあずかり知らぬことだろう。かたちや色は、それをまとうものには属さない。それは遠い昔から時間をかけてやってきて、ただ引き継がれてゆくものなのだ。

内田さん、雪子、ぼくの三人で担当していた家具とカウンターのプランも、ようやく完成形に近づいていた。あとは図書館全体のなかでのバランスを先生が最終版の図面で確認するのを待って、プレゼンテーション用の図面とパース、そして模型を完成させることになる。だがこのところ先生はクライアントとの打ち合わせや現場の監理で土日もなく、顔にははっきりと疲れが浮かんでいた。

金木犀《きんもくせい》の香りが弱まって、オレンジ色の花を散らしはじめた木曜日の夜、少し不機嫌そうな顔で所長室から出てきた先生が言った。

「明日の午後から山に行く。坂西くん、運転をたのめるかな」

「はい」ぼくは言った。

「月曜日まで山小屋で図書館の仕上げに集中したい。東京にいると終わらないからね」

先生は土曜日から月曜日いっぱいの三日間で、基本設計案を煮詰めたいと考えているようだった。週末は麻里子との約束があったが、先生のいつになく憔悴《しょうすい》した様子を心配していたのは麻里子も同じだったから、迷う余地はなかった。

ぼくは金曜日の早朝から事務所に出て、まだ手つかずだったカウンターの模型を大急ぎでつくった。先生から山荘行きを聞かされた井口さんは、雪子か麻里子をいっしょに連れていったほうがいいと進言したが、先生は「大丈夫だよ、坂西くんひとりいれば大丈夫だ」ととりあわなかった。そのやりとりを聞いていた雪子は自分の仕事を後まわしにし、ぼくの模型製作を手伝ってくれた。こういうときよけいなことをなにも言わず、ただ黙って手を動かすのが雪子だった。内田さんは段ボールを使って模型運搬用の大きな箱をつくりはじめ、さっさと仕上げると、書棚や机、椅子《いす》の模型、さらに利用者の人体模型の補修にとりかかった。内田さんの模型は手が込んでいた。閲覧室の机に向かっている人、書棚の前で本を引きだし立ち読みする人、かがみこんで本を選ぶ人がいて、書棚のあいだを歩く親子連れまで用意されている。

昼食の時間になる前に、模型は完成した。内田さんはためつすがめつ検分しながら、向こうで模型を運びこむのは最後にしてほしいと言った。「雨戸をあけて、お茶でも飲んでひと息ついたところで、ゆったりした気持ちで運びこんでほしい。急ぐとなにかに躓《つまず》いたり、どこかにぶつけたりしかねないからね。あわてる乞食は、模型をこわす」ニコリともせずにそう言うと、ぼくの肩に手をのせた。

昼食のあと、内田さんと雪子が模型や図面をワゴンに積みこんでくれた。麻里子は

「先生とおやつにどうぞ」と言いながら、紙袋の入った手提げを差しだした。ぼくは次第に、とんでもない重責を担《にな》って青栗村に向かうような気持ちになりはじめていた。小ぶりのボストンバッグをひとつだけ手にした先生は、どこかほっとした顔で、クルマの後部座席に乗りこんだ。

金曜日の午後の高速道路に渋滞はなく、藤岡で降りたあとの国道も順調だった。夕刻まえには碓氷峠《うすいとうげ》をこえた。青栗村に入ってからずっと、五十メートルほど前を先導するようにゆく軽トラックは、夕方の赤みを帯びた光のなかに色あざやかな枯れ葉を巻きあげ、巻き散らしながら走っていた。舞いあがった枯れ葉はつかのま残光に照らされて、またすぐ地面に沈んでゆく。

さっきまで後部座席で居眠りをしていた先生がいつの間にか目を覚まし、窓越しに秋深い青栗村の景色をじっと見ていた。先生はぼくと麻里子の「結婚」についていまだに何も切りださないままだった。東京にもどってからも、ぼくたちは週末のたびに会いつづけていた。平日の夜なら神宮前の路地裏にあるカフェ・レストランで食事をし、そのまま歩いてぼくのアパートに行った。終電がなくなればタクシーをひろい、麻里子は代々木のマンションに帰っていく。

何かに感づいていても気づかないふりでいられるとは思えない雪子は、相変わらず麻里子と仲がよかった。北青山の事務所にもどってから、雪子はまえよりも快活になり、麻里子はすこしだけ言葉少なになっていた。

エンジンを切ってクルマを降りると、気温の低さに身構えるような気持ちになる。カケスのつがいが騒がしい声をあげながら低空を飛行している。ふいに地面に舞いおり、また低く飛びあがっては横に移動する。淡い小豆色の胴体に、翼にはあざやかなコバルトブルーの模様がさして、羽ばたくたびに目に入る。あたりを徘徊《はいかい》するように飛びながら、どんぐりの実をついばんでいる。カケスはカラスなみに頭がいい。とりあえず空腹を満たして、あとは冬にそなえどんぐりを集めているのだろう。モズは虫やカエルなどの獲物を枝に刺したまま放置してしまうことがあるが、カケスは木の洞《うろ》や根の下の隙間《すきま》など決まった場所を貯蔵庫にして、冬のあいだきちんと活用する。人のこともよく見ているから、ぼくと先生が夏の家に入っていくところも、どんぐりをひろいながら横目で見ているはずだった。

桂《かつら》の木は、すべての葉がすみずみまで輝くような黄色に変わっていた。そよぐ風もないなかで、夕暮れの光を受けた葉は、あたりの音を吸いこんだように静まりかえっている。

夏の家のなかは空き家のように虚《うつ》ろだった。歩けばところどころで木の床がきしむ。一階のキッチンとダイニングの窓をひとつひとつあけてゆく。笹井さんと雪子が棘《とげ》をよけながら青い実を採った山椒《さんしょう》は、せいせいと身軽な風情《ふぜい》だった。先生が二階で所長室のドアをあける音がする。ぼくも上にあがり、設計室の中庭に面した窓をあけ、黄色い柱を眺めた。ひと気のない設計室は放課後の教室のようだった。男性用浴室の西の窓をあける。弱々しい夕陽が差しこんで、秋から冬へ向かおうとする夏の家をうしろから煽《あお》るように、ジャージャーいうカケスの鳴き声が響いてくる。

いったいどこからやってきたのか、得意のジャンプでも簡単には飛びだせない深さのバスタブに入りこみ、けっきょく死んでしまったカマドウマの、カラカラに乾いた細長い死骸《しがい》をいくつも集め、浴室の汚れをシャワーで流す。バスタオルやフェイスタオル、フロアマットをリネン室から風呂《ふろ》場《ば》に運ぶ。ベッドにシーツをかけ、枕《まくら》カバーをつけてから、キッチンにもどってケトルにたっぷりお湯を沸かした。

ドアをあけたままの所長室から、先生の声が聞こえてきた。藤沢さんと話しているようだった。農園にでかけてゆくのだろうか。

とりあえず紅茶を淹れることにした。熱湯でポットとカップをあたため、ミルクをピッチャーに入れ、もう一度ケトルを火にかけて、お湯を沸騰《ふっとう》させる。気温が低くなってくるとケトルが沸く音がうれしい。しばらく音を聞いてからポットのお湯を捨て、茶葉を入れる。先生が好きなディンブラをえらんだ。スプーンに四杯。ポットに熱湯を注ぎふたをしてカバーをかける。あたためたカップを拭《ふ》いていると、先生がおりてきた。

「紅茶かい？　ちょうど頼もうとおもっていたところだ」とうれしそうな顔になる。ここ数日、北青山の事務所では見ることのできなかった表情だった。気持ちにひと区切りをつけようとするように、大きく息を吐いてからテーブルにつくと、先生は外の景色に目をやりながら言った。

「ここは秋から冬にかけてがすばらしいんだ。この週末が黄葉のピークかもしれないね」

　ダイニングルームからも桂の葉の明るい黄色の群れが見渡せる。

「みごとですね」

「なにかおそろしいようでもある」

　ここに着くまえ落ち葉がクルマに巻きあげられているのを見たときの、胸をしめつけられるような感じがよみがえった。ティーポットを手にとって紅茶を注ぐと、赤みのつよいきれいな色がカップを満たしてゆく。ひとくち紅茶を飲んでから、先生は話しはじめた。

「秋になると縄文時代の人たちのことを考えるんだ。いまごろは冬に備えて大慌《おおあわ》てで働いてたんじゃないかって。薪《まき》も蓄えておかなければいけない。木の実だって動物と競うようにして集めただろう。小動物を狩りでしとめたり、罠《わな》でつかまえたりもしていたかもしれない。冬用に目の詰んだ服を編んだりね。黄葉がはじまると、追いたてられるような気持ちになったろう」

先生はあられをぽりぽりと齧《かじ》りながら、紅茶をおいしそうに飲んでいる。

「縄文時代の竪穴住居はわかるだろう？　石で囲った炉が中央にあって、そこで煮炊《にた》きをして、食事をして、編みものをして、子どもをあやして、そのまわりで眠って、あらゆることをやっていたわけだ。大きな規模の竪穴住居跡もあるにはあるが、せいぜい十畳ぐらいの広さのワンルームで、彼らは生活していた」

ぼくは家のまんなかの地面に火が熾《おこ》っている様子を想像した。

「洞窟《どうくつ》や崖《がけ》の下を間借りするのではなく、自分たちの手でつくった最初の住宅だ。いまごろの季節は、日が沈むまでに家族全員が竪穴住居にもどっていただろう。そして火を囲む」先生はあられを片手にのせて、ぽんと口に入れた。

「粒良野のあたりには、縄文時代の集落のあとがたくさんある。きれいな川も流れているし、住むには好都合だったろうが、標高はここと同じで千メートル前後あるからね、冬はさぞかし寒かったにちがいない。どうしてそんなところにと思うけれど、寒くても食糧を得やすい場所を選んだんだろう。だいいち、われわれの寒いという感覚も個人差や年齢差がおおきいからね。縄文時代の平均寿命は十四、五歳だったそうだ。乳幼児の死亡率が平均寿命を引きさげていたにしても、私みたいな寒がりの年寄りはほとんどいなかっただろう。坂西くんぐらいの年齢になれば、もう村人をひっぱっていく存在だったわけだ」先生はふふふと笑った。「われわれは長生きにはなったが、だいぶひ弱になった」

縄文の出土品を見ながらあれこれ話をする藤沢さんと先生の姿が、いまは想像できる。

「子どもはたくさん産まれても、ほとんどが早々に亡《な》くなった。出産で命を落とす母親も多かっただろう。親だっていろいろな病気に罹《かか》っただろうし、集落をつくって助けあって暮らさなければ、生き残れない環境だった」

先生の話はめずらしく途切れない。

「子どものお墓は、大人のお墓とはべつの場所にあることが多いんだ」

集落跡に共同墓地があっても、そこには幼い子どもの骨はまず見当たらない。子どもの遺骨はそのためにつくられた甕《かめ》に入れられ、住まいの近くに埋葬された。もっと小さい乳幼児の場合は、竪穴住居の出入口のあたりに埋められていることもある。亡くなった子のたましいがその上をまたいで出入りする母親のお腹《なか》に帰り、ふたたび生まれてくると信じられていたからだという。

「お盆の迎え火をやったことはあるかな」

「実家では毎年七月にやっています。近所の家はいつのまにかやめてしまって、ずっとつづけてるのはもううちぐらいです。玄関先におがらを小さく積みあげて――」

「おがらを焚《た》いて、そのあとは？」

「水にひたしたみそはぎをふって火を消して――」

「消してから、どうしてた？」

「濡《ぬ》れて黒くなった灰の上をまたいで、家に入ります」

先生はわずかに頷《うなず》いた。

「灰をまたぐのは、竪穴住居に入るとき埋葬した土の上をまたぐのと、根っこは同じじゃないかと思うんだよ」

どうしてわざわざ灰をまたいで家に入るのだろうと、子どものころ不思議に思ったものだった。「なにしろ縄文時代のことだからね、真意を確かめることは誰もできないんだが――」先生はにっこりして、頬や顎《あご》の輪郭を手のひらでなぞった。「ただ、縄文時代もいまも変わらないのは、出入口が内と外を分ける場所であるのと同時に、内と外をつなぐ場所でもあるということだ。乳幼児の骨とはいえ、死んでしまったものは家のなかには入れられない。しかし、はっきりと外でもないような境目に埋めたんだから、縄文人のこころのありようが伝わってくるじゃないか。彼らのこころと、すくなくとも私のこころは、地続きだと感じるね」

先生は冷めかけた紅茶を飲んだ。

「にじり口から二畳の茶室に入るなんていうのは、入口も室内も極限まで小さく狭くすることで、内と外の区別を強烈に印象づけようとしたものだろうけれど、ふつうの家でも同じなんだよ。家に入るというのは、入らないもの、入れないものを背後に残して、自分だけがなかに入るということだから」

「葬式から帰ってくると、玄関先で塩をまいてもらうのも同じですね」

「そうだね。外に残してきたものは死者であり、夜の闇《やみ》に生きるなにものかであり、雨や風、雷、月、星、つまり自然だ。人間のなかに内と外という概念が生まれるのは――自意識のようなものが生まれ、内面が育ってゆくようになったのは――自分たちの手で家をつくるようになったことが大きかったんじゃないかと私は思っているんだよ」

話している先生の顔を、ぼくはずっと見ていた。縄文時代の竪穴住居や埋葬について考えるのは、玄関のドアを内開きにするか外開きにするかを考え、オープンキッチンとリビングの境をどのように区切るかを考え、両親の寝室と子どもの寝室をどのように配置するかを考えることと同じなのだ。人の気持ちはどう動くかという理《ことわり》が、先生の建築の根幹をなしている。建築は芸術じゃない、現実そのものだ、と先生が言うのは、そういうことでもあるのかもしれなかった。

「洞窟や崖下《がけした》で寝起きしていた原人と、竪穴住居を建てた縄文人とでは、こころのありようが違っていたんですね」

「おそらくね。雨に降られたり、太陽にじりじりと焼かれたり、強い風に当たったりしているときは、それを凌《しの》ぐのに精いっぱいだ。竪穴住居なら、ほんのいっときにせよ、外を眺めたり、火をぼんやり見つめたりする余白みたいな時間が生まれただろう。人間にこころが芽生えたのは、そういう時間だったんじゃないか。でも反対にわれわれは、家のなかにずっといるとだんだん耐えられなくなって、外に出たい、自然のなかを歩きたい、木や花を見たい、海を見たいと欲するようになる。人間の内面なんてあとからできたもので、まださほどしっかりとした建築物ではないという証《あか》しなんだと思う。家のなかだけで暮らしつづけることができるほど、人間の内面は頑丈じゃない。こころを左右するものを自分の内側にではなく、外側に見いだしたい、預けたいと思うときがあるのは、そういうことなんじゃないかね」

「でもここにいると、いつまでも家のなかにいたってかまわない気がします」

「外の気配や変化がよく見えるからね。だけど大雪のなかで一か月もここに閉じこめられたら、いくら外が見えても耐えられなくなるよ。キャビン・フィーバーにやられてしまう」

ポットにはもう紅茶が残っていなかった。お湯を沸かそうと席を立ったら、「ありがとう。私はこれでじゅうぶんだ」と先生が言った。「あとで設計室のテーブルに平面図と模型を並べておいてくれるかな」

「わかりました」

ぼくは内田さんの警告を思い出しながら、ワゴンのカーゴスペースから模型の入った段ボールの箱を引きだして、二階の設計室にひとつずつ運んだ。外の空気はピンとはりつめるように冷たくなっていた。うしろから、コゲラのギィー、ギィーという控えめな鳴き声が聞こえてくる。模型を両手に抱えてふり返ると、黄や赤に色づいた葉《は》叢《むら》のなかで、白と黒のまじった小さなかたまりが幹をつつつつとのぼるのが見えた。

夕食は定食屋に行った。先生は北青山を出るまえから、「食事はロータリーのあさ、までですませればいい」と言っていた。廃線のあとも駅舎だけ残った北浅間駅周辺には、雑貨屋と郵便局、酒屋、そして定食屋があった。天丼《てんどん》やカツ丼がうまいんだよ、つきだしの野沢菜もなかなかだ、と先生は言う。「まあ、可もなく不可もなく、だね」というのが内田さんの評だった。

「あさま」のテレビは神棚のような位置に置かれてあり、受信状態の良くないNHKのニュースをやっていた。壁には噴火する浅間山の大きな写真がかけてある。白く雪をかぶった山頂から、濃いグレーの火山灰が標高の何倍もの高さまで噴きあがっている。カラー写真だが青空が濁っていて、だいぶ褪色《たいしょく》が進んでいた。冷蔵のガラスケースにはビールとオレンジジュースだけが並んでいる。洗い晒《ざら》しの白いうわっぱりを着た中年の女性が注文をとった。先生が煮カツ丼を、ぼくは親子丼を注文した。店内には醤油《しょうゆ》とだしの匂《にお》いが漂っていた。作業着姿の若い男ふたりがカツ丼の大盛りを注文して、うつむいたまま雑誌を読みはじめた。

もどったら家具の図面のチェックをはじめたい、明日は模型と平面図で家具のおさまりを見て配置を決める。早く終わるようなら、きみを粒良野あたりに連れてゆけるかもしれない——先生は煮カツ丼を食べながら、視線を落としたままそう言った。どきりとしたが、「はい」とぼくは言った。

店を出るとあたりは真っ暗で、雑貨屋の白熱灯の明かりがぽつりと寂しい。ぼくも先生も、丼ものの匂いを身にまとっていた。

夏の家にもどると、暖炉に火を入れた。新聞を一面ずつ裂いては丸めて火つけ用の杉をのせ、その上に薪を井桁《いげた》に組んで火をつける。ためらいのない勢いで薪のあいだを火がなめてゆく。二階からおりてきた先生が、所長室の暖炉にも火を入れてほしいと言った。小さな暖炉に合わせて短く切ってある薪を運んでゆくと、デスクライトがついているだけでフロアランプは灯《とも》されていなかった。部屋の四隅にまで光は届かず、先生はこんな暗いところで仕事をしているのかと驚く。

短い薪を炉床に積んでマッチの火を寄せる。硫黄の匂いが立ちのぼり、パチパチと快活な音を立てながら火がまわってゆく。

「うまくなったもんだね」うしろから声がした。

ふり返ると、先生の眼鏡にも暖炉の火がちらちらと映っていた。

「薪が燃える匂いはいいね。いい薪だ」

楢《なら》の木だった。薪を束ねた針金をペンチで切って、暖炉脇《わき》に重ねてゆく。先生はどうしてぼくを入所させてくれたのですか、と胸のなかで訊いていたが、声にはならなかった。先生はなぜ麻里子さんとぼくを結婚させようなんて思われたのですか。こぼれた木くずを手箒《てぼうき》で集めて火のなかに入れると、パチパチと線香花火のようにはじけて燃える。

「四束持ってきましたけど、もう少しあったほうがいいでしょうか」と訊く。

「いや、じゅうぶんだよ。――九時すぎになったら、風呂に入らせてもらおうか」

「はい、すぐに用意します」

「ありがとう」

先生はぼくを見てそう言ってから、机の上の図面に視線をおとした。

風呂の準備を終えて、ぼくはいったん書庫に入った。そして夏のあいだ何度もひらいていたアスプルンドの写真集を書棚から引っぱりだし、机の上にひろげた。

森の墓地の広大な敷地のなかにそびえ立つ花崗岩《かこうがん》の十字架。ストックホルム市立図書館の正面玄関のアプローチ。どちらもまっすぐに歩いてくる人を正面から迎え入れるように設計されている。先生の設計による現代図書館は、アプローチが広場になっているから、入口に向かう一本の動線があるわけではなく、どこからでも入口に近づくことができる。人の流れをおのずとつくりだすのは、円形の建物の丸みと回廊の曲線であり、図書館棟から別棟へのゆるやかな傾斜だ。いっぽう、森の墓地に設けられた長い石畳のアプローチは、意思を持つ人間の自律的な動きを前提にして、まっすぐに敷かれているように見える。たとえばそれは、聖書の「契約」という言葉をどこか連想させる。神と人との一対一の関係は、直線で結ぶのがふさわしい。

葬儀のはじまりを待つ遺族のための控え室の写真。壁につくりつけられた長いベンチ。その向かいに横長のガラス窓が広がっている。ほかにはいかなる装飾もない。不思議な空白を抱えこむ部屋だった。礼拝堂は人がいなくても礼拝堂だが、この控え室は人が集うことではじめて空白が埋まる、中心のない空間に見えた。黒い衣装をまとった老女が三人並んでぼんやりベンチに座り、窓越しに外の景色を眺めている。故人の姉妹だろうか。やがてささやくような声で何かを話しはじめ、ときどき控えめな笑い声まで立てそうな三つの顔。北国の広々とした地方を走る単線の鉄道駅の、待合室のようでもある。亡くなった人をのせて出発し、二度ともどらない列車を待つ。

窓ごしに射《さ》しこむ白々とした真昼の光が床を照らしている。白い天井の隅が曲面を描き、板張りの壁に向かっておりてくる。板張りの壁は床に向かう途中で内側にカーブし、長いベンチの背中につながってゆく。合板を曲げ加工したベンチの、膝裏《ひざうら》にあたる座面の縁もR《アール》がとられている。この部屋には直線の縁や角がない。しばらくは故人の不在に慣れようもない遺族をいたわるように、手に触れ、目に入るすべての角を曲面にしたのか。飛鳥山《あすかやま》教会の、礼拝堂の講壇をやわらかにつつみこむ天井と壁の取り合いのディテールがよみがえってくる。

先生が風呂場のドアをあけ、入ってゆく音が聞こえる。手桶《ておけ》にお湯をくみ、からだにかけている音がかすかに響く。みんなと過ごした夏にはほとんど意識したことのない音だった。風呂場で先生の背中を流す自分を想像してみたが、そんな気働きも度胸も、ぼくにはなかった。

設計室の電話が鳴っていた。あわてて書庫を出て、井口さんの机の上の電話をとる。

「もしもし」

麻里子だった。

「ああ、こんばんは」ぼくはよそよそしさと親しさのまじりあった声をだした。

「いまなにしてるの？」

「先生がお風呂に入ったところ」

「あなたは？」

「書庫で本を見てた」

「あなたの好きなアスプルンド？」

麻里子の「あなた」という言葉が電話からくり返し聞こえてきて、ぼくは少しうろたえた。動揺を気取られないよう間をおかずに麻里子に訊《き》く。

「どうしたの？ なにかあった？」

「声が聞きたかっただけ」麻里子はぼくのつっけんどんな言いかたに蓋《ふた》をするように言った。「どう？ 先生とふたりきりの夜は」笑いをふくんだ声で言う。

「いつもよりたくさん話がきける」

「先生はあなたが好きだからね。いろいろ聞いてもらいたいのよ」

「そうかな」

「そうかなって、そうよ。そっちは寒い？」

「だいぶ冷えてきた。さっき、下の暖炉も、所長室の暖炉も焚いたところ」

「あなた火を点《つ》けるのうまいものね」

「先生に教わったから」

「薪の積みかたもきれいだし」

「そうかな」

「そうよ。先生が寒くないように気をつけてあげて。お風呂あがりに急に冷えたりすると血圧が上がるから」

「そうだね。気をつけるよ」

「じゃあ、がんばってね」

「うん、ありがとう」

「風邪ひかないようにね」

ぼくは静かに受話器を置いた。設計室の窓が一か所わずかにあいていたのでしっかりと閉め、鍵《かぎ》をかけた。一階におりて玄関の戸締まりをし、窓も点検する。暖炉に薪をたして火力を強くした。火の粉が飛ばないようにファイアスクリーンを置く。薪からはぜた火の粉はファイアスクリーンをマジックのようにすり抜けて弧を描くこともあるが、空中で火は消え、黒い燃えがらになって落ちるだけだ。そこから火事になるようなことはない。よく乾いたいい薪だから、むやみにはぜることもないだろう。おもしろいように火がまわり、炎に勢いがついてくる。火の燃えたつ音、熱、こうばしい匂い。縄文人も同じように炎を目にし、肌で感じ、耳で聞いていただろう。暖気が風呂場や所長室まであがってゆくように、ドアをあけておく。

階段をあがると、先生が風呂から出てきたところだった。少し上気した顔をしている。

「いい湯だった」

「先生、なにかお飲みになりますか？」

「そうだな。ほうじ茶を淹《い》れてくれるとありがたいね」

「わかりました。お部屋にお持ちします」

「ありがとう」先生はそう言ってから、ぼくをふり返った。「さっき電話が鳴ってたね」

「ああ、はい。麻里子さんでした」

先生はちょっと意外そうな顔をしてから、口もとをゆるませた。「なんだって?」

「先生がお風呂あがりに冷えないように気をつけてと」

「そうかい。じゃあ気をつけることにしよう」先生はうれしそうだった。

お茶を淹れてから、ぼくも風呂に入った。窓を大きくあけ、冷気を入れて湯船につかった。夏には虫の音があふれるようだったのに、いまはしんとしている。目をつぶると、麻里子のことが頭に浮かぶ。麻里子はいつもまっすぐな球を投げてくる。自分がどれほど投げ返すことができているのか心もとない。このままでは、ふたりのあいだはいつか途切れてしまうのではないか——突然ひやりとした気持ちになり、つぶっていた目をひらく。頭がさえざえとしてくる。湯船から出て、窓を閉めた。

風呂あがりに冷めたほうじ茶を飲んで、ぼくも眠ることにした。所長室の暖炉の火の始末が気になったので、ドアを軽くノックした。静かだった。「失礼します」と小さな声で言ってから、ドアをあけてのぞいてみる。

先生は奥のベッドに横になっていた。顔が薄赤く見えるのは、暖炉の炎が映っているからだ。眠っている。眠りとともに手から離れたのだろう、読みかけの文庫本が、ページをひらいたままベッドのふちにのっている。シューマンの『音楽と音楽家』だった。しおりをはさんで、眼鏡がのっているサイドテーブルにのせた。ほうじ茶の入った湯のみが手つかずのままになっていた。先生はこの部屋にもブックシェルフ型のスピーカーを置き、仕事中にもヴォリュームをしぼってピアノ曲のレコードをかけている。先生は叔父として、麻里子がピアニストになることをひそかに望んでいたのかもしれないと思う。

パジャマを着た先生の寝顔を見て急に不安におそわれた。整髪料もつけていない髪と、眼鏡をはずした見なれない顔。忘れていたことを思い出そうとするかのように、眉間《みけん》に浅く皺《しわ》が寄っている。規則正しい寝息が聞こえているのだから苦しいわけではないだろう。そう確信できるまで、息をつめ、耳を澄ませて、ぼくは先生の顔を見つめつづけた。

サイドテーブルの明かりをそっと消す。暖炉の揺れる炎だけが部屋を明るませている。赤々とした熾火は、小一時間もすればすっかり灰になるはずだ。ぼくは足音を立てないように先生の部屋を出た。

翌朝、設計室の窓から見上げた青い空は、どこまでも透きとおり、この世のものではないような色をしていた。だいぶ冷えこんでいたが、昼にはもっと気温が上がるだろう。日差しが強い。空気も乾いている。めずらしく寝坊した先生が、朝食後の散歩からもどるまでのあいだに、ぼくは皿を洗い、書庫のベッドをととのえ、リビングの窓を開け放ち、ひりつくような新鮮な空気を部屋に通した。

短い散歩からもどった先生は、わずかにはずんだ息をととのえながら、設計室の大テーブルについた。かたわらの模型を手に取って図面と対照し、書棚、閲覧テーブル、椅子、カウンター、それぞれの配置をひとつひとつ確認していく。修正事項をメモするためにノートを広げていたが、心配していた大きな直しはもうなかった。

書棚の確認にとりかかったところで、先生は考えこんだ。壁際《かべぎわ》から同心円状に三重に並んでいる六角形の書棚は、等間隔で設置されるプランになっていた。

「運動会でトラックを走るとき、インコースとアウトコースでは、インコースのカーブのほうが急に感じたろう？」たしかにそうだった。

「外側の書棚と、内側の書棚を同じ間隔で設置すると、どうしても内側に圧迫感が出てきてしまう。実施設計に入ったら、もう少し大きな模型で検討しなおさなければならないね」

そう言いながら、先生は何度となく模型を動かしては、頭を低くして、書棚と書棚のあいだをのぞきこんでいた。透明なハツカネズミが模型のあいだを走り抜けるのを目で追っているかのような背中だった。しばらくすると、先生は腕組みをして席に座った。

「これは、間隔の問題だけじゃないな」まだ模型をじっと見ている。「書棚の高さが同じだから、内側にいけばいくほど、視覚的に追いこまれる感じがあるんだよ」

最初は先生が何を言っているのかわからなかった。「坂西くん、悪いけどね、内側に入るごとに書棚を一段ずつ低くしてみてくれないか」書棚をだんだん低くすれば内側に生ずる圧迫感をおさえることができる、と先生は言った。

書棚のデザインは、収蔵される本の判型の割合を予測し、スタディを重ね、先生と相談して決めたものだった。一段ずつ削っていくと、普通サイズの四六判の本の収容量が大幅に減ってしまう。全体の棚の取り都合をはじめからやり直さなければならないだろう。もちろん先生は、自分の指示が何を意味するか承知のうえで言っているのにちがいない。

昼食をはさんで作業に取りかかった。完成した書棚を削ると天板に接着剤のあとが残るので、もう一度つくりなおすことにした。棚一段分の容積と本の収蔵量を割りだすため、さんざん計算をくり返してきたことを思って、しばらく呆然《ぼうぜん》となる。だが気を取りなおし、大テーブルの空いたスペースであらたな模型にとりかかる。スチレンボードをパーツごとに切りだしてゆくうち、自分が先生といっしょに夏の家に来たことの意味がようやくはっきりとしてきた気持ちにもなり、いつのまにか作業に没頭していた。何かがひっくり返ったとき、単純作業であればあるほど、それがたしかな救いにもなる。

「慌てなくていいからね。まだ時間はたっぷりある。ゆっくりやってくれればいい」と言って、先生はリビングにおりていった。しばらくすると、一階からマーラーの交響曲第四番が聞こえてきた。ソファに座ってレコードを聴いているのだろう。誰もいない広々とした設計室で、階下から響くマーラーを聞きながら作業をつづけた。顔をあげると、窓の外に真昼の日差しを受けた桂の黄色い葉が、百ワットの白熱灯のように輝いていた。

模型の組み立てと接着は、お茶の時間になるまえに終わった。一階におりて、模型が完成したことを先生に伝えてからキッチンに入り、ケトルを火にかけた。先生はめずらしくコーヒーを飲みたいと言いだして、ぼくのあとからキッチンに入ってきた。

「ぼくはね、コーヒーを淹れるのはうまいんだよ。内田くんほどかどうかはわからんがね」先生は得意そうな笑顔になり、慣れた手つきで豆をひきはじめた。強い香りが立つ。ぼくたちはキッチンのテーブルで言葉少なにコーヒーを飲み、麻里子が持たせてくれたチーズケーキを食べ、設計室にもどった。

書棚の模型を内側から順番に並べてゆく。同心円を描く書棚の高さが外側に向かって一段ずつ高くなると、カウンターとエレベーターホールのある中心の円を底にした、浅いすり鉢状の面がつくられる。いちばん外側に目線をおいて、中央のカウンター方向を見ると、三層の書棚の圧迫感は潮が引くように弱くなり、見渡したときの全体の印象ががらりと変わっていた。目線を反対側の突き当たりまでのばすと、こんどは、壁際につくりつけられたキャットウォークつきの二層分、四メートルを超える書棚が見える。

「悪くないね」

先生はぼくと同じように腰をかがめて、あちこちの角度から書棚の見えかたを確認する。声も表情も、淡々としているけれど、明らかに満足そうだった。

「この方針で行くことにしよう。書棚の設計図にかなり手を入れなければならないから内田くんには申しわけないがね。あとは中尾くんに異論がないといいけれど」と先生は笑顔で言って、少し咳《せ》きこんだ。「彼女はいつも冷静だから、見落としを見つけるんだ」

先生は雪子をたよりにしている。それは河原崎さんや小林さん、内田さんへの信頼とはまた別の、独特なものだった。もし誰かが先生に意見する必要があるとしたら、雪子が言えば素直に聞くだろう。そんな気さえするほどだった。

「中尾さんはきのうから、内田さんと講堂の椅子の配置計画にとりかかっているはずです」

「そうだった。来週は講堂をまとめなければいけないね」

ぼくは思い出したように言った。「そういえば麻里子さんが、レストランはイタリアンなのかフレンチなのかって、気にしてました」

「そうかい。麻里子はどんなレストランが希望なんだろうね」

「お子様ランチも、せわしないウェイトレスも、冷えた堅いパンもいや——だそうです」麻里子が先週ぼくに思いつくままに言っていたことをそのまま伝えた。「それから——入口で食券を買って入るレストランも」

先生は声をだして笑った。

「公共施設のレストランには、いただけないところが多いからね。しかし黒字であれば文句はないはずだから、しっかりした店に入ってもらおう。きみの歓迎会をやったハナの主人に話してみようか。これだと裏取引きになってしまうのかな」

本気なのか、軽口なのか、顔を見ただけではわからない。

「あの店が入れば、麻里子さんはよろこんで通いますよ。事務所から自転車で行ける距離だし」

ぼくは麻里子、麻里子と言いすぎているかもしれないと気にしながら、先生がそれをきっかけに何かを話しはじめるかもしれない、と思わないでもなかった。しかし先生は機嫌よく話をつづけるばかりだった。

「講堂ではね、講演会や上映会だけじゃなくコンサートをひらけばいい。アメリカの国会図書館にはオーディトリアムがあって、ジュリアード・カルテットが演奏会を開いたりもするんだよ。本ばかりじゃなく、映像や音源も収蔵しているからね。なんらかのかたちで記録されたものは、すべて収めようとしているわけだ。『ナショナルジオグラフィック』の国らしく、地図のコレクションも世界的なものだ。あそこまでやるのは無理にしても、LPレコードだって、将来はめずらしいものになっていくかもしれないし、テレビ番組だって、アーカイブ化して閲覧できるようにすべきじゃないか。現代図書館を機能させるには、建物の設計だけでは足らないんだ。運営との両輪なんだよ」

先生はそう言ってコーヒーを飲み干し、「さあ、宿題はこれで終わりだ。思っていたよりも早く終わったね。ホッとした」と言うと、むせるような咳をして赤い顔になった。

「水をお持ちしましょうか」

「いや大丈夫——模型はピンで固定して、このまま東京に運ぶことにしよう」先生はぼくの顔を見て言った。「もう夕方だし、あわてて帰ることもないだろう。明日、ゆっくり東京にもどるのでいいかい？」

まったく異存はなかった。明日の帰京でも、予定より一日早い。

「これから粒良野経由で、小諸《こもろ》の温泉にでも行ってみようか。ここのところどうも腰や肩が痛くてね。今日は少しばかり頭も痛い。温泉につかれば楽になるんじゃないかと思うんだ」

粒良野経由、というからには、藤沢さんの農園に立ち寄るつもりだろうか。コーヒーカップを洗っていると、先生はキッチンまでやってきて、「風呂と宿は予約したよ。道はぼくが案内する」と言った。

日は傾いていた。先生をうしろの席に乗せて、ボルボを走らせた。

中軽井沢に向かっておりてゆく道は、ひと夏ですっかり親しいものに変わっていた。白糸の滝へ折れる道との分岐点にさしかかるころ、それまで黙っていた先生が話しはじめた。

「内田くんのことは聞いているかと思うけど」

ひと呼吸おいてから、ぼくは「はい」と言った。バックミラーを見ると、先生は外の景色に目をやっているようだった。

「残念だけど、しかたがないね。彼には独立するだけの力がある。きっと優れた建築家としてやっていけるだろう。それは間違いない。ただ……」先生はしばらく考えこむようにしてからつづけた。「彼には少し線の細いところがあってね」

ぼくは黙って聞いていた。

「いろいろな理不尽だの強引さだのと、正面からやりとりしなければならないときもあるんだよ。それが、建築家という仕事なんだ」

クルマのエンジン音だけが車内に響いていた。

「彼は、シャッターを下ろしてしまうんだね。そうやって自分を無感覚にしておいて、理不尽や強引なものを黙って受け入れようとするところがある。自分を傷つけずに、うまくやり過ごすための防衛策かもしれない。しかしね、それではかえって傷を負う結果になるんだよ」

先生はぼくにではなく、ここにいない内田さんに向かって話しているようだった。

「そういうことをくり返しているうちに、自分が何をやりたいのか、何をやりたくないのか、だんだんわからなくなってくる。わかるかい？」

「はい」

「理不尽なものに押し切られることもあるだろう。相手のある仕事だからね。ただ、最後に押し切られるにしても、自分の考えは、言葉を尽くして伝えるべきなんだよ。そうでないと、自分の考える建築がどこにもなかったことになってしまう。自分の考えを、自分自身ですらたどれなくなってしまう」

ぼくは戦後の建築家のなかで、おそらく誰よりも口数が少なく、書き残したものも数えるほどしかない先生が、伝えるべきときにははっきりと言葉にして伝えてきたことを知っていた。内田さんも、知っている。村井設計事務所で働くものは、全員が知っていることだった。

「それがいったい何になるのか、と問われたら、何にもならないかもしれない、と言うしかない。実際に残るのは、最終的に決定した図面と建築だけだからね。坂西くん、きみはいざというときにちゃんと主張できそうかい?」

先生の声がふいにやわらかくなった。

「自分がどうできるのか、まだわかりませんけど、おっしゃることはわかります」

「きみはやさしそうな顔をして、意外と頑固だからね」含み笑いをしながら先生は言った。「その頑固さを、大事にしなさい」

クルマがヘアピンカーブにさしかかっていた。ぼくは返事ができないまま、なるだけ先生のからだが左右に揺さぶられないようにハンドルを慎重にとりまわした。カーブが終わったところでようやくぼくは頷いて「はい」とだけ言った。

「ほんとうに身をはって理不尽を言ってくる人間は、数えるほどしかいないものだ。たいした定見があるわけでもなく、誰かがそう言っていたから、人からこう思われるから、世の中がそうなっているから、それぐらいのことでものを言う人間がほとんどだよ。そういうものは、こちらに覚悟さえあれば押し返すことができる。

もちろん、あくまで我を通そうとするのもいる。そういうときに、建築家としての信条が問われるんだ。その場面で自分の考えをどう伝えられるかは、ふだんのやりかたの延長線上にしかない。いざというときに底力を出すつもりでいても、ふだんからそうしていなければ、突然できるものじゃない」

「はい」進行方向の右側に、逆光の浅間山が薄暗くそびえている。標高よりも、山全体の容積と重量が迫ってくるようだった。すでに一回冠雪しているはずだが、いまは雪の気配もない。

「今年はもう、噴火はないのかな。夏はずいぶん噴気があがっていたが、だいぶおとなしくなったようだね」クルマの窓から浅間山を見上げるようにして先生は言った。

「火山は、よくわからない。不思議なものだね」

しばらく黙っていた先生が、思い出したように言った。

「浅間が三回冠雪すると、里にも初雪が降るそうだ」

「そうですか。じゃあまだ、しばらく先ですね」

「冬にはもう少し待ってもらいたいね。今年の秋は、とりわけきれいだからね」

つづら折りの坂道の、最後のヘアピンカーブが終わった。

「18号線に突き当たったら右折して、あとはしばらく道なりだ」

「はい」

先生はまだ、藤沢さんの家に寄るとは言わないままだ。

「事務所を辞めても、内田くんとのつきあいはつづければいい」

「はい」

「下に降りると、気温があがってくるね」

すでに百メートル以上標高が下がっている。まわりの木々の紅葉も、青栗村よりあきらかに遅れていた。

「窓をあけましょうか」

「エアコンを少しだけつけてくれるかな」

ぼくは最少の冷気がでるようにパネルのつまみを調整した。

「ありがとう。ちょっと眠らせてもらうよ」

先生はそう言って、また何度かむせるような咳をした。

「どこかで声をおかけしましょうか」

「18号をずっと行くと、追分の先に馬瀬口《ませぐち》という信号がある。そこを過ぎたら声をかけてくれるかい」

バックミラーにうつる先生は、すでに目をつぶっていた。星野温泉が左手に現われる。まもなく18号線だ。

藤沢さんは内田さんに、いつでも粒良野の家を提供するからと言っていた。あれは藤沢さんから出てきた言葉なのだろうか。それとも先生が藤沢さんに持ちかけたのだろうか。いずれにしても内田さんは、先生にも藤沢さんにもずっと大事にされてきたのだとぼくは思った。さっきの話も、ほんとうは内田さんに言っておきたかったことなのだろう。本人には伝わらないのを承知で、それでもぼくには話しておこうと思ったのかもしれない。

現代図書館のコンペで村井設計事務所が一等になれば、内田さんは当面事務所にとどまることになる。一等を逃せば、年明けにも辞めてしまうだろう。しかしほぼ仕上がった現代図書館のプランをみると、これを凌ぐものがどこにあるだろうと、ぼくはあらためてそう思った。梶木文部大臣の支持も半ば約束されたようなものだと井口さんはいう。選定委員会と文部大臣とのやりとりもないわけではないだろうから、内田さんが心配するほど、先生を支持する基盤が弱いとは思えなかった。

追分に向かう長い下り坂にさしかかっていた。車内の気温がまた上がったように感じたので、エアコンのつまみをもうひとつ下げた。

先生がいびきをかきはじめた。深いいびきだった。休みなく仕事をして、そのまま青栗村にやってきて、ようやくこれで、大きな峠を越えたことになる。あとはぼくたちが最終版の図面と模型を用意するだけだった。

追分の信号でクルマはとまった。先生のいびきはまだつづいている。ぼくはうしろをふり返った。先生は右の窓に頭をもたせかけている。ぼくは先生の顔を見て、説明のつかない、いやな感じを覚えた。信号が青になった。

「先生、追分を越えました。ちょっと早いですけど」

先生はいびきをかいている。ぼくは大きな声でもう一度声をかけた。

「先生……先生。起きてくださいますか」

反応がない。ぼくはクルマをゆっくりと路肩によせ、もう一度、「先生！」と大きな声で呼んだ。からだをひねって腕を伸ばし、先生の左膝をつかんだ。「先生、大丈夫ですか」

いびきがいっそう大きく聞こえた。これは居眠りではない。意識を失っている。病院に連れていかなければ――そう思っても、病院の場所を知らなかった。あたりには公衆電話など見当たらない。藤沢さんの家に行き、救急車を呼んでもらおう。ハンドブレーキを解除して、ゆっくりとクルマをスタートさせた。先生のいびきはつづいていた。ぼくはなかば自分に向かって言った。

「先生、もう少しで藤沢さんの家につきます。もうちょっと辛抱してください。大丈夫です。病院にいけば、大丈夫です」

舗装道路から左折して、佐久平が見える方角へくだってゆく。藤沢さんは夕陽の当たる畑にひとりでいた。アプローチにクルマを入れると、作業の手をとめて、ふり返った。笑顔だった。軍手を外しながらこちらに向かって歩いてくる途中で、けげんそうな顔に変わってゆくのが見えた。ぼくはクルマをとめた。藤沢さんが急ぎ足になる。ドアをあけると、車内よりもぐんと冷たい空気が、先生とぼくを包んだ。

週末の病院の廊下はがらんとしていた。壁の時計を見上げると、午後八時を過ぎていた。

藤沢さんといっしょに救急車に同乗したぼくは、集中治療室に先生が入るのを見届けてから、内田さんに電話をした。先生の自宅と井口さん、麻里子には内田さんが知らせてくれることになった。内田さんは落ちついた声で「坂西くんといっしょでよかった」と言った。

先生が集中治療室に入ってすでに二時間が過ぎていた。藤沢さんは黙って座っていた。ぼくも、ただ座っていた。

医師が集中治療室から出てきて、廊下の椅子《いす》に並んで座っていたぼくと藤沢さんを交互に見た。「奥様でいらっしゃいますか」と医師は言った。藤沢さんは「妻ではありません」と言ったあと、一瞬のためらいがあってから、英語の発音が少しだけ残るイントネーションで「パートナーです」とはっきりと言った。ぼくは自分が先生の事務所で働いている者だと簡単に説明した。医師の声には慎重な響きと、これから深刻な事実を伝えようとする相手への配慮を聞きとることができた。

「かなり重篤《じゅうとく》な脳梗塞《のうこうそく》です。お年がお年なので楽観できません。今夜は病院で待機していただいたほうがいいと思います。ご家族への連絡を急いでください。できることは最大限やりますが、何がおこってもおかしくない状況です」

藤沢さんは医師をまっすぐに見た。

「家族には連絡が行きました。どうか、よろしくおねがいします」と言って頭を下げた。そしてしばらくそのまま動かなかった。「家族は東京なので、時間がかかると思います」とぼくはつけくわえた。うなずいた医師は、「これから明日の朝にかけて、のりきってもらえるかどうかです」と言った。

医師はまた集中治療室に入っていった。

23

控え室にいると、医師や看護婦の出入りがあるたびに集中治療室のドアがスライドして開き、そのあいだの数秒間だけ、奥にある先生のベッドが見える。想像していたよりはるかに広い集中治療室のなかで、先生につながれた何本もの線や管が、いまにも抜け落ちそうな心細いものに見えた。蛍光灯の青々とした冷たい光が、部屋の隅々までくまなく照らしだしている。配管のように整列する蛍光灯の明かりを先生は嫌っていた。昼間なのに点けっぱなしになっている駅のプラットホームの蛍光灯を見上げて、「まんべんなく明るくしておけばいいというのは、どういう料簡《りょうけん》なんだろうね」と言っていたのをぼくは思い出していた。

「俊輔さんは蛍光灯が嫌いなのに、あんなに照らされていてはかわいそう」

藤沢さんもそう言った。

倒れて一か月が過ぎても、先生は集中治療室から出ることができなかった。一命はとりとめたものの、意識がもどらない。脳梗塞がおよんだ範囲は大きく、CT画像では、言語をつかさどる部位と小脳の周囲が白く映っていた。梶木文部大臣の紹介で脳梗塞の治療では定評のある都内の病院への転院も検討されたが、容体がもう少し安定するまでは動かすべきではないという担当医の判断があり、医師である先生の夫人も無理はさせたくないという意向を示した。人工呼吸器が装着され、心電図と脈拍と血圧を二十四時間チェックする態勢がつづいていた。

代々木上原の自宅で小児科医院を開業している夫人は、週に二度は電車を乗り継ぎ、小諸駅からタクシーで二十分ほどの浅間中央病院に通っていたが、先生の意識がもどらず、目の前にあるさまざまな計器の数字や波形にも明るい兆《きざ》しが読みとれない以上、ただかたわらにいても仕方がないと思ったのだろう。半月ほどすると、負担の多い日帰りの旅を見合わせるようになった。

週末の午後、ぼくといっしょに先生を見舞っていた麻里子が、毎週代々木上原を訪ねて容体を伝えることになった。子どものいない自分のところへ姪《めい》が足繁《あししげ》く通ってくることを、夫人はずいぶんと喜んでいた。何度目かの訪問のとき、玄関の扉が内側から開いたとたん、満面に笑みをたたえた夫人が「いらっしゃい」と明るい弾むような声で出迎えた。麻里子の顔がたちまちこわばるのがわかった。次の週から、麻里子は仕事の多忙を理由に、電話での報告に切り替えた。

集中治療室での面会が許されるのは、午前と午後の一日二回、原則として家族だけだった。しかし夫人が東京にとどまるようになると、藤沢さんは麻里子の父からの依頼もあり、担当医の許可を得て、三日にあげず先生を訪ねるようになった。

いちばん憔悴《しょうすい》していたのは井口さんかもしれない。先生が倒れた翌日、内田さんといっしょに病院に現われた井口さんは、ぼくを見るなり口をへの字に結んで、わずかに頷《うなず》くばかりだった。東京の事務所でも、見舞いの電話や来客の対応に追われているあいだは背筋も伸び、相手によっては明るい声さえ出していたが、用件が終わると、しばらく所長室にこもったきり出てこないこともあった。

先生が倒れる直前に基本設計は完成していたのだから、コンペへの不参加を自分たちで決める理由はない——井口さん以外の全員がそう考えていた。先生が退院し復帰できれば、実施設計の陣頭指揮をとることも不可能ではないはずだ、河原崎さんも小林さんも同じ意見だった。井口さんはスタッフの言葉をただ黙って聞いていた。

北青山の事務所の打ちあわせテーブルの上には、コンペ用につくられた国立現代図書館の白い模型が、透明なアクリルボックスのなかで出番を待っていた。内田さんが中心になり、ぼくと雪子の三人で完成させた模型は、上から順にフロアごとに取りはずすことができた。同心円状にならび、中心に向かって低くなってゆく開架式書棚の造形のうつくしさは、何度見ても見飽きなかった。内田さんのつくった人物のミニチュアにも、ユーモラスな現実感が漂っていた。この模型が所員以外の誰にも見られることなくアクリルボックスのなかに納められたままだとしたら、それは意識のもどらない先生が動けずにいることを象徴しているようではないか。一度そう思ってしまうと、頭からそのイメージを押しのけることができなくなった。

井口さんが文部省の担当者と非公式に面会し、数回の話しあいのすえ、「参考出品」という扱いで設計競技への参加が認められることになった。村井俊輔ではなく、村井設計事務所への指名コンペだったから、先生が入院していたとしても本来問題はなかったのだという。しかし井口さんは担当者に先生の病状を詳細に報告した。事務所はまだ、先生を欠いた状態で設計監理に全責任を負える態勢には至っていない、という判断からだった。「参考出品」扱いとなったことを、井口さんはコンペが終わるまで河原崎さんと小林さんにしか話さなかった。

先生が倒れたことはまたたくまに広まった。お見舞いの花がいくつも届き、ぼくたちは毎朝、花の匂いで先生の不在を思い知らされることになった。いっぽう、知らずに設計を依頼してくる人たちも少なからずいた。井口さんは丁寧に現状の説明をして、しばらくは治療と休養が必要で、いつごろお引き受けできるかまったくわからないと伝えた。それは実質的に依頼を断ることと同じだった。

事務所が直面している事態は、深刻なものだった。井口さんがかねてから考えていた新体制が整わないうちに先生は倒れてしまった。このままでは、事務所の仕事は事実上休止に向かってしまう。しかし井口さんが先生の不在をきっかけに、フランク・ロイド・ライトのタリアセンに倣《なら》った自分の構想を既成事実のようにスタートさせることはなかった。

十一月下旬、風邪気味の麻里子を東京に残し、ぼくはひとりで浅間中央病院に向かった。たまたま病院で会った藤沢さんをクルマで農園まで送る途中、激しい雷雨になった。ワイパーを最強にしても、フロントグラスの前方が一瞬ごとに見えなくなる。スピードを落とし、ライトを点けた。佐久平《さくだいら》の方角に大きな雷が何度も落ちる。風景のスケールが東京とはまるで違う。

「昔はこういう雨であっという間に川があふれたの。それに斜面の畑でしょう。泥や石が上からどんどん押し寄せて、花も球根も流されるし、雨がやんだあとは泥の山をかたづけるのが大変でね。だから石垣をつくってもらったのよ」

粒良野はふたつの川にはさまれた台地のような土地だった。縄文時代、人は川のそばのこの土地に住んだ。川から水を汲《く》み、魚を獲《と》る。野セリを摘む。子どもと水遊びをしたかもしれない。しかし大洪水になれば、住居がまるごと押し流されてしまうこともあっただろう。ときに暴力的に変貌《へんぼう》する川のそばに住むことと、川の恵みとのあいだで、縄文時代の人びとはどのように折りあいをつけていたのか。洪水は語り継がれただろうけれども、人は何かをつねに強くおそれながら生きてゆくことはできない。何千年もの時間がこの土地におり重なるうちに、おそれもよろこびも、竪穴《たてあな》住居跡も、土器や石器も、土に埋もれた。ときおり強い雨が気まぐれに、畑のやわらかい土を掘りおこし、土器のかけらや矢尻《やじり》を陽にさらす。雨あがりにつやつやかに光る黒曜石は、何千年も前の、言葉のない記憶だ。

玄関の横ぎりぎりにクルマをつけて、外に出て藤沢さんの側のドアを開け、傘をさしかける。ほんの一瞬だったのに頭からぐっしょり濡《ぬ》れてしまった。玄関に入ってドアを閉めたとたん、雨音が小さくなった。遠くに雷鳴が聞こえる。藤沢さんが手渡してくれたバスタオルを頭からかぶって、雨で濡れたからだをふいた。乾いたバスタオルは先生のシャツと同じハーブの匂《にお》いがした。

「東京の病院に移れるといいんだけど」リビング・ダイニングのテーブルの上に熱い紅茶とあたためたアップルパイを並べると、藤沢さんは言った。

「そうですね」と頷きながら、でもそれでは藤沢さんはそばにいられなくなるのではないかとぼくは思った。ミルクを入れた紅茶をのむ。舌になじんだ味がする。鼻に抜ける香りで先生の好きなディンブラとわかる。イギリス製のティーポットも夏の家と同じだった。

「あの日はね、これから坂西くんをつれて、ちょっとそっちに寄らせてもらうけどいいかなって、電話をかけてきたの」

先生は「粒良野経由で」というばかりで、藤沢さんのことには触れなかった。やはりそうだったのだ。

「その途中で倒れるなんてね」

「すみません」

「あら、どうしてあなたがあやまるの」

もしも直接病院に運んでいたら、三十分早く治療ができただろう、そうすればもっと早く意識がもどったのではないか。ぼくにはその思いが拭《ぬぐ》いがたく残っていた。

「今年の夏は頭痛がするってよく言ってたの。だいたい俊輔さんはどこが痛い、ここが痛いってしじゅう言ってる人だったから、いつもの不定愁訴がはじまったって、そう思ってしまった。わたしが早く病院に引っぱっていけばよかったのよ」

　いつのまにか雨がやんでいた。雲の切れ目から気の早い太陽の光があふれだし、佐久平に筒状の光の束が降りていた。藤沢さんも窓からの眺めに目をやっていた。

「公共建築はもう二度とやらないと言ってたのに、なぜか現代図書館の仕事はやってみようと思ったのね。だから一生懸命だった。わたしにまでプランを見せて説明してくれていたんだもの。建築の話なんて、めったにしない人だったのに」

　藤沢さんはリビングの南向きの窓をあけた。雷雨に洗われて身にしみるように冷たい空気が窓から入ってくる。どこか高い梢《こずえ》でイカルがのびのびと鳴いていた。農園ではよく耳にする高音の口笛のような、「比志利古木利《ヒーシリコキリー》」という鳴き声だ。

「俊輔さんは、意識がもどっても、仕事にはもう復帰できないような気がするわ。残念だけど、しかたない。――人には与えられた時間があるんだと思う。どれだけの時間が残されているかは本人にはわからない。でもその終わりは分けへだてなく誰にもやってくる。わたしは毎朝、今日倒れてもおかしくはない、明日にはこの世とさよならかもしれないって、そう思うの。若いあなたのような人がそんなことを思う必要はないけれど、でもほんとうは同じなのよ」

空にはみるみる晴れ間が広がり、雨に濡れた農園の長い石垣がいっせいに輝きはじめた。

「あなたにお願いがあるんだけど」

「はい」

「わたしはもう何年も夏の家には行ってないの。俊輔さんは、来てみるかいって言うには言うんだけれど、じゃあこれからいっしょに行こうかって言ってくれたことはなかった。

ここの畑から気に入った花を運んでいったこともあるのに、いまどこで咲いているのかもわからない。わたしにかけてくる電話が、部屋のどこにあったのかも知らない。もし俊輔さんの意識がこのままもどらなかったら、もう行く機会はなくなってしまうでしょう。仕事部屋がどうなっていて、どんな椅子に座って、どんな景色を見ていたのか、見ておきたいの。倒れてからしきりに夏の家での俊輔さんが思い浮かぶのよ。でもそれは声だけで、姿はないの」

「わかりました。お連れします」

「ごめんなさい。負担に思わないでね。急がなくていいし、俊輔さんが元気になったら、行かなくたっていいんだから。でもこのまま冬がすぎて、春になって、それでも意識がもどらなかったら」

何かが押し寄せてきて均衡を失いそうな藤沢さんの表情を見て、ぼくは言った。

「あの、夏の家にご案内するときに、先生の姪御さんがいっしょでもかまいませんか」

「麻里子ちゃん？」

藤沢さんの顔がふいに明るくなった。

「ご存じなんですか」

「小さいころから何度も遊びに来てるから」

そんなに親しくしていたとは知らなかった。

「俊輔さんはあなたと麻里子ちゃんを一緒にさせたいって思ってるのよ。もう聞いた？」

「いいえ、何もおっしゃってませんでした」

「あら、そうなの」藤沢さんは意外そうな声だった。

「でも麻里子さんが、内田さんから聞いたと」

「わたしが言いましたからね」

「どうして内田さんに」

「それはね、彼が中途半端《はんぱ》に麻里子ちゃんにちょっかいを出してたから。わざと遊びで連れ歩くみたいにして、自分の気持ちをごまかしてたのよ。本気じゃないって、いつでも誰にでも言いわけできるように。自分にも、麻里子ちゃんにもね。そういうところが彼のぜんぜん駄目なところ」

「藤沢さんはどうしてそこまでご存じなんですか」

「俊輔さんに聞いていたから」

何も見ていないようで、先生はそんなところまで見ていたのか。

「内田くんはいいの。要するにね、あなたは見そめられたのよ、先生に」

藤沢さんはそう言って、ほがらかに笑った。

「でも、決めるのは俊輔さんじゃない。あなたと麻里子ちゃんよ。あわてて考える必要はないわ。ふたりともまだあきれるほど若いんだから」

ぼくは返す言葉を見つけられないまま、藤沢さんの家をあとにした。

「さようなら。今日はありがとう」

別れ際、藤沢さんはいつもの笑顔だった。

24

十一月二十五日、国立現代図書館の設計競技が行なわれた。一等になったのは、船山圭一建築研究所のプランだった。

船山案は、小型の分厚い聖書を真ん中で開き、立てて置いたようなかたちだった。視線を上へ上へと垂直に誘《いざな》うような船山らしいフォルム。東西のウィングに分かれたそれぞれ台形のフロアには、書棚が斜めに並行して並び、本でいえば背表紙や真ん中のノドにあたる部分にカウンターなどの事務機能が集められている。カウンターからは書棚と書棚のあいだの通路を見渡すことができた。利用者の動線よりも、図書館を運営し、本を管理する側に中心がある、と見えなくもない。どこか大きな病院のシンプルで機能的なロビーフロアを連想させた。あたりを睥睨《へいげい》するような表情の外観から、少しでも建築に関心があれば、ひと目で船山圭一の設計とわかるはずだ。国立図書館にもし威厳のようなものが求められるとしたら、このプランが選ばれることに誰も異存はないだろう。

自分の立場や好みをすべて差し引いても、依然として先生のプランが船山圭一のプランをあらゆる意味で凌《しの》いでいるとぼくには思われた。しかし先生の不在は、熱湯を注いだばかりのティーポットのふたが突然消えてしまったようなものだった。ふたのないティーポットに誰が手を伸ばそうとするだろう。先生が倒れた痛手があまりに大きいままだったので、コンペに敗れたことへの落胆はそのなかに溶けて消えていった。

十二月に入ると、東京も冬らしい日がつづくようになった。先生が倒れてから、まもなく七回目の週末を迎えようという金曜日の夕方、ぼくと麻里子、そして「わたしもいっしょに連れていってくれるかな」と遠慮がちに声をかけてきた雪子の三人で浅間中央病院に向かうことになった。ぼくは午後から事務所の駐車場で先生のボルボを洗車した。フロントグラスもリアウィンドウも、サイドミラーも、乾いた布でつるつるになるまで磨いた。

その前の週末、ぼくは麻里子に、先生が気に入っているピアノ曲を何曲か選んで弾いてほしいと頼んでいた。テープに録音して、意識のもどらない先生に聞いてもらおうと思ったのだ。それはぼくの感傷による思いつきではなく、脳の疾患について書かれた本をいくつか読んでいくうちに、聴覚は人間の進化の過程でも古くから備わっている始原的なもので、意識が清明でない状態でも機能している場合があると知ったからだ。

集中治療室のなかで聞こえるのは、人工呼吸器のコンプレッサー音、エアコンディションの低い風切り音、医師と看護婦の手短かなやりとり、計器類の無機質な音、ときどき開いては閉まる自動ドアの音ぐらいだった。森をわたる風の音も、梢でさえずる鳥の声も、暖炉ではぜる薪《まき》の音も聞こえない。たったいま先生の意識が水の底に沈んでいたとしても、麻里子が弾くピアノの音なら、深いところで眠っている記憶と呼び交わすかもしれない。

小学生から中学生にかけてのピアノの発表会には、先生もかならず足を運んでいたという。発表会で弾く曲は、ピアノの先生が選んだ候補のなかから本人が弾きたい曲を選ぶことになっていたが、麻里子はいつも先生に相談した。四年生のとき先生が選んでくれたのは、シューベルトの即興曲だった。

リビングや所長室で先生がよく聴いていた曲は、ぼくも自然に覚えてしまっていたが、麻里子によると、中高生のころに発表会で弾いた曲もあったらしい。しかし先生は、少なくとも夏の家では麻里子にピアノの話をしなかった。ぼくも先生の入院がなければ、麻里子にピアノを弾いてほしいとは言わなかっただろう。最初のうち気乗りしない様子だった麻里子は、前日になって少し怒ったような早口で、シューベルトのピアノソナタを弾くことにした、と言った。

「毎日練習して、第一楽章だけは楽譜をみながらなんとかかたちだけ弾けるようになったけど、でも二十分ぐらいかかるから、それがもう限界」

麻里子は第一楽章だけなら録音してもいい、でも録音は金曜日の夜からひとりでやってみる。旧軽にあるピアノは、中学を卒業した春に先生が銀座のショールームだけでなく保管倉庫にまでいっしょに行って選んでくれたものだったから、先生の好きな音だと思う、と言った。最後にしぼった二台のピアノの前で、どちらがいいか迷っていると、「どちらもいいね。片一方はキリッとして凛々《りり》しい良さがある。もう片一方はやさしい、丸い感じの音だ」と先生は言った。

「同じピアノでもこんなに違うのね。でも、どっちの音もいいいな」

「そうだね。麻里子のいいところを、二台に分けて持っているようだね」先生はそう言ってにっこりした。

「こまったなあ」

「こまることはないさ。キリッとしたほうを選んだら、そのピアノで丸みのある音を出せばいい。丸みのある音のするピアノだって、弾きかたによってキリッとさせることはできるからね」

迷ったすえ、麻里子は丸い音のピアノを選んだ。そして十年あまりが過ぎた。

麻里子は、録音には土曜日の午前中いっぱい時間がほしい、あなたはレコーダーのセットをして、どこを押せば録音できるのかを教えてくれればいい、と言った。

「録音するのは簡単だよ。音もきれいにとれると思う」

大学の友だちから借りたソニーのカセットデンスケをクルマに積んであった。先生にはふだんぼくが使っているウォークマンで聞いてもらうつもりだった。

「わたしは旧軽に泊まるから、土曜日の昼ぐらいに、雪子ちゃんと迎えにきてくれる？」と麻里子は言った。ぼくは雪子とふたりになるとは思ってもいなかったので、一瞬とまどった顔をした。

「どうしたの？　……なに？」麻里子はちょっと怖い顔をしてみせた。

「大丈夫かな――」そう言ってみた。

「かな——って、どうしてかななの？」

麻里子はぼくの首に両手をのばし、細い指でやわらかくしめた。

旧軽の洋食屋で三人で夕ごはんを食べたあと、カセットレコーダーをピアノの近くにセットしてから、麻里子を別荘にひとり残し、ぼくと雪子は夏の家に向かった。満月に近い夜だった。途中で左手に現われたおおきな浅間山は月明かりに輪郭を浮かびあがらせ、パウダーのような雪をまとった山肌をぼんやりと見せていた。エンジンとエアコンディションの音だけが暗い車内に響いていた。インストゥルメントパネルのオレンジ色の光が、暗い視野のなかに浮かんでいる。

青栗村はすっかり冬景色になっていた。落葉樹はすべての葉を落とし、クルマのライトは枝や幹をとおりぬけ、はるか遠くまで伸びてゆく。

雪子にドアの鍵《かぎ》をあけてもらうあいだに、夏の家のまわりを落ち葉をふみしめながら歩き、水抜きをしてあった四か所の水道栓を開く。桂《かつら》の落ち葉のうえを歩くと、ほの甘い香りが立ってくる。芯《しん》まで冷えきった夏の家に入り、すぐに石油ストーブをつけ、暖炉に薪を運んだ。キッチンの窓の外気温計を見ると針は零下をさしていた。雪子とふたりきりでいることを紛らわすように、ダイニングのチェストにのっているラジオをつける。ニュースが終わり、天気予報がはじまった。「……明日の最低気温は、上田マイナス一度、松本マイナス二度、軽井沢マイナス五度……」

「ふたりしかいないんだから、お風呂《ふろ》は片方だけ使えばいいよね。わたしはそれでかまわないから」と雪子は言った。「そうですね」とぼくは言い、男性用のバスルームを準備しにいった。麻里子が気にするだろうか、とタイルの床を見ながら思ったが、後ろめたいところはないと思いなおすことにした。

リビングにもどると、つけたはずの暖炉の火が消えていた。薪はよほど湿気《しっけ》ていたらしく、何度かくり返し火であおるようにしても、煙があがるばかりで燃えつかない。雪子がほうじ茶を持ってきてくれた。何度目かでやっと、たよりない炎が立つようになった。やがて熱せられた薪の水分が、木口からシュウシュウ音を立てて泡状にふきだしてきた。ぼくと雪子は暖炉の前のソファに離れて座った。黙ったまま火を見ながら、ほうじ茶を飲んだ。室内なのに、吐く息が白い。

「さむいね」

雪子は火を見つめたまま言った。

「お風呂に入って、今日はもう眠るしかないですね」

「そうね」雪子はちょっとうわのそらで答えると、つづけた。「麻里子ちゃん、いまごろ弾いてるかな？　楽しみだな」

　頷くぼくを見て雪子が言った。「坂西くん、麻里子ちゃんのピアノ、聴いたことある？」

「え？　ないですよ」

「そうなの」炎をあげている薪が雪子の声にあわせたように傾き、くずれた。薪ばさみで火のついた薪を拾いあげ、積みなおす。炎が強くなる。雪子は黙って炎を見ていた。

「もう少ししたらお風呂が沸きますから、先にはいってください」

「うん」聞いているのかどうかわからないような声だった。薪の燃える音だけが長い沈黙をやわらげていた。なにか言わなければと思った瞬間、薪が盛大にはぜた。ぼくたちは顔を見合わせた。穏やかな笑顔の雪子の目が、いつもより長くとどまっている気がしたのは、ぼくがそうしたからなのか。

「じゃあ、お先に」雪子は忘れていたなにかを思い出したかのように、ふいに腰をあげた。

「ゆっくりあったまってください」薪をととのえながら、ぼくは雪子を見ないまま言った。

「ありがとう」

　耳の底に残った雪子の声からは、なにもおしはかることができなかった。ぼくは暖炉の前にはりつくようにして、薪をつぎつぎに足していった。少しでも部屋が暖まるようにというだけでなく、炎が強くなれば、自分のなかで中途半端に澱《よど》んでいるものまで燃えてなくなるような気がしたからだ。火力があがってくると、湿った薪でも積んだとたんに炎をあげるようになる。いつもよりさらに一段分、薪を高く積んでみる。おもしろいように炎が高く噴きあがり、ゴーッと音を立てはじめた。こうして薪と火の相手をしているあいだは何も考えずにすむ。薪を足し、炎の様子を見ながら薪ばさみで位置を変える。思わず手がひっこむほど熱い。顔も炎で炙《あぶ》られるようだ。暖炉の輻射熱《ふくしゃねつ》がぐんぐんあがってゆく。夜が濃く、深くなってゆく。

　風呂からもどってきた雪子は、さっぱりとした明るい顔で、なにもかまわないようにぼくのとなりのソファに座った。麻里子のとはちがう石鹸《せっけん》とシャンプーの匂いがした。

「いま炉壁に星座ができた」雪子は冷めてしまったほうじ茶を、こくこくと飲み干してから言った。

「え？　星座？」

「うん。黒い壁に火の粉が飛ぶでしょう。この火の粉のかたちで占いができるんだって、前に先生が教えてくれた」

「なにかわかりましたか」

「ううん、全然」

ぼくはそのまま炎を見ている雪子の横顔を見ていた。

やがて雪子は、「じゃあ、先に休みます」とソファに座ったまま言った。頷いたものの、すぐには言葉が出ない。

「おやすみなさい」

雪子はそう言って立ちあがると、ぼくに背中を向けた。

「おやすみなさい」

背中に向かってぼくも言った。雪子はふり返らずそのまま階段をあがっていった。

ぼくはしばらく暖炉の前に座っていた。それからふと思いたって藤沢さんに電話をかけることにした。約束を果たそうと思ったのだ。

家事室の灯りを点《つ》けると、テーブルの端の鉛筆削りのとなりに、麻里子が使っていた小さなガラスの花瓶がそのまま置かれてあった。最後にさしてあったのは、ノハラアザミの赤紫の花だった。

藤沢さんはすぐに電話に出た。手短かに用件を話すと、「わかったわ。ありがとう。――いま、麻里子さんはそこにいるの？」とたずねた。ぼくはいないと言い、雪子がいることにはふれず、受話器を置いた。

風呂場はきれいに整えられていた。ガラス窓は湯気で真っ白なままだった。雪子のシャンプーの匂いが残っていた。

翌朝、電話で麻里子と話していた雪子は、「お昼をいっしょに食べて、それから病院に行こうって」と言った。

「録音はうまくいったのかな」

「なにも言ってなかった。もうちょっとかかるのかもね」

雪子はまたいつもと同じような笑顔で、ぼくを見た。

快晴だった。浅間山は、きのうの夜、月明かりで見たよりもさらに白くなったようだった。麻里子との待ちあわせまで、まだたっぷり時間がある。朝食後、ぼくは雪子を誘って、ホタル池まで散歩に出ることにした。

ダッフルコートにマフラーを巻いて外に出ると、しんとした冷たさが頬をしめつける。雪子はシロクマのようなカウチンセーターを着て、ざっくりしたウールのマフラーで口もとを覆《おお》い、こげ茶色のコーデュロイのパンツにメインハンティングシューズをはいている。毛糸の帽子にムートンの手袋。完全防備だった。すっかり葉を落とし、幹と枝だけの桂は、骨格標本のようだった。太陽の位置が夏よりもずいぶん低い。林の斜めうえから、まぶしい光がさしてくる。コゲラのギィー、ギィーという小さな鳴き声が頭上から聞こえてくる。見上げた木の枝から鳥影が飛びたった。

青栗村に人の気配はなかった。クルマも通らない。しばらくまっすぐ歩くと、夏に野宮さんが倒れていたところにさしかかった。あたりは枯葉の吹きだまりになっていた。ぼくと雪子はそこで立ち止まり、顔を見合わせた。今年の冬はさすがに家族の懇願を聞き入れ、東京で過ごすことになった野宮さんは、完成したあたらしい書見台を世田谷の家に送らせていた。この先を左に曲がれば、ホタル池だ。

どこかから薪を焚《た》く匂いが漂ってくる。人の気配を感じるだけでほっとする。枯葉を踏みしめながら、池に向かってゆるやかにくだる小道を歩いてゆく。手袋を忘れたぼくの手はすっかりかじかんで、鼻の頭も冷たくなっていた。

小学生の麻里子が夏休みに肝だめしで一周した、ホタル池のほとりの散歩道に出た。岸辺に沿って凍りついた水面から、鈍い光が反射している。突然、アカゲラのけたたましい鳴き声が響く。縄張りに踏みこむなと警告するような声だった。

「先生は……」池に張った氷をまぶしそうに見ながらいったん言葉をのみこんだ雪子は、乾いた声で言った。「意識だけでももどってほしいな。言葉は回復しないかもしれないって、麻里子ちゃんは言ってたけど」

「——先生は体力があるし、心臓も強いみたいだから、意識はきっともどりますよ」

ぼくは麻里子の懸念《けねん》には直接ふれずにそう言った。

「これから——事務所はどうなっていくんだろう」

「このままの態勢でつづけるのは難しいかもしれませんね」

「そうね。このままというわけにはいかないよね」雪子の声が沈んだ。

氷の張っていない池の中央部から、突然マガモが飛びたった。そのあとを追うようにもう一羽も水上を駆けわたり、空に浮かぶ。二羽が鳴きかわしながら上空を旋回しはじめる。ぼくたちはしばらく空を見上げ、どこか侘《わび》しい鳴き声を聞いていた。


麻里子と雪子を後部座席に乗せた車内には、冬の午後の金色をおびた光が差しこんでいた。旧軽のエリアを抜けたあたりで、雪子が麻里子に言った。

「麻里子ちゃんのピアノ、聞いちゃいけない？」

外の景色を見ていた麻里子は、「へただけど……どうぞ」と言って、自分の手提げからカセットテープのケースを取りだした。

「ありがとう」

雪子は明るい声でカセットを麻里子から受けとり、ケースから取りだしたテープをぼくに手渡した。

カセットを差しこむと、ピアノの音ではなく、麻里子の声が流れはじめた。

「……先生、こんにちは。麻里子です。具合はいかがですか。ずっと横になっているから、背中とかお尻とか痛いんじゃないか、心配です。痛かったら、右手でも左手でも、指先だけでもいいから、合図をしてください。ちゃんと看護婦さんに伝えますから。

軽井沢はもう冬景色です。浅間山も真っ白に雪化粧しました。とってもきれいです。リストランテ・ハナでみんなが集まったとき、坂西くんの入所祝いにおおきなモンブランが出たそうですね。雪子ちゃんに聞いたら、いまの浅間山の雪景色はあのときのモンブランにそっくりだそうです。今日は雪子ちゃんも坂西くんもいっしょです。

これから久しぶりにピアノを弾いて、先生に聞いていただくことにしました。山荘のピアノです。高校生になるときいっしょに選んでくれましたね。もう十年以上になるんですね。時間が経《た》つのはほんとうにびっくりするぐらい早いです。わたしがこのやわらかい、やさしい音のピアノを選んだとき、先生がいい音だって言ってくれたこと、よく覚えています。

いまから弾くのは、先生の好きなシューベルトのピアノソナタ第21番です。たっぷり練習できなかったので、ほんとうは聞かせられないぐらいの出来ですけど、今日はご挨拶《あいさつ》がわりと思ってお許しください。また練習して、もう少し上手になったら、それを聞いてもらいますね。じゃあ、弾きます」

麻里子がピアノの椅子を引く音がした。

18号線を走る車内に、麻里子の弾くピアノソナタが流れはじめる。タッチはやわらかく澱みがない。嗜《たしな》みというレベルではまったくないことへの驚きはすぐに消え、ただその音に耳を傾けた。自分が生きている時代に向きあうのでもなく、親しい友人に宛《あ》てたのでもない、ましてや恋人に聴かせようとしたのでもない、たったひとりで、自分と対話しているような旋律だった。シューベルトは、残された時間がどれぐらいか承知していたのだろうか。

バックミラーには雪子が映っていた。少しでもうつむくと涙がこぼれるから、うつむかないで前を見ている、というような表情だった。

追分を過ぎて、粒良野にさしかかった。麻里子のピアノはまだつづいている。右手にまもなく藤沢さんの農園が見えてくる。道路からは防風林が見えるだろう。毎週末、麻里子といっしょに病院に来ていると電話で伝えたとき、藤沢さんは「あなたと麻里子ちゃんがふたりで来てくれていると知ったら、俊輔さん、よろこぶでしょうね」と言って黙った。

左手には佐久平の眺めが広がっていた。先生も眺めていた田園風景。佐久平へとつづく広々とした斜面に小さな煙がいくつかたなびいていた。ぼくたちのクルマは、おだやかなアップダウンをとらえながら粒良野を過ぎ、さらに西へと向かった。

ぼくと麻里子は、集中治療室のスタッフとすっかり顔なじみになっていた。笹井さんのように落着いた態度の、小出《こいで》と名札をつけた看護婦は、「遠くからたいへんでしたね。村井さん、だいぶ顔色がいいですよ」と言った。ぼくは立ち去りかけた看護婦を呼びとめて、先生に麻里子の弾いたピアノの音を聞かせたいと話した。

「もちろんいいですよ。時間はどれぐらいかかります？」

「二十五分ぐらいです」麻里子が言った。

「あの、それで、よかったらなんですけど」とぼくは遠慮がちに、もしできれば一日に一回ぐらい、このテープを聞かせてあげてくれないでしょうか、と言った。

「わかったわ。毎日一回は聞いてもらうようにしましょう」そう言ってから、看護婦は真面目《まじめ》な顔になった。「意識不明に見える患者さんでも、じつは耳だけは聞こえているっていうことが稀《まれ》にあるんですよ」

麻里子はぼくの目を見た。

「先生にはいまご家族がお見えになったと連絡しておくので、あとで面談室で村井さんのご容体についてお話ししてもらいますね」

看護婦はきびきびとした足どりでICUの外に出ていった。

ぼくたちは白衣を身につけ、マスクをして帽子をかぶり、手を肘《ひじ》まで消毒してから集中治療室に入った。いまは先生だけが、四台あるベッドのいちばん奥に横たわっていた。

麻里子は真っ先に先生に近づき、いつものように右手をそっと握った。先生は人工呼吸器をつけ、目を閉じていた。眉間《みけん》の皺《しわ》は先週よりもやわらいでいるように見える。顔色もよくなった気がした。麻里子は先生の耳元に顔を近づけて、声をかけた。

「先生、麻里子です。今日は坂西さんだけじゃなく、雪子さんもいっしょです」

麻里子が手招きして、雪子をよんだ。雪子は先生の腕に手をのせた。

「先生、中尾です」

そしてそのまま黙っていた。

ぼくは枕元《まくらもと》にウォークマンを置き、イヤフォンを先生の耳に近づけた。きれいにヒゲが剃《そ》られ、髪にも櫛《くし》が通っている。「先生、失礼します。イヤフォンをつけさせてもらいますね」スタートボタンをゆっくり押すと、枕元のウォークマンのなかでカセットが動きはじめる。先生の耳に、麻里子の声が届いているはずだった。まもなく、シューベルトのピアノソナタが鳴りはじめるだろう。

ぼくたちは黙って立ったまま、イヤフォンをつけた先生を見ていた。先生の顔も、手も、指先も動かない。麻里子は途中から、先生の膝《ひざ》から下をゆっくりとなでていた。腕時計を見て、テープの再生が終わる時間になると、ぼくはストップボタンを押した。ハブの回転が止まる。先生の耳からイヤフォンを外す。その拍子にわずかに乱れた髪を、麻里子が指先で器用に整えた。

いまこの場所で確実に動いているのは、時計の針と計器類だけだった。そして規則的に上下する先生の胸。ぼくたちの先生は、そこにいて、そこにはいないかのようだった。

医師の話には新たなことは何も含まれていなかった。申しわけなさそうな、あるいは遠回しにあきらめをうながすかのような表情が浮かんでいた。説明を聞き終えたぼくたちは頭を下げて病棟を出た。北風が吹きつけていた。すっかり冷えきったクルマのエンジンをかけ、暖房を最大にする。スタートさせる前に、ちょっと息をととのえてからぼくは言った。

「途中で寄っていきたいところがあるんです」声が少しかたくなっていた。「藤沢衣子さんという先生の知りあいの人のお宅なんですけど、夏の家をご覧になりたいとおっしゃるので」

バックミラーには麻里子の表情がうつっていたはずだが、ぼくはミラーを見なかった。

「藤沢さんは夏の家にいらしてなかったのね」

麻里子は淡々と、これまで話さずにきたことをさりげなく飛び越して、そう言った。

「昔はいらしたことがあるのかもしれません」

雪子は麻里子も知っている人だとわかったせいか、何も言わず黙っていた。

クルマが藤沢さんの農園の敷地に入ると、雪子がうしろの席で窓の外に目を奪われている気配が伝わってきた。

「ここは個人のお宅なのかしら。それとも大きな農園かなにかなの？」

「個人の家で、大きな農園ですね」

農園に入り右手に小さな木造の家が近づいてきても、さらに奥の大きな家を見ても、雪子はなぜか黙っていた。どれも先生の設計であることにはすぐに気づいただろう。エンジンをとめてクルマを降り、玄関をノックしようとしたとき、ドアは内側から開いた。藤沢さんが膝下までとどくベージュのダウンコートを着て立っていた。

「病院に行ってきました」

「変わりないわよね」

「はい」

藤沢さんはドアの鍵をかけた。麻里子と雪子もクルマを降りてきた。

「こんにちは、衣子さん」麻里子が藤沢さんに声をかけた。

「麻里子さん、お久しぶりね。お元気そうで安心したわ」

「はじめまして。中尾と申します」

「こんにちは。先生からお名前はうかがっていましたよ。はじめまして、藤沢です」

助手席に雪子が座り、うしろに麻里子と藤沢さんが座ったクルマは、そこから一時間ほどかけて、冬景色の北浅間をめざした。この顔ぶれで先生のクルマに乗り、夏の家に向かうところを見たら、先生はどう思うだろう。そう考えながら、ぼくはハンドルを握っていた。

左手に見える浅間山は、すっかり雪に覆われていた。グローブボックスからカセットテープを取りだしてかける。先生がクルマのなかでよく聴いていた曲だ。カセットには万年筆で「ハイドン『四季』」と書いてある。先生の几帳面《きちょうめん》な字だった。

テープは第三部の秋からはじまった。冬の道を北へめざす旅のために用意された音楽でもあるかのように「四季」は聴こえた。中軽井沢を左折し、やがてつづら折りの坂道をのぼるころには、葡萄酒《ぶどうしゅ》を味わうよろこびを、明るく跳ねるように合唱する秋の最終パートにさしかかっていた。つづら折りが終わると、にわかに静まりかえり、暗い冬の序奏がはじまった。

雪子は外を見ながら「冷えてきたみたい」と言った。コンソールパネルの外気温計を見ると、マイナス三度だった。「外は零下ですね」前を向いたまま、ぼくは言った。

麻里子と藤沢さんはうしろの席でピアノの話をしていた。藤沢さんの大きな家にはピアノが二台置かれてあった。ふたの開いているベビーグランドの譜面台にはいつも楽譜がのっていた。藤沢さんの弾くピアノを先生は聞いていただろう。

まっすぐな道がつづいていた。路肩に吹きだまった粉雪が強い風にあおられ、道路の上を滑るように流れてゆく。「四季」は沈鬱《ちんうつ》な曲調を抜けでると、女性をつつみこむヴェールを編むための「糸紡《いとつむ》ぎの歌」になった。それは励ましの歌であり、人びとをよろこびへ導こうとする歌だった。それがやがて、どこかつややかな響きのある恋の歌へと手渡される。われわれ人間の営みと、それを支え、ときにおびやかす自然をそのまま肯定しようとした、ハイドンの晩年の意思があふれているようだった。先生はクルマを運転するとき、飽きることなくこの音楽を聴いていたのだ。

クルマは青栗村に入ってゆく。音楽は少し前に終わっていた。森の白い底の上に冬枯れの木々が黒々と立っていた。ぼくたちをいま迎えるものが、花が咲き乱れ、若葉が風にそよぐ春ではないことに、わずかな慰めをおぼえた。

夏の家はしんとした冬景色のなかにたたずんでいた。ぼくは藤沢さんに全体を見てもらいたいと思い、玄関の前ではなく、桂の木をぐるりとまわって、車庫にクルマを停めた。先生が週末を藤沢さんの農園ですごし、帰ってきたときと同じように、ゆっくりとバックさせながら。

藤沢さんがまっさきにドアをあけてクルマを降りた。そのあとに麻里子がつづき、ぼくと雪子が並んだ。アプローチにも白い雪がうっすらと残っている。藤沢さんは桂の木の下で夏の家を見上げ、立ち止まった。視線の先は設計室の窓だった。ぼくも藤沢さんにならって設計室を見上げた。

先生が設計室の窓からぼくたちを見下ろしている。遠目には厳しい顔をしているようだが、よく見れば、その顔はわずかに微笑《ほほえ》んでいる。先生がよく見せる、ぼくたちの誰にも親しく、忘れがたいあの表情だった。

藤沢さんはそのましばらく立ちつくしていた。麻里子も雪子も、黙って肩を並べていた。

時間がとまったようだった。

鳥の声も、風の音も、そして先生の声も、なにも聞こえなかった。

25

建築には耐用年数がある。眺めるだけの作品とはちがい、人がそのなかに入り、使い、少しずつ傷《いた》めてゆくからだ。人間の手や足がふれるところは汚れ、ゆるみ、古びてゆく。白い壁には影のような手の跡がつき、貼《は》られたクロスは角からめくれあがり、板張りの床はオイルが抜け、枯れたように白くなる。何千回も何万回も開け閉めするうち、ドアの蝶番《ちょうつがい》はがたついて、やがてはずれる。水回りの末端である風呂、洗面台、トイレ、キッチンにはかならず不具合や故障が起こり、老朽化の足も早い。外からの光、水、風も、家を損なう。雨風にさらされる屋根や窓枠は雨漏りを起こし、人知れずサビを育て、ダメージを深めてゆく。

家は竣工《しゅんこう》した瞬間に建築家の手を離れ、クライアントと時の流れにその運命をゆだねることになる。手入れの時間と費用を惜しまないクライアントであっても、暮らしの変化によって、たとえば家族の数が増えたり減ったりすれば、増改築の要望も生まれてくる。あらためて設計の依頼が寄せられる場合もあれば、まったく別の建築家、あるいは施工《せこう》会社が、元の構想とは何のつながりもないプランを立て、形を変えてしまうこともある。売却されたのち、慈愛にも似た感情とともに住み直されることもあれば、容赦なく取り壊されることもある。

住む人間や持ち主が変われば、住宅への評価もがらりと変わるのは道理なのだ。たとえ名建築と呼ばれるものであっても、見方を変えれば、老朽化した、効率の悪い、評価額ゼロの、不便なかたまりにすぎなくなってしまう。増改築程度の変更ならば、いつか最初の設計案に原状復帰させることも不可能ではない。しかし、取り壊されてしまったら、その土地での復元はほぼ絶望的となる。固有の建築の寿命はそこで尽きる。

同時に取り壊しの知らせは、建築家にとって、内心どこかホッとする部分がなくもなかった。少なくとも私の場合はそうだった。

クライアントから直接取り壊しの連絡があることはほとんどない。施工会社や一部の熱心な建築愛好家、ときには学生から、「先生のあの家が」とお悔やみを伝えるようなトーンで知らせがくる。そうすると私は、一日の仕事が終わるのを待って、パソコンのアーカイブから図面を引き出し、平面図、立面図、断面図、詳細図を一枚一枚見なおしてゆく。やがて頭のなかに、自分自身のつぶやきが、次から次へと泡のように生まれてくる。部屋の振り分けのバランスが一階と二階でどうもうまくいっていない、キッチンとダイニングの動線計画の詰めがあまい、天井と壁の取り合いは、いまならこうはしなかった——。

そのいっぽうで、二十年前の自分の設計に感心することもある。こんなところに雨仕舞いのしかけがあるとは誰も気づかないだろう、と思うこともあれば、極小の土地にクライアントの要望をすべて織りこみながら、しかもプロポーションの美しいこの三層の家を建てる忍耐力など、いまではとても持ちあわせていない、と思うこともある。階段の手すりの仕上がりをこんなに細かく指定して、家具工事の担当者にさぞうんざりされたのではないか、そこまでこだわっても、この手すりにどれほど手間がかかっているか、クライアントに想像できただろうか、取り壊すなら、手すりだけでも引き取りたい——。若い頃は、時間にまかせて図面にかじりつき、息がつまるような完成度をめざしてやっていたのだ。そのためにおろそかになった部分が、手つかずで残されたままであることには気づかずに。

うまくいっているところも、うまくいっていないところも、取り壊されれば等しく消えてゆく。しかしそれを心の底から惜しいと思うことはあまりない。取り壊される家にはそれなりの理由が、あるいは少し大げさに言えばそれなりの運命があるとしか思えないからだ。

そういう家のクライアントとの関係をふり返ると、ほぼ例外なく、どこか淡いものであったり、気持ちがすれ違ったりした記憶とつながってゆくのが不思議でもあり、納得されもする。建物は人が望み、人が建て、人が住むもので、人と建築家との関係は、かならず何らかのかたちで、建物じたいの出来にもあらわれてくるからだ。しかし考えてみれば、いままでに数軒あった取り壊しのすべては、所有者が替わり、土地ごと処分されたものばかりだった。建物の出来不出来とは関係なく、建築の経済的な価値は、この国では時間の経過とともにゼロになるということだ。

百軒近い住宅を設計し、いくつかの公共建築にもかかわってくると、五年、十年という時間の節目で、改修や増築、電気設備の交換などメンテナンスの依頼が不定期に、しかも突然入ってくるようになる。メンテナンスは急な対応を求められるものが多いから、おのずと優先順位があがり、新築の仕事は全体の半分ほどに過ぎないように感じられることにもなる。ここ数年、住宅の設計依頼はじっくり話しあったうえで限られたものしか引き受けていないのに、日常的に抱えている仕事の量は年々増えてゆくばかりだった。事務所の人数も増やさないようにしてきたので、引き受けられる仕事には限界もでてくる。

私がなんらかの理由で仕事をつづけられなくなったとき、十名が働くこの事務所は段階的に人数を減らしてゆき、四年後には解散する、と決めていた。所員も全員がそのことを知っている。解散後に、本来なら事務所が対応するはずのメンテナンスについては、ふたりのチーフ・アーキテクトが設立する設計事務所が受け継ぐ——資本金と当座の運営資金は、私の医療生命保険から拠出する——という構想だった。ここからの依頼があれば、設計当時の担当者は極力実作業に協力し、その対価を得てもらう。チーフ・アーキテクトはいま三代目になった。その任に就いてもらう際には、私の死後、あるいは仕事ができなくなった時点で、メンテナンス業務を引き受けることを承知してもらうよう話をしている。

味気ないプログラムのようにも思えたが、はじめてみるとそうではなかった。所員たちはいつでも独立できる実力を身につけようと努めるようになった。竣工後のメンテナンスについても、より丁寧であろうとする。自分の仕事はかならず自分にかえってくる、という意識が自然と持たれるようになったらしい。「先生」の下で働くという考え方には拠《よ》らず、期限付きで協働《きょうどう》し、その作業から生まれたものを最終的には自分で回収しよう、という動機にもつながって、事務所の雰囲気はかえってよくなったと思う。前方に待ちかまえている未知の要素を、自分にとっての広がりととらえる考えかたが身につくようになればいい。私は所員ひとりひとりが、インディペンデントであってほしいと望んでいた。

五十歳を過ぎると、自分の不在に向けての準備が絵空事でもなくなってくる。いまむやみに二十代の所員を採用しても、予想外に早く事務所が解散することになったりしたら、あまりにしのびなく、申し訳ない。自分が経験したことを、大学を卒業したばかりの若い人間に経験させなくてもいいだろう、という思いもあった。ここ数年、新たな所員の採用を控えていたのは、そのような理由が大きかった。私が早くから事務所のたたみかたを考えるようになったのは、もちろん先生が倒れたあとの村井設計事務所での経験があったからだ。

三十年ほどまえ、先生が所長室の机のなかに用意してあった手紙を井口さんから見せられたとき、私は自分の気持ちが鎮《しず》まるまで、同じ文面を、くり返し目でなぞるばかりだった。先生の言葉の意味するところは、そのあと時間をおいて私のなかに沈殿していった。先生は自分の口からはついに語ることはなかったが、事務所をどうしてゆくかについて、あらかじめ書き残していたのだ。

八二年の十月半ばに先生は倒れ、長野の病院の集中治療室を出られないまま、クリスマスが近づいていた。脳の浮腫《ふしゅ》が落ちつき、脳圧がさがってくると、最初にわずかに動いたのは左手だった。そのつぎに左足が動いた。そして頭が少しだけ左右に傾き、これ以上は好転しないのかと半ばあきらめかけた停滞期をはさんで、ある日、なんの前触れもなく目が開いた。しかし先生の開いたばかりの目は、何も見ていないように見えた。視点が定まらず、眼球は意思とは関係なく動いているようだった。先生の表情を見て、盲目であった人に突然視覚が甦《よみがえ》ったのと同じことが起こっているのかもしれないと想像した。目に見えるものを意味のあるものとして、言葉と対応するものとして認識できるまでは、見えていても見えていないに等しいのではないかということだ。医師に質問してもはかばかしい答えは得られなかったが、開いてはいるのに何かを見ているようには見えない目を見て、私はそのように感じ、そう解釈した。

やがて人工呼吸器が外されて、自発呼吸に切り替わった。そしておそらくは深い霧のかかったような状態ながら、先生の意識に光が射《さ》しはじめた。

からだにつながれていたラインが一本ずつ減っていった。年末には集中治療室を出て一般病棟の個室に移った。先生はこちらの言うことにときおり頷《うなず》くようになったが、どこまで理解しているのかはよくわからなかった。言葉はまったく出てこないままだった。そのうちに「ああ」とかすれた小さな音が喉《のど》から出るようになり、こちらの質問に対して、否定か肯定かの意思表示ができる割合が増えていった。

個室のベッドで上半身を少しずつ起こしてもらうようになり、長期間にわたる人工呼吸で炎症を起こしていた気管が落ちついてきたころ、口からの食事がはじまった。先生はまず重湯をふたさじ口にした。右半身にははっきりと麻痺《まひ》が残っていた。

年があけて八三年の一月の末、都内の病院への転院が決まった。その日のうちに、私は藤沢さんに電話をした。藤沢さんは「わかったわ」と言い、電話の向こうにしばらくのあいだ沈黙が流れた。出口の見えない暗いトンネルのような沈黙だった。「東京の病院での先生の様子は、またすぐにご連絡します」と言うと、藤沢さんは「ありがとう」とだけ言った。

東京にもどるときは、先生のボルボを私が運転し、夫人が後部座席で先生に付き添い、助手席には麻里子が座った。高速道路にあがったところで、先生がよく聴いていたハイドンの「四季」をかけたが、先生の表情に変化は現われなかった。ウォークマンで聴いてもらった麻里子のピアノのことをいつか訊《たず》ねたいと思っていたものの、先生の顔を見ているうちに、その気持ちもしぼんでいった。言葉の自由を奪われた状態で、先生はなにをどのように感じているのか。悲しみやいらだちの感情はときおり伝わってくる。ささやかなものであれ、よろこびの感情が伝わってくるようになるまでに、いったいどれだけの時間が必要なのか。ハイドンの「四季」は、高速道路を移動する車内をいたずらに満たしつづけるだけだった。誰も聞いていない音楽は、よそよそしい音のつらなりでしかない。「夏」の合唱が終わったところで、オーディオのスイッチを切った。

東京の病院に入っても、事態が劇的に変化することはなかった。思うように動かない口から発せられる言葉は、まだ不明瞭《ふめいりょう》で声量もない。文字を読むことも、ままならない。目の前に新聞が置かれても、一瞥《いちべつ》したあとは手に取ろうともしなかった。機能の残った左手で文字を書こうとしても、ほとんどかたちにならず、意味をなさない線が延び、曲がり、震え、途切れるばかりだった。

視野の右側に見えにくい部分が大きくあるはずなので、自宅でも何かにぶつかったりしないようじゅうぶん気をつけること、小脳にダメージを受けているためからだのバランスを保ちにくいだろうが、あきらめないでリハビリを続けましょう――というのが、退院の日の医師の話だった。

先生のクルマで代々木上原の自宅まで送ると、すでにヘルパーの女性が待機していた。夫人は先生が家にあがり、落ちついたのを確認するなり、すぐに診療にもどっていった。麻里子は一日おきに先生を訪ねた。週に二回、ヘルパーの付き添いでリハビリテーションに通うほかは、先生は車椅子《くるまいす》に座ったまま、音楽が流れるリビングで黙って庭の木々を眺めていた。

先生が自宅にもどってまもないころ、浅間山が大きな地鳴りを響かせながら噴火した。

火口から火柱が立っているニュース映像が流された。夏の家とは反対側の山腹では山火事が発生したという。藤沢さんが心配になり、電話をかけた。

受話器から聞こえてきた声は、思いのほか朗らかだった。「心配してくれてありがとう。山火事はここからは遠いから、うちは大丈夫よ」深夜の噴火のあとは、噴煙はときおり上がっているけれど大規模な噴火はない、と藤沢さんは言った。

――噴火の音で目がさめたの。ドオーンって、からだをゆすぶられるようなすごい音だった。それからずっと、北の窓にむかってソファを動かして、座ったまま浅間を見ていたの。もちろん恐ろしいけど、でもね、噴火はきれいなものよ。火柱まで見たのはほんとうに久しぶりだった。噴煙のなかに、なんども稲妻が走ってね。

——火山灰は西風にのって流れたようね。夏の家のほうが、灰やら火山礫《かざんれき》やらたくさん降ったんじゃないかしら。空振《くうしん》で窓をやられなかったか心配ね。

自宅での先生の様子を伝えると、藤沢さんは一転して沈んだ声になった。

——代々木上原と病院をいったり来たりだと、今年の夏は青栗村には来られないでしょうね。わたしは電話もかけられないし、手紙もはばかられるけど……でもその様子だと、手紙を読むのもいまは無理そうね。俊輔さんは、浅間の噴火を知ってるの？

「テレビのニュースは毎日欠かさず見ているようですから、ご存知だと思います」と私は言った。

——噴火を見て、なにを思ったかしら。ゆっくりでもいいから、なにか話してくれたらね。

浅間山の火山灰は偏西風にのって広範囲にひろがり、遠くは福島県の太平洋岸でも降灰が観測されたという。

麻里子は、噴火のあったちょうどその日に先生の家を訪ねていた。あとで聞くと、先生は浅間山の噴火を報じるテレビ画面を、身じろぎもせずに見つめていたらしい。リビングには先生と麻里子の二人だけだった。先生はゆっくり左手をあげてテレビ画面を指さし、それから麻里子を見た。浅間山噴火のニュースが終わると、先生はうつむいて目をつぶっていた。

「顔をあげた先生の目から、涙がこぼれたの。左手でぬぐおうとしていたから、ハンカチを渡したわ」麻里子は先生がなぜ泣いているのか、想像するのはやめておこうと思った。

その日は夫人が診療からもどる九時すぎまで、先生といっしょにいることにした。麻里子は先生に向かって話しつづけた。最近練習を再開したピアノの話や、この春いちばん売れゆきのよかったあたらしい和菓子の話、それから、父親のソックスが突然すべて見あたらなくなって、結局母親が無断でお払い箱にしたとわかったこと……靴下の話を聞いていた先生は、ふっふっふっと声を出してゆっくりと笑った。

帰り道、麻里子は、代々木上原駅の公衆電話で藤沢さんに電話をかけ、噴火の様子をたずねた。ニュースを見て先生が泣いたことは伝えなかった。百円玉がなくなって、財布に残った最後の十円を入れてから、退院してはじめて先生が声をだして笑ったことを思いだした。あわてて藤沢さんに伝えると、「よかった」と言い、そのまま黙ってしまった。電話はそこで切れた。

初夏になった。

先生が不在のまま事務所の仕事はつづいていた。所員はひとりも欠けていなかったが、打ち合わせの数がめっきり減って、所内が図書館のように静まりかえる日が増えていった。いつもの年ならまもなく事務所のなかがそわそわして、夏の家に向けた準備がはじまるころだった。

そんなある日、先生は突然、麻里子の運転するクルマで事務所にやってきた。玄関先に出てきたわれわれを見て、車椅子の先生はほほえもうとしていたが、顔の半分が麻痺しているせいで、なにかの痛みに耐えているようにしか見えなかった。みんな口々に先生に声をかけた。先生はしきりに頷いていた。

年内いっぱいは事務所に残ることになった内田さんが車椅子のうしろを、私が車椅子の前を持ち上げて、そのまま二階の所長室まで運びあげることになった。顔色の白くなった先生は、だいぶ体重を落としていた。車椅子を持ちあげた瞬間、想像していたよりはるかに軽い手ごたえに胸を衝《つ》かれた。

所長室に入ると、先生は左手で車椅子を少し動かし、机の左の引き出しを引っぱろうとした。手伝わないほうがいいのかもしれないと思いながら迷っていると、内田さんが「あけましょう」と声をかけ、引き出しを引いた。先生は内田さんを見上げて、左手を少し上にあげ、頷いて、ありがとう、という言葉を先生なりに口にした。先生は引き出しのなかの白い封筒を左手でつまみあげ、机の上に置いた。そして井口さんを左手で指して頷き、ふたたび封筒を手にした。

井口さんは白い封筒から便箋《びんせん》を出して、無言で読みはじめた。十枚以上にわたって書かれた長い手紙だった。井口さんは先生に、「たしかに、拝読しました」とだけ言って深々と頭を下げた。

先生はふたたび私と内田さんに車椅子ごと階段を運ばれ、外に待たせてあった麻里子の運転するクルマに移った。十二人の所員は全員、声をかけあうこともなく外に出て、先生を見送った。先生は窓越しに、所員にむかって左手をあげた。

先生の手紙は、ちょうど一年前、夏の家に出発する前日に書かれたものだった。

井口宗太郎様

この手紙は、私が死んだり倒れたりした場合、事務所をどのようにすればいいのかについて、私の考えとお願いを書いたものです。

そのようにしてはじまる手紙は、きわめて具体的な内容だった。

村井設計事務所は、期限を区切って仕事を継続し、できれば二年以内に閉じてほしいこと。もし引き受けてもらえるのであれば、河原崎、小林のふたりであらたな事務所を開き、村井設計事務所のメンテナンス業務を引き継いでもらいたいこと。事務所の開設費用、所員の退職金など、必要な経費については、事務所の土地と建物の売却によってまかなってほしいこと。この手紙に基づいて、閉所に着手してから一年間は、所員全員の給与を満額保障してほしいこと——。嚙《か》んで含めるように、事務所解散への手続きについて細かく指示が書かれてあった。そのあとに、井口さんへの私信がつづいていた。

事務所の存続については、君が考えていた方法もふくめ、他のやりかたもあったかもしれない。しかし、無理に継続させようとしても、おそらく途中で息切れしてしまうだろう。それが、いろいろ考えてみた私の、最終的な結論だった。

これまで長きにわたっていい仕事をさせてもらい、感謝している。君がいてくれなかったら、こんなにやりたいようにはできなかった。あらためてお礼を申し上げる。

私はずっと所員にもめぐまれ、支えられてきた。所員の全員に手紙を書いておきたいところだが、この手紙を読むときに誰が事務所に残っているかわからないので（もうすでに、君しか残っていないとしたら、君は笑うに笑えない気持ちだろうね）、君を代表として、お礼を申し上げておきたい。お世話になりました。ありがとう。

そして事務所の解散の手続きにご尽力いただくこと、まことに恐縮ですが、くれぐれもよろしくお願いします。事務所のみなさんには、私のこの判断を、どうかご諒解《りょうかい》いただければと思います。みなさんお元気で。

仕事は事務所のなかにはない。みなさんの手のなかに、仕事はある。

どうかよい建築の仕事を続けてください。

一九八二年七月二十八日

村井俊輔

所長室の机の上にある革製のペン皿には、ステッドラーの赤鉛筆、4Bの鉛筆、消しゴム、白い綿帽子のついたトネリコの耳かき、そして愛用のモンブランが、いつもと同じように並んでいた。手紙は、ペン皿のなかのモンブランで書かれたものだろう。ブルーブラックの楷書《かいしょ》は、先生の建築のように端正で潔《いさぎよ》い筆跡だった。筆圧もしっかりとある。入院中に左手で書こうとした、紙の上をあてどなく漂う文字とはまったくちがっていた。

先生が事務所に現われた三日後、井口さんから事務所の全員に、手紙のコピーが手渡された。一九八三年の七月二十八日、先生が手紙を書いたちょうど一年後の同じ日だった。

村井設計事務所は、その日から二年あまりのちに、事実上閉じることになった。先生の意向にほぼ沿うかたちで、それぞれの所員が身の振りかたを選んだ。つぎの勤務先や仕事が決まると、これまでに担当した設計図の青焼きをとり、クライアントには井口さんからの挨拶状とともに退所の知らせを送った。身のまわりを片づけ、荷物をまとめ、机の引き出しの埃《ほこり》をはらった。ステッドラーのルモグラフや製図用の雲形定規、オピネルのフォールディングナイフは、入所時に先生から手渡されたものだった。ナイフには、先生が刻んでくれたそれぞれの名があった。「よかったら記念にもっていってくれ」という井口さんの言葉を待つまでもなく、手放せるようなものでないのは誰にとっても同じだった。

ひとり、またひとりと所員が事務所から離れていくたびに、リストランテ・ハナで送別会が開かれた。毎朝、設計室を満たしていた、鉛筆を削るサリサリサリという音の重なりが、ひとり分ずつ薄いものになっていった。

河原崎さんと小林さんは、湯島の雑居ビルのワンフロアを借りて、共同で設計事務所をスタートさせた。笹井さんは二人から誘われて、その事務所に加わることになった。雪子にも声がかかったようだったが、雪子は、大手ゼネコンが開設することになった建築専門のギャラリーに、有期契約の学芸員として採用されることになった。

内田さんは事務所を辞めると、単身デンマークに渡った。父親の知りあいの紹介でコペンハーゲンの中堅の設計事務所に入り、三年後にデンマーク人の女性を連れて帰国すると、個人の設計事務所をスタートさせ、翌年、ふたりは結婚した。

麻里子は先生が倒れてまもなくアルバイトを辞めていた。得意先の子弟に自宅でピアノを教えながら、和菓子屋を手伝い、先生の身のまわりの世話をした。

結婚をめぐる話が、ふたたび持ちあがることはなかった。麻里子もそのことにはまったく触れないままだった。夏が終わり、先生が倒れ、浅間山が雪におおわれてしまうと、それはすでにうしろに遠ざかってしまった通過駅のように、はかなく遠いものになっていた。

一度だけ、麻里子が子どもの話をしたことがあった。いい天気だから、桜が満開の青山墓地を散歩しようと、麻里子が言いだしたのだ。浅間山の噴火からほどない日曜の午後だった。ひんやりした空気のなか、歩道をトンネルのようにおおう桜の花を見あげながら墓地を抜けて、そのまま青山一丁目の方角へ歩いていった。横断歩道を渡ると、そこは現代図書館の建設予定地に面した、プラタナス並木のつづく寂しい通りだった。予定地の前にさしかかっても立ち止まることなく、私たちはそのまま歩きつづけた。途中で、古いクラシック喫茶に入ってお茶を飲んだ。

白いカバーのかかったソファに座り、制服を着たウェイトレスの運んできたシュークリームを食べ終わるころ、麻里子は、「わたし、二十八くらいまでに子どもがほしいな」と突然言った。麻里子の声は、夏休みの旅行の計画を友だちと相談するような気安いものに響いた。理由を訊ねると、「父ももういい年だから、そのうちに引退すると思うの。それまでに子どもが小学校にあがってないと、とても店をやっていけないもの」と言った。

目の前にいる、グレーのツインニットを着た麻里子は、どこか違う場所に向かって歩きだそうとしているのではないか。そう感じて、しばらくのあいだ言葉が出てこなかった。麻里子は、自分とのあいだの子どもを二十八歳までにほしい、と言っているのではない――そう感じた。いまなら、それはそうとはかぎらない、きみ次第だよと、二十三歳の私に向かって言葉をかけることができるだろう。二十年後、三十年後に気づいたことはしかし、ほとんどすべてが手遅れで、とりかえしがつかない。

それからも麻里子とは会っていた。週末のたびに、同じ時間を過ごした。レストランで食事をし、麻里子の買い物についてゆき、ふたりで映画を見て、麻里子の顔見知りのバーにいった。私は顔を真っ赤にしながら、酒を飲むようになった。秋になると、麻里子は本格的に店を手伝いはじめた。週末はいつもいっしょだったのが、いつしか土曜日だけになり、やがて店が開いているからと土曜も会えなくなった。定休日に会っても、「あしたは朝が早いから」とすまなそうにつぶやくことが増えた。

そんなふうにしているうち、ささいな諍《いさか》いから、気がつくと半月も会わないでいるようなことになった。私の部屋に置かれたままのカーディガンやストールから麻里子の匂《にお》いがかすかに漂ってくると、甘い胸苦しさと泣きだしたいようなさびしさが喉もとまで迫《せ》りあがってきた。しかし、このようにして少しずつ麻里子が遠ざかってゆくことを、自分などが引きもどすのはとうてい無理だと、気持ちの底にあきらめが降り積もってゆくばかりだった。

八四年の春、麻里子は、小学校から高校まで同窓だったおない年の男と結婚することになったと知らせてきた。中堅の証券会社の経営者の息子で、鴫原毅《しぎはらたけし》という名前だった。シギハラか、シギならチドリ目だ、と咄嗟《とっさ》に浮かび、急ぎ足で浜辺をゆくシギの姿を思い描いた。前の年の十二月以来、一度も会えないでいたから、本人から突然結婚と聞かされても、電話口では動揺した声を出さずにすんだ。

その一週間後、たまたまデンマークから一時帰国していた内田さんと食事をすることになった。麻里子と何度か行ったバーに内田さんとでかけ、生まれてはじめて酔いつぶれた。どのようにアパートに運ばれたものやら、次の日の昼ごろベッドから這《は》いだしトイレに行くと、見たことのない腫《は》れあがった顔が鏡にうつっていた。すでに買い物にでかけて帰ってきていた内田さんは、「二日酔いには炭水化物だよ」と言い、いつのまに用意してくれたのか、淡い塩味の中華粥《がゆ》を出してくれた。針ショウガとうめぼしが添えてあった。

「坂西くん、きみはいったいいくつだ」と内田さんは言った。

「二十四です」

「きみがこれから出会う女性は、いったい何人いるとおもう?」

じんじんと痛む頭は乾いてひび割れた壁のようで、考えてみる気すらおこらない。

「麻里子のことは、これからも大事に思えばいいんだ。麻里子をうらむなかれ、だ。まずは今日のこの二日酔いを治すことだな」内田さんはそう言って笑った。

麻里子の結婚式は、先生が二十年前に設計した代官山のスカンジナビア文化会館で行なわれた。事務所からは井口さんと雪子のふたりが招かれた。雪子はその翌日、結婚式の様子を話してくれた。

先生は車椅子に乗って出席した。式のあと、雪子は久しぶりに会った先生に挨拶《あいさつ》をした。先生は自分から言葉を話すことはなかったが、雪子の顔を見てしきりに頷いた。耳に入る言葉すべてを了解しているかどうかはわからなかった。雪子は事務所のメンバーのその後について、知っていることをなるべく丁寧に、ゆっくりと伝えた。先生は雪子の言葉を聞き取ろうと真剣な顔で耳を傾け、やがて深く頷いて、目を潤《うる》ませた。先生は左手を雪子に差しだした。雪子は両手で先生の手を包むようにして握手をした。先生は驚くほどしっかりと雪子の手を握りかえした。握りかえしながら「うん、うん」と低い声で言った。雪子が先生に会ったのは、それが最後となった。

麻里子の式があった年の暮れ、私は井口さんの紹介で村井設計事務所OBの開いている小さな設計事務所に入った。給料は半減したが、温和な人ばかりの事務所だったので、居心地は悪くなかった。三年目に独立し、自分の設計事務所をスタートさせた。二十七歳のときだった。麻里子はすでに母親になっていた。

全所員の行く先が決まるのを見届けた井口さんは、売却されたビルの新しい持ち主の厚意で、所長室を格安の賃料で借り受けることになった。ビルのオーナーは井口さんとも顔なじみの建築系の小出版社だった。先生の設計図など著作権の管理をする代理人として、井口さんは所長室に通いはじめた。ときおり河原崎さんや小林さんが出入りするほかは、ほとんど来客もなかった。かつて先生の座っていた椅子に座ったまま、居眠りをする時間が増えていった。窓際《まどぎわ》のサイドテーブルの上には、アクリルのケースに入れられた国立現代図書館の模型が置かれてあった。

井口さんは夢のなか、青栗村に向かう棚坂軽便鉄道に揺られていた。あたりは一面の雪景色だった。客車には先生と井口さんのふたりだけが乗っていた。電気機関車の音は雪に吸い取られ、くぐもった振動音だけが車内に響いていた。

「青栗村までたどりつきますかね？　雪がだいぶひどくなってきた」

先生は黙って微笑んでいる。外は吹雪きはじめていた。窓に雪がはりついてゆく。

「にこにこしてる場合じゃないですよ。ここで停まったら、乗客はわれわれ二人だけなんですから。運転士と三人で雪かきしながら前へ進むしかないんですよ。おわかりですか」

先生は笑顔のまま、車窓の大雪を眺めている。真っ白に覆《おお》いつくされた車外の景色に井口さんがなんともいえない恐怖をおぼえたとき、前触れもなくがたんと電車が止まった。狂ったように降りしきる大雪の向こうから、黄色い光が近づいてくる。カンテラを提げた雪まみれの駅員が、窓越しに車内を覗《のぞ》きこんだ。北浅間の駅だった。

井口さんがその夢を見たつぎの日、しばらく前から再入院していた先生が、肺炎を悪化させ、息をひきとった。八五年一月二十一日のことだった。

私は通夜《つや》の席で、誰よりも酔いの深い井口さんから、この夢の話を聞いた。

藤沢さんは、通夜にも告別式にも姿を現わさなかった。

26

「夏の家」の前に私は立っていた。

二十九年前の夏、私は初めてここにやってきた。軽井沢での仕事があるとき、夏の家の様子を見に行こうかと何度も思ったが、実際に青栗村まで足を運んだのは二度だけだった。最後にここへ来たのは、十年以上も前のことになる。

青栗村の森は、いっそう鬱蒼としていた。近所には同じように雨戸を閉めきった別荘が何軒もあった。雨戸の上を蔦《つた》が這っている家もある。庭には枯葉が幾層にも積もり、夏のあいだ生え放題だった雑草が立ったまま枯れていた。秋晴れの日にもかかわらず、光が樹木にさえぎられ、あたりは薄暗い。

アプローチの桂《かつら》は、驚くほどの大木に育っていた。記憶のなかの桂よりふたまわりほども太くなり、樹高も夏の家の軒高をはるかにしのいでいる。変わらないのは葉の様子だった。先生が倒れた日と同じように、すべての葉が上から下までまんべんなく黄葉している。桂の懐《なつ》かしい甘い匂い。私は雑草と枯葉でおおわれたアプローチを進み、鳴原麻里子から預かってきた鍵《かぎ》をポケットからとりだし、玄関を開けた。

夏の家は先生が亡《な》くなるとまもなく麻里子の父が買い取ったものの、旧軽の山荘があったため利用する機会も少なく、いつしか荒れるがままになっていた。長命だった麻里子の父が今年の春に亡くなって、麻里子からまず妻に連絡が入った。夏の家を引き取ってくれないだろうか、という打診だった。想像よりもはるかに安価で、私たちにもなんとか手の届く額だった。

懐かしい記憶に引かれるようにして、私は事務所の共同経営者でもある妻とふたり、こうして夏の家にやってきたのだ。

玄関をあがった暗い室内には、ながらく人の絶えた澱《よど》んだ空気が漂っていた。棘《とげ》がささらないように気をつけながら、一階の雨戸を順おくりに開けてゆく。何年ぶりかの光が、夏の家のなかに射しこんでくる。ほこりの微粒子が浮かびあがり、音のない水流のように動きまわっているのが見える。二十九年前には、夏の家が使われなくなることなど想像だにしなかった。

　キッチンの窓からは葉を落とした山椒《さんしょう》の木が見える。五本あったうちの二本を山口山荘の空き巣よけに移植したあと、こぼれ種から株がふえ、あたり一面に枝を伸ばしている。先生がとりわけ気に入っていた枝垂《しだ》れ桜《ざくら》は、山椒の藪《やぶ》に囲まれて息苦しそうだった。幹や枝には薄緑色のウメノキゴケがびっしりとまとわりついている。山椒を思いきって剪定《せんてい》し、コケを払い落としてやり、先生がときおりしていたように根もとに暖炉の灰でも撒《ま》いてやらないと、このままでは枯れてしまうかもしれない。

　暖炉には、いつ誰が燃やしたのか、黒く焦《こ》げた薪《まき》が三本そのままになっていた。暖炉の脇《わき》の棚に、足の長い午後の日差しを受けて大きな広口のガラス瓶が光っていた。七つも並んだガラス瓶には、ちびて使えなくなった鉛筆がぎっしりと詰まっていた。村井設計事務所で使われてきた鉛筆だった。右端のガラス瓶のなかのいちばん上のほうに、私が使っていた鉛筆も混じっているはずだった。

「壮観ね」

「この瓶のこと、すっかり忘れてたな」

「あなたの鉛筆も、わたしの鉛筆も、このなかに入ってる」

　横に立っている雪子が言った。

階段をあがる。懐かしい手すりの感触。おさない麻里子が、背伸びするようにして手すりをつかんでいた写真を思い出す。二階の雨戸をあけてゆく。設計室は机も椅子もそのままだった。机の上には白い粉のような塵《ちり》がうすく積もっている。風呂場《ふろば》にはすっかり干からびた虫の死骸《しがい》が散らばって、タイルの目地に何か所もひびが入っている。湯沸かしも骨董品《こっとうひん》同然だし、風呂全体の防水工事からやり直す必要がありそうだった。

書庫に入ると、虫食いのように本が引きだされて隙間《すきま》が空き、何冊かがよりそって斜めに倒れたり、横倒しになったりして埃をかぶっていた。二十三歳だった私がひと夏のあいだ使っていたベッドは、古びたマットレスがむきだしのまま置かれてあった。この狭いベッドに麻里子と並んで横たわるような関係になっていたことに、雪子は当時気づいていたのだろうか。くり返し開いたグンナアル・アスプルンドの本が、記憶どおりの位置で、背表紙を見せていた。

所長室もほぼそのままだった。

古いダイヤル式の電話が置かれてある。電話線はとうにつながっていないだろう。先生はここから藤沢衣子さんに電話をかけていたのだ。あの日、夏の家にあがった藤沢さんは、黒い電話をじっと見ていた。受話器を耳に当ててみる。なにも聞こえない。

懐かしい重みを感じながら、受話器を置いた。藤沢さんが亡くなってもう十年以上になる。農園は年の離れた妹が相続した。敷地内の小さな家は内田さんが別荘として借り受け、夏には足繁《あししげ》く通っているらしいと聞いていた。内田さんもすでに還暦を過ぎている。

がらんとしたひと気のない設計室の大テーブルの上に、国立現代図書館の模型がアクリルケースに入ったまま置かれていた。

先生が亡くなった五年後に井口さんが食道癌《がん》で倒れた。放射線治療では追いつかず、外科手術が行なわれ、井口さんは食道ばかりでなく声帯まで失った。しばらくたってから意を決して見舞いにいくと、井口さんは用意してあるノートにたいへんな勢いでつぎつぎに文字を書きつけ、私に読ませようとした。私がそれに答えると、またものすごい勢いで文字を書きつけていく。おしゃべりは健在だった。やりとりにはまったく不自由がなく、書きつけられるのは以前とおなじ明るく他愛《たわい》ない言葉ばかりだった。

個室には愛用していたシェーカーのレバノン・ロッキングチェアを持ちこみ、壁にはマリリン・モンローの大きなポスターを貼りつけ、天井からは内田さんの夫人がお見舞いに持参した、落葉の動きを模したデンマーク製のモビールをぶらさげていた。いろとりどりのにぎやかなものが病室の気配を吹き消していた。すっかり仲よくなった（と井口さんは書いていた）婦長に許しを得て、北青山の事務所時代に通っていた鰻屋《うなぎや》から出前を取り寄せたことまで、井口さんは弾むような筆跡で書いた。

帰り際、真面目《まじめ》な顔にもどった井口さんは、またノートになにか書きつけた。私はノートを受けとった。こう書かれていた。

――現代図書館の模型は、夏の家の設計室に運んでもらったからね。

井口さんは何度も頷くようにしてから、私をまっすぐに見た。その目を見た私はふいに感情のふたがはずれそうになり、言葉をさがした。

「そうですか。退院されたら、夏の家にごいっしょしたいですね」

私はようやく言った。

それから半年後、井口さんは亡くなった。


アクリルケースの埃を丁寧に払ってから、国立現代図書館の白い模型をさまざまな角度から見た。何か所か、わずかに接着がはがれているほか大きな損傷はない。テーブルの反対側にまわったり、前屈《まえかが》みになって低い視線で眺めたりしていると、先生がこのテーブルで、おなじように模型を確認していた姿を思い出す。

両手で抱えるようにしてアクリルケースをそっと持ちあげ、横に置いた。これほど精密で堅牢《けんろう》な模型はあとにも先にも見たことがない。内田さんと私と雪子が、さほど時間をかけずにこの模型を完成させることができたのは、腕と手首、手のひらと指先の連携が理想的に安定し（どんな細かい作業でも指先は一ミリも震えなかった）、視力にもまったく問題がなく（〇・一ミリの隙間も見逃さなかった）、けれど本人たちはそのことになんの自覚もないという、まぎれもない若さがあったからだ。私たちは先生の頭のなかだけにある理想の指先に、苦もなくなりきることができたのだ。

図書館棟の最上階から順番に取りはずしてゆく。書棚のあいだや閲覧用の机、椅子に、内田さんのつくった人物模型が、当時のままそこにある。通路に倒れていた人形をつまんで、書棚の前に立たせてみる。指がわずかに震える。

二十九年前、事務所が一体になって取り組み、コンペで一等となることを信じて疑わなかった先生のプランだった。明日にでも工事が始まるものと思っていた。ヘルメットをかぶり、作業着を着て、現場の監理に通う自分たちの姿まではっきりと思い描いていた。基本設計から実施設計にうつり、詳細図を描き、設備会社と打ち合わせをし、現場を監督し、やがて竣工すべきものとして見ていたはずだ。

不思議だった。

それらの実感や感情は記憶のなかでいまも鮮やかなのに、これほどのプランがなぜ実現しないままで終わったのかという強い慨嘆は、こうして模型を前にしても、もはや自分のなかに見つけることができない。

船山圭一設計の国立現代図書館には何度か足を運んだ。先月は野宮春枝の原作による日本映画の連続上映会があり、三日間つづけて通うことになった。一昨年、開館から四半世紀ぶりの大規模な改修が行なわれ、館内の閲覧室の机と椅子が半数に削られるかわりに、これまでの三倍近いソファスペースが用意され、長時間滞在して本を読む利用客が急増した。現代図書館の周辺にはレストランや古書店がつぎつぎにオープンし、かつては青山墓地前の寂しい通りにすぎなかったエリアが、いまは平日でさえ、散策する人びとの姿が目につくようになっていた。国立現代図書館は当初の計画どおり、あるいはそれ以上の広がりをもって着実に機能していた。

竣工して初めて、建築は生命を与えられる。私はいつしかそう考えるようになった。建築は利用者とその時代によって、息を吹きこまれ、生かされてゆく。あれほど悪趣味なものに思われた西原カテドラル聖ペテロ大聖堂も、いまはあたりの風景の中心となり、静かな落ちつきを感じさせるようになっていた。人と時間が、あの大聖堂を育てたのだ。先生の国立現代図書館は、この世界にかたちを現わすことはなかった。そのまま流れ、過ぎていった歳月は、この模型にわずかな息吹《いぶき》さえ与えることはなかった。それはいたしかたないことだった。先生のプランの価値がそこなわれたわけではない。先生のプランに、生命が与えられなかったということなのだ。

模型のまえでしばらく茫然《ぼうぜん》と立ったまま、私は自分のなかで抑えようもなく動きはじめたものに気づいていた。それは、いまここにある、朽ちかけた建物に向けられていた。

私が建築家としての歩みをスタートさせたこの建物は、それ以前の長い増改築の歴史をふくめて、先生とそのまわりに集まってきたおおくの人びとの記憶とともにここまで生命《いのち》をつないできた。ながらく眠ったままではあっても、刻印されたものは失われていない。息の根をとめられたわけでもない。この夏の家をもう一度、きみがあたらしくすればいい。澱んで動かなくなっている現実に、息を吹きこめばいい。

建築は芸術じゃない、現実そのものだよ——先生からいつか聞いた言葉が、そのときの声のまま、私の耳によみがえってくる。

先生の国立現代図書館の模型を元どおりに組み立てる。はがれかけたところは、いずれきちんと補修しよう。いまはとりあえず、もとどおりケースに入れて、この家のどこかに納めておくことにしよう。なにも言わずにいっしょに模型を見ていた雪子は、すぐに手をさしだして、その作業を手伝いはじめた。

模型の前からはなれた私たちは、夏の家のなかをあちこち歩いてまわった。しばらくのあいだかつての自室にこもっていた雪子が、女性用の部屋のドアを開け閉めしているのが設計室の窓越しに見える。私は雪子が動いている東棟と、もともとあったこの母屋《おもや》のつなぎ目あたりの天井を見上げた。一九五〇年代に建てられた母屋と、六〇年代に入ってから増築された東棟と西棟の接合部分には、雨漏りのようなしみがうっすらと残っていた。雪子が設計室に入ってきた。

「もとにもどすのがいいかな」私はひとりごとのように言った。

「もとにもどすって？」

「うちの事務所がここを夏の家と同じように使うことはないだろうからね。こんなに大きな家は、ぼくたちには必要がない」

雪子は黙ってなにか考えているようだった。

「ここを手に入れたとしても、二、三十年後にはやっぱり誰かの手に渡ることになる」

私たちには子どもはいなかった。

「だとしたら、家の規模をぐっと小さく、そもそも先生が最初に建てたときのかたちにもどすのがいいんじゃないかな。先生がどんなふうに小さな山荘ですごしていたのか、実際の間取りのなかで寝起きして、肌で感じてみたい気がするんだ。誰かに手渡すときも、最初の小さな山荘のスケールにもどしておいたほうがおたがいに気持ちの負担が少ないような気もするし」

「それはそうかもしれないわね。でも手に入れるまえから、手放したあとのことを考えてるのって、なんだか変よ。あなたはいつも終わりのことばっかり考えてる」

雪子はそう言って笑いながら、私がさっきまで見上げていたのと同じところ、母屋と東棟のつなぎ目を子細に点検していた。

「終わりかたは大事だよ」

「そうだけど、自分がいつ終わりをむかえるかなんて、誰にもわからないもの。明日のことは明日自身が思いわずらってくれるわよ」

雪子はときどき、教会で耳にするようなことを言う。

「増築のあとなんて、気づきもしないようにきれいに仕上げてあるから、夏の家はてっきり最初からこういうウィング付きの家なんだと思ってた」

「そう？　だまされてたわけだね」

「そう。先生にね」

階段を下りて、リビングの暖炉の前に立つ。この暖炉は、村井山荘のはじめから同じ位置にあり、この家の中心に据えられた、もっとも古いものだった。暖炉の開口部にあたまを入れて、ダンパーをあけてみた。空気が逆流してこないのを確かめてから、暖炉脇の薪を炉床に井桁《いげた》に積んでいく。先生に教えてもらったとおりに。古い新聞の一ページ分をバトンのように丸め、マッチで火をつけ、煙の吸いこみぐあいをチェックする。おもしろいように煙がダンパーに吸いあげられてゆく。薪の下に新聞を丸めて入れ、マッチで火をつけた。またたくまに火が薪をなめてゆく。薪がパチパチと音を立てる様子を見て、雪子は開け放っていた窓を閉めはじめた。

どこかから鳥の鳴き声が聞こえてきた。記憶に残る声だった。初めての夏に、毎日のように聞いた声。しかし、どうしてもその鳥の名前が出てこない。

雪子が窓を閉めると、鳥の声は聞こえなくなった。

暖炉の前にもどってきた雪子に、私は言った。

「先生の夏の家を、ぼくたちが引き取るなんて、考えもしなかったな」

「そう。わたしは考えないでもなかったな」

雪子をふり返る。雪子は火を見ていた。

「どうして？」

「……なんとなくね」

薪が勢いよく燃えはじめた。すっかり気が抜けたような薪だったのに、火はしっかりとまわってゆく。

暖炉に吸いあげられた部屋の空気が、煙突をとおって外に出ていく。長い不在の時間が、薪の火をいっそう燃えたたせているようだった。夏の家のなかに、出ていったのと同じだけ、新しい空気が入ってくる。乾いた冷たい秋の空気と暖炉の火が、部屋の湿度をぐんぐん下げていくのが肌でわかる。

黄葉にかこまれた夏の家の煙突から、煙の立ちのぼってゆく光景が頭のなかに浮かんでいた。夕方になり、あたりがすっかり暗くなっても、古い薪を燃やしきるまで、私たちは言葉もなく暖炉の前にすわっていた。薪が燃えたち、燃え落ちてゆくのを、飽きもせずにながめ、その音を聞いていた。

文庫版へのあとがき

毎日、決められた時刻に登校して、同じ教室の同じ机に座り、時間割どおりに授業を受ける。小、中と公立校に通ったので、集まってくるのは同じ区域内の同い年。幼稚園からの顔見知りもたくさんいた。

校庭に列をつくっては「前へならえ」、教室では「起立、礼」。いま思えば、学校に通うことのしんどさの第一は、こうした「同じ」枠にはめこまれる時間や空間に、どうしても馴染《なじ》めなかったからではないかと思う。

息苦しさは個人的な感覚だから、誰にでも共感されるものではないだろう。教育というシステムはそもそも「同じ」枠があってこそ成り立つもので、いかんともしがたいと言われればそのとおり。私が小、中学生であった一九六〇年代半ばから七〇年代の半ばにかけては、「不登校」ということばもまだなかった。私は誰に相談するのでも訴えるのでもなく、漠然とした不安に包まれたまま学校に通った。

大学生になっても学生生活がたのしいと感じるまでは至らなかった。自宅で本を読んでいるかレコードを聴いているか、映画館や美術館、劇場に足を運んで、さまざまなジャンルの「作品」を享受《きょうじゅ》するのが、自分にとって呼吸をするのに等しい時間だった。ひとりになったときにやっと息がつけた。

ＮＨＫ ＦＭが夜放送する「ステレオドラマ」では、つかこうへい、宮本研、寺山修司《しゅうじ》などの劇作家によるオリジナルドラマが放送されていた。武満徹《たけみつとおる》の新作「カトレーン」もＦＭ東京（当時の名称）の委嘱で作曲され、初演は生放送だったと記憶する。佐々木昭一郎演出のＮＨＫドラマは、役者とはかぎらない人たちがなかば素顔で演じる見たことのない映像だった。こうして当時、触れた本や映画、音楽、絵画や舞台、ドラマはいまも自分のまわりに、見えない衛星のように周回している。

一九七八年、初めて書いた小説を文學界《ぶんがくかい》新人賞に応募した。「トラブル・チャイルド」というタイトルはジョニ・ミッチェルの「あなたはマリブ海岸で砕け散る波のよう」というフレーズのある歌のタイトルからもらった。自分が「こじらせた子ども」だという自覚はあったのである。応募作は受賞せず佳作に選ばれ、のちに「夜の樹」（これもまたトルーマン・カポーティの短篇集の表題）と改題、掲載された。二十歳になっていた。成人式には出席しなかった。

二作目がなかなか書けないまま、一九八〇年が過ぎていった。本国の「アイ・ラブ・ニューヨーク」キャンペーンに端を発したニューヨークブームが日本にも上陸して、本棚にニューヨークに関連する本が増えていった。たいして読めもしないのに「ヴィレッジ・ヴォイス」紙を定期購読するようになり、高田馬場のビブロスや銀座のイエナ書店に通って、ペーパーバックやアメリカの雑誌を買った。

大学四年生の就職活動解禁となる一九八〇年十月一日。はじめてニューヨークに向かった。行きたいところは山ほどあったが、現実からの「逃避行」でもあった（これで四年の留年が決まった）。

マンハッタンの碁盤の目のような街路を縦や横にうろうろと歩きまわり、地下鉄で移動した。アップタウンからミッドタウン、そしてダウンタウンへとホテルを移って節約した。街を行き交う人たちは、すがすがしいほど個人であり他人だった。それでも腕時計をしている私を見とめて近づいてくると、「いま何時？」と訊《たず》ねる人がけっこういた。最初は身構えたが、ほんとうに時間を聞いているだけだとわかり、じきに慣れた。

このまま日本に帰りたくないと本気で考えるほど、ニューヨーク滞在は心底たのしかった。しかし一か月半で資金は底をつきてしまう。格安航空券で帰国して、ひと月もたたないころ、その人の住む建物だけでも一目見ておきたいと足を運び、何枚も写真を撮ったダコタハウス前で、ジョン・レノンが殺害されたというニュースを聞いた。

日本に戻っても、小説はいっこうに書けなかった。「夜の樹」を評価してくれていた「文學界」の編集者、湯川豊さんは創刊まもない季刊グラフィック誌「くりま」に異動していた。ある日、湯川さんから電話がかかってきた。「くりま」でアルバイトしてみないか、という。立花隆《たかし》さんを案内人にした「くりま」4号の「ニューヨーク特集」は読んでいた。声をかけられたのはありがたかったが、「どうして声をかけてくれたのだろう」と不思議に思った。すぐには役に立ちそうもない、ただの人見知りの文学青年である。

「このままじゃ小説は書けそうにない。かといって社会に出てやっていけるのか」と心配されていたのかもしれない。ちょっと世の中の風に当ててやるのもいいではないか、と親心で声をかけてくれたのか——などと文学青年はやくたいもない邪推をしたが、勇気をふるって久しぶりに千代田区紀尾井町《きおいちょう》にある文藝春秋《ぶんげいしゅんじゅう》を訪ね、おそるおそる「くりま」編集部に通いはじめた。

「くりま」の隣室は創刊してまもない「ナンバー」編集部で、「×××に（エッセイを）頼むの？　おもしろいかな？　やめとこうよ！」などという大きな声が聞こえてくる。こんなふうにして原稿依頼が決まるのか、とどぎまぎした。いっぽう「くりま」編集部はおだやかな編集者ばかりで助かった。部屋には冷蔵庫があり、カメラマン（のちに仕事をすることになる垂見健吾《たるみけんご》さん）が「いただきまーす！」と言いながら栓を抜き、昼間から黒ビールを飲んだりしていた。編集部員の女性がビシソワーズをつくってきたりもして、こんなにおいしいスープがあるのかと驚いた。

いっぽう湯川さんは編集制作にかかわる誰かと、電話越しに対価について交渉していたりもする。仕事は金銭抜きでは成り立たない。もっぱら小説と釣りの話を聞いていた編集者にも、そういう「社会的な」面があるのだと知った。

通いはじめたころは「食いしん坊のＰＡＲＩＳ」特集の編集作業中だった。編集部員はパリ取材から帰国するなり、原稿を書いたり写真を整理したり依頼原稿を回収したりレイアウトにまわしたりでみな忙しそうだった。「くりま」に毎号登場し、スタッフライターのようになっていたエッセイストの玉村豊男《とよお》さんの原稿をコピーしながら、内容はもちろん、万年筆手書きの原稿の佇《たたず》まいをみて、プロの仕事とはこういうものかと唸《うな》らされた。自分の書いているものは「作文」だなと思った。

色校正の待ち時間の、どうでもいいような雑談のおもしろさ。ずっと緊張していたが、同時になんともいえない居心地のよさも覚えていた。大人の世界にはじめて接したという思いだった。

そうこうするうちにふたたび就職活動の十月が近づいてくる。

出版社で編集者として働くのは自分にも可能だろうか、と思うようになったのは「くりま」のアルバイトのおかげだった。世代も男女もばらばらの編集部員が締切と校了に向かって否応《いやおう》なく協働する。昼食は社員食堂、昼下がりには誰かがもってきたおやつを食べ、夜は近所まで散歩して夕食をとり、コーヒー、お茶、ビールを飲み、仕事を終えたら「お先に」と帰ってゆく。ここなら息ができるかもしれない。

十月一日、スーツを着て、新潮社の会社説明会に出かけていったのは「説明」を聞こうと思ったからだった。説明はものの十分で終わり、「ではこれから、みなさんに面接を受けてもらいます。番号順に指定された面接室に行ってください」と告げられて、腰を抜かすほど驚いた（「説明会」のなんたるかを知らないままやってきていたのは、私ひとりだったろう）。

一日か二日おいて二次面接があり、十月六日が役員面接だった。

社長を含めた役員が六、七人ずらりとテーブルの向こうに並んでいる。皆うつむいて、手元の資料（志望書とかこれまでの面接のコメントとかが束ねてあるようだった）をパラパラめくる音ばかりがしていた。

「君ね、海外文学、海外ノンフィクションの編集が志望って書いてるけどさ、翻訳書っていうのはまったく売れないんだよ、売れない本をつくって、どうすんだい？」とギロリとした目で睨《にら》みながら質問された。絶句し、苦し紛れになにかを答えた気がするが何も覚えていない。この人はのちに配属される部署の担当役員、新田敞《ひろし》さんだった。新田さんは安部公房、三島由紀夫、山本周五郎といった小説家の担当編集者だとのちに知った。グラフィック雑誌のデザイン、レイアウトについて質問してきたのは「フォーカス」の創刊編集長だったとわかるのだが、この質問にも上手に答えられなかった。あー、ダメだ、落ちたな、というのが部屋を出たときの実感だった。

しばらく別室で待たされ、呼び出された部屋には人事担当の役員がいた。

「さきほどの面接で、もう小説は書かないと言ってたけど、本当ですか？」と聞かれ、「はい、書きません」と答えた。ほんとうの実態は「書けません」、なのだが。

「そうですか。松家さんは今日、これで新潮社に内定したことになりますので、他の会社は、受けないでください。今後のことは総務部から説明します」

ふわふわとした気持ちのまま、地下鉄を乗り継いでアルバイト先の「くりま」編集部に戻ると、湯川さんに「新潮社から内定をもらいました」と報告した。

「それはよかった」と湯川さん。ところがすぐそばでデスクワークをしていた井上喜《き》久子《くこ》さん（のちに話題となった『チーズ図鑑』などの編集者）がくるりとふり返って、「松家さんを新潮社なんかに入れていいの」とやや真面目《まじめ》な口調で言った。間髪をいれず、「いいんだよ、松家さんは大丈夫だから」と湯川さんはそっけない声で答えた。「新潮社なんか」？ それに、どう「大丈夫」なのか、とも思ったが、新潮と文春はなにかとライバル関係にあるらしいとわかってもいたので、黙っていた。

そして一九八二年に新潮社に入社し、二十八年間、編集者として働いた。

編集者時代のことはとてもここには書ききれない。ただ、書き手の原稿をいただく仕事のほかに、技術として身についた自覚があったのはインタビューの仕事だった。

この人と思い定めた人を訪ね、数時間かけ（場合によっては数日かけて）話を聞き、それを原稿にまとめる。学者、音楽家、小説家など、話をきかせてくださった方々の仕事はさまざまだった。質問はあらかじめ用意してあっても、長い時間話しているうちに予期せぬ脱線があり、その脱線が入口となり、これまであまり人が足を踏みいれなかった経験や逸話が語られはじめ、思わぬ光景がひろがるときがある。依頼原稿であったなら語られなかったかもしれないその人の記憶。とりわけその人の子ども時代のエピソードには十人十色の経験と特別な光景があって、大きな雲を生成するきっかけとなる微小な粒子として作用していると感じられた。

説明するのはややむずかしいのだが、小説の進行にともなって登場人物をつくりあげていく作業は、インタビューの仕事とどこか似ている。たとえ一人称の小説であっても、登場人物としては他人同然であり、「私」から話を聞き出すようにしてしか、「私」を書くことなどできないのである。

四十歳を過ぎるまで、小説を書きたいと思ったことは一度もなかった。ところが、いくつかの偶然が重なって『火山のふもとで』のもとになるモチーフが生まれた。そのイメージは茫漠《ぼうばく》としていて、なかなか雲として成長しなかったが、いつまでもそこにとどまっていた。しかし編集者の仕事と同時に小説を書くことは心理的にも時間的にも不可能で、一行どころか一字も書くことはできない。編集の仕事、インタビューの仕事から離れる気持ちも定まらなかった。五十歳を過ぎ、さすがにこのままでは書けずに死んでしまうかもしれないという恐れが芽生えた。ここはエゴを通すしかない、とこころに決めて、自分の背中を押すことにした。退職したのは五十一歳の夏だった。一行目を書いたのは会社を辞めてからのことだ。

中学生の頃から建築家への憧《あこが》れがあった。少しさかのぼれば、小学校の木造平屋の図書館にたどりつく。誰が設計したというのではない、おそらくは戦前からの建物は本棚の設《しつら》え、木製の大テーブルと椅子《いす》などに、なんともいえない親密さがあった。週に一時間だけあった「読書」の時間は、図書館で黙って本を読むだけ。先生もふくめた全員がそれぞれ異なる本を読んでいる安心と気楽さはたとえようもなかった。

図書館は誰がどうやって建てたのか——建築を最初に意識した経験だった。

町を歩いていると、どこか普通の家と顔つきの異なる家がある。気になって足がとまる。建築家が設計した家だろうと想像する。美大を卒業し建築事務所に入ったひと回り年上の親戚《しんせき》もいたので、建築の仕事について断片的な話を聞く機会もあった。東京にはあちこちに、いっぷう変わった建築があり、それを誰が設計したのかも、だんだんとわかってくる。

ところが、そうした有名建築物よりも、町並みにまぎれて建つ、建築家が設計した住宅に、より惹《ひ》かれるようになった。やがて住宅設計では特別な存在だと感じるようになったのが吉村順三《じゅんぞう》だった。寡黙《かもく》そうな風貌《ふうぼう》、著作もほとんどない。「小説新潮」編集部に在籍していたとき、篠山紀信《しのやまきしん》さんの巻頭グラビアの連載「日本人の仕事場」を担当していた。篠山さんに吉村順三さんを撮影してくださいませんかと打診したら、快諾された。篠山さんのご自宅は「吉村さんの一番弟子が建ててくれたんですよ」とおっしゃる。一度だけ玄関先を訪ねたことがあったから、そうだったのかと納得する。

撮影にうかがったのは目白の吉村順三設計事務所だった。所長室の暗がりのなか、部屋の角の壁に向かってやや横長の机がおかれてあった。所長室というより、ひとりで籠《こも》って集中するための部屋と見えた。撮影後、ここで建築をめぐっていくつかのお話をうかがうことができた。ふだん、冗談や軽口をとばしてばかりの篠山さんも、このときはおとなしく吉村さんの話に耳を傾けていたのが印象的だった。

吉村さんは一九六五年、皇居新宮殿の設計者を途中で辞任している。さまざまな理由によって宮内庁《くないちょう》側と意思の疎通がかなわなくなり、これ以上は責任をもって設計者でいつづけることはできないと考えたからだった。『火山のふもとで』の最初の構想では、皇居新宮殿の設計から降りた建築家を、入ったばかりの見習いの所員の視点で、まったくのフィクションとして描くことができたらと考えていた。しかし書きはじめてみると、「夏の家」が舞台となる物語と、新宮殿の物語は、別々に書くしかないと考えざるを得なかった。「夏の家」の物語、『火山のふもとで』を先に書こうと決めた。

先行きにおおきな不安を覚えることのない一九八〇年代の、「自分たちがつくりたいと思ったものをつくればいい」と思うことのできた最後の時代を、少し離れたところから見直してみたい、という気持ちもあった。もちろん一九八〇年代の編集者時代に、「つくりたいものをつくる」がなんの抵抗も受けなかったわけではない。新しい企画を通そうとするたび、ギョロ目の新田重役に呼びつけられ、「それでだね、これをいったい誰が読むんだよ。そういったことをさー、ちゃんと考えてくれなきゃ困るんだよー」と凄《すご》まれていたのである。こういう漠然とした駄目だしを何度も受けるうち、新田さんには肯定の話法はなく、完全否定でなければゴーサイン、と理解できるようになった。新田さんは二〇〇三年、亡《な》くなられた。

『火山のふもとで』の文庫化の話はなんどかいただいていたが、文庫化されると通常単行本は品切れになり、文庫も出てから何年かすると同じ事態になる心配があった。もともとはひとつの作品として考えていた『天使も踏むを畏《おそ》れるところ』が刊行されるまでは単行本は残してもらいたい、と願っているうちに、このタイミングとなった。

同作の校正をするなかで、『火山のふもとで』の何箇所かを加筆修正したこと、また両者とも完全なフィクションであり、「先生」と表記される存在と吉村順三氏は異なっている、ということをお断りしておきたい。

二〇二四年十二月

松家仁之

＊主要参考文献

『北欧の建築』Ｓ・Ｅ・ラスムッセン、吉田鉄郎訳（鹿島出版会）

Erik Gunnar Asplund, GA No. 62, edited and photographed by Yukio Futagawa（A.D.A.EDITA Tokyo）

『アスプルンドの建築 1885-1940』写真・吉村行雄、文・川島洋一（ＴＯＴＯ出版）

『アスプルンドの建築――北欧近代建築の黎明』スチュアート・レーデ、樋口清・武藤章訳（鹿島出版会）

Gunnar Asplund, Peter Blundell Jones（PHAIDON）

『ライトの生涯』オルギヴァンナ・Ｌ・ライト、遠藤楽訳（彰国社）

『知られざるフランク・ロイド・ライト』エドガー・ターフェル、谷川正己・谷川睦子訳（鹿島出版会）

『未完の建築家　フランク・ロイド・ライト』エイダ・ルイーズ・ハクスタブル、三輪直美訳（ＴＯＴＯ出版）

『ライト　仮面の生涯』ブレンダン・ギル、塚口眞佐子訳（学芸出版社）

Frank Lloyd Wright: Taliesin/Taliesin West, GA Residential Masterpieces 09, edited and photographed by Yukio Futagawa（A.D.A.EDITA Tokyo）

Tales of Taliesin, Cornelia Brierly（Pomegranate）

この作品は平成二十四年九月新潮社より刊行された。
文庫化に際し、一部に加筆修正が行われた。

安部公房著

壁

戦後文学賞・芥川賞受賞

突然、自分の名前を紛失した男。以来彼は他人との接触に支障を来し、人形やラクダに奇妙な友情を抱く。独特の寓意にみちた野心作。

安部公房著

砂の女

読売文学賞受賞

砂穴の底に埋もれていく一軒屋に故なく閉じ込められ、あらゆる方法で脱出を試みる男を描き、世界20数カ国語に翻訳紹介された名作。

伊丹十三著

ヨーロッパ退屈日記

この人が「随筆」を「エッセイ」に変えた。本書を読まずしてエッセイを語るなかれ。一九六五年、衝撃のデビュー作、待望の復刊！

伊丹十三著

女たちよ！

真っ当な大人になるにはどうしたらいいの？マッチの点け方から恋愛術まで、正しく、美しく、実用的な答えは、この名著のなかに。

P・オースター
柴田元幸訳

孤独の発明

父が遺した夥しい写真に導かれ、私は曖昧な記憶を探り始めた。見えない父の実像を求めて……。父子関係をめぐる著者の原点的作品。

ガルシア=マルケス
鼓　直訳

百年の孤独

蜃気楼の村マコンドを開墾して生きる孤独な一族、その百年の物語。四十六言語に翻訳され、二十世紀文学を塗り替えた著者の最高傑作。

火山《かざん》のふもとで

新潮文庫　ま-67-1

令和七年二月一日発行
令和七年六月十五日四刷

著者　松《まつ》家《いえ》仁《まさ》之《し》

発行者　佐藤隆信

発行所　株式会社新潮社

郵便番号　一六二―八七一一
東京都新宿区矢来町七一
電話　編集部(〇三)三二六六―五四四〇
読者係(〇三)三二六六―五一一一
https://www.shinchosha.co.jp

価格はカバーに表示してあります。

乱丁・落丁本は、ご面倒ですが小社読者係宛ご送付ください。送料小社負担にてお取替えいたします。

印刷・株式会社精興社　製本・株式会社大進堂
© Masashi Matsuie 2012 Printed in Japan
ISBN978-4-10-105571-8 C0193